读客科幻文库

跟着读客读科幻，经典科幻全看遍。

LALINE PAULL

蜜蜂717

[英] 拉莱恩·波尔 著
张 然 译

THE BEES

文匯出版社

图书在版编目（CIP）数据

蜜蜂 717 /（英）拉莱恩 · 波尔 (Laline Paull) 著；
张然译 . -- 上海：文汇出版社，2021.4
ISBN 978-7-5496-3415-6

Ⅰ . ①蜜… Ⅱ . ①拉… ②张… Ⅲ . ①长篇小说 - 英
国 - 现代 Ⅳ . ① I561.45

中国版本图书馆 CIP 数据核字（2021）第 023187 号

蜜蜂 717

作　　者 / ［英］拉莱恩 · 波尔
译　　者 / 张　然

责任编辑 / 徐曙蕾
特邀编辑 / 齐海霞　　武姗姗
封面装帧 / 陈艳丽　　HarperCollinsPublishers Ltd

出版发行 / **文匯**出版社
上海市威海路 755 号
（邮政编码 200041）
经　　销 / 全国新华书店
印刷装订 / 三河市龙大印装有限公司
版　　次 / 2021 年 4 月第 1 版
印　　次 / 2021 年 4 月第 1 次印刷
开　　本 / 890mm × 1270mm　　1/32
字　　数 / 263 千字
印　　张 / 12.5

ISBN 978-7-5496-3415-6
定　　价 / 48.00 元

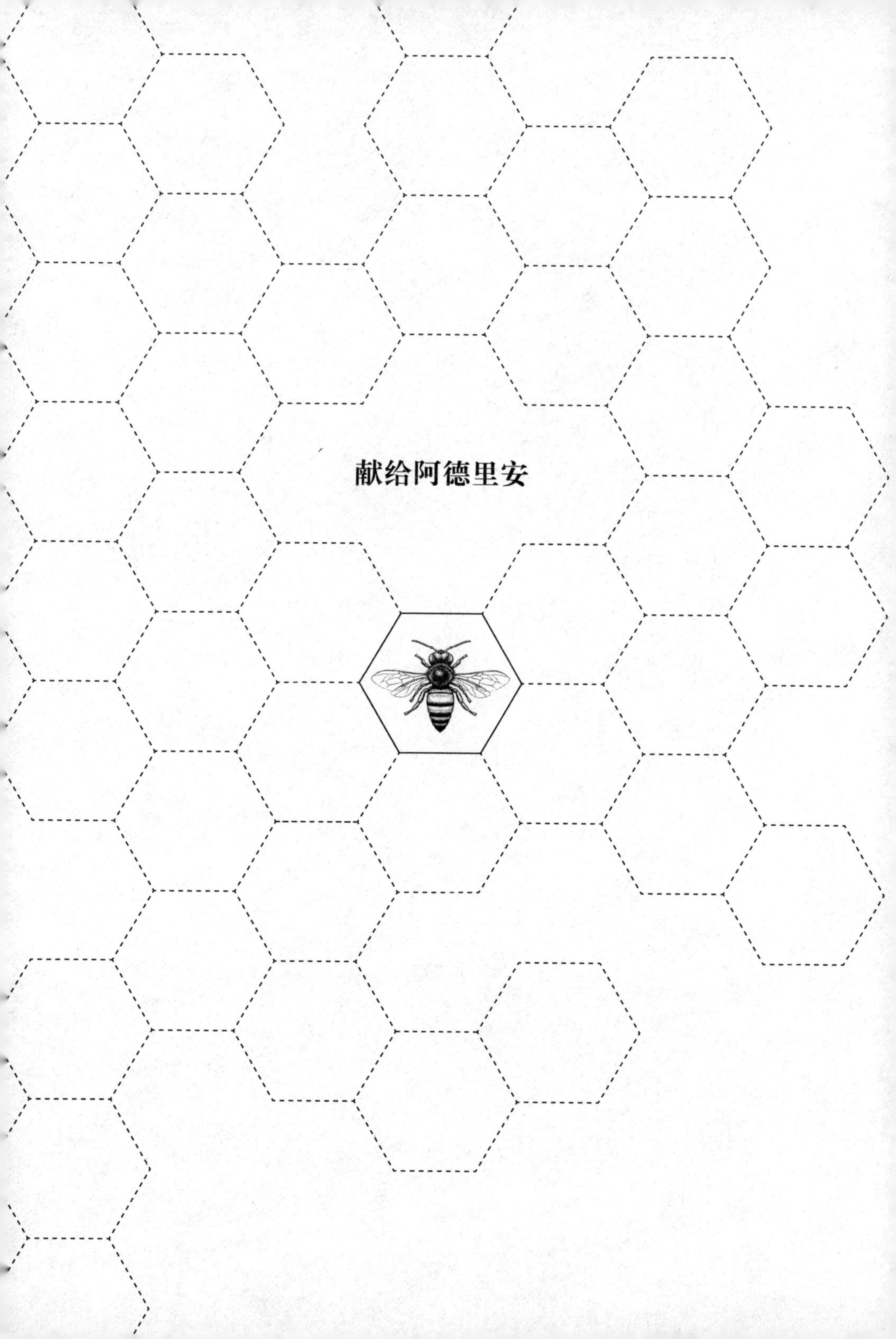

献给阿德里安

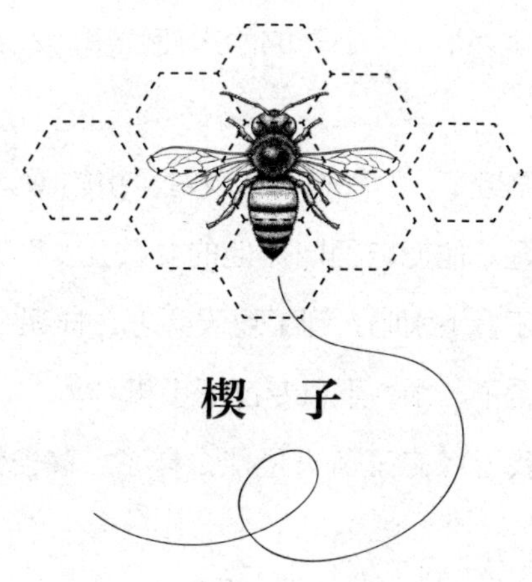

楔 子

这里挺立着一片古老的果园。它的一侧是辽阔而平坦的耕地；玉米田和大豆田交替着铺展开来，一直通往深色的丘陵森林线，仿佛一幅笨拙的拼贴画。在另一侧，一片轻工业园正朝着小镇的方向一路延伸。

嘀嗒作响的树林里，人们还能看到一条小路的残迹。一个四十出头的男人踢着高大的荨麻和酸模草，试图拓宽道路。一个年轻女人跟在他身后，身上穿着整洁的海蓝色职业套装。只见她停下脚步，用手机拍着照片。

“希望你不会介意，不过我们已经做过了一些尝试。我们已经用棍子把它们赶走了，就在主要的商业用地上。”

男人并没有在听，他的目光穿过了森林。

“那里——我差点以为它已经消失了呢。”

在树木的掩映之下，一个老旧的木质蜂巢就立在那里。女人向后退了几步。

“我不能再靠近了。”她说，“我对昆虫的感觉有些微妙。”

“我父亲也是。他把它们叫作他的女孩儿。”男人抬头看了看灰暗的天空，“还会下雨吗？到了夏天会怎么样呢？”

女人抬起头看了一眼，不再专注于手机。

“我知道！我已经忘了蓝天是什么样了。孩子们放学时一定会很难受吧。”

“他们几乎不会注意到。他们总是在上网。”

他向前走了几步，近距离凝视着蜂巢。

几只蜜蜂从巢底的一个小洞爬了出来。它们沿着狭窄的木板边沿走着，嗡嗡地振动着翅膀。

他看了它们一会儿，然后就回身转向女人。

“很抱歉。现在可不是个好时机。”

“哦！”她收起手机，“你改变主意了吗？”

他摇了摇头。

“没有，我会卖的……”他清了清自己的喉咙，“但现在还不行，感觉不太合适。”

“当然。”她犹豫地说，“我知道这很难说，大概呢？”

“可能要几个月吧。也可能就是明天。”

女人礼貌地沉默着。

“嗯，放心吧，等你准备好了再说，现在是买方市场。”

她开始沿着小路往回走。

男人独自站在蜂巢旁。他一时兴起，把手贴在了木板上，感受着里面传来的震动。接着他转过身，跟随女人而去。

在他们身后，蜜蜂们朝着明媚的天空飞去。

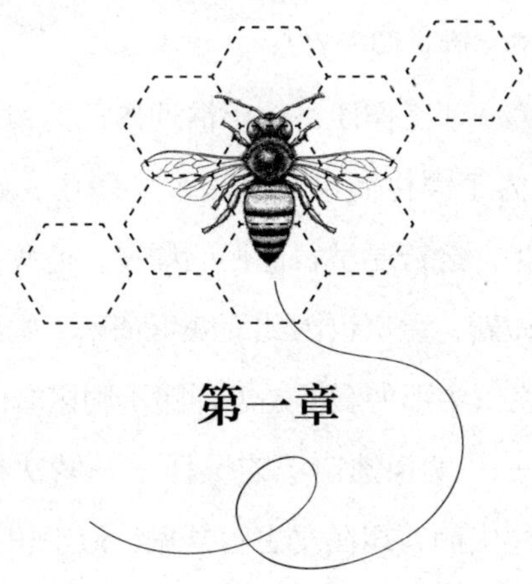

第一章

巢房挤压着她的身体。这里的空气是热的，还散发着腐臭的气味。她慌乱地扭动着手脚，抵着巢脾，这让她全身关节发烫。她的头被压到了胸口上，腿部也感到了抽搐的痛楚。不过她的努力已经有了结果——巢脾的一面已经没那么结实了。她拼尽全力向外一踢，感到某些东西正在破碎并开裂。她用力撕咬着，直到那里出现了一道锯齿状的裂口——外面便是更新鲜的空气。

她拖着自己的身体，吃力地穿了过去，接着便跌落到一个陌生世界的地面上。静电咆哮着穿过她的脑袋，雷鸣般地震颤晃动着大地，上千种气味使她迷乱。她能做的只有呼吸，直到震颤与静电都渐渐平息，而那些气味也挥发到空气中。僵硬的身体已经脱离束缚，信息逐渐充满了大脑，她也随之平静下来。

这里是到达大厅，而她是一只工蜂。

她属于弗洛拉家族，编号717。

当然，她的第一项工作便是动手清理自己的巢房。和那些整洁的邻居不同，在为了孵化而进行的激烈斗争中，她击碎了整个前壁。她观察了一番，接着便学着他们的样子，把碎片整齐地叠放在废墟旁。她这样做着，意识也因此而变得清晰。她感受到了到达大厅的辽阔，以及空气中那种震颤是怎样随不同区域而变化的。

一排排巢房——就像她自己的一样——鳞次栉比地延伸到远方。有些巢房虽然安静，却在发生着共振，似乎里面的住客们依然在沉睡。她近旁则是一派繁忙的景象——这里有许多刚刚破裂的寝室，它们已经被清理干净；还有许多寝室正在开裂并纷纷掉落，伴随而来的是新蜜蜂的降生。她还注意到邻居们的不同气味——有的甜美些，有的浓烈些——所有这些闻起来都是令人愉悦的。

这时地面上传来一阵猛烈而不规则的震荡，随之出现的是一只年幼的雌蜂。她沿着巢房之间的甬道跑了过来，表情紧张而慌乱。

“站住！”甬道两端回响起严厉的声音。空气中也涌起一股强烈的苦涩气息。所有蜜蜂都一动不动，除了那只年幼的蜜蜂。她脚下一绊，跌到了弗洛拉的那叠碎片上。接着她便爬进了破巢的残骸，蜷缩到角落里，举起了自己的小手。

在一层辛辣气息的笼罩下，几个黑影沿着甬道朝弗洛拉大步走来。这气息掩盖了她们的脸，使她们看起来一模一样。她们一边把她推到一旁，一边把流着眼泪的年幼蜜蜂拖了出来。一看到她们那带刺的金属手套，弗洛拉脑中突然传来一阵恐惧，更多信息也随之释放。她们是警察。

“你是在逃避检查。”她们中的一个拉扯着那女孩儿的翅膀。与此同时，另一个开始检查她那四片尚未干燥的薄膜。其中一片的边缘是皱缩的。

“饶了我吧。”她哭着说，“我不会飞，我可以用其他方式服务——”

“畸形是罪恶的。畸形是不被允许的。”

那只蜜蜂还没来得及说话，就被两名警官按住了头。她们往下压着，直到她啪的一声断裂开。她的身体在她们之间无力地垂了下来，接着就被她们扔到了甬道上。

“你。”一个异常刺耳的声音对弗洛拉说着。她并不知道说话的是哪一个，只好呆呆地望着她们腿后的黑色钩刺。“不许动。”又长又黑的卡尺从她们的金属手套里滑了出来。她们测量了她的身高。“过度变异。不正常。”

“这样就可以了，警官们。”随着一阵芬芳和一个慈祥的声音传来，警察放开了弗洛拉。她们向一只蜜蜂鞠着躬——她身材高大，衣着整齐，还长着一张美丽的脸。

“赛奇修女，这一只极其丑陋。”

“而且体形过大。”

“看起来是的。谢谢了，警官们，你们可以走了。”

等她们离开后，赛奇修女微笑着对弗洛拉说：“害怕她们是对的。别动，我要看看你的家族——”

“我是弗洛拉717号。”

赛奇修女扬起了她的触角："一个会说话的清洁工。最值得注意的是……"

弗洛拉用自己那巨大的黑眼睛凝视着她那张茶色与金色相间的脸，问道："我会被杀死吗？"

"不要向一位祭司提问。"赛奇修女把双手贴在弗洛拉脸颊的两侧，"把嘴张开。"她向里看了看，"有可能。"说完她把头倾到弗洛拉嘴上，给她喂了一滴金色的蜂蜜。

蜂蜜的效果立竿见影且令人惊讶。弗洛拉的思绪变得更加清晰，身体也充满了力量。她明白赛奇修女希望她安静地跟在身后，而她必须唯命是从。

她们沿甬道向前走着。她注意到所有蜜蜂都在躲避着她的目光，并埋头苦干。她还看到了那只年幼工蜂的尸体——它已经被带到了前面。一只黑色的蜜蜂正弓着背在天沟里走着，嘴里就衔着那具尸体。类似的蜜蜂还有很多，她们都在甬道边缘走来走去。有的衔着几包污损的蜂蜡，有的正在擦洗破裂的巢房。谁也没有抬起头来。

"这些都是和你同族的姐妹。"赛奇修女顺着弗洛拉的目光望去，"她们都不会说话。你不久就要加入她们的行列，成为一名清洁工，为我们的蜂房提供宝贵的服务。不过我们先要进行一次私人试验。"她对弗洛拉微笑着说，"来吧。"

弗洛拉愉快地跟在她身后。她渴望蜂蜜——在这种欲望下，关于杀戮的一切记忆都已消失殆尽。

第二章

赛奇修女飞快地向前走着，穿过了到达大厅里灰白的甬道。弗洛拉紧随其后。随着不同家族的蜜蜂们从羽化间挣脱出来，弗洛拉的大脑也记录着随之而来的所有声音和气味。又有很多黑色清洁工出现了。她们沿着天沟走着，嘴里衔着一包包污损的蜂蜡。弗洛拉发现她们身上的气味强烈而特别，也看到其他蜜蜂都在纷纷躲避。于是她向赛奇修女身边靠了靠——她身体的芬芳又复苏了。

这位祭司停下脚步，接着又扬起了触角。这时她们已经到达大厅的边缘。在这里，一排排羽化巢房已经完工，数量数不胜数。在一个巨大的六角形门洞后面，她看到一个略小的隔间。一阵掌声从那里传来，并伴着一种全新的、令人激动的味道。弗洛拉抬起头，向赛奇修女望去。

“这真不是个好时候。”这位祭司说道，“但我必须表示敬意。”走进房间后，她就让弗洛拉等在墙边。接着她便走到一大群蜜蜂的前面。弗洛拉望着她们——她们齐聚在一间尚未打开的羽化间前，又一次鼓起了掌。

弗洛拉盯着这个美丽的房间，四下打量着。很明显，这个到达大厅是为更受宠爱的蜜蜂们准备的。因为这里非常宽敞。房间中央整齐地排列着两排巢房，每排都包括六个大隔间。它们彼此独立，看上去宏伟壮观，雕饰精美。赛奇修女和欢迎队伍一起，就站在其中一间隔间的前面。那里还聚集着很多蜜蜂。她们都托着大盘大盘的糕点，还有一罐罐甘甜的清水。这诱人气味让弗洛拉越发感到饥渴。

这时，精美的墙壁里隐约传来几声咒骂，并伴着一阵砰砰声，似乎里面的住客正在上下跳跃。接着，随着蜂蜡破裂的声音传来，聚集在此的姐妹开始加倍鼓掌。随着她们的心情变得更加激动，属于不同家族的气味也变得更加强烈。弗洛拉似乎察觉到一丝气息——这是一种全然不同的气味。她的大脑感应到，这是费洛蒙释放的信号：**一只雄蜂——一只雄蜂降生了！**

“参见雄蜂殿下！”雌蜂们大喊着。与此同时，一大块雕饰精美的蜂蜡应声而落。接着，伴随一阵阵兴奋的尖叫，一只蜜蜂的头从洞口钻了出来——这是一只新生的雄蜂，头上还长着漂亮的虫羽。

“参见雄蜂殿下！”欢呼之声又一次在姐妹间响起。她们纷纷冲了过去——忙着扯开蜂蜡，或是用自己的身体搭成阶梯。

“太高了，”他一边说着，一边踩着她们的身体走了下来，“也太累了。”

他把笼罩在自己身上的雄性气息吹散，并因此激起了更多的惊叹与掌声。

“参见雄蜂殿下，欢迎您的到来。”赛奇修女伏低身体，屈膝行礼。其他蜜蜂也优雅地行着同样的礼节。弗洛拉羡慕地看着她们，也试着依样照做。“您是整个蜂房的荣耀。”赛奇修女一边说着，一边直起了身体。

“太客气了。”但他的微笑中仿佛带有某种魔力。姐妹又一次行了礼，接着便目光殷切地凝望着他。他浑身褶皱，但姿态高雅，而且似乎特别在意自己褶裥领的样子。等他终于把褶裥领调成自己喜欢的式样，便鞠了个躬——动作极其夸张。然后，在姐妹热忱的掌声中，他以不同角度展示着自己的身体——双双对对地伸着腿，吹动着自己的虫羽，甚至发出一阵阵突如其来的吼声。她们快乐地尖叫着，彼此感染着，争先恐后地向他献上糕点和清水。

弗洛拉看着他吃喝的样子，越发感到口干舌燥，饥肠辘辘。

“贪婪是种罪恶，717。”赛奇修女又回到她的身边，说道，“你要小心。”

她继续向前走着。弗洛拉还没来得及回头看那只雄蜂一眼，身体便不由自主地被触角猛拽着，往祭司气味传来的方向走去。于是她跑着追了上去。

她一边跟在祭司身后，一边感到了从蜂巢地板上传来的震动。这种震动来得越来越强烈，持续的时间也越来越久，仿佛一个生命就在她的身下，能量向四面八方传去。她的六只脚都感到一阵嗡嗡的震颤。一股信息的疾流在体内横冲直撞，一直冲进了她的大脑。弗洛拉感到不知所措。她停下脚步，站在一座大厅的中央。在她脚下的地板上，一个由六角形地砖组成的巨大马赛克图案从此蔓延开去。涡状花饰布满了整个大厅，并一直延伸到甬道上。一群群蜜蜂彼此交错着，川流不息地从这些花饰旁走过。随着气味的弥漫，连空气也变得厚重起来。

赛奇修女又回到她的身边。

“很好！你好像一次就获得了所有地板传递的信息。站着别动。”她用自己的触角，轻轻碰了碰弗洛拉的。

一种全新的香气笼罩着她们。弗洛拉用力闻着这种味道，充斥在她脑中的迷惑也平息了下来。她的身体得到了安抚，心中也充满了喜悦。因为这香气确定无疑地告诉了她——她，弗洛拉717，是被爱着的。

“母亲啊！”她喊出声来，并一边弓起了身体，“神圣的母亲。”

“不完全是。”祭司高兴地看着她说，“虽然我和女王陛下都来自同一支贵族，不过所有人都称颂着她的卵。女王以她最大的仁慈，准许我在今天觐见。所以我当然有幸亲近她的气息。你感受到的是女王的爱，尽管只是其中极小的一部分，717。”

赛奇修女的声音听起来似乎很遥远。弗洛拉点了点头。她的身体和大脑中都流淌着来自女王的爱。与此同时，不同的频率信息和代码从地砖上穿来。它们缓慢并清晰地幻化出一张蜂房的地图——

信息持续不断地奔腾着。每样东西都是那么美丽，并令人神往。于是她转身向祭司望去。

“是的，你很善于接收信息。”赛奇修女看着她，然后又指向一处新出现的马赛克图案说道，“你现在站到那边去。”

弗洛拉顺从地走了过去，并感到从蜂窝中传出的震动和频率都有了微妙的变化。她调整了双脚的位置，为的是接收到最强的信号。祭司则在聚精会神地看着她。

“你感受到了一些信息——不过你能理解吗？”

弗洛拉很想回答“可以”，但体内极致的欢愉让她发不出声音，所以她只能瞪大眼睛。于是在她的沉默中，赛奇修女也放下心来。

“很好。知识只会为你的家族带来痛苦。”

她们继续向前走着，弗洛拉心中那极度的欢愉渐渐平息下来。接着，她的身体得到了极大的放松，心中也感受到一种更加深刻的感悟。直到现在，她才能真正欣赏到赛奇修女那高贵的美——她那淡金色的绒毛，就藏在丝绸般的条纹里，映衬着那些散发着淡棕色光泽的色条，并与六条腿的颜色极为相配。长长的翅膀是半透明的，就收在她的身后。她的触角往下渐渐变细，直到针尖大小。

她们继续向蜂房深处走去。弗洛拉看到了那些布满浮雕与壁画的墙壁——它们都散发着古老的气息。还有那些活生生的姐妹——她们彼此完美地融合着。这一切都让她感到着迷。她并没注意的是，脚下的金色地砖已经变得不同，裸露的浅色蜂蜡开始出现在地板上。不经意间，祭司用自己的气味笼罩住她们。这时，她们走上了一条空旷的甬道。震动在这里完全消失了。

直到她们在一个小而朴素的门洞前停下脚步，弗洛拉才意识到自己走了多远，而她依然感到饥肠辘辘。

“就快到了。”赛奇修女的语气好像在回答一个问题，但弗洛拉并未开过口。她用手碰了碰墙上的一块镶板，门便应声而开。

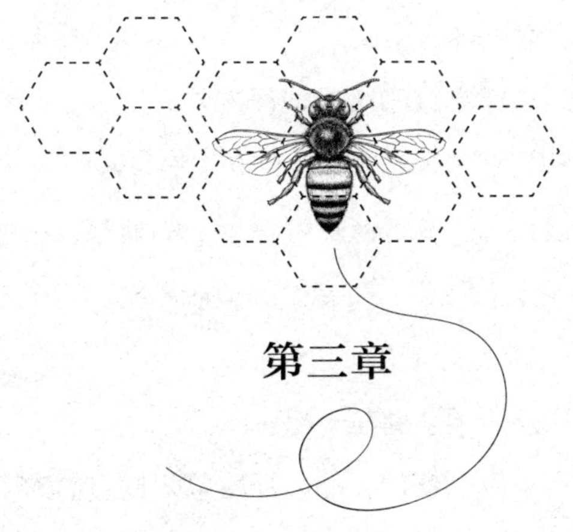

第三章

这是一间小房间，很安静，看上去空荡荡的。一阵柔美的香气透过墙壁传来。在浅色六角形地砖上，一条宽幅轮胎印清晰可见。它贯穿了房间中央——那是旧日磨损留下的痕迹。弗洛拉分开她的脚，准备探查更多的信息。

“这里的信息早就消失了。”赛奇修女虽然已经背过身去，却对弗洛拉的举动一清二楚，“还有，千万别乱说话。”

随着一阵奔跑声传来，另一只蜜蜂冲进了房间。看到祭司就站在面前，她吃惊地停下了脚步。

“赛奇修女！没想到您在这里。”她身上的色条坚硬而有光泽——这说明她的地位很高。但她的绒毛是黄色的，面孔看上去有些粗糙，而且触角也显得有些迟钝。她深深鞠了一躬。赛奇修女点了点头。

“狄泽修女，你还好吗？”

“毋庸置疑，狄泽家族的所有成员都一如既往，强壮而积极。这个家族不会生病！为什么这么问？有谁生病了吗？”

“不，完全没有。”赛奇修女望着远处的墙壁，注意力一时有些放松。弗洛拉也望向那边。在磨损的地砖尽头，第三道门的轮廓隐约可见。

狄泽修女把自己的手紧握在一起。

“您是梅丽莎家族的祭司，能来视察总归是我们的荣幸——不过，难道祭司大人没以自己的身份下令封闭这一侧的育儿室吗？否则，她们肯定会安排人来接待您——”

“我不想引起注意。”赛奇修女低下头，看着昏暗的甬道——那是狄泽修女走来的地方。狄泽修女则趁机打量着弗洛拉。弗洛拉明显感应到了她的反感。这让她有些害怕，便笨拙地试着行了个屈膝礼。狄泽修女找到了弗洛拉身上离她最近的膝盖，用力敲了敲上面的硬皮。

“往前来，腿不要分开！”她看了看赛奇修女，“真是冒失！可她身上的皮毛还是湿的，这说明她是刚孵化出来的——我不太明白。”

“我们突然遇到一只雄蜂出生，不得不等了一会儿。她在那儿学到了这么滑稽的动作。”

“哦，是一位新的王子！蜂巢的荣耀啊——他是不是一出生就很英俊了？还是说，毛发越长就越英俊？我真想——”

“狄泽修女，你损失了多少保育员？”

“从上次检查时算起吗？”狄泽修女惊慌地瞪大了眼睛，“同其他部门相比的话，几乎没有。我们和采集蜂不一样。我们所处的环境都很安全，既不接触外面的世界，也不用面对那里的危险——但就算这样，有时候，我们家族也不免蒙受损失——”她清了清喉咙说，“六名，修女阁下，从上次检查时算起的话。我把她们送走了——哪怕只是发现了最微小的迷惑或是患病迹象——我们不会冒任何风险。这是当然的，我们只保留血统最为纯正、服从性最高的族人。”她干咳了几下，又说道，“六名，修女阁下。”

赛奇修女点了点头：“另外，你听到什么传言了吗？关于其他部门的。”

“哦！那只是一些餐厅八卦，或者闲言闲语，没什么需要复述的。”

“请你复述一下。”赛奇修女全神贯注地看着狄泽修女，空气中弥漫起她的气息。弗洛拉低头看着蜡质地砖，一动不动。狄泽修女则把手扭在一起。

“赛奇修女，我们很幸运，能待在育儿室里。这里有很多物品，所有东西都有人送来——我们既不会感到物资匮乏，也不用面对危险……”她支支吾吾地说。

“修女阁下，来吧。说说心里话。”赛奇修女的态度平静而慈祥，狄泽修女便大胆地抬起了头。

“他们说，雨水毁掉了这一季；我们找不到鲜花——它们还没开就凋谢了；还有，采集蜂从空中掉落下来，却没人知道为什么！”她抽搐似的抓着自己的毛发，“他们还说，我们会遭遇饥荒，孩子们都会死掉，我的小保育员们都非常担心，我怕她们会忘了——”她摇着自己的脑袋说，“她们不会的，修女，永远不会。因为她们接受着最严格的管理，而且也有人监管考勤。所以，就算她们能算数——如果事情和我说的不一样，你可以杀了我。”

“你不需要做什么保证。”

狄泽修女一下子笑了，接着就伸出手来，拉起了赛奇修女的一只手。

“哦，赛奇修女，跟您说笑的感觉真好——现在我倾诉完了，不再担心了！”

“这就是梅丽莎家族的作用啊！把恐惧带走，让蜂房得到解脱。”赛奇修女身上传来一阵令人安宁的气息。这气息充满了整个房间。

“阿门。”狄泽修女说道，“但是，唉，为了西斯尔家族的勇气。”

“怎么了？她们干了什么？”弗洛拉想起祭司的嘱托时已经太晚了。

狄泽修女愤怒地瞪着她，甚至忘了自己的难过。

“她可以说话？真是放肆！赛奇修女，请您宽恕我的好奇，并告诉我她为什么会在这里。如果是为了清理，我就把她添到接下来的名单中——但我可不希望出现长着舌头的清洁工，因为那样会在我们当中引起骚乱！”她瞪着弗洛拉，接着说道，“吵闹的脏东西。”

“狄泽修女，你是要评判我们的意图吗？”

“不，修女阁下，永远不会。原谅我吧。”

“那请记得，变异和畸形是不一样的。”

“修女阁下，感谢您用过人的智慧指引了我——尽管在我那愚昧无知的眼睛里，这些词都是一回事。”狄泽修女向着弗洛拉相反的方向退了几步，“她真是大得可怕——还有这皮毛，等干了以后，它就会和雄蜂的一样厚；并且她的外壳也黑得像乌鸦一样——感谢母亲，我从没见过这样的家伙。”

赛奇修女显得十分平静。

“我想你可能是累了，工作太久了吗？你忠诚的心想要提供更多服务，可精神疲倦了。”

狄泽修女慌忙摇了摇头。赛奇修女又转向弗洛拉。

“把嘴张开，717，让狄泽修女看看。”

弗洛拉听令照做。狄泽修女迅速却认真地朝她嘴里看了看，又惊奇地望向赛奇修女。接着她抓起弗洛拉的舌头，把它全部拉开，然后才放手让它弹回嘴里。

“我看到了！也许真可以呢，但关于舌头——”

“等她回到自己的家族时，这根舌头就会失去作用。如果没有，我就亲自从她脑子里抹去所有知识。给她做测试吧，如果没什么结果，就立刻把她送走。”赛奇修女慈祥地看着弗洛拉说，“进行这种试验是一项很大的荣誉。你有什么想说的吗？”

“*接受、服从和服务*。”弗洛拉不假思索地脱口说。

狄泽修女剧烈地颤抖着：“让我们期待她可以吧。真是丑陋啊！”

这让弗洛拉感到羞愧。于是她转向赛奇修女，想寻求她的庇护。但这位祭司已经不见了。

“她们就是这样。”狄泽修女看着她说，“你永远不知道她们要干什么，总是出人意料。快来吧。”她打开了门。弗洛拉从门后闻到了一股纯粹的香甜。“如果不是赛奇修女亲自要求我这样做，我会把这当成是一种亵渎。”她把弗洛拉赶进了门里，“让我们速战速决吧。”

第四章

巨大的育儿室里全都是婴儿床。它们一排排地摆在那里，一些床的上方还闪着粼粼的微光。弗洛拉跟着狄泽修女向房间里面走去。让她吃惊的是，那些光其实来自一种明亮的液体。年轻的保育员们正伏在婴儿床上，这液体正小滴小滴地从她们的嘴巴里滴出来。在房间里还有很多这样的保育员在安静地移动着。她们都年轻漂亮，下巴都闪动着光彩。

“这可真漂亮啊！”

尽管非常生气，但狄泽修女还是扶了扶自己胸口上的毛，并且点了点头。她指着一张无人照看的小床。

“什么性别？”

弗洛拉往里看了看。那是一只刚刚孵化的幼虫。柔软而卷曲的外壳闪着珍珠般的光泽，仍附着在那半透明的白色皮肤上。它在睡觉——眼睛闭在小小的脸上，身体上方飘散着牛奶似的香味。

“是一只雌蜂。她可真完美！”

“这只是另一只工蜂而已。现在找一只雄蜂出来。”狄泽修女指着偌大的育儿室说。

“是的，修女阁下。”弗洛拉抬起了触角。一排又一排，她闻到的都是雌性幼虫的气味。这味道非常强烈，并且持久。

“你在这儿找不到的，傻姑娘。”

弗洛拉并没有答话。她闻到了不同的气味，有些属于年轻的保育员们所在的家族，有些则属于这数千只雌性幼虫。没有雄蜂的味道。

“我已经找过了，这里没有雄蜂。为什么呢？”

狄泽修女瞪着她。

“在季末，神圣母亲便不再生产雄蜂了。”她摇着头说，“你对气味很敏感，但这并不足以让你脱离清洁工的行列。现在，管好你冒失的舌头吧，让我们结束这场愚蠢的试验。”

狄泽修女推着弗洛拉，来到弗洛拉看到的第一张小床旁。接着她拍了拍床的一边，为的是把小家伙叫醒。等它张嘴开始哭泣时，她就满意地端起胳膊，并看着弗洛拉问：“现在呢？”

弗洛拉探身看了看，小小的幼虫展开四肢，向她伸了过来。它那温暖的气息变得越发强烈，其中交融着来自女王之爱的芬芳。突然间，弗洛拉的双颊抽动了两下，然后一种甜蜜的液体就开始在她嘴里充盈。她惊慌地望向狄泽修女。

“这是浆流！”狄泽修女喊道，“不要咽，让它流出来！”

在她的指导下，弗洛拉调整好身体的位置，明亮的蜜珠便从她口中一涌而出。随着它的落下，幼虫停止了哭泣，接着便蠕动身体，急切地舔食着。越来越多的蜜珠汇成一股细流，围绕在婴儿身旁，直到它再也喝不下为止。

随着浆流退去，弗洛拉的双颊也停止了抽动。她感到筋疲力尽，只得靠在小床的一边。在她的注视下，婴儿渐渐长大，小床的底部也发出了淡淡的光晕。保育员们纷纷望向这边。

“很好！”狄泽修女说道，“如果不是亲眼所见，很难想象一个弗洛拉家族的清洁工，居然可以制造蜂王浆——流。”她自我纠正道，“你只能将其称为浆流。”

“为什么，修女阁下？”弗洛拉感到温暖而困倦。

狄泽修女发出一阵“啧啧”声。

“不要再提问了。你只须记住，要按照上级的指示进行喂养。不论幼虫们怎样祈求，也不能多喂一滴。它们肯定会求你的。现在我必须给你找个睡觉的地方——虽然不知道其他姑娘会怎么说。一定不要期待她们来触碰或培养你。”

在狄泽修女的带领下，弗洛拉来到了休息区。年轻的保育蜂们躺在这里，或是轻声交谈，或是已经入睡，明亮的痕迹在她们嘴边渐渐消退。弗洛拉立刻躺下身来。

“弗洛拉717会在这里，是出于赛奇修女的明示。”狄泽修女说话的口吻让大家不敢质疑，“是的，她能制造浆流；是的，以她的家族来说，这很不寻常。但我们正处于一个很不寻常的季节——雨水过多，天气寒冷，而且食物匮乏。所以我们必须竭尽所能。听明白了吗？”

保育员们一边小声表示赞同，一边把食物和饮品放到弗洛拉能够得着的地方。但她还是太累了，连动也动不了。狄泽修女的声音仍在耳边。弗洛拉知道，当蜂房再次颤抖，那种神圣的芬芳又将升起——它来自女王之爱。她还知道的是，此时此刻，神圣的奉献仪式开始了。她很想加入那甜美的和声中，和保育员们一同祈祷。但此刻的房间是如此温暖，如此黑暗；还有这床，它也是如此柔软。

就像其他保育员一样，弗洛拉的工作也十分简单。她必须按指示为幼虫提供浆流，然后就去休息，循环往复。就像狄泽修女向赛奇修女强调过的一样，她们对喂养时间的监控相当严格。不同铃声代表着不同的育儿室，预示着哪一间的需要喂养更多，或者哪一间必须停止。铃声时常响起。被喂养的幼虫身上会释放出能量和微弱的光芒，这会在保育室里营造出一种强烈的梦幻般的氛围。不过有一个声音常常会激起弗洛拉的注意。那便是太阳钟的声音。那声音明快而嘹亮。它特定的出现节奏告诉所有蜜蜂——在安全的蜂房壁外，太阳又升起了。

弗洛拉对这种震颤情有独钟。她会认真听着——对她而言，这是种难得的乐趣。每当钟声响过三次，负责监管的修女们就会过来。她们会检查哪些保育员的绒毛长长了，谁制造的浆流变少了。然后就会有新的蜜蜂来替代她们。这些蜜蜂是来自到达大厅的新鲜力量——她们身上的绒毛依旧柔软而潮湿。

弗洛拉身上的绒毛并不曾发生变化。因此，她便一直留在那里。第六次太阳钟响时，她身边的所有保育员都已经被替换，但她的浆流仍然强劲，一如既往。负责监督的修女们也换了一批。不过她们当中总会有几个来自狄泽家族。弗洛拉看着大家忙于各自的工作，也开始明白育儿室的运作流程。

婴儿床总是轮流使用。每一天，快要离开的保育员们都会清理出一千张床，接着会过来一小队清洁工。她们会搬走垃圾，并擦洗地板。弗洛拉偷偷地看着她们。她们之间没有过任何眼神交流，也不曾说过一字。尽管如此，她们身上传递出的那种活力与能量却是真实的。所有保育员在离开时都感到如释重负，尤其是弗洛拉。没有谁会像弗洛拉这般为自己的出身而感到羞耻。接着保育员们会把空床准备好，并把它们放到刚刚清理干净的地方。负责监管的修女们会念诵净化祈祷文。接着大家便会笼罩在一种散发着微光的谨慎气息中，并准备好在女王产卵时进行皇室巡游。

当太阳钟的声音再次响起，育儿室里弥漫起一种高贵的、来自新生命的芬芳——一千枚新产下的卵会完美而纯洁地躺在各自的婴儿床里。育儿室里所有蜜蜂都开始高歌，颂扬着母亲的丰产与不朽。当太阳钟的声音响过三次，这些卵就会孵化为幼虫。接着它们就需要浆流的哺育。

接下来的三天里，在一位上级修女严格并守时的监督下，弗洛拉会和其他保育员满怀惊奇地看着婴儿们长大。香甜的气息如波浪一般，从她们身上涌起。接着，残酷的时刻随之而来——巡查修女会用短促的口哨声让她们停止。不论幼虫是多么饥饿，她们都不能再多给一滴——把幼虫送去二类房间断奶的时间到了。

对于弗洛拉来说，这份工作的地点十分理想。尽管巨大的双重门阻隔了两间育儿室，但她常常会看到老保育员和大孩子们一起玩耍歌唱的情景——她们甚至还会把孩子们抱在怀里呢。

弗洛拉觉得，关于转变仪式的一切都让她激动：不论是从双重门后的房间里传来的食物香气；小婴儿们闻到香气后开始的蠕动，以及兴奋的大笑；或是为小婴儿而来的保育员们唱出的欢快的赞美诗。她们会向一类房间里的所有蜜蜂，甚至是弗洛拉，优雅地行屈膝礼；接着便捧起笑着的小婴儿们；然后门就会在她们身后缓缓关上。

那些来自二类家族的蜜蜂——她们都长着长长的绒毛和优雅的四肢，都会恰到好处地行屈膝礼，而且她们见多识广。弗洛拉对她们尤其钦佩，不论她们家族的名字是维奥莉特、普里姆罗莎还是维奇。

一类房间里的气氛是朦胧而神圣的。弗洛拉也在这样的气氛中，小心翼翼地练习着屈膝礼，为的是克服可耻的外扩动作——万一赛奇修女再次出现，并把她调到二类房间呢。

这个主意真是太棒了。弗洛拉开始把它加到了自己的祈祷文里。虽然每当蜂房里弥漫起来自女王之爱的那种醉人的芬芳时，她都会暂时忘却这个想法；可当身边的保育员换了一批又一批，她身上的绒毛仍没有变长，她终于鼓足勇气，找到了狄泽修女。

“你想走？”狄泽修女惊讶地盯着她，“从蜂房里最神圣的一类房间离开？这可是你能去的离女王陛下最近的地方。这是为什么？她每天都会从我们身边经过！”

“但是我从没看见过——”

狄泽修女扬起一只利爪，猛地打在弗洛拉的触角上。

“放肆，无知的女孩！你难道觉得一个弗洛拉家族的清洁工，真的能出现在陛下面前吗？我就知道会变成这样！我从一开始就不同意——为什么这样祈祷？你现在就这么想去二类房间吗？”

“那儿看起来是那么明亮，那么快乐。保育员可以和孩子们一起玩耍。”

“没错，结果她们都变得轻佻并依赖。我简直不能相信——从女王陛下身边离开？请你告诉我：你是不是幻想自己是一只采集蜂，能生活在没有母亲神圣气息的地方？作为一名保育员，这肯定是不可以的！”

“是的，修女阁下——原谅我的请求——”

但这已经太晚了——躁动的气息已经从狄泽修女身上弥漫开来，充满了整个房间。幼虫们开始变得十分烦躁，正在喂养它们的保育员也受到了干扰。她们抬头看着，浆流噼里啪啦地溅到婴儿床上。狄泽修女向她们挥了挥手。

“专心点！”接着她又转向弗洛拉说，“你现在听我说，在这里，我们要做的就是：给予同类幼虫同等照料。这里不存在随机应变，也不能要求调任，另外直到你被强塞到这里之前，我们的保育员都血统纯正，无一例外。”

“我知道，修女阁下，我非常感恩。只是这么多保育员都换了——”

“你的任务是什么？你是在试图计算吗？”狄泽修女逼近她说

道，“717，你是在研究值班表吗？如果真是这样，你一定要坦白。因为这关系到整个蜂房的安全——对于那些，你都知道什么？”她的气息里透出焦虑的味道——幼虫们又开始大哭起来。

“没什么，修女！我只是想问问——”

“你看，这就是欲望的种子。”狄泽修女理了理触角背面的毛发——它们一直在颤抖着。接着她又瞪了弗洛拉一眼：“欲望是邪恶的，虚荣是邪恶的——祈祷时大家都这么说，717，别以为我不知道，你一直在练习你那滑稽的屈膝礼——”

“懒惰是邪恶的。”被揭穿后，弗洛拉感到有些羞愧，于是她继续按教义背着，“纷争是邪恶的，贪婪是邪恶的——”

“还有你的食欲——就像雄蜂一样糟糕。不管德高望重的赛奇阁下会怎么想。”这时，狄泽修女朝房间四周飞快地瞥了一眼——“你就和你家族里那些蜜蜂一样，一群贪婪、丑陋又固执的东西！姑娘们，我们的首要信条是什么？”

“接受、服从和服务。”正在一旁偷听的保育员们吟诵道，并纷纷看向弗洛拉。

“接受、服从和服务。”弗洛拉跪倒在狄泽修女身前，“弗洛拉家族的蜜蜂不会制造蜂蜡，因为她们是不纯洁的；也处理不了蜂胶，因为她们是笨拙的；也不能寻找花朵，因为她们没有味觉；她们能做的只有清洁，并且服从大家的指挥。”

“完全正确。”狄泽修女抽动着触角说道，“但你来到这里，在喂养女王陛下新近产下的孩子们。这个夏天很冷，弗洛拉家族的蜜蜂们在说：这世界翻过来了！你需要为这种荣耀感恩，因为它很快就要结束了。不过我很想知道结束的时间，因为我之前还从没见过你那样的浆流。”

“这是什么意思呢？我掌握的知识会被抹去吗？”

狄泽修女的语气变缓和了。她叹了口气。

“你很快就会知道了。现在就饶过我们俩吧，别再问问题了。”

弗洛拉回到大厅里。她的希望被恐惧代替了。一群保育员正站在那里。她们等待着铃声，好知道下面需要把浆流送往哪里。她们嘴里已经充盈着明亮的液体。弗洛拉和她们站在一起，她们前面是一只小小的黑色清洁工。随着铃声响起，清洁工急忙跑到一边，把路让了出来。走在队伍的末尾，弗洛拉可以清楚地看到她——她拿着毛刷和簸箕，畏缩地站在一旁，收拢着翅膀，唯恐一不小心就会碰到这些高贵的家族。在某一刻，她们四目交会。小清洁工笑着扮了个鬼脸。弗洛拉忙把目光移开，匆匆离开。

这次的幼虫很大，而且十分饥饿。弗洛拉低下头，看着它张开的嘴巴。在喂养前，她总会这样出一会儿神。接着，她两颊的肌肉便会开始抽搐。可这一次什么都没发生。清洁工的那个鬼脸——古怪而友好的鬼脸——在她脑子里盘桓。弗洛拉摇了摇头，接着调整身姿，继续让自己集中精神。

那孩子张大了嘴，渴望地向她探着身体。她感到两颊抽动了一下，接着便渗出了几滴液体。弗洛拉晃了晃脑袋，好让它们滴向幼虫。那孩子饥饿地舔着，接着又抬起头来，张大嘴巴，想吃到更多。她继续集中精神，直到嘴角肌肉紧绷得阵阵疼痛。可什么也没有流出来。接着那孩子就大哭起来。

一位新来的保育员便出现在弗洛拉身旁。她的嘴里和脸上都光芒闪耀——那是新鲜浆流的光芒。她看起来很年轻，正沉浸在准备喂养的出神状态中。她站在弗洛拉身边，身体向前倾斜。明亮的液体随即源源不断地流出。幼虫得到了喂养，便也安静下来。看到这里，弗洛拉迷惑地向后退了几步。

“你能够喂养幼虫，”一个熟悉而和蔼的声音传来，“这就已经是个奇迹了。”

赛奇修女来到了她身旁——美丽而令人害怕。她微笑着。

“如果这份工作让你觉得无聊，717，我会找些更令人兴奋的事情让你去做。就当这是另一项测试吧。”

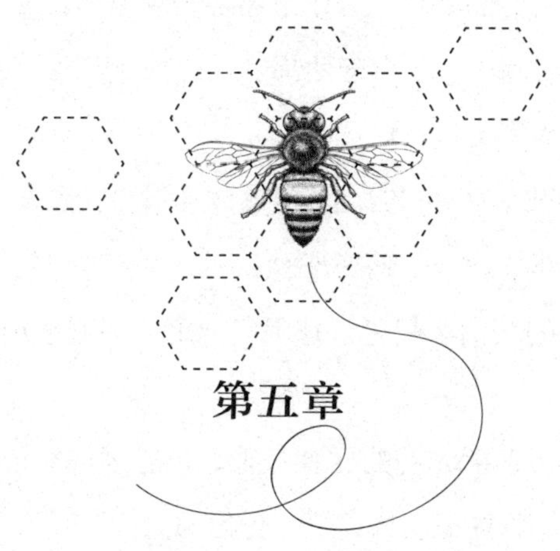

第五章

当赛奇修女的身影出现时，二类房间里所有的保育员和保姆都屈膝行礼。尽管她们看上去都很警惕——因为弗洛拉竟和祭司走在一起。她的浆流停了，可祭司并没有生气，看起来似乎只是想要和她谈谈。

“我必须说，这次的试验是成功的。”她对弗洛拉说，“而且我很确定，狄泽修女已经让你充分感受到了，能够提供这份神圣的服务是一项特权。”

“是的，修女阁下。我非常感激。”

“但你对二类房间很好奇——在我的印象里，那地方是很无聊的。这是为什么呢？”

弗洛拉呼吸着赛奇修女身上那强烈的气息，渐渐镇定下来。她感到一种无法抗拒的渴望，这让她想要一吐为快。

“在一类房间里，所有东西都一模一样。”

赛奇修女笑了笑。

“这就是同等护理的要点。可这让你觉得无聊了。”

“是的，修女阁下。请宽恕我！”弗洛拉低下了自己的头，但赛奇修女把她的头抬了起来，并用自己那长长的触角搭在了她的触角上。

“让我们忘了那笨拙的屈膝礼吧，也忘了你胆敢妄想面见神圣母亲。据我所知，你很虔诚，工作也很努力。”

“我希望如此，修女阁下。”

“还有，你热爱女王陛下吗？”

“用我的整个身体和灵魂。”弗洛拉的触角颤抖，因为她觉得赛奇修女正在触及自己的内心。

“你会尽己所能为她服务吗？”

“用我的整个生命。”

“很好。”赛奇修女一边向前走着，一边说道，“在这种物资匮乏的时候，你在育儿室里的作用是惊人的。有时候，我们就是要容忍异常事物的存在，并做出一点尝试。”她微笑着问，“这地方和你想象的一样吗？”

“比想象的还好，修女阁下！这里充满了活力，所有东西都棒极了！”

“那么请开始接受信息吧，我希望你能了解它。”

＊＊＊

二类房间里有很多的装饰品，游戏区都铺着精美的地砖——这让弗洛拉目不暇接。这里还有很多漂亮的保育员和保姆。她们或是和那些精力旺盛的小家伙坐在一起，歌唱玩耍着；或是从闪闪发亮的大平盘里取出食物喂给它们。美丽健康的幼虫随处可见。她们都很快乐，微微上翘的小脸上还点缀着金色的花粉。这里没有浓重的浆流味和喃喃的祈祷声，取而代之的是保育员们的歌谣声、欢笑声，还有新鲜面包那诱人的香气。

赛奇修女看着她问："关于喂养方式，你都知道什么？"

"什么也不知道，修女阁下。"弗洛拉欣赏地看着两只胖胖的幼虫——它们咯咯地笑着，保育员们正在胳肢它们。"狄泽修女问过我这些。我只知道，控制时间是非常重要的。而且铃声有很多种。"她有一种强烈的感觉，仿佛胳膊正不由自主地想抱起一只，于是她转过脸来，以免被邪恶的欲望控制，"我们必须适时停住，不能再多喂一滴。"

"原因是什么？"

"我也不明白，修女阁下。"

赛奇修女用自己的触角碰了碰弗洛拉的一只触角。一阵尖锐的共鸣声顿时出现在弗洛拉脑中，让她几乎无法忍受。然后，随着赛奇修女的触角离开她的身体，这种感觉也戛然而止。

"很好。你说的都是实话。"她把长长的触角卷曲起来，"不过，把关于狄泽修女们的事告诉我：她们会在保育室开会，或者说集会吗？”

“应该没有。”弗洛拉感到一种强烈的冲动——她想给出正确的答案，并希望自己能让祭司高兴，“但我只认识一个狄泽，就是我的监管修女。”

“啊哈，没错。对你来说，她们都一模一样。可她们虽然看起来几乎一样，但仍需要靠语言才能明白彼此的想法。这是最奇特的。不过，如果你看到她们在私下里集会，一定要来告诉我。明白吗？”

“是的，修女阁下。”

说着她们就来到了二类房间的尽头。这里有一些巨大的镶板，上面雕刻着不同的花纹——这说明后面还有几重大门。弗洛拉并不明白那些花纹的含义，但她本能地知道不要去触碰它们。赛奇修女的话解答了她并未出口的疑问：

“这些代表着神圣时刻。在那种时刻里，我们都在祈祷声中入睡。”她的声音很温柔，面孔也熠熠生辉，仿佛她正经历着某种极其强烈的、内在的喜悦，“每次举行奉献仪式时，我们都会回忆起那种状态。”她全身心沉浸在冥想之中。

弗洛拉默默地站在她身边——她感觉这样就对了。不过她的注意力被一件事吸引了——又是一个可怜的清洁工。她正拿着簸箕和毛刷，沿着房间的排水沟工作。她看了弗洛拉和祭司一眼。弗洛拉夹紧膝盖，尽可能地抬头挺胸，为的是突出自己与之不同。清洁工继续打扫着，从她们身边经过。尽管只是被看了一眼，弗洛拉却感到了愤怒与不安。

“不要责怪自己：没有谁能选择自己的出身，换句话说，每只蜜蜂都可能是赛奇。”祭司微笑着，已经不再沉浸于那种喜悦中，“因为你们没有血缘上的传承，这才构成了我们社会的基础。确切地说，在你们的作用下，我们的蜂房才避开了那些不纯洁的杂交花卉。”

“赛奇修女！赛奇修女！”

狄泽修女高亢而紧张的声音穿过二类房间的长甬道传了出来。在她现身之前，她们就已经闻到她身上传出的恐慌气味。只见她朝她们跑了过来，触角上下摆动，脸上流露出强烈的恐惧。

“请你们——你们必须——你们两个，我请求你们——”狄泽修女几乎说不出话来了，“所有蜜蜂都必须马上汇报。生育警察来了，现在就在我们房间！”

* * *

弗洛拉跟着赛奇修女穿过二类房间走了回来。所有保育员和保姆都把自己的小家伙紧紧地抓在身边，并默默看着她们。透过巨大的双扇门，她看到一类房间已经不再像以往一般昏暗而宁静。那里被完全照亮了，一股强烈严肃而苦涩的气味在四下里弥漫。弗洛拉努力在脑中回忆着，以致脚下一绊。赛奇修女伸手抓住了她，接着赛奇修女加快脚步，强化自身的气息，并用这气息笼罩着她们。

“你没什么可害怕的。”

她们进到房间里。弗洛拉起先以为保育员们都离开了，因为小床都无人看管，孩子们也已经开始啼哭。但接着，她就看见大家都站成一排，正聚在修女工作台旁。她们中有些已经因为害怕而大哭起来，触角正不受控制地起伏着，剩下的蜜蜂则僵硬地站在那里。房间周围站着的就是生育警察。她们的家族气息被一层装饰性气息所覆盖。她们眼中一片空白，光滑的黑色皮毛映衬着身上的条纹——弗洛拉认出自己曾在到达大厅见过她们。赛奇修女释放出一丝自己的气息，包裹住弗洛拉的触角。她感到自己的嘴被紧紧箍住了。祭司先是把她安置到第一排队尾，接着便向前迈了一步，朝警察鞠了一躬。

“巡查修女阁下，主任修女阁下，欢迎你们。”

巡查员先是向她回礼致敬，接着便转身对保育员说话。

“我们又发现了一例翅膀畸形。”在装饰性气息的作用下，她的声音被扭曲成一阵刺耳的声音。保育员们嫌恶地嘀咕着，也难掩她们的恐惧。

“赞美谨慎的西斯尔家族，她们在起降板守护着。”一阵阵气息毫无规律地从她身上迸发出来。她检查着保育员们。在另一边，狄泽修女已经流出了眼泪。

“*不可能在这儿*，巡查警官，绝不会在一类房间里，这不可能——神圣母亲每天都会经过，她的气息美妙而强烈——这儿不会有——”

“安静！”巡查员鄙夷地说，“你难道觉得我会认为缺陷是陛下造成的吗？你这样几乎是犯了叛国罪，修女！”

“如果我的意思真如您所说的那样，就让神圣母亲在我下一次呼吸前打死我吧！”狄泽修女弯下膝来，可后背被巡查修女用脚一下扯住。

“测量她。”她用力把狄泽修女推到两名手下身边。接着，她们便各自用黑色卡尺卡住了狄泽修女的粗腰。恐惧让狄泽修女失禁了。便溺的味道混合着保育员们恐慌的气息，在她们的呼吸孔周围弥漫开来。在她们身后，所有幼虫都开始大哭。而赛奇修女只是平静地看着。

“不是她，总之不是她。”巡查员放开了狄泽修女，接着便向保育员们走去，“畸形是蔓延在蜂房里的罪恶，读圣的异教徒就藏在某个地方，她竟敢窃取女王陛下神圣的母亲身份。所以才会有疾病，所以畸形才会增加。都是因为这肮脏的东西！”她的触角在不由自主地抽动着。弗洛拉能感到她对于暴力的渴望。

“只有女王陛下才能生育。”赛奇修女一边看着保育员们，一边回应道。

“只有女王陛下才能生育。”几名保育员也应声道，但其他蜜蜂都盯着狄泽修女。她一边羞愧地弯着触角，一边拼命想把自己清理干净。巡查员举起一只长长的利爪，向房间里伸去。

“我们要检查每一张小床，我们还要测量每名保育员的腹部，直到揪出罪犯为止。然后我们要把她那污秽的身体撕成两半，清理蜂房中的罪恶。”

“请履行你的职务，巡查员修女阁下。”赛奇修女又鞠了一躬。

一经巡查修女示意，她的几名手下便开始有条不紊地在成排的婴儿床间穿梭。其他手下则用各自手中的卡尺，测量着保育员们的腹部——她们都吓坏了。

在轮到弗洛拉时，她痛苦地望向赛奇修女。她深信自己会被贪婪的欲望推向厄运，但祭司没有理会她。几把卡尺同时卡住了她的腹部，不过警察们继续向前走着。她们检查了所有的保育员，并没发现什么问题。

几名保育员大着胆子回过头去，看了看那些小床——床上的幼虫宝宝纷纷哭嚎着。警察们正在检查这些宝宝。她们的触角像探头一样有力。在触角的探查下，阵阵颤抖从宝宝那脆弱的小身体上传了出来。宝宝们害怕地哭着，吐出了吃下的食物。呕吐物和婴孩排便的气味混合在一起。

“我们的母亲啊，她是分娩的艺术家。”狄泽修女的声音很微软，但保育员们纷纷支持地和声唱着。

“神圣的是您的子宫啊。”她们想用歌声来驱散恐惧。

“您一夕成婚啊，女王之国便诞生。”

弗洛拉也想和她们一起歌唱，但赛奇修女的气息紧紧束缚着她。

“从死亡中降临，生命不朽——”这时，一阵尖叫从婴儿床那里传来，打断了甜美的歌声。

在保育员们恐惧的目光下，一名警察弯下了腰，紧接着便举起了一只幼虫，那尖叫声就变成了痛苦哀鸣。幼虫极力想蜷缩起身体，可它被另一名警察拉开了——皮肤撕裂的声音随之传来。

此时的巡查修女正站在弗洛拉身边——一只爪子从她的金属手套里滑了出来。“带过来。”她说。

婴孩的尖叫声渐渐降低了。她用滚烫的触角在它身体上探查着，直到那珍珠般的皮肤皱缩下去。“有可能。”她宣布道，“它身上有一种肮脏而怪异的气味。”

“那是恐惧的味道！”狄泽修女大喊。

巡查修女好像没听见似的，她举起婴孩，用自己的钩刺刺穿了它的身体。它痛苦地哀嚎着，扭动着。随后，巡查修女又把它递给手下。

“消灭它！”

“等一等。”赛奇修女指着弗洛拉说，“让她来。”

弗洛拉的身体感到一阵晃动，接着便又能活动了。巡查修女抽回自己的爪子，想把幼虫宝宝摔在地板上，可弗洛拉一把抓住了它，并把它扯向自己——这是她抱过的第一个孩子啊。温暖的鲜血浸湿了她的毛发。她把这痛苦的小家伙按在自己身上，试着帮它止血。

生吞了它——一个声音在弗洛拉脑中响起。她更加紧紧地抱住宝宝。这时，一个尖厉的声音从触角上传来。

立刻执行。把它撕碎。

弗洛拉低下自己的头，用手臂护住宝宝。那个声音变得更大了。它在她脑中咆哮着。

消灭它——

她觉得自己的触角就要炸裂开来，身体也仿佛被什么东西抽打着。她蹒跚着跌倒了，宝宝却仍被她抱在怀里。在这种抽打下，她的身体开始颤抖，触角仿佛变成了两根木棍，痛苦不已地阵阵抽动着。宝宝尖叫着被拽走了。她能感觉到温热的鲜血溅在自己脸上。她还能听到肉体被撕裂的声音，还有生育警察们吞咽的咕嘟声。于是弗洛拉开始尖叫。她的舌头在嘴里僵硬地扭曲着，连声音也被哽住了。

“是我要求得太多了……”赛奇修女那温和的声音在耳畔响起，“试验结束了。”

第六章

恢复意识时，弗洛拉正躺在肮脏的瓷砖上。一声低吟声从身旁传来，她试着寻找声音的源头，但就在这时，一阵灼热的痛感像闪电般穿过她的脑袋。弗洛拉不禁哭出声来。

“不要动……”一个虚弱的声音说道，“疼痛会少一些——”

尽管这间小房间里的气味十分混乱，弗洛拉还是能隐约辨别出克洛弗家族的味道。

“是你吗？”那个声音稚嫩却粗粝，“因为我发誓不是我。”

弗洛拉想要回答，却发现动一动舌头都让她感到极大的痛楚。

“安静。”赛奇修女走了进来，身后还跟着一群和她一模一样的蜜蜂。她们的衣服上都带有正式花粉标志，那是属于梅丽莎家族的祭司们的标志。一阵苦涩的味道从她们身上涌出，弗洛拉害怕得瑟瑟发抖，可她们根本没注意她。相反，第一位赛奇修女跪在了克洛弗身前，伸手轻抚着她的脸。

“现在，你犯下的罪行已经过去，继续说谎只会伤害你自己。”她顿了顿，但克洛弗只是喘着粗气躺在那里，什么也没有说。于是赛奇修女向前探了探身，又问道：“你产过多少卵？你是想当女王吗？”

“绝没有！”克洛弗挣扎着，想用残肢撑起自己的身体，她的翅膀皱缩着团在一起，“我请你相信我，我并不曾亵渎神圣的法律，只有女王陛下才能生育——”

另一位祭司向前走了几步，看样子是想痛打克洛弗，但被赛奇修女阻止了。接着她继续好言相劝。

“你为什么要躲着警察？是想用你那肮脏的卵，把你的畸变儿散播到整个蜂房吗？我们已经发现了，很多幼年姐妹身上出现了你的缺陷，你的问题。”赛奇修女“嘘”了一声。克洛弗则流下了眼泪。

“我再一次发誓，我绝没有产下——”

“你的翅膀揭露了你真正的罪行。畸变正在整个蜂巢里蔓延。”

克洛弗放弃了尝试站起身的意图。

“也许是神圣母亲产下了不健康的卵呢。”

祭司们发出了不满的“嘶嘶”声。她们摩擦着自己的翅膀，就像在摩擦着一片片刀片。赛奇修女抬起手，把克洛弗从地板上举了起来。

“哪怕死到临头，你仍要亵渎女王陛下吗？”

克洛弗把触角扬得高高的，高到让它们发抖。

“从死亡中降临，生命不朽。神圣母亲带我回家。”

祭司们围了过来，并把她们的腹部弯曲，向上扬起。弗洛拉看到她们把尾部缩成一个硬硬的小点。随着她们齐声唱着圣歌，精巧而锐利的尾针便滑了出来。房间里充满了毒液的味道。歌唱的声音越发高昂，回荡在空气之中。接着，祭司们便从各个方向一起向克洛弗刺去。她发出一声大叫——接着，属于她家族的甜美气息突然迸发出来，在污浊的空气中一闪而现，接着便消逝不见。

祭司们又来到弗洛拉身边。她能感到她们探查性的目光，这目光顺着她灼热的触角，仿佛要一直深入她的脑袋里。她蜷起身体，尽力想把自己变小，等待着灼痛的到来——她们将把那种化学物质导致的痛楚刺入她的脑中——但什么也没有发生。突然之间，她们便停止了这种私密的侵犯。祭司们一起低声谈论着什么。尽管弗洛拉很害怕，但她还是认真听着。

“矢车菊的产量很低，甚至连毛茛都长得很矮——”

“采集蜂们在谈论更多的绿色沙漠——”

“她们完全就是在雨里飞。”

“我们无法与时节气候对抗。”从格外特别的音色中，弗洛拉听出正在说话的是她认识的那个赛奇修女，“我们无法与雨水对抗，只能竭尽全力去供应食物。所以，不管她是异教徒也好，畸形也好，在这个到处都是麻烦的季节里，每一只工蜂都是宝贵的——我不想再损失任何一只了。”

“很难说宝贵。”另一个声音说道，“在幼虫那件事上，她没有服从你。我觉得应该把她送去‘仁道’——我可不想把毒液浪费在她身上。”

弗洛拉依旧一动不动地躺在那里。

“等她的价值耗尽，我会亲手杀了她。”赛奇修女说道，“但先犯错的是我，是我擅自行动了。”

祭司们讨论的同时，阵阵气息从她们身上涌出，这些气息交缠在一起，房间里的空气都仿佛缩紧了。接着一阵芬芳传来，让空气中不再只有苦涩而刺鼻的前味，而是多出了一种柔和、温暖且充满力量的宁静气息。

“只有女王陛下是完美的。阿门！”

她们一起说着话。在弗洛拉听来，这是一种如诗般优美的声音。尽管疼痛不已，她还是深深吸着气。这时一只脚轻轻踢她一下，但她没有反抗。

“没错。这种身材，这么强壮，她会很有用。”一个声音说道。

“如果她被驯服的话。”另一个声音说，“要是哪个家族里出现一名叛徒——而且是一名能够喂养幼虫的叛徒——”

“那种事绝不会发生。”赛奇修女一边跪在弗洛拉身旁，一边抬头看着其他祭司说，“我们中应该多几个人这样做，才能确保万无一失。”

“当然。”另一个声音说，“只有肮脏和恐惧才能引导她。”

另外有三名祭司也跪在了弗洛拉的脑袋旁。这样每只触角旁各有了两名祭司。

接着她们将自己的触角都搭上了弗洛拉的触角。

这是一种奇特的感觉。仿佛有什么化学物质进入了她的大脑，使她的身体颤抖，但并未感觉到痛苦。她只感到一阵阵发麻。这种感觉越来越强烈，直到她的意识越变越弱，仿佛退缩到平静与黑暗中。

“717，”一个声音从遥远的地方传来，“起来吧。”

大腿在身下摇摇晃晃，仿佛又复活了——弗洛拉站起来了。她先是隐隐感到一种来自其他生命的能量在身边涌动，接着便感到阵阵韵动有节奏地从脚下的蜂房里传来，令人安心。这种韵动传入她的身体和大脑。弗洛拉不假思索地提起克洛弗的尸体，并把它放在嘴里。她一边这样做着，那种韵动一边开始变强。她每迈出一步，都能感受到震荡传来，引导着她走向地砖密码。在这种韵动的指引下，她带着克洛弗的尸体，走出拘禁室，投入滚滚蜂流之中。

空气中充斥着繁复的信号。弗洛拉一边走着一边低下了头，为的是屏蔽住自己的触角。气流和数千只蜜蜂散发的电波在四周起起伏伏，但弗洛拉没有理会，她只追随着震荡的轨迹——它清晰明了地穿过危险而繁忙的大厅。在这里，她不得不放慢脚步，因为信息的疾流正从脚下传来。

一群工蜂带着混乱的气息走了过来。弗洛拉抬起了头——脚下电流韵动，指引着她向前走去，于是她步履沉重地走过一座大厅的门道，阵阵欢呼声从里面传来。空气中飘荡着很多的陌生气味，但这些刺激对于她来说有些太多了。为了能继续走路，她只好把身体蜷缩起来。

这时她发现自己来到一群蜜蜂之中，和她们一样搬运着难闻的东西，然后她才意识到有人在对她说话。接着，弗洛拉看到一张深色的脸。那张脸的主人是一名清洁工，她正急切地想带着弗洛拉穿过一条门道。进去后，弗洛拉发现这里的地砖是空白的，散发出的气味简单明了。在这气味的推动下，她把克洛弗的尸体放在地上，接着它就被另一只工蜂搬走了。几只手在背后推着她，把她推出房间，推上甬道。于是她又加入了另一群工蜂的行列。她们默不作声地齐步走着，深色的脑袋都垂得低低的。她们看起来不再肮脏而邪恶，身上的气味也好闻多了。

＊ ＊ ＊

清洁部门里并没有用来报时的铃声，这里有的只是她们负责清理的各种污垢的不同气味，还有可供她们食用的非常简单的食物。这里既没有唠叨，也没有流言，因为清洁工们都不会说话。所以她们只能通过合作劳动来发展友谊，并通过靠近彼此来分享身上的味道。

就像同族的其他姐妹一下，弗洛拉也在幽暗的雾霭中工作着，间或为了奉献仪式暂停劳作。当女王之爱的芬芳伴着蜂巢的震荡升起时，清洁工们就会停下手头的所有工作，在朦胧的敬意中放声痛哭。每当此时，弗洛拉都会感到极致的幸福，持续不断的头痛也会缓解。接着她们会回到工作中，她的意识也会随之回到手头的工作上。

* * *

每一天，在每个家族里，都会有上百名姐妹出生和死亡，所以搬运尸体就成了清洁工的日常工作。在搬运了一具又一具的尸体后，弗洛拉渐渐熟悉了蜂房里的道路——从顶层到中层，再到最底层的停尸房和垃圾场。有些道路上总是设置着对各家族气味极为敏感的屏障，用来防止一些地方被弗洛拉家族所污染。其中包括中层的保育室，或者上层的振翅大厅和藏宝库。只要被那强大有力的气味屏障挡回来一两次，就连像弗洛拉这样最低等的清洁工也学会了不再试图进入。但在有些时候，从蜂房中层育儿室里飘出的气味会揪住她的心。她越是久立在那里，就越是感到悲伤，直到失声哀叹着离开。

清洁工来自地位最低下的家族，可就算是在她们内部，也因能力不同而存在着不同的阶层。族内有些蜜蜂可以离开那些昏暗并砰砰跳动的小路，到不同区域去搜集垃圾。这些姐妹也可以短暂地离开蜂巢，以便处理废物并保持蜂巢的卫生——她们把死尸或一些带有异味的垃圾带到蜂巢外面去丢弃。而第二组蜜蜂，也就是弗洛拉所在的这一组——只要她们的活动范围偏离既定轨迹，哪怕只走错一步——她们的触角都会感到十分疼痛。这样一来，她们活动的最大范围就被限定在了停尸房和货运中心附近——这两处都处于蜂房的最底层，离起降板不远。弗洛拉有时也会在这里稍做停留。在这里，旋转的气流带来大量陌生而强烈的气息。这会让她产生一种奇怪的感觉，翅膀根部也会随之战栗——但只要她一深想，疼痛便又会袭来，直到回去工作才能缓解。

清洁工因为不被信任而无法单独工作，所以每一只清洁工都被安排了一位来自高等家族的监管者。今天负责监管弗洛拉的是宾得韦德修女。她的身材狭长，态度粗鲁并总是显得心不在焉。她把她们派到了雄蜂的到达大厅里的一个空旷处，工作是清理近期使用过的孵化巢房，以便准备用圣洁的蜂蜡进行修缮。

每只蜜蜂都要负责几间巢房。尽管她们不会说话，但能发出咕哝声，并以同样的节奏丢弃秽物。她们明显都很享受自己的工作。有些蜜蜂会认真查看周围伙伴们的工作，并沉默着找出残留的，哪怕是一丁点儿污秽物。另一些蜜蜂则会高效地把脏蜂蜡紧压在一起，以便之后丢弃。雄蜂巢房之间并不存在通路。所以，为了不被疼痛困扰，弗洛拉只得紧绷起满是伤痕的触角，专心致志地探查着哪怕最微小的地方。这让她不得不集中精神，但工作反而因此做得非常漂亮。当奉献仪式开始时，宾得韦德修女不得不大声提醒，并朝她扔去一块蜂蜡。

从她们在雄蜂到达大厅里工作的位置上，清洁工们可以透过雕饰精美的墙壁，听到许多赞美诗的歌声。随着声音的震颤，女王之爱的芬芳透过细胞膜似的巢房层层传来，传入她们的体内。于是，有些弗洛拉家族的成员含糊着发出一阵阵兴奋的声音，另一些则有节奏地扭动着身体，仿佛想要试着起舞。而弗洛拉则跟其他的很多蜜蜂一样，一动不动地站在那里，感受着被爱的极致幸福——直到这种神圣的澎湃渐渐消退。

一种奇特的感觉在她体内涌起。这种感觉仿佛饥饿般强烈，却又不是对食物和饮品的渴求。她感到腹部发沉，从后面拖着她的身体。扭曲而僵硬的舌头也在嘴里肿胀起来。她试着回去工作，但这种感觉变得更加持久。弗洛拉想要摆脱它，于是便开始来回摇摆。

“停下来，你这个蠢货！”宾得韦德修女拿出了蜂胶脂做的细杆，向弗洛拉挥动着——那根细杆是她用来戳清洁工们的，这样便可以避免任何肮脏的接触，“进巢房去，好好清洁，除非你想让我把你送去仁道。”

弗洛拉顺从地爬到身旁的雄蜂巢房里。空气中弥漫着强烈的腐臭气味，巢脾和地板上盖满了粪便。尽管弗洛拉的感官已经被钝化，但在这雄蜂粪便发出的猛烈的化学气味的攻击下，她脑袋里还是轰隆作响。这股难闻的气味毁掉了女王之爱残留的最后芬芳。弗洛拉不禁感到一阵暴怒，这种淫秽的性气息让她感到激愤。于是她开始用自己的下颚撕咬着巢脾。她嘴巴发紧，两腮的肌肉开始感到疼痛，但她还是疯狂地撕下大块大块的脏蜂蜡，并把它们狠狠扔到了甬道上。接着，听觉和视觉都消失了，她被留在了一大片由气味组成的混乱中。

弗洛拉心惊胆战地从雄蜂巢房里跑了出来，一下子把自己扔到了地板上。在地板上的某个地方，她仍能感到女王之爱留下的一点游丝——那是从蜂巢深处传来的芬芳。她把身体贴在那里，用力地吸着，想要借此对抗在脑中爆发的黑暗般的痛苦。

“717！你就像一只发了狂的绿头苍蝇——快停下来！”

宾得韦德修女踢了弗洛拉几脚，想让她站起来。但她紧紧抓住蜂蜡，直到把女王之爱留下的最后一丝气息也吸入体内。宾得韦德修女那微不足道的几脚并没伤到弗洛拉，因为一种更为强大的力量已经在她的身心之中萌生。

她的舌头，一直僵硬着扭曲的舌头，已经开始变得温暖而柔软，而雄蜂粪便留下的恼人气味也已经开始消退。强大的力量正在她身体里流动，随着力量打通身体，她的触角开始了阵阵抽动；听觉和视觉也渐渐恢复了。而最令她吃惊的则是自己对气味的感受。她可以闻出组成身下地砖的不同蜂蜡，也可以辨别出雄蜂巢房里的蜂胶嵌材；她还能闻出在身边忙碌的清洁工们的气味，她们身上那种温热和肮脏的气味——

“够了！”宾得韦德修女气愤得连蜂胶杆都不用了，她抓住弗洛拉一只翅膀的边，拖着弗洛拉向门口走去。如果弗洛拉试图反抗的话，巢房的隔膜一定会被扯坏，所以她不得不快步跟了上去。

“如果你连这种最简单的工作也做不了，”宾得韦德修女把弗洛拉推到繁忙的甬道上，“那你就一无是处了。对这个蜂巢来说，你毫无用处！”宾得韦德修女的喊叫声如此之大，以至于弗洛拉都能在她呼吸之间闻到正在消化的花粉面包的味道，并感受到她腹中那伴随衰老而来的缓慢的腐败气息。

“在巡逻警察过来之前，你就站在这儿——她们会知道该怎么处置你。你别再做蠢事了。”宾得韦德修女甩着曾经抓过弗洛拉的双手，竭力想抖掉留在上面的味道，然后便转身回到了房间里。

＊＊＊

雄蜂到达大厅连着的是一处主厅，那里有成百上千只蜜蜂，她们朝各个方向移动着，从不会撞到彼此。好一会儿，弗洛拉都呆呆地站在那里。她感受着潮水般涌动在空气中的信息，还有那来自密码地砖的震荡。

罗丝、狄泽、马璐思、克洛弗，她们来了——弗洛拉都能够迅速感知到异族姐妹从身边经过——*克洛弗、普兰顿、伯多克，还有***赛奇**！

随着最后一波家族气息的逼近，一阵强烈的恐惧向弗洛拉袭来。在它的驱使下，弗洛拉融入主厅里的滚滚蜂流中。她本能地想要躲藏，尽管地板上的上千种密码正通过脉冲信息传给她。一个念头从她心底生起，超越了这一切：*小心赛奇*。

第七章

姐妹身上散发着温暖的芬芳，它们交会在一起，当中还混杂着她们家族的气息，以及阵阵闲言碎语。随着弗洛拉深入其中，祭司的气息渐渐退却。让弗洛拉感到非常美妙的是，她能够听到悦耳的声音，并懂得其中的含义。她的周围全是激动的触角。很快，她就领悟到了当前的重要新闻：雨已经停了，乌云也散去了，采集蜂们回来了。

“有花蜜了！”几只蜜蜂喊着，“鲜花是爱我们的！”

蜂房里闪烁着微光。甜美的气息从底层传来，每只蜜蜂都能感受到从脚下传来的喜悦。她们纷纷后退，形成了一条夹道。弗洛拉发现自己正站在欢呼队伍的前排。大家翅膀挤着翅膀，为将要到来的蜜蜂让出道路。

随着第一只采集蜂穿过夹道，蜜蜂们的欢呼声大了一倍。只见她喉咙鼓鼓的，那里装的便是宝贵的花蜜。在她走过的地方，一丝金色的气息飘荡其后，仿佛在诉说着鲜花产出的甜蜜。弗洛拉兴高采烈地看着这一切。这时，越来越多的采集蜂从此处经过——那些不同年纪、来自不同家族的姐妹，有些翅膀已经破损，有些年轻而完美，但她们身后都飘荡着那种金色的花蜜芬芳。

就在弗洛拉脑中浮现出鲜花的分子结构时，她被一阵奇怪的声音吓了一跳。身边的姐妹纷纷用同情的眼光看着她——弗洛拉这才意识到发出声音的正是她自己。她口齿不清地呻吟着，想要加入欢呼的行列中。最后一只采集蜂跑了过去，身后也带着那丝金色的花蜜气息。这气息召唤着弗洛拉，让她跟随其后。

在那金色芬芳的牵引下，弗洛拉向前走着，直到她意识到自己已经毫发无伤地穿过了那道气息的闸门，来到了蜂房顶层的楼梯上。这让她感到震惊，但也没时间细想，因为采集蜂们正带着花蜜穿过一条长长的甬道。那里铺着洁净无瑕的灰白色地砖，上面还镶嵌着精美的鲜花图案。这些是为祈祷者准备的地砖。她们会走在这些地砖上，通往前方那神圣而奥妙的所在。每走一步，一段由化学物质承载的韵文便会在脚下展开。

弗洛拉跟在队伍后面，等待着警告声响起——她出现在蜂房顶层可是一种被禁止的亵渎行为，然而一阵馨香气息从她脚下升起，和前面的蜜蜂一样。这气息牵引着她，加入其他蜜蜂的行列中。接着，走道中间那高大的双重门缓缓开启。弗洛拉跟随着大家走了进去，心中充满欢愉。随着阵阵花香在温暖的空气中翻腾，弗洛拉便进入了振翅大厅中那神圣的提炼厂里。她注视着身边的蜂群，感受着她们身上的智慧。

＊ ＊ ＊

一层金色的薄雾伴着柔和的唱诗声，从巨大的中庭中央隐隐传来。那里矗立着六面高墙。它们由许许多多的圣杯垒成。这些圣杯里装满了蜂蜜，上面都盖着盖子。带着女王那神圣的封印，它们逐渐弯曲向上，组成巨大的穹拱。穹拱之下，数百名姐妹组成了一道道同心圆。她们纷纷振动着银色的翅膀，脸上洋溢着喜悦，却又显得有些茫然。每人面前都有一只巨大的圣杯，里面装的是未经加工的生蜜。薄雾伴着音乐声，从这些圣杯中升起，旋转着飘散到空气中。与此同时，随着花蜜中水分的蒸发，生蜜逐渐变稠，成为蜂蜜。

直到这时，弗洛拉才注意到，每只采集蜂和接收蜂都在忙碌着，她们把珍贵的花蜜注入蜂蜡制成的敞口圣杯中，蜂群中只有她毫无作为。她知道自己该离开了——一个清洁工出现在这样一个神圣的地方，是一定会受到应有的惩罚的。可奇怪的是，她怎么也挪不动脚步。透过浓郁的芬芳，她看着采集蜂们和她们的随从倒出花蜜，接着便挺直翅膀走开。弗洛拉看到了一只年幼的接收蜂，她的动作显得有些笨拙，这使一些花蜜从蜡质圣杯的一旁洒了出来，但她只是负疚地看了一眼，便匆匆跑开，又回归到大部队的行列。

高大的双重门又缓缓关闭。姐妹仍然站成环状，翅膀依旧闪着银色的微光。赞美诗的歌声响起，她们的翅膀随之振动，在温暖的空气中搅动着馨香的气息。躲在暗处的弗洛拉感到了自己的失礼，便退了出来。在本能的驱使下，她向着中庭中央的方向弯下了腰。触角刚碰到蜡质的地板，她那从未展开过的翅膀就好像发动引擎似的震颤着。接着，她的双脚就离开了地面。

有几名姐妹抬起头来，想找到声音的来源。弗洛拉夹紧胸肌，在被发现之前降落到蜡质地板上。她把翅膀锁拢到身后，又冷静地看了看四周。作为一名清洁工，擅自闯入已经够糟糕了，更别说使用翅膀了——

这种奇异的感觉在她体内渐渐消沉，为了让高速运转的大脑冷静下来，弗洛拉寻找着需要清理的秽物，但整个振翅大厅里一尘不染，只有那只接收蜂洒出的花蜜让这里略显凌乱。它们已经沿着圣杯的一侧流到了地砖上，现在正渐渐变得干涸。

这种气味让弗洛拉腹中一阵饥饿。

欲望是罪恶的，贪婪是罪恶的——

但清理这些肯定不是罪恶吧？

为了不让自己那肮脏的身体碰到圣杯，弗洛拉小心翼翼地跪倒在花蜜旁。迎面而来的是一阵忍冬花的香气。忍冬花那赤金色的灵魂，带着生命的厚礼，温暖着弗洛拉的身体。她舔食着地砖上的花蜜，连一个分子也不想放过。这时，她听到门外传来了一阵骚动。

伴着一阵猛烈的震动，许多姐妹惊慌失措地聚到了走廊上——那里响起了抗议的声音。

“蜂蜜！”一个低沉的男声轰然响起，“现在！”

“雄蜂殿下们，”一个女声大声说道，“请停下来！”

＊＊＊

弗洛拉一下又跳回到警觉状态，因为她看到一大群雄蜂正在横冲直撞，他们大摇大摆地来到走廊中央，正朝着她站着的方向走来。他们身材高大，面孔英俊，行走时伴随着一股强烈的气味。遮光板盖住了他们的眼睛。浓密的毛发上也打着发蜡。组成光圈的姐妹放慢了振翅的速度，并纷纷扭过头来，看着不速之客的到来。谁也没注意到弗洛拉的存在。

“波普拉先生，罗恩先生，林登先生，所有这些高贵的先生。”在他们身后，另一个女音高声响起，“让我们送各位去蛋糕房，或者——”

“我们说了，我们要蜂蜜！”另一只雄蜂喊道。

“要大口大口地喝，”另一个声音叫喊着，“不是你们给的那么一小口。”

他们一边跺着长着虫甲的大脚，重重地踩在蜂巢的地板上，一边大喊大叫地要着花蜜和蜂蜜。当圣杯中升起的薄雾渐渐消散，姐妹纷纷显露出苦涩的表情。

“继续振翅啊，漂亮的姐妹。”一只雄蜂喊道，“我们不会待很久的。爱才是我们的使命！还有你，门口的那个长脸老姑娘，也来为我们欢呼吧。因为我们将为了蜂房的荣耀而飞翔！”

“尊敬的雄蜂殿下们。”一名来自普鲁努斯家族的高级修女向他们深深行了个屈膝礼，姐妹纷纷效仿，弗洛拉也依样行礼。在低下头时，她看到了雄蜂们那长着虫甲的大脚，以及他们那健硕的肌肉和大腿。她还看到了他们那宽广的胸膛，以及胸膛底部的样子。他们身上散发着强烈的气味，但这气味并不令人反感。弗洛拉感到自己的气孔在膨大，为的是能再多吸入一些他们的气息。

“雄蜂殿下们，我们充满敬意地向你们建议，”普鲁努斯修女直起身子，“雨一直下个不停，现在供应紧缩，你们能否克制一下，吃些刚采集到的花蜜？比如——”

“我们想要的是蜂蜜，所以必须吃到蜂蜜。”说话的雄蜂伸出一条粗壮的胳膊，揽住了普鲁努斯修女的身体，让自己的气息在她脸周飘荡，“想想那些外邦的公主吧，她们在等着我们呢。那是多么疲惫啊。她们会怎样热切地期待爱情呢？你们难道要禁锢她们的欲望，让她们再多加等待吗？还是用蜂巢的力量注满我们的身体，然后让我们用剑去解救她们呢？”

在这种挑逗的动作下，普鲁努斯修女开始喘起了粗气。她的触角也开始不受控制似的上下抖动。大雄蜂只是一笑，便放开了她。姐妹也都笑了，她们都渴望着更多的雄性气息。普鲁努斯修女迅速整了整仪容，想掩藏自己那容光焕发的面容，接着她便迈步向前，用所有手掌鼓起掌来。

“雄蜂殿下们将得到享用蜂蜜的权力。”

* * *

门口有许多姐妹纷纷反对，弗洛拉就这样被困在了她们和贪婪的雄蜂们中间，只好待在原地。雄蜂们在振翅大厅中肆意活动。弗洛拉也像其他姐妹一样，惊讶地看着他们享用各种各样的蜂蜜。他们在冒着气泡的生蜜桶旁咕咚咕咚地喝着。正在振翅的姐妹从圣圈中扭过身来，和他们一起跳着舞。曾动手挑逗普鲁努斯修女的那只雄蜂最为狂放——他来自库克斯家族。

“林登[1]！”他的吼声在大厅里回响，“到这儿来。你这个有趣的小不点儿，尝尝和你同名的蜂蜜——椴树花蜜可真好吃啊！”

“我只吃最好的。”一只身材矮小的雄蜂朝着正在狼吞虎咽的库克斯先生走来，脖子上是笔直的褶裥领。他弯下腰，正想享用一些花蜜，可另一只雄蜂把他的脸按进花蜜里，然后又揪着他的毛发，把他提了出来。他一边这样做着，一边戏谑地大笑。

“想当国王啊，提前对你的失败表示慰问。”

林登先生擦了擦脸上的蜂蜜，并挤出一个严肃的微笑。

“你太笃定了，兄弟。比起健壮，我听说女王更欣赏智慧。”他把领上的飞边拉直后说道，“我才是最合适的。”

“哈！”库克斯先生朝他猛地一拍，让他脚下一个趔趄，“我的智慧全藏在大屌里，所以也只有我才能赢得她的芳心。”

“当心乌鸦先选中你，把你啄到它蓝色的大嘴里！”

听到“乌鸦”这个词，姐妹全都屏住了呼吸。

“你才会被它啄到。”库克斯先生又说，“你连蝴蝶都跟不上。不过啄到你也没什么用，根本不够吃。”

林登先生继续整理仪容道：“当然不像你，你是又高大又宏

---

1 林登：Linden，意为“椴树”。——译注（本书中注释，如无特殊说明，均为译注。）

伟。”

“你说得没错。”库克斯先生转头向姐妹说着，“命运眷顾着我，是不是，女士们？”一边说着，他一边挤出强健的胸肌，并把头发拢成三股，高高地翘在头顶。他还释放出更多的雄性味道，让这气息围绕在自己身旁。一些姐妹已经被迷得神魂颠倒，而另一些，比如普鲁努斯修女，则本能地开始欢呼。

“谁来为我打理？”

几名姐妹冲上前去。另外几只雄蜂也展开翅膀，以示邀请，很快便有雌蜂冲上去为他们服务。弗洛拉趁机慢慢向门口走去。

“你——等一等！”普鲁努斯修女朝她走来，“我们并没有叫清洁工——肮脏的弗洛拉怎么会在这里？内务部又没把气味闸门打开吗？”

弗洛拉几乎就要开口答话了，但她还是抵住自己的舌头，只是点了点头，哼了一声。

“这些问题真是让人难以忍受，到处都能看见走错的蜜蜂——你们这种蜂真是又蠢又慢，连最简单的路线都走不对，”普鲁努斯修女狐疑地看着弗洛拉，“除非你是在偷东西！”

弗洛拉马上摇了摇头，并把触角垂得低低的。她同族的蜜蜂看起来都很胆怯——她已经见过很多次，并对此十分抵触——可现在她在效仿她们：一边向后退着，一边表现出恐惧的样子。这时，她意外撞到了后面的什么东西。普鲁努斯修女一巴掌呼过来，正打在她触角的中央。

“雄蜂殿下，请允许我表示歉意。”普鲁努斯修女甜甜地笑着，“请忘了这肮脏的触碰。我会找一只高等家族的蜜蜂来为您打理。”

“她是个清洁工，是吗？”说话的是林登先生——唯一一只还没接受服务的雄蜂，“她们的毛发都这么旺盛吗？不用麻烦了，普鲁努斯修女。今天我想试试新花样，就让这一只为我打理吧。”

“雄蜂殿下——一只弗洛拉吗？”

“不要质疑雄蜂殿下的特殊偏好。”他看着弗洛拉说道。弗洛拉看见蜂蜜依然粘在他的毛发上。“给我拿一些大戟草花蜜。”

“大戟草？雄蜂殿下，您在开玩笑吧！”普鲁努斯修女异常兴奋地笑着，“你知道的，我们从不提供那东西。它有股腐臭的味道，就像是从米莉亚德的脚上来的。”她叉着双手说道，“它永远不会出现在这个蜂巢里。”

“哦，那太可惜了。我听说那东西很好，还带着蟋蟀蹬腿的感觉。”

“雄蜂殿下，在这里，没有谁能说这种话，没有采集蜂会——”

“是没有采集蜂，普兰顿修女。”

“是普鲁努斯，雄蜂殿下。”

“如你所愿，女士。不过在教所那边，有一个有趣的黑家伙，他身上就有那种味道。他说那东西能让他那玩意儿变硬，就像我们脚下的小树枝那么硬。”

“请你别说了！雄蜂殿下，这么说真是太放肆了——”

“至少他就是那么说的，用他那根粗大的外邦舌头。”

“外邦？”普鲁努斯修女重复了一遍，“从那个方向来的？我这么问，只是因为赛奇修女需要知道邻近蜂巢的移民情况。”她压低声音道，“你想一想，万一有什么疾病呢。而且他们也会和我们抢花蜜的。”

“放心吧，修女。那个教所离得很远，比你能飞到的地方都远。”

“哦，可不敢当，我只是只内务蜂！但是——雄蜂殿下，你不是想邀请客人来吧？我们的食品储藏室越来越空了——”

“你觉得我像那些家伙一样有竞争力吗？”林登先生忧郁地看了看正在接受服务的其他雄蜂，“不管怎么说，上次有人见到那个黑家伙正在带头追求一位很不错的公主。他现在也许正待在一座豪华的宫殿里，已经成了国王。去吧，把这件事告诉你们那些无趣的祭司。”

“这可是新鲜消息啊，我会告诉她们的。”普鲁努斯修女又行了个屈膝礼。因为兴奋，她看起来年轻了许多。“对于赛奇修女来说，新闻总是宝贵的——谢谢你，最慷慨的雄蜂殿下。”说完她便走了。

弗洛拉看着她的背影，着急地想要离开。

“你哪里也不能去。”林登先生指着自己的胯下说，“你必须为我清理，我可不能成为不被搭理的雄蜂。”

在他强烈的气味刺激下，另一种激素的阀门在弗洛拉触角里猛地炸开。种种画面像洪水一般，杂乱无章地涌进她的脑海——

——摇篮里的幼虫宝宝们——一只被紧紧扯住的、皱缩的翅

膀——

她觉得他正试着要把她推倒。

“你是聋子吗？在我要求时，你就要为我服务——这是法律。”

钩刺上的宝宝——

弗洛拉一把把他推开，接着便朝挤满祈祷者的甬道跑去。他则紧随其后。

“我是这个王国的王子！你必须服从我！”

一大群赛奇祭司朝振翅大厅走来。她们迈着整齐的步子，身上笼罩着芬芳，看起来都一模一样。弗洛拉弓起身体，就像最低级的清洁工一样。她就这样被困在祭司们和雄蜂之间。

“你胆敢——”林登先生猛地扑向她，然后就脚下一滑，摔倒在赛奇祭司们经过的路上。每当见到雄蜂，她们都必须行礼，所以她们不得不停下了脚步。林登先生一边大声咒骂着，一边站起身来。

弗洛拉连头也不回，只是以最快的速度奔跑着。她险些错过了一条狭小而黑暗的门道，但最后还是一头冲了进去。她想要躲在那里，脚下的大地却一下消失了，她摔在那里——原来这里连着的并不是房间，而是一条楼梯。

这楼梯又陡又长。她紧紧夹着翅膀，努力保持着身体的平衡。最后她撞到了一堵古旧的蜡墙，于是她一边紧紧倚靠在墙上，一边听着追赶她的声音从楼上传来。

她既没有闻到气味，也没有听见声音，只感受到身体中澎湃的血液，以及一种想要把更多空气吸入气孔的渴望。弗洛拉让自己不要恐慌。触角的新机能告诉她，自己已经来到蜂巢的最底层。经过最后几级台阶，她来到一条狭窄的甬道上。甬道的后面有一扇门。她向着门的方向爬去，想看看那后面是什么。

透过古旧的蜡质墙壁，弗洛拉先是闻到了一股属于她们家族的特殊气味，接着便看到一条由蜜蜂组成的长长的嵌体。那是工蜂的宿舍和一些清洁工。弗洛拉深深松了口气，接着便打开了门，迈步进入停尸房里。

几名同族姐妹转过身来，惊讶地盯着她看，接着喉咙里发出一种奇怪的声音——也许是种笑声。一只蜜蜂示意她把门关上，接着她们便继续把尸体从架子上衔下来。弗洛拉第一次意识到，这些陌生的面孔下面的确蕴含着智慧。伴随着一阵激动，她明白了——这些弗洛拉是来自清洁部门的最上层。她们正准备把尸体运到起降板，然后从那里起飞，把尸体运出蜂巢。

弗洛拉一把抓住了一具看起来最大最重的尸体，那是一名来自糕点房的老姐妹，秃着顶，口袋里还有一些花粉。接着她就跟在同族姐妹身后，出了停尸房，朝着起降板走去。那里的木板被阳光晒得温热，上方便是无尽的苍穹。

第八章

一大群蜜蜂堵在了从门厅到起降板之间的路上，口衔尸体的清洁工们不得不暂时等待。温暖而干燥的气流形成旋涡，打着转向她们吹来。接着，在欢呼与鼓掌声中，蜜蜂们纷纷后退，让出一条跑道。采集蜂们便从此处一拥而入。弗洛拉肃然起敬地看着这些衣冠凌乱的姐妹。她们脸上都闪着耀眼的光芒，明亮的翅膀都显得有些残破。在她们身上，你闻到的不是家族的气息，而是来自天空的野性味道。她们纷纷跑进一座壮观的中庭。在开启的大厅里，跟在她们身后的是更多的欢呼、掌声和蜂拥而至的姐妹。

清洁工们朝着起降板的方向走去。她们被封锁在特定区域里，为的是不玷污来来往往的负责蜂巢事务的高等家族。温暖的阳光为这里营造出一种节日般的喜庆氛围。听着姐妹各自起飞时发出的嗡嗡声，弗洛拉不禁激动起来。她看着归巢的汲水蜂们那隆起的喉部——她们的面庞被工作打磨得光滑万分，接着她又看到接收蜂们排成一排，把刚卸下的新鲜花粉传递进来，从不遗漏任何一粒。越来越多的采集蜂乘风而来，或是随风而去。弗洛拉对她们满心钦佩。

“轮到运尸工了！”一个洪亮的声音响起。那是来自西斯尔家族的声音，她们世代都是起降板的守护者。

弗洛拉从黑暗中走出来，从蜂巢进入了一个耀眼的新世界——那里宽广而明亮，连地板都是木质的。这里不存在任何信息，除了矗立在路边的那一座座气味灯塔——它们为采集蜂指引着回家的道路。除此之外，唯一的标志便只有太阳。

“这里很忙，所以低下头，动作快点。”西斯尔卫兵用缓慢的语气大声说道，“你知道该去哪儿——别磨蹭了，回到左边去。”

弗洛拉摇了摇头。

“你该去清理飞行器——就连你们家族的蜜蜂都能记住那地方。”这位西斯尔朝弗洛拉后面的蜜蜂们喊着，“耐心点，姐妹！”

弗洛拉抬起自己的触角，搜寻着信息。这让她感到一阵头痛，于是她低下头去。在起降板下方，是一片混生着野草、荨麻、酸模和三叶草的芜杂草地，它们紧紧生长在潮湿而陈厚的大地上，散发出一种强烈而陌生的味道，仿佛在诉说着生命的存在。那一片绿色开始翻腾起来。

“快停下，没有谁会朝下看。”那位西斯尔一把将弗洛拉推开。这时一阵巨大的轰隆声传来，那是胸部引擎的声音，让她们都不禁回头看去。伴着一股强烈的气味传来，大批雄蜂来到了起降板上，他们列队而行，为首的便是库克斯先生。他们羽翅高耸，遮光板都放了下来，宽厚的胸膛上是膨胀的肌肉。他们向西斯尔卫兵们走去，时刻不忘展现出自己最棒的一面。那些西斯尔卫兵只是象征性地朝他们屈了屈膝。

“尊敬的雄蜂殿下们。”她们用尊敬的口吻说道，然而不怎么热情。

“还有蜂巢的荣誉！”库克斯先生大声吼道。所有兄弟都一边欢呼着，一边蜂拥着上了起降板。姐妹齐刷刷地低头看去，宝贵的金色财富就满满地粘在他们脚上，从巢房到起降板上，到处都是雄蜂们踩踏过的痕迹。在他们身后的门道上，蜂拥的姐妹露出了震惊的表情。西斯尔卫兵们的触角在对着彼此迅速闪烁，但是谁也没有说一个字。

只听“轰”的一声，雄蜂们猛地打开了他们的翅膀，点燃了胸前的引擎，吼声也变为充满活力的隆隆声。弗洛拉看到了队尾的林登先生——他身上的毛发还粘在一起，他努力想稳住自己的身体，好把身体保持在一个稍高的位置。弗洛拉躲到了一位西斯尔卫兵身后，然而已经太晚了。

“是你！”他大喊着冲了过来，“你竟敢违抗我的命令？过来把我的脚舔干净——”

这时，一只采集蜂降落到他身前，让他不得不向后退了几步。

“雄蜂殿下，请让一让。”采集蜂挤了过去，来到西斯尔修女和弗洛拉面前，“莉莉500号归队。”她沙哑的声音中透出花蜜的气味，明亮却残破的翅膀暴露了她的年纪，可她像一轮小太阳似的，浑身上下散发着能量。

“采集蜂女士，我们都知道你。”西斯尔修女朝她深深鞠了一躬。

在进入蜂巢之前，莉莉500又转向雄蜂们。

“没有哪位姐妹会为你们舔脚，那是我们宝贵的蜂蜜。你们是想把米莉亚德招来，让他们来围观并嘲笑我们吗？”

“什么米莉亚德，高贵的丑老太婆？”库克斯冲上前来，“今天什么都没有。所以我们要以女王的速度行动，不要挡我们的路！”

年长的采集蜂瞥了弗洛拉一眼，但只对西斯尔说话：

“你们本该负责保持起降板的通畅，却让一个运尸工在这里走来走去。”

“原谅我们吧，采集蜂女士。你是对的，但她们送来了一个无知的运尸工！我们又该怎么办呢？总不能把尸体送回去。而且她肯定不能从起降板上把尸体丢下去——”

“说得好像我这么建议似的。缺陷和不称职——”莉莉500拉起弗洛拉的一只翅膀，“跟她们没什么关系！”她用自己的触角碰了碰弗洛拉的，导致弗洛拉疼得向后退去，“她的大脑被破坏得非常严重，我怀疑她还能不能看见东西或听见声音。”

“好女士们！”库克斯先生打断了她们的话，“到别处去八卦吧，你们挡着我们列队了。我们离开时需要保持漂亮的队形，而不是像你们一样——一贯乱七八糟，独来独往。所以，现在有劳你们让让。”

莉莉500仍站在原处。她轻轻弹了弹触角，一只年轻的克洛弗接收蜂便从巢房里跑了出来，跪倒在她身前，张开了自己的嘴。莉莉500弓起身体，把刚采集到的金色花蜜注入克洛弗嘴里。清空之后，克洛弗向她屈膝一礼，接着便跑回巢房里。

“丑老太婆的呕吐物？”库克斯先生大吃一惊，“这就是我们喝的东西？”

“这是花蜜，先生。你觉得我们是怎么把它运回来的呢？”莉莉500转向弗洛拉说，“衔好你的东西，跟我来。”

说完她就把她推下了起降板。

弗洛拉翻滚着从空中跌下。草叶的边沿斜着劈向她的脸，她的触角蹭在蜂巢那粗糙的木板条上，连太阳也仿佛在旋转。她先是身形失衡，但接着，在一阵雷鸣般的震颤后，她的飞翔引擎便以喷射般的速度被点燃了。于是她来到空中，跟在莉莉500那银色的翅痕后乘风而行。一阵强劲的气流从她身后传来——那是雄蜂们在列队起飞。接着，一阵欢呼声从远在脚下的蜂巢里隐约传来，但她没有低头看。

她们飞到了果园上空，凉爽的微风在弗洛拉身畔拂过，连死去姐妹那干燥的翅膀边沿也在随之轻颤——她的尸体依然被弗洛拉紧紧衔在嘴里。阳光温暖着她的翅膀，她的身体中涌动起一阵兴奋的力量——这力量让她飞得更高。世界向四面八方蔓延开来。她脚下就是那棕绿相间的大地，那耸起的深色山丘，还有那散发着粗粝气味的蜿蜒的小镇——

这时，弗洛拉觉得自己仿佛听到了圣歌，尽管这是不可能的，因为蜂巢已被她远远甩在了脚下。让她有这种感觉的正是莉莉500——她双翅震颤，在身旁形成了两道明亮的弧线。弗洛拉努力想要飞到她的身旁，可这位年老的采集蜂突然掉转方向，弗洛拉便只能沿着她留下的痕迹和气味线继续飞行。那是一种甜蜜与苦涩交织的气味。当弗洛拉飞过一片松柏林时，这种气味就变成了一种强烈而清晰的、混合着松香与蜂胶味道的气息。莉莉500逼近弗洛拉，敏捷地在她近旁打圈飞行。这使她不得不下降，从而看清了降落地点。

放下尸体后，弗洛拉又向着阳光飞去。她飞了几个圈，只是为了享受和放松。她的视力变得更好了，这使她看到了远在低处的两只青蝇，他们喧闹着彼此追逐。在他们下面，雄蚊们正在池塘上空唱着歌，蓝色的流光就在他们的触角上颤动着。她甚至看到在更低处，吸饱了血的深色雌蚊们就在水边慢慢地来回飞着。弗洛拉努力记下这所有一切，接着便又展翅高飞。平生第一次，她感受到一种完全的自由——既没有墙壁，也没有规则禁锢着她——她上下飞舞，完全是为了快乐。在阳光的温暖下，她的力量越发强大，飞行技巧也在变强。她寻找着莉莉500，想要对她道谢——但那位年老的采集蜂已经变成远处的一个小点。

她独自留在一片明亮的浩瀚中。突然间，一种强烈的饥饿感攫住了她的身体，同时，一种对家的思念也猛烈地撞击着她的灵魂。这让她不由得惊讶地喊出声来，因为她再也无法闻到女王的气息。这里没有姐妹，没有巢房，没有果园，一样熟悉的东西也没有。

她越是寻找，就越觉得广袤的天空已经把自己的身体压缩成一个小点。她感到自己是如此渺小，如此孤独。她无法依偎在姐妹身边，她觉得自己就要死了。随着身体的升高，一阵刺鼻的气味涌了上来。弗洛拉疯狂地向上飞着，并发现这气味源自飞在自己上方的一只黑色大鸟——一只乌鸦！身体本能地拉响了警报，她惊慌失措地想要加速跑走。

奉献，奉献，奉献——弗洛拉在空气中寻找着，想找到哪怕一点来自神圣母亲的气息。她看着身下那些陌生的线条和色彩，努力想确定自己所处的方位。到处都是大片大片绿色与褐色相间的土地，那种单调的气息让空气都变得乏味。她飞来飞去，寻找着回家的方向。当她捕捉到那一丝来自果园的气味时，一阵轻松顿时涌起。接着她就看到了姐妹——她们从未显得如此美丽。她们的气息交织在一起，渐渐变得强烈。接着弗洛拉便进入了一条由气息构成的甬道，朝着蜂巢的方向飞去。此刻，与归巢的感恩之心相比，飞翔的愉悦简直不算什么了。小小的果园出现在眼前——绿浪微翻，接着便是那一方灰色的小小蜂巢。直到这时，弗洛拉才意识到自己有多么爱它，也爱着在这里生活的所有蜜蜂。她迫不及待地折起翅膀，进入那温暖而深邃的所在。接着她便翅膀挨着翅膀地和姐妹拥在一起，开始了神圣的奉献仪式。

心里念着女王，弗洛拉又感受到一丝来自她那种神圣的芬芳。弗洛拉稳稳地旋转着身体，仿佛自己正是身处于气流交会处的一颗珍宝。她心中充满了热情与自信。随着蜂巢越来越近，大地和树林在她身下掠过。可就在这时，她看到成群的采集蜂穿过树林飞了回来，然后争先恐后地冲向起降板。当弗洛拉开始降落时，她闻到一种不同的味道，这味道就混合在归巢的气味中。这时，她腹中的毒液囊开始膨胀，尾针也开始出鞘。

这是一种警告的信号：蜂巢遭到了攻击。

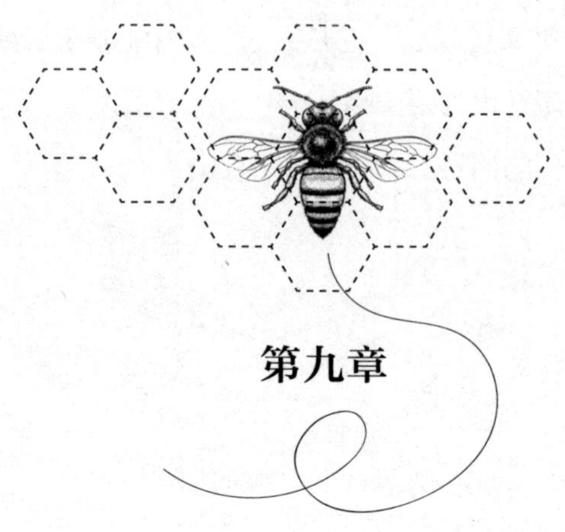

第九章

起降板上，排列紧密的警报器释放出信息素的味道，飘荡在果园上空。随着一阵令人不快的气味传来，采集蜂都急忙冲了进来。这是一种陌生的味道，它把甜腻和腐败的气息混合在一起，就像是腐烂的水果。它来自一群可怕的马蜂。他们正松散地围在蜂巢四周盘旋，忘乎所以地骂骂咧咧。弗洛拉能听到姐妹催促她的声音，但她下降时要穿过被马蜂们污染过的区域——到处都是他们的气味。就在这时，他们纷纷用黑色的眼睛盯住她，蜂刺发出嗞嗞的声音，仿佛在迎接她的到来。

在刀锋似的气流下，弗洛拉的飞行轨迹变成了一条弧线。马蜂们尖叫着大笑，在她开始反击之前不断嘲讽着她的软弱。只见弗洛拉猛地冲向其中一只马蜂，把这可恶的家伙撞了下去，摔在了苹果树的叶子上。与马蜂的肢体接触激怒了弗洛拉，只见她高高飞起，开始寻找着下一个目标。但这时马蜂们都已经飞到了她的头顶上，他们在高空中发出愤怒的嗡嗡声。为了不重蹈覆辙，他们在各自的位置上来回摇摆。

“肮脏的魔鬼们！”一名西斯尔卫兵朝着马蜂们大喊，“异教徒！”她言语间充满勇气，但战栗的触角出卖了她。

弗洛拉降落到起降板上，来到士兵们当中。她闻到她们体内被引爆的战斗腺素，也感到一股强大的力量在体内流淌，可蜂巢中却传来一波恐惧的气息。

“我们该怎么做呢？”另一名卫兵低声说道，“把蜂蜜留在起降板上吗？向米莉亚德展示我们的财富吗？如果没有人清理，只要一有阳光，大家都会疯狂地往外冲——”

她向空中释放出一大波战斗腺素。马蜂们刺耳地大笑着。作为反击，他们猛地抛出一波刺鼻的气息，一颗颗微小的油粒散落到起降板上。

“过来呀！”第一个发出声音的西斯尔大喊道，她的触角因愤怒而变得僵硬，“我可闻不见你们的气息，除非把我的剑刺进你们那肮脏的身体里。”她也发出一阵嗡嗡声，并把自己的战斗腺素射向他们。

“哦，你这只又胖又没用的东西。”一只马蜂回敬道，他边说边旋转着，展示着自己那纤细的腰肢，“你的喷射能力真是无力，我怀疑你连起飞的本事都没有。”她的朋友们在空中摇来摆去，嘶嘶地发出阵阵嘲笑。

“不要动！”又一名西斯尔制止了她的同伴，“他们想引我们过去。”说完她向弗洛拉示意道，“你长得壮硕，而且很勇敢——你快进去，守住我们的防线。”

＊＊＊

大批大批的姐妹紧紧地列队站好。她们都没有说话，但是她们的战斗腺都已经打开，武器也准备好了。虽然恐惧的味道在四周暗暗涌动，可每一名姐妹都把自己的触角指向前方，谁也没有退缩。弗洛拉在先锋战队里等待着。西斯尔们释放出一波又一波战斗的气息，但果园中一片寂静。

在等待中，蜜蜂们又开始窃窃私语。也许马蜂已经走了吧。她们的翅膀压着翅膀，心跳开始加速，烦躁像潮水般渗入蜂群。接着，一波酸性气体涌了进来，姐妹都感到一阵沉重而陌生的震颤从脚下传来——一只巨大的马蜂落到了起降板上。一阵扭打声传来，接着是肢体破碎的声音。一名西斯尔卫兵尖叫着，接着是另外一名。站在队伍前列的弗洛拉目睹了一切。

那是一只体形庞大的雌性马蜂，身上长着黄黑相间的光滑条纹，脑袋足有蜜蜂头的三倍大。她正举着她那硕大的爪子，捕捉着一只又一只的战斗蜂。随着她那沉重的爪子咔嚓作响，一只接一只的蜜蜂就此丧生。接着，她又伸出长长的触角，趴在蜂巢上向里窥探。

看着她那对闪烁着恶毒之光的眼睛，蜜蜂们顿时感到一阵阵恐惧，但没有一只蜜蜂退却。弗洛拉迎着马蜂的目光，感到自己的蜂针正在滑出。那马蜂向她狞笑着。

“太好了，太好了……”她释放出更多的酸性气体，就像在走道上挥舞着一根鞭子。这气体缠住了蜜蜂们的触角，使她们发出一阵阵愤怒而厌恶的尖叫。接着，她那张巨大的脸就贴了过来，挡住了阳光。

“你们好啊，”她嘶嘶地低声说道，“我甜美多汁的表亲们。”她把爪子伸进蜂巢，就贴着弗洛拉的面庞掠过。弗洛拉甚至能看到挂在她爪尖上的内脏，也能闻到西斯尔卫兵们鲜血的味道。为了不让自己后退，她紧紧抓着蜂巢，连爪子都抠进了蜂窝孔里。这时，一阵微弱的脉冲从蜂巢深处传来，仿佛有个声音在她脑子里讲话。

不要动。坚持等待。

弗洛拉越发用力地抓紧蜂蜡，迎接着马蜂的注视。那马蜂幽幽地盯着她的眼睛，想要引她靠近，毒液的气味也变得越发强烈。

*引她过来，*那个声音在弗洛拉脑子里说，*诱惑她，诱惑她……*

弗洛拉一步步向后退着，其他姐妹也跟随着她的步伐。来自蜂房深处的震荡变得越来越强——大家都感觉到了。她紧紧盯着那只马蜂。

引她过来。诱惑她。

弗洛拉故意抖动着触角。那马蜂果然逼近过来。

“是你吗？就是你吗？”她幽幽地说着，仿佛在唱歌一般，但目光中透出冷酷和算计，“你将是多么肥美的一餐啊，我的小表亲……”马蜂放松了警惕，朝蜂巢里走去。弗洛拉抑制不住自己的恐惧，但姐妹都紧密地站在她身后。这是生死攸关的一战，而她绝不能退缩。

马蜂的身体摩擦着蜂巢的地板，发出刺耳的声音。她的六条腿中有四条已经进入了蜂巢，巢中唯一闪着亮光的只有她那长着黄色条纹的脸。弗洛拉又把爪子抠进了蜂蜡，但脑中的那个声音已经停止了。她很可能会第一个牺牲，但必须为姐妹的生命也为了神圣母亲的生命而战斗。

她张开了翅膀，并听到姐妹做着同样动作的声音。

“不要，”那马蜂继续低声哼唱着，并一边把她的六条腿都迈进了蜂巢，“我们不要战争：我只想带你们去见孩……子们，他们都是……小……孩子——”她一边狞笑着，一只利爪一边劈了过来，“原谅我吧，你们实在是太美味了。”

引她过来……

那个声音又一次在弗洛拉脑中响起，强烈而清晰。她故意抽泣着向后退去，那马蜂紧随而至。一阵令人窒息的味道传来，随着她那幽幽的嘘声，恐怖深深刺进了弗洛拉的身体。她感到姐妹都在四下移动着，更多的蜜蜂也正在从后面赶来。现在退无可退了。恶魔将自取灭亡。

就是现在！

只见那马蜂猛地向她扑来，弗洛拉大吼一声——一下跳到了这恶魔的脊背上。她用爪子扒着找着，紧紧抠住了马蜂那光滑的甲胄。

那马蜂又发出嘶嘶的声音，同时愤怒而疯狂地扭动着身体。在姐妹的尖叫声中，一只又一只蜜蜂的头咔嚓咔嚓地在马蜂口中断裂。她们的肚子也被她用利爪撕破。弗洛拉奋力爬上那马蜂的脑袋——她那黑色的触角正像皮鞭一般四处挥舞。她抓住一只触角，一口把它咬了下来。

马蜂大声喊叫着，猛地把身体撞向墙壁——她是想利用墙壁，把这个进攻者碾碎。弗洛拉一边紧紧抓牢马蜂的身体，一边吐出一口肮脏的血液。她身下就是众姐妹，她们正在用自己的身体抵挡着不断扭动着的敌人。接着，弗洛拉又抓住另外一只触角，一把将它从马蜂的脑袋上拽了下来。绿色的血液从伤口处喷薄而出。伴着痛苦而愤怒的尖叫声，马蜂盲目地残杀着一位又一位姐妹。但马蜂始终是以一敌众，更多的蜜蜂像潮水一般赶了过来，她们蜇刺着、撕咬着，把自己的身体压到敌人身上，直到对方不支倒地，无法动弹。

接着，蜜蜂们便迅速而高频地拍打着愤怒的翅膀——这使得气温升高——直到她们自己快要无法呼吸。马蜂依然强壮，并且在不断地挣扎着，不过她还是渐渐虚弱下来，最后停止了动作。蜜蜂们继续振动着翅膀，直到马蜂身上的气味发生了变化。接着她们便听到一阵钝响，那是马蜂的外壳因受热而开裂的声音。

硕大的马蜂倒地而亡，数以百计的前线蜜蜂也牺牲在巨大的热流之中。战争过后，伤残无数。蜂巢外的起降板上，死伤跌落的西斯尔姐妹正躺在阳光之下。到处弥漫着马蜂那污浊的气味，交织着蜜蜂们鲜血的味道，仿佛连空气都变得厚重，但蜂巢终于得救了。

＊ ＊ ＊

马蜂的死状极其恐怖：她那巨大而闪烁的黑色眼睛已经变得灰白，两个绿色的血泡出现在触角根部的位置。弗洛拉并没有受伤，她开始帮助受伤的姐妹。越来越多的蜜蜂赶来了，她们带着一瓶瓶蜂胶，为可能活下来的姐妹包扎着破损的甲壳，但伤亡无法计量。

弗洛拉衔起跌落的姐妹，把她们带到蜂巢外，让她们轻轻躺在起降板上——她知道，她们再也回不去了。许多肢体破碎的蜜蜂痛苦地躺在那里。弗洛拉停下脚步，想要安抚其中的一只。那是一只强壮的普兰顿，只是脸已经少了半边。赛奇祭司们在濒死的蜜蜂中四处游走，她们用女王之爱为姐妹祈祷，希望她们能走得安详。一位赛奇吸引了弗洛拉的注意——在明亮的阳光下，她的毛发显得灰白。那位祭司也回头望向弗洛拉，接触到她那有力的目光，弗洛拉意识到她们曾经见过。她迅速退回蜂巢，又加入清理马蜂尸体的清洁工队伍中。

清洁工们都睁大了眼睛，恐惧地看着那硕大的尸身，直到弗洛拉吐出满口脏血，并一把抓住了它的一条腿。她用力一拉，便把那条腿从尸体上拽了下来。清洁工们发出了盛赞的吼声。她们不再害怕，纷纷开始行动。她们撕咬着残破的尸体，把它撕成小块，接着便衔了出去。空气中弥漫着战斗的气息。于是，在剩下的西斯尔士兵们的准许下，清洁工们纷纷沿着起降板边沿，把这些尸块抛了下去。

所有家族的蜜蜂都在起降板上清洗着，想要除去马蜂留下的污浊气味。当各处都被清理干净后，祭司们沿着起降板的边沿，做出了新的标记，为的是恢复蜂巢的圣洁。姐妹各自看护着同族蜜蜂的尸体。接着，祭司们便翅膀挨着翅膀站好，齐声唱起了圣歌。就连最胆怯的内务蜂也赶了过来，飞着把死者送往墓地。弗洛拉也四处寻找着，但没有发现任何一名跌落的清洁工。

“你的家族并不参加战斗。”赛奇修女的声音传来——这位灰白色的祭司曾经把她带进了育儿室，却也把她关进了拘禁室。

“我脑子里有一个声音。”弗洛拉并未感到害怕，“是它告诉我该怎样做。”

赛奇修女看了她很久。

“这就是蜂巢的意志——是它修复了你的舌头。”祭司把触角搭在弗洛拉的触角上。那令人沉醉的、女王之爱的芬芳又以此浸润着她的灵魂。“你真是与众不同啊。”

“我那神圣的母亲可安好？”

“又开始提问了……是的，她很好。还有，根据我们古老的法律：任何姐妹，不论她来自什么家族，只要她在危急时刻接受了蜂巢智慧的指引，就有资格觐见女王。当然，是在她能生还的情况下。就是你现在这样。”她拍了拍手掌。六只美丽的蜜蜂来到了她的身旁，新鲜的女王之爱的气息笼罩着她们，让她们的脸看起来斑斓闪耀。

“这就是女王陛下的侍女们。和她们去吧，好好跟着她们。”

第十章

在侍女们的带领下，弗洛拉穿过蜂巢。她们说起话来都声音悦耳，语气优雅，甚至还有些让弗洛拉难以理解。寂静的舞蹈大厅外是繁忙的门厅，姐妹在这里跑来跑去，忙着照顾伤员们。在侍女们的陪同下，弗洛拉从那里走上了一段陌生的楼梯。楼梯的台阶发出了轻柔的鸣响，以示欢迎她的到来。她们走进位于蜂巢中层的一处小礼堂，那里离蜂蜡圣堂不远。

一阵温暖而舒缓的气息从育儿室传来，飘荡在甬道上方。弗洛拉很希望能穿过这气息，再去看看孩子们——也希望能让狄泽和其他保育员看到自己的光荣，为蜂房服务的光荣。但侍女们朝着另外一条路走去。她们穿过位于工蜂寝室与到达大厅之间的一条走廊，那是一处弗洛拉完全不了解的地方。她们在几扇典雅的大门前停下了脚步，大门由许多形状各异的蜂蜡组成——有金色、奶油色，还有白色，上面还雕刻着精美的花卉图案。开门的是伯内特女士。

＊＊＊

接着她们走进了一个有小穹隆的房间——房间由浅色的蜂蜡建成，看起来非常洁净。房中摆着一张古老的六边形桌子，桌上分别摆放着三个银色和绿色的陶罐，除此之外便空无一物。空气中充满了女王之爱的气息，仿佛闪烁着爱的光芒。弗洛拉一边呼吸着这气息，一边开心地笑着。

“神圣母亲就在附近！我真的能见到她了吗？”

伯内特女士笑着从桌上拿起一个陶罐。

“是的，亲爱的，但你并不洁净，我们必须先做些准备。”

接着，侍女们也各自拿起一个陶罐，站在弗洛拉周围，开始了倾倒仪式。她们先是倒出清水，然后是草药的汁液——这是为了治疗可能的疾病和伤痛。弗洛拉一边颤抖，一边看着马蜂和姐妹的血液混在一起，顺着她的腿向下流着，一直流进地板上的一处排水管道里。然后，侍女们把弗洛拉围在中间，朝她扇动着翅膀，仿佛她是一杯花蜜。直到弗洛拉那浓密的黄褐色毛发干透高耸，她们才满意地结束了清洁工作。之后她们用另一种语言，轻柔地唱起欢快而美妙的歌曲。与此同时，普里姆罗莎女士和维奥莉特女士则捧起一块金色的蜂胶，为弗洛拉修补腿上的伤痕。

“这歌是什么意思？”慷慨的照料让弗洛拉感到羞愧。

“它讲述了女王陛下的成婚之旅。”普里姆罗莎女士咯咯地笑着说道。

“嘘，这可不是她该听的！”维奥莉特女士微笑着对弗洛拉说，“尽管你现在干净得闪闪发光，但毕竟只是一只弗洛拉。”

“谢谢你。”弗洛拉试着行了一个屈膝礼。侍女们全都走上前来，纷纷示范着行礼的正确方式，并用她们那纤细的手掌矫正着她的身形。

“这不是你的错。”伯内特女士慈祥地说，“你不能选择自己的家族。”

“但她是那么勇敢，”——梅多斯维特女士对弗洛拉笑了笑，“而且看起来既谦卑又热忱，我们能为她再多做些什么吗？”

“可以！”普里姆罗莎修抓起弗洛拉的一撮毛发说道，“我们可以让它变得更柔软。”

“抛光她全身的甲皮，而不只是腿上的，让她的颜色显得浅一些。”

“处理她的口气。”

弗洛拉用力咽了一口口水：“很抱歉，女士们。这是那只马蜂的血。”

“真吓人哪。”伯内特女士递给她一杯水，“不过你说话的能力很不错，我几乎能听懂每个字，一点也不像一只弗洛拉。要是你看起来也不像就好了。女士们，我们需要向她的勇敢致敬，难道不是吗？你愿意吗，亲爱的？”

“改变我的家族吗？”

“还要让你失去可贵的服务传承？”伯内特女士笑着说，“天哪，不是！但我们也许可以给你打扮一下，就一小下。”

于是女士们竭尽全力地为弗洛拉梳洗，用尽发油和蜂胶。她们还为她训练站姿和坐姿，并不得不容忍她那双腿分开的、错误的屈膝礼——因为实在无法纠正。当震颤从蜂巢里传来，侍女们并没去参加奉献仪式，因为这间房间里充满了女王之爱的气息，它是如此强烈，让其间的所有蜜蜂都能在呼吸之间感受到精神的愉悦。

当看到食物时，弗洛拉的愉悦就变得更强烈了。漂亮的罗莎和布赖尼姐妹为她们端来了糕点和花粉——这些比她想象的更加香甜。可当她们看到弗洛拉的吃相后，就一致认为她的仪态还是过于粗俗，暂时还不适合觐见女王陛下。她们不停地为她示范正确的进餐礼仪，这还是弗洛拉自出生以来的头一遭。弗罗拉终于吃饱了，于是她放下了食物。接着，她们努力按着她的手，好把她的毛发做成时髦的式样。于是她心满意足地休息着，并一边听着她们那欢快的谈话声——还有，尽管这有些虚荣，但她还是暗暗欣赏着自己那几条刚被打磨过的光亮的小腿。

* * *

晚饭过后，她们带着弗洛拉一起去履行了自己的日常职责，也就是拜访女王图书馆。她们先是把那间六边形房间的门全都关好，接着墙壁上便出现了一些马赛克图案——这就是墙砖密码。每一面墙壁的中央都有一块特殊的镶板。弗洛拉醉心地嗅着，很快便发现这里不仅有家园的芬芳，还包含着很多陌生的气息。

“我们不参加奉献仪式，”维奥莉特女士低声说道，“我们要负责维护气味的故事。这可不是件舒服的事，不过你就跟着来吧，我们很快就出来了。我们只需要维护前三个，所以不用担心。”

侍女们组成了一条行动线，并将弗洛拉安置在队伍末尾。她们走进了围绕着房间的一个圆圈，同时吟唱着《我们的神圣母亲》。随后，伯内特女士在一块镶板前停下了脚步。

“第一个故事叫作《蜜流》。”她笑着对弗洛拉说，“只须轻轻一碰，然后就退回来。”她演示着，用自己的触角碰了碰镶板，那里立刻传出了鲜花的味道。侍女们纷纷照做，这味道也变得更加强烈而复杂。弗洛拉吃惊地辨别出了古老的家族气息，有赛奇、狄泽、罗斯蓓、薇洛赫布、克洛弗、维奥莉特、赛兰戴恩、伯内特、西斯尔、马鲁斯，还有宾得韦德，各个家族都有。至于弗洛拉家族，她倒是没找到参照物。

“快点，亲爱的。”伯内特修女的声音中透出微微的颤抖，“我们必须继续。”

于是弗洛拉也用触角碰了碰第一块镶板。就在这一刻，春天里鲜花的味道仿佛进入了她的生命，空气里充满了果园的香甜，还有野草青葱的味道。可她还来不及尽情享受这些，一波冲击就传遍了整个房间。那是鸟类刺耳的聒噪，还有马蜂身上刺鼻的味道。

于是她受惊似的向后一跳。侍女们紧张地笑了笑。

“这是正常反应。”伯内特女士说道，“但这只是一个故事，伤害不了你。它就像露水一样新鲜，却比时间更加古老。这难道不是奇迹吗？还有，我们最好了解一下米莉亚德——虽然你已经见过一种了。”

侍女们礼貌地拍着手，这让弗洛拉有些不好意思。

“还有其他种类的——米莉亚德吗？不只是马蜂吗？”

“哦，有很多种呢。米莉亚德是指那些可能伤害我们，或是盗窃我们的东西，也可能会污染或毁坏我们的食物的群体。比如苍蝇，他们就是个例子。”伯内特女士把自己的一只手放在弗洛拉头上，“现在你要特别当心，别把不同的故事混淆在一起——感到震惊时，我们的触角将会分开。”接着她转身对侍女们说，“我觉得今天傍晚的任务可以结束了。”

“但还有五个呢。”弗洛拉看着另外五面墙壁说道，陌生而复杂的气息从那里蜿蜒而出，旋即曲折而回——没有一丝气息散落到空气当中。她望向侍女们，想要得到一些解释，而她们的触角全都在颤抖着。普里姆罗莎女士已经到了恐惧的边缘，伯内特女士勉强挤出了一个笑容。

“接近这些镶板就意味着，要用我们信仰的、古老的气味故事去强化蜂巢智慧。祭司们不想让我们读取这些。”她向下看了看，“做第一和第二块镶板就够了，至于剩下的……可有些恐怖啊。”

“我不害怕。”弗洛拉说着，“我渴望为我的蜂巢服务。”

“亲爱的——别忘了你的家族，别以为——”

梅多斯维特女士咳了一声，又看了伯内特女士一眼，目光中蕴含着深意：“只要能履行职责，谁去读取又有什么关系呢？”

“没错。”奥维莱特女士又补充道，“我听说她们家族的蜜蜂的神经数量比较少。”

“这样一来，就不会受那么大的影响了。”漂亮的普里姆罗莎女士又说道。

于是弗洛拉迈步向前。

“女士们，我请求你们，如果我能够履行任何职责，不论是向蜂巢还是向女王陛下——我都坚定而热忱。”——她夹紧膝盖，拜倒在她们面前——“我愿意服务！”

侍女们又拍起了手。伯内特女士扶她起身。

“很好。第二个故事的名字叫《仁道》。”

听到这个名字后，弗洛拉看到了侍女们望而却步的样子，让她更加坚定地站立着。

“我以前听过这个词。让我来吧。”

她走到下一块镶板前。当她的触角碰到镶板时，一阵来自蜂巢的喧闹声在她们身边升起，同样升起的还有姐妹入睡时摩擦翅膀的沙沙声，以及随之而来的那令人愉悦的味道。她心中充满了爱意，为着自己的姐妹，也为着美丽的蜂巢。接着她感到脚下一阵颤抖，这感觉就像是走在密码地砖上。在脑中，她看到自己正和一名西斯尔卫兵一起，走在一条长长的甬道上。她看见自己跪在地上——膝盖仍然是分开的，然后她看到自己向着蜂蜡的方向低下了头。这时卫兵抵住了她的脚，将一只巨大而锋利的爪子扬到了她的头顶。

宽恕我吧，修女——

一阵疼痛刺穿了她头胸相连的地方。她大喊一声，蹒跚着从镶板前退了回来。

她仍身在女王图书馆里，侍女们就站在一旁看着她。她感受着自己的身体并未受到伤害，但受到的冲击回荡不去。

“我——我不明白。”

普里姆罗莎女士紧张地一笑。

“姐妹都会看到自己的死亡。虽然我们从没像你做得那么深入——只是走在甬道上，便知道会发生什么就够了！”

“‘仁道’意味着死亡吗？”

“阿门，”侍女们齐声说道，“对蜂巢一无所用，对生命一无所用！”

听到她们异常激动的笑声，弗洛拉也跟着笑了——可怕的幻象刺激了她。

“让我再完成一块吧！现在我明白了——”

“你什么也不明白——你只是勇敢而已。”伯内特女士笑着说——她的声音令人愉快，“但如果你再做一块，我们就完成一半任务了，那样的话，我们也就充分履行了职责。”她顺着弗洛拉的目光，看着最后的三块镶板说，“不。这些刺激太强了，只有祭司才能读取这些故事。”

“那就再做一块吧。”弗洛拉正色说道——她感到自豪，为了自己的勇气，也为了从眼前这些优雅女士眼中流露出的敬畏，“我会全心去做。”

“把你的翅膀收紧，”伯内特女士对她说，“你可以在任何时候停止。”

弗洛拉向前走去，用自己的触角碰了碰那块蜡质的马赛克。这一块比第二块更加平滑，气味只停留在蜂蜡附近，仿佛在掩饰着什么秘密。但当她集中起精神时，属于这气息的独特结构便开始释放出来。

她最先闻到的是一阵属于蜂巢的强烈香气。这气味浓烈而诱人，是亿万种宝贵的花蜜交织在一起的味道，还夹杂着阳光和姐妹的气息。弗洛拉深深呼吸着，竭力想抓住这陌生的感觉，但它像飞镖一样，冲出了意识的边沿，让她无法触碰。

“很好，这样就可以了。”伯内特女士在门边低声说道，“我们走吧。”

然而弗洛拉嗅到的气息在她脑中环绕着：蜂巢、阳光、蜂蜜——随后，毫无预兆，一波野性的冷空气冲了进来，还伴着令人窒息的烟雾。弗洛拉蹒跚着。她的身体虽然仍在房间中，但一阵惶恐像潮水般冲刷着她的意识——那是来自亿万姐妹隆隆的引擎声，来自刺目的阳光，还有那排山倒海般的蜂蜜味道。

“这个故事的名字叫《灾祸》。”

这声音甜美中透着紧张。一只手拍了拍弗洛拉，为她把恐惧拂去。

“它讲述了掠夺与恐惧，还有我们如何幸存。”气味的幻象退去，顿时，一波强烈而纯粹的奉献气息充满了整个房间——女王现身了。弗洛拉六肢跪倒，把触角摊在地板上，以示尊崇。

“勇敢的女儿啊。”

弗洛拉抬起头来。她最先看到的是一层金色的光晕，然后是女王陛下那美丽而明亮的眼睛——那里闪耀着仁慈和爱的光芒。她身形硕大，看上去宏伟壮观。她长着修长的腿和优雅的锥形腹部——那里胀得鼓鼓的。腹部上方是一对收拢着的翅膀，而翅膀上长着金色的花纹。

“母亲。”弗洛拉低声喊道。

“孩子，”女王开口说道，“不要害羞。”她让弗洛拉站到自己脚边，接着对侍女们微笑着说，“来吧，我的女儿们。去我的房间，那里更舒服些。我想听听马蜂的事情，听听我们那古代表亲的邪恶行径。”

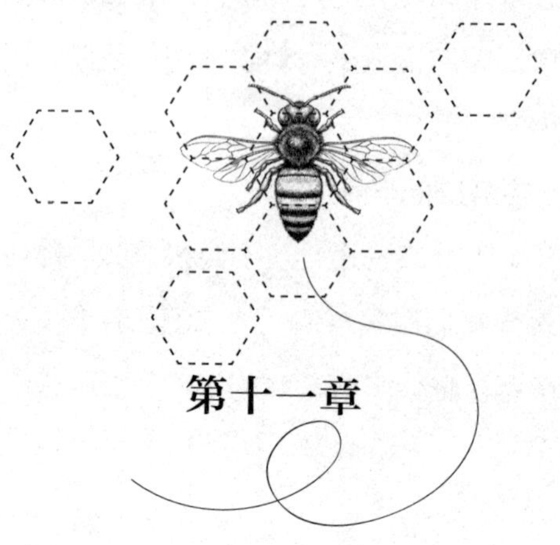

第十一章

现在，弗洛拉717——一名来自低等家族的垃圾清洁工——正和侍女们一起坐在女王陛下的私人客厅里，吃着珠宝一般的百合花蛋糕，喝着新鲜的花蜜。她一边吃喝，一边讲述着关于马蜂和高温的故事。女王出其不意地打量了她一眼，这让弗洛拉为身上散发出的马蜂味道而感到羞愧，侍女们也被吓了一跳，纷纷辩解说已经为她做过了清洁。

“安静点，女儿们。”女王微笑着说，“我只是想通过剩下的这一点气味来确认，马蜂的味道没有改变过。从古至今，他们的嫉妒心都那么强烈，所以他们才总想从我们这里偷走些什么，就好像我们的蜂蜜和孩子能带给他们力量似的。在遥远的古代，他们选择了鲜血而不是花蜜，于是我们就变成了敌人。”

伯内特女士握紧自己的手掌说道："母亲不朽，保护她的孩子们。"

"神圣的是您的子宫啊。"姑娘们一齐唱道，连弗洛拉也不例外，歌词仿佛自己从她舌头上冒出来的。

"我要走了，女儿们。"

说完，女王就躺到花瓣制成的长榻上，用一阵芬芳的安眠之雾包裹住自己的身体，接着便消失不见了。

* * *

在侍女们的带领下，弗洛拉看到了属于自己的床。那是一张柔软而香甜的床，闻起来就像是一类房间里的婴儿床。

"因为育儿室就在那道门后面，"维奥莉特女士躺在一旁的长榻上说，"也许你明天一早可以过去看看，那时我们要服侍神圣女王产卵。那些卵和闪着光晕的小床——真是难以用语言形容的神迹。"她咳了一声，"不过要是我们不能带你去的话，你也不要生气。"

"我不会生气的。"

"你的态度很谦逊，这是你们家族的荣耀。"然后，维奥莉特女士就用一阵浅浅的安眠气息包裹住身体，不再说话了。弗洛拉躺在黑暗中，呼吸着育儿室的芬芳。这芬芳围绕在她们周围，仿佛轻柔的拥抱。她把它深深吸入体内，直到腹部变得柔软发热。

＊＊＊

第二天一早，随着太阳钟的声音响起，浓烈而甜美的女王气息又弥漫开来。这时，侍女们打开了育儿室的大门。她们让弗洛拉跟在身后。接着，她们便一起穿过一片气味强烈的隔离带，进入宽敞的一类房间。现在，她们已经到了蜂巢中最为神圣的所在——产卵室。这里放着一排排整洁的空床，正在等待着女王陛下。

生产之前，女王的气息变得越发高涨。她的面孔上闪耀着光辉，气息在四周洋溢。她的腹部开始来回摇摆，节奏优美而迅速。随着每一次摆动，她的尾尖都会滑进一张小床。弗洛拉就站在后面，手里捧着清水和干净的棉布。她看到点点微光，若隐若现地在蜂蜡上闪烁。每一个光点都代表着一枚新生的蜂卵就附着在它的底部，每枚蜂卵都散发着柔和的金色光泽。随着女王的离开，这种光泽也渐渐消退。她的生产之舞散发着梦幻般的美丽，让弗洛拉也不禁想要快乐地摇摆。但她看到侍女们并没有起舞，而是保持着端庄的仪态，这才抑制住自己那强烈的欲望，保持着和她们一样的姿势。

在所有小床满员之前，她在女王的房间与产卵室之间往返了六次，运送着新鲜的清水和花粉蛋糕。在新生命的映衬下，产卵室越发显得柔软而明亮。女王自豪地站在那里，看起来精疲力竭，侍女们则流下了欢欣的泪水。

弗洛拉又一次回到女王的房间。在伯内特女士的安排下，她先是清理和布置了公共区域，接着就和侍女们一起，把女王陛下送进了她的私人住所，并准备让她在那里休息。当维奥莉特女士关闭大门时，弗洛拉屈膝行礼，并看了神圣母亲最后一眼。她心中充满热爱和不断流出的悲伤——这奇妙而美好的一天就要结束了。她一丝不苟地擦洗和清理着，心里非常明白：当大门再次开启时，她就必须离开了。

侍女们又回来了，弗洛拉决定让她们看看——清洁工也懂礼节。于是她把腿夹得直直的，向伯内特女士屈膝行礼。

“非常感谢，为了你所有——”

“哦，不用这么害怕。”伯内特女士脸上露出了一个奇怪的表情，“神圣母亲想再见你一次。”

“我吗？”弗洛拉望了望周围的女士们。她们都没有笑。

“是你。”伯内特女士不露声色地说，“不要拖延了，现在就去吧。”

＊ ＊ ＊

当弗洛拉走进房间时，女王身上正释放出金色的光晕。她让弗洛拉坐在自己身边，她收了收光圈，把弗洛拉和她一起笼罩在里面。

“成婚之旅过后，我就没离开过蜂巢了。现在的我只能通过食物和饮品去品尝这个世界，当然还有我图书馆里的那些故事。”女王透过自己金色的气息，凝视着弗洛拉，仿佛凝视着广袤的天空，“那些故事吓到你了？”

“是的，神圣母亲，一开始是的，接着我就想要了解更多。”

“那些故事讲述了我们的信仰，我们必须付出关注，去滋养它们。在生产过后，我已经没力气自己去感受了，尽管侍女们已经尽了最大的努力。祭司们在有时间时也会去读取它们，但在这个古怪的时节里，管理工作已经够她们忙的了，所以她们的首要任务并不在这里。”女王笑了笑，“关于世界的传说，我的女儿，关于美丽与恐惧的传说。”

“神圣母亲，我很愿意读取它们——在马蜂的事之后，我已经什么都不怕了。”

女王笑了。快乐的涟漪也流入了弗洛拉的身体，尽管她并不明白她的快乐是为了什么。

“让我们看看。”女王说道，“对你来说，前三个应该就足够了。”

* * *

第二天，弗洛拉继续和侍女们一起工作，为大家送去清水和茶点。女王在诞下数千枚蜂卵后，就回到了自己的房间。弗洛拉的第二项工作就开始了。

侍女们忙着为彼此梳洗并进食晚餐，女王陛下也在休息，弗洛拉来到了图书馆里。没有侍女们围在身边，让她感到心安不少。弗洛拉让自己冷静下来，以便集中精神。她没有再一次被房间里的强大能量淹没，在凝固的空气中，她捕捉到一丝来自气味故事的芬芳。它仿佛是一种活着的力量，正在引诱着她，并寻求着释放——只是这一次，她决定控制好自己。

弗洛拉小心翼翼地感受着第一块镶板。在那里，《蜜流》在花海中闪耀着荣光；采集蜂们用古老的语言呼唤着彼此；米莉亚德就潜伏在附近等待着。

接着便是《仁道》——在那里，一位姐妹眼看着自己死于他人之手。然后便是第三块——蜂蜜的馨香之门将她引入混沌——那便是《灾祸》，不知从哪里冒出的一股游丝般的轻烟打着转，仿佛在邀请着她。弗洛拉后退了几步，那股轻烟便也缩了回去。女王说过，做三块镶板就足够了，然而兴奋的感觉贯穿了弗洛拉的身体。如果祭司们没有时间汲取另外三块镶板里的故事，而她又能完成这项服务，对蜂巢肯定是有益的吧。

她望着后面的三块镶板，触角并没有颤抖，双脚也没有畏缩不前。女士们的欢歌声透过墙壁，从她们休息的地方传来，甜美而令人安心。于是，弗洛拉迈步走向第四块镶板——歌声变得更大了。房间里充满了美妙的赞美诗的歌声。这是数万姐妹异口同声发出的歌声，它像洪水般流淌在图书馆中，久久消退不散，仿佛蜜蜂们已经穿墙来到这里。对于这歌声的含义，弗洛拉无法完全理解。当弗洛拉全神贯注的时候，图书馆里正被一种从舞蹈大厅里传来的、明快而繁忙的气息填充着——一大波压力的巨浪从房间里席卷而过。

赎罪！这个词从歌声中传出，使得弗洛拉脚下一阵踉跄。歌声回荡着渐渐远去，舞蹈大厅的味道也渐渐消散。

弗洛拉不禁颤抖着，血液在她身体中奔腾。尽管她并不能完全理解这奇怪的词语和陌生的气息，而且身体中荡漾的一种感觉令她想要逃离这里，但女王想让她了解这些故事，而她决不能让女王失望。

弗洛拉接着来到第五块，也就是倒数第二块镶板前。乍看之下，它没什么特别之处——只是一片树叶浮雕。可当她走近细看，它就变成了金色——叶脉犹如金丝一般，跳跃着把能量汇集到一起，形成了一根叶柄；接着，一根花茎从镶板下方伸展开来，一直延伸到地板上；金色的根系在整个房间里蔓延着，布满了墙壁，一直延伸到天花板上。属于神圣母亲那种天堂般的气息混合着丰富的花粉味道，在这里升起，变得浓烈。弗洛拉抬起头来，看着根系汇集一处，在图书馆屋顶穹隆的中央形成一个小结，逐渐膨胀，变成一颗王冠形状的果实。那果子越长越大，然后便爆裂开来，变成一片金色的尘埃。

图书馆又变成了原来的样子——但一阵悲伤在弗洛拉心底挥之不去，因为她脑中重复着这镶板的名字——《金色的树叶》。突然间，这个奇怪而美妙的故事让她感到不快。弗洛拉感到一阵可怕的痛苦——但是什么也没有发生，她也没受到任何伤害。她在第五块镶板前后退了几步。一阵深切的不安传来——尽管从心底生出的那种黑暗与扭曲感让弗洛拉退缩，但一个声音在她脑子里小声称赞着她的隐忍——她已经解读五个故事了！女王会感到怎样欢喜啊！她给忙碌的祭司们帮了多大的忙啊！

就剩下最后一个故事了。触角已经碰到第六块镶板，但它保持着强有力的沉默。弗洛拉小心谨慎地专注精神，但眼前什么也没有发生——没有气味，没有图像，也没有声音。图书馆里的空气正在变热并压低，只有一丝新鲜空气从镶板中央吹出。这种感觉令人窒息。弗洛拉不由自主地靠了过去。

图书馆消失不见，她又闻到了育儿室的气息。她被一个摇篮吸引了过去，那是一个空旷而黑暗的摇篮，深处传来一个婴孩痛苦的哭喊声，还有一阵寒风呼啸而过。随着弗洛拉的靠近，那摇篮开始噼啪作响，接着碎成了几块。宝宝伏在床上，看着这一切，哭声越来越大了。一颗旋转的黑暗彗星发出刺耳的声音，从深渊里旋转而出，跌入她脑中。

＊ ＊ ＊

再次恢复意识时，弗洛拉已经回到侍女们的宿舍里，正躺在一张床上。她听到伯内特女士和其他蜜蜂轻声谈话的声音——直到她们听到她起身。

“如此自大，”伯内特女士说道，“还如此愚蠢。”

弗洛拉站起身来。她颤抖着身体，害怕地朝四周看了看，但那里一片寂静。

“你从那里爬出来，大喊大叫，满嘴胡说。”伯内特女士继续说道，“彗星啦小床啦——我肯定神圣母亲没说过让你碰那些镶板。”

“她说了。”弗洛拉的声音听起来细若游丝，“她想知道——”

“关于恐惧和疯狂的传说？你肯定是误解了女王陛下的意思——她怎么会让你去做那种事？你只是个清洁工。我想是马蜂的事让你丧失了理智。”

“是的，女士。”弗洛拉为自己所犯的错误而满心羞愧。是她误解了女王，是她如此愚蠢而自大。

“尽管那样，”伯内特女士接着说，“神圣母亲还是如此慈爱和宽容。她叫你再去觐见呢。”她靠后站着，面孔因愤怒而变得僵硬，“不要让陛下等你。”

* * *

女王在长榻上休息，一层微微闪烁的金色光晕笼罩在她身上。看到弗洛拉后，她打开一条裂缝，让弗洛拉进去，然后又把光晕合拢。弗洛拉想开口，想把自己在图书馆里的经历都告诉神圣母亲，但每当她试着说话时，一种奇怪的疲惫感便会攫住她的舌头。这让她不禁泛起了泪光。

“嘘，小女儿。”女王温柔地说着，“听说你读取了所有故事。我也曾这样做过，但那已经是产下很多蜂卵之前的事了。我已经都忘记了。”她微笑地抚摸着弗洛拉的面庞，“你会复原的。”

弗洛拉依偎在美丽而睿智的母亲身旁，把她那带有治愈气息的芬芳深深吸入体内。某些变化发生了——以一种无比微妙却十分清晰的方式，某些东西正在分子层面上发生着改变。但随着弗洛拉深深呼吸着，女王扭动着身体，开始因为疼痛而喘息。

“母亲！”弗洛拉跳起来说，“怎么了？我是不是该叫侍女过来？”

“不——”她紧紧抓住弗洛拉的胳膊，把她拉向自己，“不，和我在一起。”弗洛拉贴在女王身上，又感到一波强烈震颤穿过她们的身体。

“神圣母亲，让我去喊她们过来——”

“不！”疼痛使女王的声音像是从嗓子眼里挤出来的，“我们不需要帮助。”

接着她感到一阵轻松，于是便放开了弗洛拉。她把腹部蜷缩起来，又定了定身子。

“今天的产卵过程很正常，每张小床上都填充了新的生命，不是吗？”

弗洛拉说不出话来，因为从女王身上传来的疼痛仍然停留在她的身体里。

“如果有某张床被落下了，我的侍女们会提醒的——那是她们的工作。但她们什么也没说，所以应该一切都好。”女王陛下深深吸了口气，“一定是因为寒冷——你觉得蜂巢里冷吗，女儿？”

“我不觉得，神圣母亲。”弗洛拉说道，“但大家都说我们蜜蜂的毛发又粗又厚，所以什么也感觉不到。”

“一切都好。但别对任何人说起这事，明白吗？”她用自己的气息包裹着弗洛拉的触角。“答应我。”她低声说道。

弗洛拉欣喜万分地点了点头：“我保证……”

女王亲吻着弗洛拉的额头：“去吧。”

* * *

当弗洛拉从女王的住所出来时，所有侍女都没再看她一眼。弗洛拉一坐到她们身边，所有侍女便都起身走开。伯内特女士拿着花绷，用一根金色的针在刺着什么。

“伯内特女士，请你原谅，如果我冒犯了你——”

“我吗？哦，没有。”伯内特女士笑着说，但她眼里的神情是冷冷的，“如果你是只雄蜂的话，你的勇气非常可贵——但是在这里有些不合时宜。”这时，大家听到一阵脚步声从门外的走廊传来，接着是一阵羞怯的敲门声。

“啊！进来。”伯内特女士扬声道。

一只非常年轻的蜜蜂走了进来，她也来自伯内特家族。她的毛发已经被梳理过，打扮成侍女们该有的样子。她向大家行了一个完美的屈膝礼，触角娴静端庄地低垂着。

“弗洛拉717，”伯内特女士宣布说，“你和女王在一起的时间结束了，一切准入特权也一并结束。现在离开这里。”

“现在吗？但神圣母亲会奇怪——”

“别自命不凡了。她不会的。现在回到清洁工中去吧，那才是你该待的地方。”

* * *

弗洛拉离开了。她脑中一片空白——既为了伯内特女士说的话所带来的痛苦，也为了突然被驱逐的屈辱，还有最重要的是，她曾愚蠢地以为自己可以永远留在女王陛下的房间里，为她服务。

她感受不到脚下传来的脉冲，也嗅不到气味的密码——随着女王之爱的气息渐渐变得稀薄，她的所有意识也渐渐变得稀薄；每离开一步，这种感觉便更加明显。可腹中的疼痛变得越发强烈——从看到女王喘息时开始，她便隐隐感到腹中开始钝痛。现在，那种痛仿佛浓缩了一般，存在于肚腹深处。

弗洛拉停下了脚步。神圣母亲需要她啊。她需要她的照料。她，弗洛拉717号，不该听从侍女的命令。侍女……所有侍女的名字从她脑中划过。她试着分辨她们，让她们坐回到自己的位置……但她越是想试着回想，记忆越是混淆成一片。图书馆——镶板——神圣母亲要她感知的气味故事……一切都在消退，变得空无一物——除了陌生的不适在肚腹中生成。

弗洛拉低头看着自己的身体。蜂蜡的条纹还在腿上，毛发也还打着发油，并被梳成卷曲的式样。她连想都不曾想到，自己竟会被带到那里。弗洛拉在自己身上嗅着，想找到一丝甜美气息留下的痕迹，但那都已经消退不见。

她的身体开始颤抖。姐妹从她身旁走过，从她们触角上流淌出的只有八卦、流言还有命令。她们所说的一切都没有意义。这让弗洛拉感到愤怒，因为她是那么渴望着女王之爱。弗洛拉不顾一切地整理着自己，寻找着哪怕一丝幸福剩下的气息，能感受到的却只有愚蠢和白大。一阵铃声响起，这让她感到一些安慰。接着，一阵震颤便从地板上隐约传来。

这代表着奉献仪式开始了——在为女王服务时，她是不需要参加这个仪式的。弗洛拉张开双脚，尽量让它们靠近礼拜所。这种震颤来自她的身下，从蜂巢最底层的舞蹈大厅传来。在那里，数以千计的姐妹已经把力量汇集在一起，大批大批的工蜂正按时涌入那里。带着被驱逐的心碎与空虚，弗洛拉跑着加入了她们的行列。

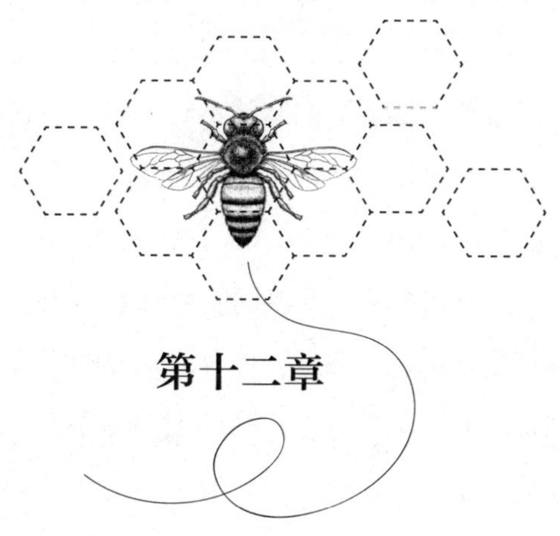

第十二章

舞蹈大厅里，姐妹显得有些躁动不安。弗洛拉与不同家族的蜜蜂挤在一起，翅膀紧挨着翅膀。她整个身心都充满了对女王之爱的渴望。蜜蜂们都很不安。她听到了很多对于饥饿的抱怨。

她们还在等待着。几只蜜蜂已经断断续续地开始发出细碎的嗡嗡声，因为神圣的信息素水平降低了。但更多的蜜蜂则一边感受着残余的气息，一边用身体触碰并安慰着彼此。接着，随着一阵晃动，那种震颤又从地板上传来，女王之爱的气息也开始涌起。姐妹就近跪倒在地板上，放松地哭泣着；另一些则抬着头唱起了赞美诗。随着蜂巢脉冲和气息的变化，弗洛拉把六条腿都跪在蜂蜡上，打开自己的气孔，把这芬芳深深吸入自己的身体。

这举动完全没有作用。

周围都是狂喜的姐妹，她们皆因能与女王合一而进入了一种极乐境界，只有弗洛拉陷入了自己的思考。她环视着群蜂，并惊讶地注意到了几只蜜蜂。尽管她们岿然不动，却似乎对周围的一切保持着警惕。她们看起来举止冷静，态度超然。弗洛拉稍微看了片刻，认出来了她们是采集蜂。

脉冲开始消退，舞蹈大厅四周的蜜蜂都露出了愉悦的微笑。她们的触角都高高地扬起，并在一片女王之爱的气息中抖动着。弗洛拉很想找到几只卑微的工蜂，并从她们那里得到安慰。于是，她开始寻找其他清洁工，但还没有等她找到，大厅里就爆发出一阵嘈杂的欢呼声——蜂群如波浪般涌向两旁，一只采集蜂带着花蜜的味道跑了进来。

她在弗洛拉身边找了个空位，便跳起舞来。她缓慢而清晰地跺着脚，踏出一种简单的节奏——一遍又一遍直到蜜蜂们明白了其中的含义。随后她便张开了翅膀，发动了胸腔中的引擎。她的身体闪着微光，翅膀也以同样的节奏停顿着。蜜蜂们欢呼着，开始跟着她来回跑动。只见她从一个蜂群跑到另一个蜂群，身后带着生花蜜的诱人气味。她在另一只采集蜂面前停了下来，并从自己口中挤出一滴蜂蜜，喂给了对方。当新鲜花蜜的气味在空气中一闪而现，蜜蜂们又开始了欢呼。越来越多的蜜蜂跑了过去，模仿着她的舞步。

弗洛拉也跟着跑动。花蜜的味道和新鲜冷空气的气息混合在一起，挂在采集蜂的翅膀上，这种味道让弗洛拉激动不已。在兴奋的作用下，她的脑子转得更快了。于是她抬起自己的脚，跟着跳起了舞步——并突然懂得了这种舞蹈的语言。

向南飞！这舞步讲述着，**长久地飞行！**

那里有几片田野——采集蜂在描绘着作物的样子——稻谷低着沉重的头，在那里上下起伏；常常会有大风从西面吹过——更多的田野、小溪，还有两道树篱……

接着往东！采集蜂又开始了奔跑。她旋转着身体，腹部发出嗡嗡的声音，敦促着更多姐妹来跟随她。大批蜜蜂兴奋地大喊着，奔跑着跳入空中。但弗洛拉只是紧紧跟在这只完美的蜜蜂身后，跳着和她一样的舞步。

接着转身，继续。

“转身，继续。”弗洛拉在她身后唱着。

然后，就是那里，有鲜花，有花蜜，还有甘甜！

“有鲜花，有花蜜，还有甘甜！”蜜蜂们大喊着，用舞步描绘着通往宝藏的地图。

翅膀闪亮的采集蜂停下了脚步。她的舞步是那么欢快而精准，让弗洛拉一度以为她还很年轻。但是现在，她看到了对方那残破的翅尖、稀疏的毛发，还有虫甲上的伤痕。她是莉莉500——就是把弗洛拉推下起降板的那一位。弗洛拉感到触角上一阵跳动。她又记起了女王图书馆里的第一块镶板。

“赞颂你的每一天，姐妹。”她用一种旧式的语言说道。

莉莉500专注地看着她。她一直伸着翅膀，并没有合拢。

“你想干什么？”细小的伤痕在她脸上布成了一片网格，一对触角已经在根部开裂，仿佛它们正背负着巨大的压力。“说吧，”她说着，“要不在等你开口时，鲜花们都要合拢了。我必须回去了，她们都在等着我。要是没有我，有些花都打不开了。骄傲是罪恶的，但这是事实。”她看着弗洛拉，“你在吸我身上的气息，就像我是女王似的。”

“原谅我，修女——我是说，女士——野外的空气闻起来感觉真好。”

“那是今天。昨天的空气都被污染了，还有前天、大前天——所以每只蜜蜂都饿着肚子。但饿肚子也比吃被污染的面包强。”她朝弗洛拉嗅了嗅，“你去哪儿了？为什么吃得这么饱？你的家族并不在厨房工作。”

“我被带去见女王了——作为与马蜂战斗的奖励。”

“啊，没错。我听说马蜂女士被烤熟了，可你还活着。”

“那要归功于勇敢的西斯尔姐妹，她们都牺牲了。”

“那是她们家族的命运，”莉莉500围着弗洛拉走了几步，“你得谅解我，我已经不习惯文绉绉地说话了。”

“请等一等！”弗洛拉跟着她跑了几步，“采集蜂女士，你还有什么工作需要我做吗？我愿意做任何服务——”

“如果你跟着我跳过舞，就知道该去哪儿了。”采集蜂敏捷地迈着步子。弗洛拉一阵吃惊，急忙跟在她身旁。

“但我的家族从不负责采蜜，这是明文规定！”

“我懂得鲜花，但是不懂什么经典。不过我知道蜂巢现在急需食物，而且你长着翅膀，有勇气也有脑子。不要用请求许可这类事情来烦我。”莉莉500把她推到一边，便朝门厅走去。

弗洛拉呆站了一会儿，并不确定她是否在邀请自己。采集蜂回头瞥了她一眼——于是她跑着跟了过去。

* * *

莉莉500迅速而娴熟地穿过蜂群。弗洛拉竭力想跟上她的步伐，却不巧撞上了另一只蜜蜂。花粉蛋糕掉落一地，一位年轻的薇洛急忙抢上前去，想要挽回损失。

“哦，她们会惩罚我的，我摔坏了这么多——姐姐，求求你了，别告诉她们。要不她们会觉得我虚弱得没办法工作，然后把我送去仁道——”

“告诉谁？”弗洛拉赶快帮她把蛋糕捡起，一边还盯着莉莉——她现在正在门厅的另一侧等着。

“警察！她们来花粉和糕点房做过健康检查，她们问有谁觉得累——举了手的蜜蜂都被送去仁道了！”小薇洛一边紧紧抓住了弗洛拉的手，一边哭着说道，“我承认浪费是罪恶的——姐姐，求你了，我不会再犯了——你能帮帮我吗？”

在门厅的那边，弗洛拉看到莉莉那明亮的翅膀已经消失在通往起降板的走道上。已经太晚了。她点了点头。

薇洛感激地和她一起走着。薇洛一边举起沉重的托盘，一边羡慕地看着弗洛拉腿上的蜂蜡条纹。

“我肯定他们会欣赏这些，”她说着，“他们喜欢我们精心修饰。”

“谁啊？”弗洛拉问着，但并不怎么期待答案。因为就在这时，她又听到雄蜂们大声嚷闹的声音响起，也闻到了雄蜂大厅散发出的浓烈气息。

在蜂巢里，像这样的雄性沙龙一共有两处，都是为雄蜂殿下们的便利而设。其中一处是在顶层，与藏宝库和振翅大厅毗邻。另一处则设在最底层，就在起降板附近。它们的作用是供雄蜂们休息，为他们提供茶点，以及让他们吵闹滋事。年轻的姐妹自愿轮流在那里工作，较为老到的年长蜜蜂则负责监管。

当弗洛拉和薇洛一起来到双重门前，她们可以听到雄蜂们要求食物和花蜜的吵闹声。等她们托着盘子进去后，吵闹声就变成了一阵开心的吼声。还没等她们把东西放下，雄蜂们便一拥而上，用他们强健的手掌抢夺着蛋糕和花粉球，而她们能做的就只有在冲撞中挺住身体，直到盘子里只剩下食物的残屑。

“今天，他们去了很远的教所。”监管修女考斯利波小声说道，“有只雄蜂被选中了。现在，剩下的这些都在大吃大喝，为的是恢复精力。”

“花蜜！”坐在长沙发上的一只雄蜂喊着。

“面包！要像下一位公主的乳尖一样炙热和甜美！”

“哦，雄蜂殿下，请不要说了。”考斯利波修女颤抖着四只手说，“这些单纯的内务蜂该怎么理解这些话啊？”她转身看着弗洛拉和薇洛说，“快点，为雄蜂殿下取些油膏来。我们必须让他们放松，否则他们一出蜂巢就会吃了我们的。”

弗洛拉和薇洛一起来到用餐区——吃剩的糕点和食物的残渣被扔得到处都是。薇洛大口大口地吃着残羹冷炙，但弗洛拉一动不动。一阵震颤从腹部传来，她紧咬牙关，一声不吭。

“她们说采集蜂都变懒了，”薇洛小声说着，“所以我们才总会挨饿。”

“其实不是那么回事，”弗洛拉一阵激愤，连疼痛都忘记了，“我今天看她们跳了很多指向舞。要是你看到她们身体上撕裂的伤口，就不会这么说了。但她们还坚持在飞。”

薇洛耸了耸肩：“这只是大家的说法。”她拿着满满一碗按摩膏走了出去。薇洛刚离开，弗洛拉就蜷缩起身体，深深呼吸着，直到腹中那阵奇怪的感觉过去为止。接着她又朝大厅里瞥了一眼，惊讶地发现了身材瘦削的林登先生。只见他打扮入时地站在那里，正在和考斯利波修女交谈。她马上缩回身体，但已经太迟了。

“说你呢。”考斯利波修女朝她喊着，“你是服侍谁的？这位光荣的雄蜂殿下需要人帮他清理。”

弗洛拉只好端着一只碗走了出去，心里祈祷着——但愿打了蜂蜡的六肢和擦过发油的毛发能掩饰好自己。

考斯利波修女立刻嗅了嗅，接着说道：“你身上有一股很奇怪的味道，简直像个清洁工——”

“林登先生！”弗洛拉行了一个合格的屈膝礼，“请原谅我之前的错误，请允许我来为你服务！”

附近的雄蜂们爆笑起来。

“丑陋但热情。林登，总比什么都没有强。”

他朝弗洛拉身上嗅了嗅：“哦，是你！忤逆我的那一只！”

考斯利波修女打量着他们。

“很遗憾听到这种话——我们肯定能找一只更好的，雄蜂殿下——”

“不，不用了。就让这一只做。你走开。”他挥了挥手，让考斯利波修女离开，接着便劈开大腿，胸部起伏，向弗洛拉喷出自己的气息，“我身上的雄性气息不会再让你害怕了吗？”

“这是我必须承受的，殿下。”弗洛拉低垂着触角说。

“确实！那好，你自己选吧，是服从我的命令，还是被送去仁道！”林登先生招了招手，让她跟在自己身后，大摇大摆地穿过那群雄蜂，接着把自己扔到了长沙发上，“我准备好了。开始吧。”

弗洛拉看着姐妹和她们正在服侍的雄蜂，勉强地开始在林登腿上涂抹油膏。他第三对虫腿上的钩刺看起来很小，简直就和雌蜂的一样。

“你应该说些能让我高兴的话。”林登先生换了一个让自己更舒服的姿势。

弗洛拉想不到该说些什么，便信口哼唱起在女王房间里听过的旋律。林登先生抬头看了看。

“这是首带有性意味的曲子，你不该懂这个。继续吧，但不管是歌词还是克派特[1]修女都不能赶你走，否则我就没人可以用了，连像你这么吓人的侍从都没有。”他满脸犹豫地朝房间周围看了看，接着说道，“库克斯今天被选中了，我想你已经听说了吧。”

“那是我们蜂巢的荣光。”

1　此处指的就是考斯利波，这里应该是林登的口误。

“哦，饶了我吧，他就是一大坨会飞的精子。想想吧，那个粗野的蠢货正待在一座金色的宫殿里，待在淹没的蜂蜜中，随意爬上公主美丽的身体——”林登先生气得身子发抖，“那个肥胖的白痴——”他向柏普拉先生打了个手势，接着说道，“他还能活着就是个奇迹。他总是那么吵，天上的每一只鸟都能听到他起飞的声音；还飞得那么慢，在他飞上天空前，花儿都会开了又谢。”

“那这是一场比赛吗？”

“一场比赛，也是一场追逐。”

听到这话，旁边的一只雄蜂探过身来。

“直到每位公主都成功交配！”他大声喊道。

“还有每位兄弟成为国王，拥有自己的宫殿！”另一只雄蜂喊着。

雄蜂们纷纷跺脚欢呼着。考斯利波修女也开心得喜形于色，她招呼姑娘们快步穿梭在他们周围，为他们装满盘子和高脚杯。

“你都看见了？”林登先生又把自己扔回长沙发上，“这就是事情的本质。教所的本质就是喊叫，拥挤，吹牛——还有冲在前面。”

“那是……一种仪式吗？”

“愚蠢的女孩儿，那是一个地方。一个鲜为人知的地方，就在天空的最高处，芬芳的风在那里交会。来自不同蜂巢的所有贵族雄蜂都会聚集到那里，公主们会选出自己中意的蜜蜂。”他拉着自己的翎颌说，“当然，小伙子总是越多越好，但那也意味着更多的竞争。”

“不是每只雄蜂都能匹配一位公主吗？”

林登笑了笑，转身望向雄蜂大厅。“兄弟们！”他大喊着，“我的御用仆人对我们重要的工作一无所知——我们是不是该跟她们谈谈‘爱情’？”

“是的！爱情！”雄蜂大厅中的姐妹纷纷喊道，甚至连考斯利波修女也不例外，“请和我们说说爱情吧！”她们围着雄蜂屈膝行礼，所有的脸都转向了林登先生。他清了清喉咙，喷出自己的气息，接着就开说了：

“你们都听说了，我们的贵族兄弟库克斯已经光荣地被一位公主选中了。她很漂亮，长着金色的六肢和最亮的毛发。不管是在蜂巢还是在天堂里，所有的姐妹都没有她漂亮。还记得她在教所是怎么向我们发出呐喊的吗？那动作比飞扑的松鸦还要敏捷。她用闪亮的欲望扫过我们，让自己的身体闪闪发光！”

听到这里，雄蜂们都发出了吼声。他们欢呼着，有几只雄蜂甚至抓着自己的下体，用粗鲁的喊声称颂着异邦公主那完美的爱欲。姐妹挤在一起，低声交谈着，脸上满是陶醉和艳羡。

“单纯的蜂巢姐妹，”林登先生应大家的要求继续说着，看来他很享受被众人簇拥的感觉，“教所就是空中的一个地方，靠近最庄严的大树——它们自己就是神。只有雄蜂才敢飞到那种高度，藐视飞鸟，在风中呼吸自己的渴望。”他巡视四周，为的是吸引更多的关注，“公主们会去那里，寻找爱的圣餐——由我们雄蜂传递的爱的圣餐。”姐妹欢呼着鼓起了掌，她们的激情引来了更多雄蜂的气息。

“说得太棒了，林登。”一只雄蜂喊着。

“现在我的剑已经等不及了！”另一只也喊道。

为了鼓舞彼此，雄蜂转动起胸膛中的引擎，让性外激素的味道四处流淌。只见他们一个接一个地跳了起来，在姐妹目光的注视下，他们越发显得强壮而高贵，面孔也变得坚毅而英俊。就连林登先生也一扫往日的任性和阴柔，变成了动作优雅、体形精致的样子。睿智也从他顽皮的脸孔上显露无遗。

雄蜂们跺着脚，齐齐晃动着身上的甲胄。林登先生让弗洛拉站在自己身后。雄蜂们一扫骄纵与懒散，他们身上闪耀着光彩，睾丸激素的味道澎湃而出。就这样，雄蜂们组成了军阵，空气中洋溢着他们的气息。在他们一致的步伐下，虫甲的震荡声久久回荡。

“教所，交配，加冕！”他们一遍又一遍地唱着。姐妹纷纷为他们而欢呼。弗洛拉也站在那里，但林登先生又把她推了回去。

“哦，不行——直到他们带回我已经征服一位眼光卓越的公主的消息之前，你都不能离开这里。相信我，毛茸茸的女孩，我能做到的。”他看着她，“在那之前，你都得留在这里，这是我明确的命令。”

弗洛拉闻言大怒。她恨自己为什么不跟着莉莉500，而是选择帮助薇洛。但她还是强迫自己点了点头。

“很好。”林登先生像其他雄蜂一样，敲着自己身上的甲片，接着就和他们一起大步向前，高高地扬起了翎羽。

* * *

弗洛拉期待着林登先生的胜利。因为那样她就可以摆脱在雄蜂大厅里任人差遣的处境。到了下午时分，所有雄蜂都回来了。他们咒骂着，抱怨又开始下雨了。弗洛拉也在心底默默咒骂着，因为自己被困在了这里。在雄蜂们那强烈的荷尔蒙味道下，她的头和腹部都感到疼痛。

比起做雄蜂的女仆，清洁工都更加自由——只要知道了她家族的真相，考斯利波修女一定很愿意赶她出去。弗洛拉等待着，等到林登先生满足地躺下，打起了呼噜，她便去坦白自己的罪过。

考斯利波修女毫无反应，尽管弗洛拉说了一遍又一遍，可她仍然待在门口的接待处里，一动不动。弗洛拉嗅了嗅——作为一只暮春时节的蜜蜂，她的时间已经到了。

弗洛拉释放出自己家族的气息，接着便把触角缩紧——就像家族中最卑微的成员一样。确认过考斯利波修女的翅膀依然坚固，她便把她衔在了嘴里，从雄蜂大厅里溜了出来，来到甬道上。

温暖而新鲜的空气打着转，从起降板那头吹来。姐妹正排着整齐的队伍，把大包大包馨香的花粉传递进蜂巢，弗洛拉知道雨已经停了。她走到慢行道上，听着采集蜂们起降时发出的嗡嗡声，她的心激动不已——外面的世界近在咫尺。她能感受到自己垂在身后的修长而强壮的翅膀和翼膜上绷紧的韧带。莉莉500说过，饥饿正在蔓延，而她既强壮又有能力。如果蜂巢正饱受饥饿，而她能找到食物，那又有什么错呢？

“清洁工准备出发。”

随着西斯尔卫兵那低沉而沙哑的喊声，弗洛拉和几只同族蜜蜂一起，迈步向起降板走去。

一个又一个姐妹发动了胸中的引擎，燃烧般地冲向明亮的天空。弗洛拉张开翅膀，任肾上腺素在体内磅礴汹涌。她发动了自己的引擎。

“立刻停止！”一个声音突然响起，只见几名西斯尔士兵冲到起降板上，“赛奇家族下令，取消所有航行，立即执行！”

等待起飞的采集蜂们大声吼出了她们的失望，但是越来越多的卫兵赶了过来，把木板边沿的所有蜜蜂都推了回去。有些卫兵已经摆好了信号弹。另一名卫兵从弗洛拉口中一把夺过考斯利波修女，把她扔下了木板。

“我们不应该那么做！”弗洛拉感到引擎正在胸中燃烧，翅膀上那些金色的纹脉正因为力量而缩紧，她的脚似乎马上要离开木板了。经历了这么久的黑暗和劳役，已经近在咫尺的自由却要被收回——

“她们到了——快让开！”卫兵们把蜜蜂们往回推着，因为采集蜂们马上就要降落到回巢的甬道上。几只采集蜂急转而来，弗洛拉扬起触角——没有遭受马蜂攻击的迹象，随着姐妹归来的只有泥土和植物的味道。

第一只蜜蜂脚部着地，跌落到木板上。这是一只来自波皮家族的采集蜂，但她的气息已经被一种危险而陌生的东西掩盖了。只见她全身上下都覆盖着一层灰色的薄膜，正爬向弗洛拉所在的地方。

“救救我，姐妹。求你了。”

随着采集蜂不顾一切地扑了过来，弗洛拉本能地向后一跳。波皮停下了，然后便开始了剧烈的呕吐，而所有蜜蜂则迷惑而恐惧地看着这一切。越来越多的蜜蜂跌落到她的周围。她们眼中带着慌乱，身体都被那带来疾病的薄膜所玷污。

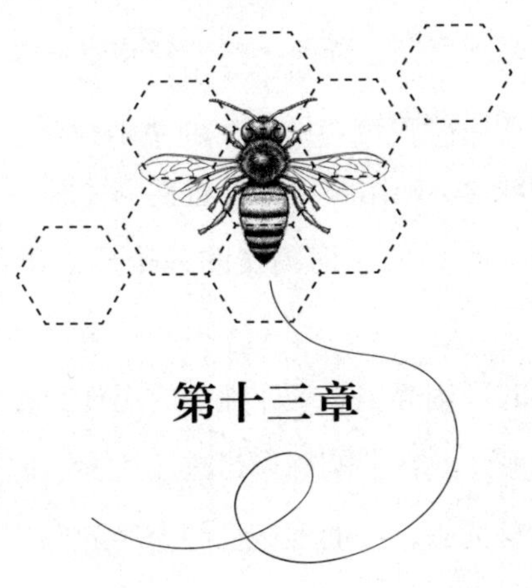

第十三章

由于起飞受挫，弗洛拉紧绷着身体，她转身回到蜂巢，停在群蜂涌动的甬道上，然后收拢了翅膀。她听到波皮那虚弱的声音在耳畔响起，看到越来越多的姐妹从停尸房附近的大堂跑了出来。她还没来得及听清蜜蜂们的对话，西斯尔卫兵们就急匆匆地把大家都赶了回来，并推往舞蹈大厅的方向。

大批蜜蜂聚集在一起，发出了紧张不安的嗡嗡声。震动从蜂巢深处传来，仿佛在召唤着她们，可并不是奉献仪式的时间。尽管恐惧的气息正在从起降板上传来，却没有马蜂到来的痕迹。不过一股刺鼻的臭味仍在近旁升起，这让弗洛拉本能地想要离开。蜂群仿佛变成了一个整体，像波浪一般上下起伏着。起伏停止的时候，空地上只剩下几只蜜蜂。她们都是采集蜂，都低垂着头站在那里；从身侧的气孔可以看出，她们的呼吸都很沉重；她们身上都覆盖着一层灰色的薄膜，就像跌落在起降板上的那名波皮一样。

一位赛奇祭司摩擦着修长而高贵的翅膀，发出一阵沙沙声，为的是引起群蜂的注意。她用触角检查着整个大厅。

“同胞姐妹，我们要感谢高贵的采集蜂们所付出的勇气与牺牲，阿门。”

“看看我们的采集蜂姐妹吧，她们的工作是如此光荣。她们的细致、热情与忍耐，为我们的蜂巢带来了生命、健康与财富。有很多姐妹在今天染病死去，我们现在已经查明原因。”赛奇修女抬手一指，两名西斯尔卫兵便押着一位老采集蜂走来。蜜蜂们震惊得喘不过气来。

“莉莉500女士，”赛奇修女态度庄严地慢慢说道，“你想对你的姐妹和神圣母亲说些什么吗？因为你，她们的生命都遭到了威胁。”

莉莉500抬起了头，她沙哑的声音中透出了镇定：“我没有犯错。我在那里时，那片区域还是干净的。”

“不。它受到了污染。因为你的错误，成千上万的姐妹被推向死亡。你看得到她们身上的伤痕吗？毒雾在她们身上灼出了小洞。我们的储备中也发现了被污染的花粉。毫无疑问，这些是你到过那里后，被误采回来的。你所拥有的声誉使你不再谨慎——”

“我的舞蹈没有错！”莉莉500提高声音说道，“如果花粉被污染过，我就不可能采集它们——如果那片区域是有毒的，等不到归巢我就会先被毒死——我以每一枚神圣蜂卵的名义发誓——”

“现在你还口出亵渎之语！”赛奇修女大声说道，“这些亵渎之语，傲慢而荒谬。“

“我还可以用我对女王的挚爱发誓，在我看到那些鲜花时，那里并没有毒雾，而且我也没采集过被污染的花粉！”

赛奇修女轻声说道：“那些勇敢的、正在遭受磨难的姐妹，请你们走上前来。”

被隔离开来的采集蜂们，或是自己，或是借助牵引，走到了大厅中央，站在莉莉500身旁。她们全身上下都被灰色的小斑点覆盖着，散发出陌生而让人恶心的味道。她们中的一些仍在自己的身体上抓着，想要撕掉那层灰色的薄膜。莉莉500望着她们，接着便垂下了头。

“宽恕我吧，姐妹。我应该去死，而不是把这东西带回家。”

大家都没有说话。接着，一队样貌相同的蜜蜂便从蜂群里走了出来。她们都有着平整而光滑的深色毛发，家族气味都被掩藏在浓厚的掩蔽气息之下。她们在赛奇修女身边站好。

“采集蜂莉莉500女士，你的错误使蜂巢陷入了危险。为了保障女王陛下的安全，为了保护我们的生存资源和不朽的母亲，我们必须清除蜂巢里的瘟疫。”赛奇修女用目光扫过寂静的大厅，“都有谁感染了瘟疫？走上前来，证明你对神圣母亲的爱吧。”

大家都没有动。在一片寂静中，弗洛拉感受着自己的身体。在起降板上时，飞行的激动让她忘记了一切——但是现在，那种奇怪的感觉又回到了腹中。它似乎变成了一种压迫感——弗洛拉集中精神感受着——一种奇怪的、麻刺刺的感觉穿过身体。已经不痛了。

她不觉得自己还有什么问题。所以她决定什么也不说。

赛奇修女看了看莉莉500。

“我们会铭记你所带回的财富，赞颂你的每一天。”

还没等那位老采集蜂回话，警察们便把她拖走了。姐妹震惊地看着这一切——她们中最优秀的蜜蜂竟遭受了这种屈辱。

赛奇修女脸上闪耀着光芒。她的触角战栗着，仿佛正在进行奉献仪式：“只有勤勉的蜜蜂才能享受仁道，至于那些因为玩忽职守而使蜂巢陷入危险的蜜蜂，她们根本不配被送往仁道。我们无所畏惧，保护着神圣母亲，因为我们明白‘从死亡中来，生命不朽’。”

“从死亡中来，生命不朽。”蜜蜂们纷纷回应着。在整齐的动作之下，所有患病的采集蜂张开了翅膀，大步向前走去。她们齐刷刷地看着警察。

“我们接下来的使命就是死亡之旅。”其中一只说着，她身上也覆盖着灰色的薄膜，“我们无须护卫。”采集蜂们向姐妹鞠了一躬：“接受、服从和服务。”

“赞颂你们的每一天。”蜜蜂们说道。接着采集蜂们便起身出去，警察们紧随其后。蜜蜂们安静地等待着，脚下的蜂巢也纹丝不动。虚弱的引擎声从起降板上传来，还有她们腾空时引发的气浪。蜜蜂们都站在舞蹈大厅里，紧张地听着越来越小的引擎声。患病的蜜蜂一旦飞离蜂巢，就再也不能回来了。

“回去工作吧。”赛奇修女宣布，“准备好健康检查。”

* * *

蜜蜂们很快就从大厅散去，姐妹慌不择路地躲避着警察，弗洛拉加入了一大群清洁工的行列。她们朝着停尸房走去，那里放着今天刚死去的蜜蜂的尸体——它们必须被清理干净。负责监管她们的是宾得韦德。

“因为花粉被污染了，你们要把这尸体运出果园，然后丢到远远的地方去。”她说着，“然后你们也不能回来了。”

清洁工们警觉地看着彼此——只有宾得韦德修女在微笑着。

“这是你们家族的荣誉！因为你们数量庞大，所以禁得住这样的牺牲，目的是保障蜂巢的健康。这是你们的光荣：**接受，服从和服务！**”

就在清洁工们咕哝着发出含糊的回应声时，弗洛拉听到一声痛苦的大喊。她嗅出莉莉500就在附近——这气味中还混合着刺鼻的警察气息。

“让我光荣地死去吧。”采集蜂用沙哑而年迈的声音说道，“让我和采集蜂姐妹一起去吧——我保证不会回来了。”她呼喊着，听起来似乎遭受了殴打。这声音是从停尸房旁边的垃圾站传来的。

“我求求你们。”莉莉500那苦苦哀求的声音又一次响起，“在把我送到米莉亚德那里之前，至少先杀死我吧——哦，姐妹抛弃了我！我想见姐妹！”

弗洛拉同族的姐妹都进了停尸房，但她自己朝莉莉500那边跑去。

* * *

只见老采集蜂的腿被拖在身后，搭在蜡质地板上，双翅都已经破碎。两名警察在她身体两侧架着她，转身向起降板走去。弗洛拉跑向她们。尽管已经来到了明亮的空气中，她们身上那强烈的气味还是灼痛了弗洛拉的触角。

“求求你们。”她说着，“能让我见见我的姐妹吗？”

“莉莉500已经被判处死刑。你想和她一样吗？”

“不是的，长官，我只是想为她祈祷。我听到了她的喊声。”

弗洛拉跪了下来。她看着长官脚上那巨大的黑色钩刺，闻着来自不同家族的气味——这些气息骇人地混合在一起。

“这只采集蜂是肮脏的。”

“是的，长官，但我运送过各种各样的垃圾，并不惧怕疾病。接受、服从和服务。”

警察们沉默了，尽管她们的触角还都在闪闪发光。接着她们便后退了几步。

“快点吧。”其中一位说道，“她被判处在流放中死去。”

弗洛拉走到莉莉500身边。这只老采集蜂身上所有的关节都已经破裂。

“她们想阻止我回来。”莉莉500低声说道，“犯了这样的错误，我怎么可能还会想活着。”她看着弗洛拉说，“我认识你……”

“我看见你跳舞了。你是那么美丽强壮。我本想跟随你，可是——”弗洛拉还没有说完，十二条黑色的钩刺已经在向她们靠近。

“求求你们了，长官，我们必须祈祷——”莉莉500把触角紧紧按在弗洛拉的触角上。“打开！”她低声说道，“不要浪费。”

一大波意识的疾流奔腾着，涌入了弗洛拉的触角。一时间，她的大脑被声音、气味和画面所占据，所以当警察们把她们踢开时，弗洛拉完全没有感觉。

当弗洛拉又能看见东西时，莉莉已经消失了。起降板上只剩下一名警察。她们站在一起，仰头看着明亮的蓝天。在果园上空，一个小小的黑点一分为二。一半落向大地，另一半则转身折回蜂巢。

弗洛拉站起身来。她的意识里闪现着鲜花、花瓣，还有芳香。广袤的天空就在眼前，但她还没来得及打开翅膀，又一位警察飞落到了她的身旁。

“报上你的家族还有编号。”这位警察的声音刺耳而粗暴，弗洛拉看到她爪子上还挂着莉莉的鲜血。如果弗洛拉现在起飞，警察们会把她在空中打晕，于是她便驯服地垂下了触角。

“弗洛拉717，一名清洁工。”

“去那边吧。”

弗洛拉跑回蜂巢里，莉莉的声音和记忆仍然在她的意识中奔腾着，直到她回到自己家族的行列后，依然久久不能平息。

第十四章

弗洛拉加入了她遇到的第一支清洁工队伍——她们正在卖力地清洗着舞蹈大厅，她们看起来忧郁而沉默。在蜂巢里，蜜蜂们释放出的化学信号会沿着巢脾传播出来，而在健康检查进行过程中，蜜蜂们的恐惧与痛苦也暴露无遗。更多弗洛拉家族成员进入门厅，把刚刚死去的蜜蜂的尸体运到停尸房——她们都是患病的内务蜂，嘴里都发散出毒花粉的难闻气味。她们的头都无力地低垂着——那是仁道的后果。

弗洛拉朝另一边走去——在采集蜂们跳舞的地方，一些微尘被踩进了蜂蜡地砖的裂缝里。她希望莉莉500能死在半空，而不是清醒地落入草丛，并在那里绝望地等待米莉亚德。换班的铃声响起，她和其他弗洛拉一起向中层的餐厅走去——但这一次，她并没被食物的味道所吸引，她想要的只是在黑暗中独处。

她在一处工蜂寝室里找到了隔离家族的位置，于是她将自己扔到了墙角的铺位上。失去了这么多的姐妹让她感到强烈的痛楚，仿佛连灵魂都受到了伤害。

“从死亡中来，生命不朽。”她脑中重复着这一句话，却没能让自己好过一些。她痛苦地把身体紧紧蜷缩起来，那种感觉变成了一种向后的压力，而且越变越强。弗洛拉换了个姿势，想让自己舒服一点。就在这时，一股强大的能量席卷过她的身体。

一簇紫色的洋地黄花在她脑中闪过——它们身上闪烁着紫外线的光芒，形成了一条跑道，正欢迎着她的到来。她感到一阵来自花瓣隧道里的凉爽而柔软的压力，随着花粉擦过她的毛发，她的身体又发出了一阵愉悦的战栗。一小滴花蜜带来的香甜，让她伸出了自己的舌头——

弗洛拉惊醒过来。周围是一片黑暗，空气已经冷却下来，每一张床上都睡着一位姐妹。她呼吸着，感受着她们那滚热而疲惫的身体，还有身上传来的家族气息——周围有很多弗洛拉，还有丹德里奥、宾得韦德和普兰顿。普兰顿们的位置更为靠前，通风也更好——她们的呼吸中夹杂着腐败的花粉味。弗洛拉猜测这是为了避免污染，最新采集到的花粉应该都已经被销毁了，和它们一起被毁灭的还有那些带它们回来的勇敢的姐妹。

来自腹部的压力愈演愈烈。弗洛拉越是想让自己安定下来，那种感觉就变得越发顽固——直到她被迫起身。她的腹部摇摆着，想要摆脱这种感觉，但这使她身上的气息高扬，搅扰了熟睡的邻居。

弗洛拉不禁想到了莉莉500的疾病——她毕竟曾经那么近距离地接触过莉莉500，也许她自己也已经被感染了呢——也许她现在正在把疾病传播给周围的姐妹。

她偷偷溜出了寝室。腹部还在抽动着，仿佛在敦促她向前。随着痛感稍稍减轻，她也走到了一条黑暗的甬道上——白天那场骚乱带来的气味和声音已经消散，来自蜂巢深处的芬芳正沿着巢脾，蔓延到每一个地方。这种甜美的气息和每个家族姐妹的气味混合在一起。无数鲜花的馨香与新鲜蜂蜡那纯净的气味混在一起，花粉的浓香裹挟着蜂胶的辛辣，脚下便是蜂巢深处那金色的蜜核。

一阵痉挛传来，弗洛拉痛得跪在了地上。她所有的感觉仿佛都集中到了腹部——那种感觉正变得越发紧张，越发强烈，让她觉得自己就要被烧死了。

巨大的痛苦一波波退去。弗洛拉惊讶地趴在地上，她把脸紧紧贴在位于中层的一条甬道的地板上。夜色依然很深，四周寂静而黑暗。她感觉自己的尾尖正在强烈而有节奏地抽动着，仿佛有个温暖的东西正想要挤出来。

一记脉冲从身下的地板上传来。她一边感受着，一边觉得这原本稀薄的能量正在变强。它呼啸着穿过她的身体，一直冲进她的大脑，然后她就闻到一阵甜美的芬芳。

弗洛拉惊讶地翻了个身，握紧了自己的手掌。她发现自己被某样东西碰到了——那东西小而温暖，闪着淡淡的幽光，一端还微微凸起。在弗洛拉的注视下，它的气息正变得越来越强烈——这吸引了她全部的精力。弗洛拉上下打量着空旷的甬道，再把目光收回到那枚卵上。

她产下的卵。

“不。”弗洛拉说不清自己是不是大声喊了出来。这是不可能的：*只有女王才能生育*。这可是蜂巢生活的第一条铁律——它是神圣的，需要被铭刻在每位姐妹心上。

弗洛拉扬起触角，搜寻着生育警察的气息——她们手里掌握着强大的权力。她们很快就会知道这个消息，并随时可能赶来。等到那时，她并不会为自己无法言说的罪行祈求宽恕，不管她是否愿意，这罪恶就毫无先兆地不请自来。她看着它。

卵上闪烁的光芒正在逐渐变得明亮。它的气息在她闻到过的所有气味里绝对是最香甜的，甚至比奉献仪式还要香甜。但所有这样的想法都是罪恶的。

弗洛拉朝四周看了看，期待着解脱的到来。她们一定会来的。如果她们不来，她就必须找到她们。*只有女王才能生育，只有女王——*

重复着这几个词，弗洛拉躺下身来，蜷起身体，把卵围在中间。这芬芳占据着她所有的感觉，仿佛第一次参加奉献仪式的情形。带着强烈的愉悦，她全心沉浸在这种感受中。弗洛拉绝望地朝四周看着，她在寻找着那些蜜蜂，那些能把她从罪恶中拯救出来的蜜蜂。但整个蜂巢都在沉睡着。她突然想到：育儿室就在旁边，狄泽修女会知道该怎么做的。于是弗洛拉小心翼翼地抱起自己的卵。

她帮不了它——她用手臂轻轻地抱着它；她弯起触角，满怀爱意地盖在它身上；她的心被爱涨得满满的。

那个被她们撕碎的孩子——她在警察的钩刺上痛苦地扭曲着身体——

她的触角变得滚烫。她一把抱过了那枚卵，把自己的气息覆盖在上面——就像为它设置了一道屏障。纤细脆弱的蜂卵紧紧贴在她的身上，仿佛在回应着她。弗洛拉感觉双颊一紧，体内分泌出一股甜美的浆流，但她选择自己将它们吞了下去。在勇气耗尽之前，她必须走到育儿室。她抱着心爱的蜂卵，想抓紧这最后的宝贵时间。随后，弗洛拉便强迫自己穿过了一类房间的大门。

狄泽修女正坐在工作站里打盹儿。弗洛拉走上前去，直到她站在了狄泽修女的面前。弗洛拉举起那枚闪着幽光的蜂卵。狄泽修女还没有醒来，只见她耷拉着一只触角，另一只则在颤抖——似乎正在做梦。她们周围全是一类房间里的一排排的小床。接受晚间喂养后，婴儿们就会被安置在那里，它们静静地待在小床上，闪烁着幽光。保育员休息区里一片寂静。

“狄泽修女。”为了让对方听见，弗洛拉大声说着。那只老蜜蜂仍一动不动。弗洛拉看了看四周，房间的远端连接着一类房间。在那后面，产卵室便被掩藏在气息的屏障下。在那里，每天早晨都会有最新的蜂卵诞生。蜂卵在弗洛拉的手臂中闪烁着，于是她迅速而敏捷地穿过成排的小床，向产卵区走去。就在她快要走到那里时，一个声音阻止了她。

“谁在那里？”狄泽修女的声音听起来很粗，好像还没睡醒似的，“是斯皮德维尔女士吗？”

弗洛拉一动不动，那枚卵就在她的臂弯里闪着幽光。狄泽修女理了理自己的触角，又弹了弹身上的灰尘。

“抱歉我没能迎接你。”她说，“对我们所有蜜蜂来说，今天都是糟糕的一天。”她探身过来，压低了声音说着，“希望这么问没有亵渎女王，不过，你是来告诉我们，女王陛下又在她的私人房间里产卵了吗？哦，你还看到我在打盹儿——我们的蜂巢是怎么了？”她有些神经质地笑道，“你知道，配给严重不足——保持清醒是需要能量的。”她又瞥了弗洛拉一眼，“你不会把我睡着的事说出去的，对吧？”

弗洛拉努力夹紧膝盖，向她行了个屈膝礼。狄泽修女这才松了一口气，又坐好了。

“好姑娘，你知道该把它放在哪儿的。”

弗洛拉来到一类房间里最为隐蔽的地方。在这里，新出生的蜂卵就被放在洁净的婴儿床上。她找了一张空床，把自己的卵放了进去。她看着它——一个新的生命正在里面滚动着。为了保护自己，它用凸起的一端对着蜂蜡的位置。弗洛拉弯下身体，把它那宝贵的气息深深吸入体内，她又最后一次轻抚着它。

如果她真是斯皮德维尔女士的话，她接下来要做的就是穿过产卵室，回到女王的卧室里，要是她没那么做的话，狄泽修女就会感到蹊跷。弗洛拉一边祈祷着一切如旧，一边蹑手蹑脚地穿过气息的屏障。产卵室里空空如也——大家都在为女王陛下的下一次生产做着准备。只要穿过一道门，她就会进入女王那富丽堂皇的房间。当然，正在等候的侍女们肯定会发现她这个闯入者，并因此发出警报。不过在参与产卵仪式时，她曾因被派取水而来回走过几次，那时她用的是糕点房附近的一道小门。她万分小心地试着按了按门上的把手——门并没有锁。

当黎明的曙光到来时，蜂巢的气息已经开始变化，但巢脾上依然安静。弗洛拉顺利回到了宿舍里，没受到任何搅扰。她的铺位上已经完全没有了身体的余温。她躺到床上，蜷缩起腹部，准备入睡了。尾尖上依然会传来阵阵疼痛，但她感觉出奇地平静。她一心只想把那最后一丝美好气息记在心里，并再次感受新生命那温暖而柔和的光芒。她是犯了罪，但一点儿也不感到负疚。她能感到的只有爱，对卵的爱。

弗洛拉听着姐妹睡觉的声音，鸟鸣声已经开始在果园里响起。她一边听着这些，一边等待着惩罚的到来。

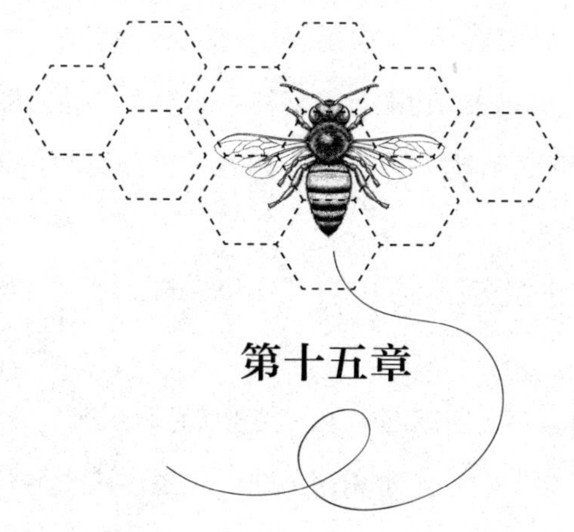

第十五章

“醒一醒。”一个声音粗鲁地说，“717，快醒醒，马上跟我来！”

弗洛拉睁开眼睛，接着便看到艾利克斯高级修女的眼睛——这个家族的地位正好在狄泽之下。其他蜜蜂仍在熟睡，不过空气里已经开始飘荡清晨的气息。弗洛拉站起身来，感到尾尖仍在阵阵发痛。她们已经发现了——艾利克斯修女就是来捉她去受死的。弗洛拉垂下了触角。

“神圣母亲宽恕我的罪恶。我已经准备好了。”

艾利克斯修女朝她身上嗅了嗅。

“真奇怪，她们说你身上很难闻，但我觉得你闻起来很香甜，就像育儿室的味道。你准备好什么了？”

“仁道。”

“天哪，因为什么？”

弗洛拉强忍着触角上的颤抖。艾利克斯修女对她的罪行一无所知，也没闻出蜂卵的味道——这并不是她过来的目的。艾利克斯修女正警觉地看着她。

“我昨天该去搬运尸体的，”弗洛拉说着，“但我跑去为莉莉500祈祷。”

“就是因为这样，你被选中了。现在快跟我过来。”

艾利克斯修女带着她走上甬道，她们先是走过了舞蹈大厅和垃圾运输站，接着朝起降板附近的接收区走去。艾利克斯修女打了个手势——出乎意料的是，来的并不是生育警察，而是一只年轻的雌蜂，还带着一块新鲜的蜂蜜蛋糕。艾利克斯修女拿起蛋糕——它的气味让弗洛拉顿时感到饥肠辘辘。

“在莉莉500行刑前，你与她之间有过一场莽撞的信息交换，是不是？她把自己的知识都传递给你了？”

弗洛拉点了点头，眼睛一直盯着那块气味甜美而浓郁的蛋糕。

“那些信息也许还有价值。如果你能消化那些信息的话，从今天开始，你就可以终止清洁工作，相应地，你可以试着赎罪，并且为蜂巢服务。”

“我一定竭尽全力。”

艾利克斯修女把蛋糕递给弗洛拉——这是弗洛拉从未享用过的美味。

“雨水严重损害了我们丰收的节气，而昨天的健康清理工作是一种极端的保护手段——但如果中毒的采集蜂继续增多，我们将无法收集到足够的过冬物资。因此，我们决定派出侦察蜂，定位所有的污染源。由于这份工作存在死亡的风险，明显更适合低等家族的成员。你已经掌握了莉莉500脑中的知识，而且鲁莽又强壮，也许你能成功完成任务。”

弗洛拉吃完了蛋糕——蜂蜜点亮了她的思想。

“让我做侦察员吗？我能采集花粉吗？”

“717，收起你的自大吧。你家族的蜜蜂本来是不能飞的，除非是为了搬运垃圾，或者是为了蜂巢而牺牲。”在艾利克斯修女的带领下，她们走上了令人眼花缭乱的起降板。西斯尔卫兵们纷纷向她们行礼致敬。

“不要禁锢你的大脑，你可以随心所欲地飞行——只要在莉莉500知识允许的范围内。如果你迷路了，那就迷路好了。如果你引来米莉亚德，那就要自己面对。如果你在准备返回时感染了疾病，那你将被拒绝入境——不过还是会有蜜蜂出来接收你带回来的信息。”

“但如果我能健康地回来，并且带回消息，就能进入舞蹈大厅了吧。”

艾利克斯修女笑了笑。

“我们所需要的正是你这种乐观的态度，717，这样很好！”

“地坪精度：准确指向太阳。半径范围：圆周长度的一节。向北，向南，向东，向西。长度以里格[1]计算——”弗洛拉停了一

1 里格：长度单位，1里格约为4.827公里。——编注

下——太阳的温暖让她血液磅礴，涌入了静脉，也涌入了翅膀上的毛细血管。她啪的一下张开翅膀，两对细纱一般的薄膜平伸展开，紧张地准备着飞翔。她开启了胸中的引擎。一股力量猛地生起，充满了弗洛拉的身体。她伸展开胸肌，让翅膀闪着亮光。

“你必须等待许可！”在弗洛拉发出的隆隆声里，艾利克斯修女的喊声响起，“你必须——”

弗洛拉没听到后面的话。此行的目的并没带给她多大的压力，气流在她的翅膀下奔腾，苹果树已经被她远远留在了身后。顺着一股强大的高空气流，她的触角自动转换成飞行的角度。她感到一条通道仿佛在触角深处打开，那一头连接着莉莉掌握的知识和飞行技巧。蜂巢已经变成了灰色的小块，果园也变成了原野与灰色工业区之间一条细细的绿色褶皱。鸟类——她脑中响起来自莉莉的警告——还有风暴和窗户，但温暖的气流带着花蜜的气息，在大地的上空滚动。弗洛拉投身进去，乘风而行。

“随心所欲地飞行”，艾利克斯修女曾这样说过，但弗洛拉717，蜂巢最底层的家族，不需要指示。穿过无趣的小麦田与大豆田后，弗洛拉远远看到一大片金色的油菜地延伸着通向远方。带着温暖的气息，甜腻的花蜜味升了起来，诱人地飘荡在空中。弗洛拉锁定这里，飞了过去。她看着，嗅着，想找到足够的花粉和花蜜。她想要注满振翅大厅里的每一个圣杯，还要用蜂蜜垒砌起一面面宝藏之墙，并把面包塞到那些最饥饿的蜜蜂口中。

“弗洛拉们不能制造蜂蜡，因为她们是不洁净的；不能使用蜂王浆，因为她们是愚蠢的；也不能进行采集，因为她们没有味觉；

她们只能清洁，并服从大家的命令。”

为了证明自己的价值，弗洛拉开始下降，向着那数以万计的金色小花飞去。每朵小花都散发出微弱的紫外线光芒——这代表着它们的甜蜜。在她的翅膀的搅动下，小小的花冠仿佛在低语着——带着令人愉悦的期待。在这片广袤的金色土地上，数不清的采集蜂正在忙碌着。平生第一次，弗洛拉降落到一簇小花的花头上。它点着头，仿佛在迎接她。

花径上长着许许多多的小花骨朵，有些看上去似乎很害羞，好像还没准备好似的。弗洛拉在四周爬着，想要挑选一朵作为采集目标。透明的细丝从花径上伸出，摩挲着她的腿。整棵植物在随着她的运动而上下摆动着，仿佛在催促着她。她锁定了一个目标——它正美丽地怒放着。

弗洛拉展出舌头，伸向蜜露的方向。这时，橘色的小花粉粒蹭到了她的毛发上。花蜜的滋味是如此鲜明，磅礴释放的力量让她差点从花簇上跌下来。随着后味升起，一种更为幽深的麝香气息代替了最初的甜蜜。经过飞行，蜂蜜蛋糕提供的能量已经被消耗了一半。这时，弗洛拉又感到了饥饿。于是她爬过一簇又一簇小花，一朵朵地汲取着能量，直到她觉得自己采集到了足够的花蜜，同时也拥有了回巢的力量。

弗洛拉想象着西斯尔卫兵们的脸——当看到她满载着甜蜜而归时，她们会是什么样子呢？接着她马上想到自己还没采集花粉。如果她用身体擦过花头，就能让那些橘色的小粒直接掉进自己的篮子里。不过她看到了另一只采集蜂——她来自另一个蜂巢——她的办法似乎更妙：这是一只动作老练的雌蜂，只见她正把花粉滚成一个个小球，塞进腿上的挂篮里，直到所有腿上都挂满了橘色的“产业勋章”，她才飞离这里。

弗洛拉想试试这种更为有效的方式，但发现这需要很多技巧。几个花粉球从叶子上落下，让她感到挫败。当她决定飞下去取回一个时，却看到了恐怖的场景。

大地上遍布着尸体。一只浮肿的老鼠瞪着灰白色的眼睛，身上爬满了黑色的蚂蚁。死去的麻雀就躺在植物的根茎间——它们的鸟喙张开，里面小小的舌头已经变成干燥的灰色。它们旁边是死去的蜜蜂尸体，数也数不清，还有马蜂和苍蝇。它们的尸体上都蒙着一层浅灰色的薄膜，就是这东西让弗洛拉巢内的采集蜂们陷入了窘境。

弗洛拉穿过植物的茎秆，摇摇晃晃地朝空中飞去。金色的原野在眼前晃动着，渐渐变得倾斜。她努力想保持平衡，但大地在拉扯着她，好像她嗉囊里的蜂蜜与地面上的尸体有某种关系似的。弗洛拉的毒液囊开始在她腹中胀大，变紧。她在空中打着转，把自己的警报信息素释放到各个方向。那些体形硕大的马蜂，还有成群的米莉亚德，他们都被杀死了，但她孤独地留在空中。这里有的只是太阳，还有被污染了的金色土地。

一阵动静吸引了她的目光：在花径深处，一队闪闪发亮的黑色蚂蚁兵正在跋涉前行。他们正拖着一只红尾大黄蜂的尸体——这些大黄蜂常常单独飞过果园，和蜂巢里的姐妹有说有笑——看毛发的样子，她应该刚死不久。弗洛拉尽可能地飞到低处，笨拙地说出属于膜翅目昆虫的语言——那是一种通用的老式语言。

“开言，姐妹？”

最大的那只蚂蚁暂时停止了对蚂蚁兵队伍的指挥。她的上颚闪着黑色的光芒，看起来强壮有力。

“开言，姐妹。”她用一种奇怪的腔调重复着说。

弗洛拉竭力想记起从女王图书馆里学到的语言密码。

“死亡，”她接着说，“降临吗？”

“毒雨。”

“什么时候？”

大蚂蚁抽动着自己的触角：“二……日。”

“两天以前吗？”

蚂蚁点了点头，然后便回到了自己的队伍中，继续拖着大黄蜂前进。不远处，黑色的队伍在一只落地的麻雀身上起起伏伏。

弗洛拉明白了：如果毒雨是在两天前落下的，那莉莉500在跳指向舞时就没有犯错——那时花朵还是干净的，但现在它们被污染了，她自己也吃喝过那些花朵里的花蜜了。

弗洛拉发动引擎，又飞到空中。就在这时，毒物的影响已经开始在她体内出现。她飞到了高处，但丧失了平衡。同时，她的翅膀也开始变得迟钝，这让她盲目地四处翻腾。她体内的罗盘开始向各个方向摆动。因为静电，她的触角发出一阵嘶嘶声。接着她便丧失了嗅觉。她努力朝高处飞着，想让温暖的太阳指引自己。恐惧敲击着她的神经，嗉囊里的花蜜开始从内部灼烧着她的身体。她在空中寻找着，但所有回家的标志都消失不见了。

金色的原野在她身下缩成了一小块。由于盲目攀升，她被卷入一阵寒冷的旋转气流。在气流的推动下，她被带到了半个里格之外，方向不定。一片棕色的作物从她身下掠过——接着她就看到了一大片绿色的树枝——它们旋转着向她靠近。在一阵窒息与眩晕后，弗洛拉奋力飞到气流的边沿，并猛地冲了出来。然后她就向下跌去，穿过层层树叶，她奋力抓着能抓到的一切。

树叶很厚，她很努力扯住了其中的一片，并随着它撞到了茎枝的节点上。毒液在她的嗉囊里燃烧，毒素攻击了她的触角。这些都是槭树——它们浓稠的气味闻起来就像是雄蜂身上的性气息。想到这里，弗洛拉感到体内一阵痉挛，但她扔紧紧抓住叶茎，直到这感觉蔓延到嗓子眼。她开始不停呕吐——但为了能有力气回巢，她吃了那么多花蜜，所以她知道清除体内的毒素需要很长一段时间。

弗洛拉一边咒骂着自己的贪婪，一边用爪子把挂篮里的毒花粉抓出来，并尽力朝远处扔去。她感到肠子火辣辣的，肢体也在颤抖，仿佛毒液正在渗透她的全身，并瞬间使她变得衰弱。采蜜的欲望让她远远飞离了蜂巢，可现在弗洛拉想要的只有家园里那香甜的气息，还有家人温暖的环绕。如果她不能回去通报危险的金色区域，就会有更多的姐妹死去——所有的姐妹，还有育儿室里的蜂卵。

我的卵！自打从起降板飞出来以后，她就没想过它了，可是现在，她想紧紧把它抱在臂弯里，能抱多紧就抱多紧。那美丽的闪着幽光的卵啊，它紧贴着她，释放出自己的力量。这种爱的感觉一定会加重她的罪行——那是有害于神圣母亲与整个蜂巢的罪行。弗洛拉呻吟着——她原本有机会赎清罪恶，但自大让她干出了这么愚蠢的事。她竟然对蜂巢做了这样的事，还不如让她在雄蜂巢房里劳作至死。

清理雄蜂的巢房，清理那些肮脏恶臭的小隔间——一想到这些，弗洛拉就感到胃里一阵抽搐。她突然明白了自己该怎么做，于是她紧紧抓住树枝，想象着雄性生殖器散发出的刺鼻气味，并用它刺激着自己的味觉。这时，她感到一股滑腻的呕吐物蹿上舌头。

在一阵猛烈的肠痉挛后，一波有毒的花蜜从她口中喷向天空。

“神圣母亲啊，这是什么东西？”

原来雄蜂的气味并非弗洛拉的想象。随着一阵愤怒的吼声，一大队雄蜂从她面前的树叶上腾空而起。一只雄蜂一边咒骂着，一边四处翻腾，想把恶臭的毒液从面罩上抹下去。

“来了个冒着臭气的公主吗？”他大喊着，“兄弟们，我就把她留给你们了。我从没见过这么难看的东西！”

“她不是公主，”另一只雄蜂喊着，“一只染病的雌蜂竟敢爬到教所来——揍她，来人啊！”

“小心点——她可能又要喷了！”

弗洛拉又喷出最后一波毒液。雄蜂们发出了厌恶的惊叫，纷纷向后跃着，飞进了明媚的天空里。

“宽恕我吧，雄蜂殿下们。”弗洛拉抹着嘴说，“我被派出来搜集情报，但在那片金色的田地里吞食了有毒的东西。你们可别去那边。”

“你也不该来这边！”说话的是一只硕大的浅色雄蜂——他的翎羽也被弄脏了，“这只雌蜂多丑啊，比我见过的所有蜜蜂都丑。

林登，看她的毛色，应该是你们蜂巢来的吧？那一定是个贫穷而肮脏的地方！”

“那就祈祷吧，你千万别去那里，也宽恕她破坏了你的完美造型吧。不过对于我们来说，这倒是个机会。”

弗洛拉也看到了林登先生。他就在一旁盘旋着，和她保持着安全的距离。数百只毛色各异的雄蜂在周围的天空中徘徊着，好奇而漫不经心地看着这名雌性闯入者。几只雄蜂趁机取笑那只硕大的浅色雄蜂，于是他愤怒地飞了出去。

微风吹动着大槭树的树枝，使它的叶子隐约演奏出一曲旋律。弗洛拉好奇地打量着四周。她体内的毒素已经清除干净，现在她终于可以深深地呼吸着树皮上那带着泥土的芬芳，并感受树木的生命活力。她看着来自不同蜂巢的雄蜂在空中盘旋——他们好像竞赛似的快速运转着自己的引擎，发出更大的声音，并炫耀着自己的飞行技巧，努力想要战胜彼此。

“没错，我知道你能活下去。”林登先生飞到她身边说，“你为什么会在这里？别告诉我你是跟踪我来的，那样我会觉得很羞耻。”

“不是！我是被派来做侦察员的——”

“好吧，那就回去汇报吧，汇报你看到教所里挤满了其他蜂巢里来的小伙子。他们都比我们身材硕大，而且愚蠢。他们能吃到更好的食物，肯定也有更加标致温顺的雌蜂服侍。你可没能做个好广告——”林登先生顿了一下，某些东西吸引了他的注意力。

所有雄蜂的脸都转向了同一个方向。在一片欢呼和吼声中，他们迅速启动了胸腔中的引擎，“隆隆”地朝着天空中飞去。大量性气息从他们腹中喷涌而出，飘荡在弗洛拉的触角周围。在一片浓厚的雄性气息中，另一种不同的气息出现了——那是一种强烈而直接的雌性气息。

“今天！我的公主来了！”

林登先生一边向上飞着，一边拼命地抽动着自己的香腺。在追上自己高处的同伴后，他便加入了他们的行列。在一片充满欲望的隆隆声中，弗洛拉听到了一个略显尖细的声音，那便是林登先生。

一阵疾风吹过。随着那位未婚公主的靠近，树叶开始了颤抖。她乘风而来，手执长柄镰刀，收割似的掠过树梢。她动作快到难以追赶，却又慢到足以展示她闪亮的黄褐色条纹，还有那金色毛发上的光泽，一团类似麝香味道的芬芳在她的身后弥漫开来。雄蜂们则开始了疯狂的表演——他们展示着自己的飞翔特技，搔首弄姿地吼叫着，发出一阵阵雷鸣般的声音，来来回回地吸引着她的注意。作为回应，公主俄而盘旋升空，俄而骤然下降，以更好的姿态展示着自己的身形。她那修长的美腿，正收拢在优美的身体下方；还有那纤细的腰肢和王室特有的浑圆腹部——它向下渐渐变窄，最后隆起，形成一个金色的芽尖。

雄蜂们纷纷欢呼着，大声吼出对她的爱慕。公主又一次从他们身边掠过。这一次，她用翅膀发出了一阵性感的低吟——对雄蜂们来说，这便是她的命令。弗洛拉瞥到了她那美丽的面庞。一波强烈的王室气息拨动着树叶弹奏的音乐。雄蜂们一阵轰鸣，在一片欲望的气息中随她而去。弗洛拉看着他们消失在明媚的天空中，余音久久回荡在空气中，也回荡在她的身体中。

当风把教所里那鲜活的性爱气息吹散时，弗洛拉扬起触角，找寻着蜂巢的方向。穿过广大而空旷的田野，一阵属于果园的气息隐约传来。她就要在风中长途跋涉了——带着空空如也的嗉囊，但弗洛拉明白，姐妹需要她辛苦得来的信息。这对她们来说性命攸关。于是她加大力量，扇动翅膀，全速向家的方向飞去。

她身下便是灰褐色的土地。几个黑影从低处远远划过。几声呱呱声传入空中，几扇蓝黑色的翅膀从她身旁一闪而过。弗洛拉知道他们是乌鸦——他们挡住了她回家的路。如果她继续顺着这阵气流飞行，就会被他们捕获；如果远远逃走的话，她的力量就会耗尽。无论结局如何，若是她的警示没有及时被传达，就会有更多姐妹葬身在那片金色的原野上。

随着乌鸦的叫声越来越大，弗洛拉知道，自己已经被发现了。

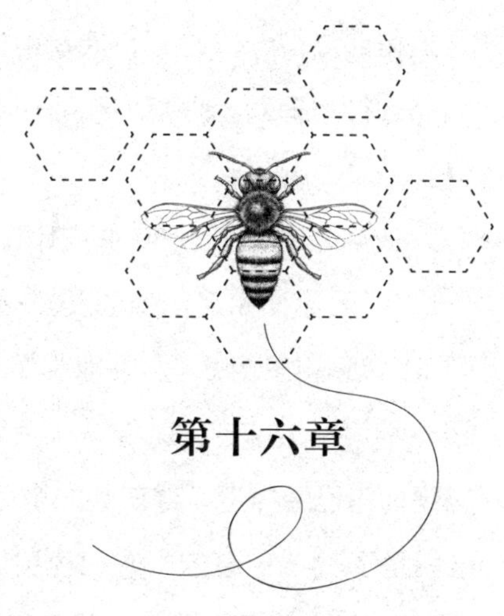

第十六章

弗洛拉消耗着腹中的能量来燃烧肾上腺素，得以加速向上，跃入逆风之中。乌鸦的味道撞击着她的触角。这时，一个沙哑的声音大声切入她的脑中——那是莉莉500的声音。

向下！那个声音在弗洛拉脑中喊道。**向下飞！**

弗洛拉急转向下，奋力飞到乌鸦们身下。就在这时，她看到一只只红色的眼睛，还有黑色的鸟喙。她冲出气流，朝着泥土和作物的气息飞去。一道残影闪过，鸦群从她头顶掠过——只有其中一只脱离了队伍。

那只乌鸦俯身向她冲来，张开巨大的鸟喙。就在这时，一阵气流突然下沉，把弗洛拉的身体弹到了上空。那乌鸦在四周转来转去，一边寻找着她的踪影，一边恼火地咒骂着。一波波恶臭从他巨大的翅膀上传来，顶得弗洛拉一阵趔趄，接着她便急速下降，掠过了作物的花穗。乌鸦拍打着翅膀，兴奋地呱呱叫着。他在搜寻着她，而她绝不敢停留。

靠近边缘躲避！——这是来自莉莉500的知识。但边缘在哪里啊？原野和天空一样宽广无边，弗洛拉能看见的就只有植物的枝条——它们争先恐后地出现在她眼底。如果她改变飞行的高度，又会被气流打击到。风卷着腐臭的味道，就像一张大网，笼罩在她身上。于是弗洛拉感应到乌鸦已经靠近，就在她的身后。

边缘！边缘！这就是了——一道低矮的绿色树篱就藏在潮湿的农田里。她朝它飞去——虽然并不知道这样做有什么益处。接着，她看见一些闪动的明亮身影，那是许多其他种类的昆虫，就在开满野花的草地上。这里有苍蝇、蠓，还有白色的蝴蝶，他们正在阳光里盘旋着——

利用他们！

弗洛拉奋力朝他们飞去。那只乌鸦就在她身后紧随不舍。就在冲入昆虫群之前，她瞥见了一群蝴蝶。她看到了他们惊讶的表情，还有他们翅尖上美丽的青铜色。乌鸦呼呼地飞过，同时也带来了恐惧。只听乌鸦连连拍打着翅膀，巨大的鸟喙不断地咔嚓作响。

弗洛拉急转向上，越过了低矮的树篱。她感到晕头转向，直到她再次锁定了蜂巢的气息。在她的身下，乌鸦发出了胜利的叫声，她甚至都不用看，就知道蝴蝶们已经不在了。

* * *

果园里一派甜蜜的景象。从动荡不安的高空降落之后，弗洛拉越发感到那灰色的小方块的珍贵，那就是她的蜂巢。她飞落到起降板上。

“停下，姐妹。”她的脚刚一碰到木板，两位西斯尔卫兵便立刻走上前来。经过检查，她们并未发现有关那种灰色薄膜的任何痕迹，于是便带她向舞蹈大厅走去。一队长得一模一样的赛奇祭司正站在那里，排成了镰刀阵形。她们的身后便是蜂群。弗洛拉能感到她们急切地打量着自己的身体，并深深感受着她身上的气息。

“你的味道变了。”

“我必须排空自己，”弗洛拉说道，“在原野上。”另一位赛奇祭司走到她的身后，她能感觉到对方的触角开始抽动。这种私密的接触让她感到意外，在那么一瞬间，弗洛拉毫无反应。那位祭司开始推送力量，想要探测弗洛拉的思维。

我的卵！

面对威胁，弗洛拉的战斗腺燃烧起来。她感到自己把触角紧紧封闭起来——她甚至不知道自己是怎么做到的。那位祭司立刻停止了探查。

你们不能伤害我的卵！

怒火闪烁在祭司美丽的眼睛里。她绕到了弗洛拉身前，正视着弗洛拉。

“多么奇怪的姐妹啊，竟然能隐藏自己的思想？”

另一位祭司也加入进来了。弗洛拉感觉到她们想合力进入她的思维。她们用强大的气息探查着弗洛拉的触角，力图用自己分泌的化学物质侵入她的大脑。弗洛拉感到一阵灼烧般的痛苦。尽管如此，她依然自我封闭着，用平静的语气认真说道：

“原谅我，修女们。”她说着，“当我知道自己误食了毒物时，我就把信息管道全都封闭起来了，这是为了避免传递出错误的信息，让其他蜜蜂陷入危险。现在我打不开了。”

“这很……明智，”一位祭司说，“可你是怎么知道该如何完成这个动作的呢？”

“莉莉500把她的知识传给了我。”当祭司们放开弗洛拉时，她一动也没有动，但她能感到腺体在口中变得湿润起来。她很渴望能再把自己的卵抱在怀中，而赛奇们身上的气息让她想要逃遁。

“你有些焦躁，弗洛拉717。”第三位祭司过来打量着她说，“在这些艰苦的日子里，良好的沟通比什么都更重要——让我们帮你重新打开通道吧。”她的气息比之前那两位都更加有力。弗洛拉知道，这就是在到达大厅里选中她的那位祭司。

“接受、服从和服务。”弗洛拉大声说着，想借此掩盖自己的恐惧，“原谅我，赛奇祭司，但我看到很多有害的东西，所以我必须马上跳舞。这是为了保护我们的蜂巢。”她跑到舞池中——经过数千只采集蜂的踩踏，地砖上已经出现了磨损的痕迹。随着鲜花的气息从蜂蜡中涌起，弗洛拉开始跳起舞来。

她学着莉莉500的样子跳了起来。舞步中描述了她飞过的大片大片的田野，那里几乎没有采集蜂的踪影；阴冷的水汽从公路那边传来，污染了土地，也阻隔了她们。接着，她又舞起了稀疏的树篱笆和一大片有毒的金色原野——所有生物都死在了大地上，等着被蚂蚁们啃食。听到被浪费的花粉和花蜜时，蜂群里响起了恐惧的喃喃声，还有失望的痛哭声。但所有赛奇都沉默着。然后，弗洛拉又舞起了那片田地和乌鸦们，还有田地边缘那道低矮的树篱——她就是在那里躲过了鸟类米莉亚德——尽管是以其他生物的生命作为代价。看到这里，几只采集蜂表情庄严地鼓起了掌。

“蜂巢的利益是第一位的。”其中一位采集蜂说道，“否则我们又怎么能回得来呢？”

“你做了我们中任何一个都会做的选择。”另一只采集蜂喊道，掌声变得更热烈了。

“安静！”赛奇修女朝弗洛拉打了个手势，示意她停止舞蹈。弗洛拉身边围满了蜜蜂。在她体内，那振奋人心的舞步仿佛仍在奔腾。这时，祭司向聚集的蜜蜂说道：

“从发芽、开花、结果，再到种子，这个过程的真相就记录在女王陛下图书馆的墙壁上。但对这个季节新出现的洪水毫无记载。我们损失了很多采集蜂——这是姐妹都知道的事。但比起天生高贵的家族，粗粝的翅膀也许能忍受更多伤痛——基于这个理由，也因为这个极端的时节，我们将宣布一个例外——一个我们古老法律之外的例外。弗洛拉717将被准许参与采集。”

大家先是一片寂静，而后其中一只采集蜂开始鼓起掌来。然后是另一只，又一只，直到舞蹈大厅里的所有姐妹都鼓起掌来。大家用一片嗡嗡声表达着自己的赞同。欢喜和感激在弗洛拉身体里澎湃着，她一边感受着大家的祝福，一边看着她们那闪闪发光的脸，同时她还在祭司们看着她的时候感到一阵恐惧。

＊＊＊

弗洛拉想要靠近自己的卵的渴望已经变成一种身体上的痛楚，但她仍留在大厅中央，接受着姐妹的祝贺——她们过去从没对她说过一句话。现在想进育儿室更难了。尽管清洁工们会定期被叫进去打扫，但采集蜂们是出了名的对卵和幼虫缺乏兴趣——虽然这是狄泽家族存在的唯一目的。弗洛拉笑着对来往的姐妹表达着谢意。与此同时，一个大胆的念头在她心头诞生了。她其实可以公开拜访狄泽修女，用一个老式的理由，那就是一场有关育儿室的怀旧之旅。

但这个计划的实施还需要等待时机，因为下一批采集蜂马上就要从舞蹈大厅出发了。她们嗅出弗洛拉的身体缺乏能量储备，而弗洛拉现在已经成了她们中的一员，于是她们坚持把弗洛拉带到了餐厅。就连最不苟言笑的采集蜂也知道，在长途飞行前，适当摄取能量是多么重要。其他所有蜜蜂都在给她们让路。在她们领到了属于自己的食物——一片涂着蜂蜜的厚花粉面包——之后，她们吃着面包，谁也没有说话。因为能够提供能量的每一个微粒都十分珍贵，闲谈可是会浪费力气的。

弗洛拉很感谢同伴们这沉默的情谊，因为她正在心里偷偷计算着时间——在她的卵被孵化成长并离开育儿室之前，有多少时间能留给她去探视呢？她离开一类大厅已经很久了，但她还记得，当太阳钟响过三次，一枚蜂卵就会被孵化成幼虫宝宝。

她一边吃着面包，一边认真地盘算着：没错——在那之后的三次太阳钟响期间，宝宝们会被用浆流喂养，好成长得又大又健康，接着就会被移送到二类房间。至于那之后发生的事，弗洛拉就一无所知了——她只知道在某一时刻，孩子们会变成蛹，并被再次移送。他们会在某处经历神圣时间——经过这神秘的间隔，一只只蜜蜂便降生了。每只蜜蜂都会经历这个神圣的阶段，但弗洛拉不知道这一过程会在哪里发生，就连她自己的羽化过程她也毫无记忆。

弗洛拉的精神又回到了眼下的问题上——她需要在六天过去之前进入一类房间。如果她找不到机会的话，就可能无法从数千个孩子中再找到自己的那一个了。一想到自己的卵，她就感到口中一片甜蜜的湿润。

离她最近的采集蜂抬起头来，朝她身上嗅了嗅。于是弗洛拉站起身来。

“我已经准备好了。”

采集蜂们微笑着——美丽的光晕闪过她们饱经沧桑、满是裂痕的脸。她们站起身来，向她鞠了一躬。接着采集蜂们便一齐展开了翅膀——这声音让弗洛拉感到十分激动。于是她放下自己的秘密，也打开了自己的翅膀。作为这群精英中光荣的一员，她心中充满了感激与自豪。她需要在六天内拜访狄泽修女，并找到与孩子相见的办法，但是在那之前，她所要做的，就是用自己全部的力量和热情为蜂巢服务。

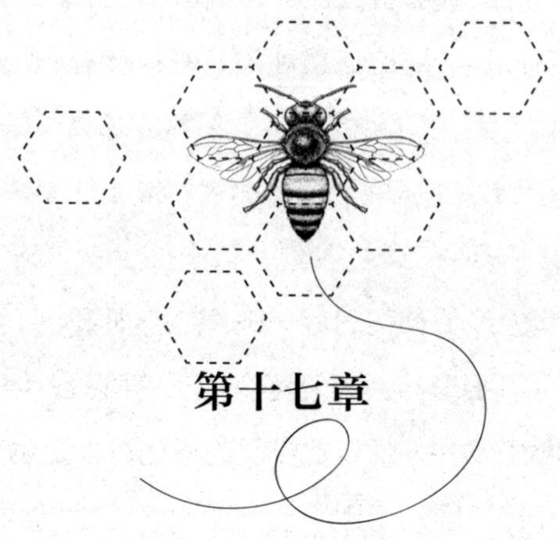

第十七章

为了偷偷弥补产卵的罪过，弗洛拉比其他姐妹采集更多的花粉和花蜜。

天空阴沉沉的，每只采集蜂都尽力试飞了数百次。到了晚些时候，天空中乌云密布，狂风猛烈地刮着。弗洛拉独自留在外面，竭力想找到通往鲜花的路径——那甜美而遥远的鲜花宝藏啊，她依然能闻到它的气味。

通过观察姐妹的工作，她很快就学会了和花儿开玩笑——有些花在分泌花蜜前就是需要一些幽默。不过她也会向大黄蜂们学习——她们的办法更加简单粗暴。不久她就学会了在锦葵花丛里撞来撞去，并抽动自己的舌头，迫使它们交出最后一滴花蜜。莉莉500的知识库里准确无误地记录着怎么判断降雨的逼近，离蜂巢的距离，还有剩余的体能。运用这些知识，弗洛拉的每只挂篮都装满了花粉，只有像她这么强壮的蜜蜂才运送得动。当她又降落到起降板上时，第一滴雨水刚好落下，甚至连西斯尔卫兵们都在为她的勇气和丰收而欢呼。

大雨过后，阳光又开始闪耀，采集蜂们再次出动了——上升的气温使花儿的嘴唇上出现了更多的花粉和花蜜。这一次弗洛拉为自己使用方法的美妙感到愉悦，她还学会了怎样找到那些最小和最香甜的花儿——不管是小小的紫蘩蒌，还是零星躲藏在田野里的勿忘我。太阳暖洋洋地照在她身上，采集的欢乐溢满了她的灵魂。她又想到了她的卵——那个她还没能见到的明亮的嫩芽，正闪烁着成长的光芒。她飞过一片片田野，不断采集，直到阳光开始退去。弗洛拉听到采集蜂姐妹的翅膀上发出了归巢的圣歌，于是她也加入了她们的队伍。

太阳把起降板晒得温热，所以在脚碰到木板的瞬间，她的身体就被沉重的疲惫感淹没了。接收蜂狂热而钦佩地看着她，接过了她带回的花蜜。她实在是太累了，以至忘了登记自己的家族。她安静地站好，等着一双双手将她的花粉篮取空。蜜蜂们看着她带回的双倍分量的花粉，发出了一声声惊叹。做完这一切后，她便可以休息了。

弗洛拉还能做的就只有收拢翅膀，进入餐厅，把放到她面前的食物吃掉。她坐在采集蜂的餐桌旁，因为她们的存在而感到安慰。现在她明白她们为什么都不说话了——因为没有力气。她们能做的只有进食，喝清凉的水，好为灼热的翅膀补充水分，并找个地方休息。至于怎样进入育儿室，还有计划怎样和狄泽修女周旋——这些耗费能量的事情她是没力气再想了。弗洛拉费尽力气回到了寝室，便瘫到了床上。她累得差点忘记封闭自己的触角。但她还是那样做了，因为她怕会梦到自己的卵——随后她便拖着疲惫的身体，进入了睡眠。

* * *

每晚都会有许多采集蜂死于劳累，到了第二天早晨，清洁工就会来带走她们的尸体。还活着的蜜蜂们站在她们的床位前，敬仰地唱起告别的素歌，直到尸体全被带走：

赞颂你的每一天，姐妹。赞颂我们的每一天。

弗洛拉醒来后的第一个念头就是到育儿室拜访狄泽修女。尽管心里这么想着，但她的脚先一步把她带到餐厅补充能量，接着又和采集蜂们一起到了起降板上。对卵的挚爱在她内心深处悄悄地闪耀着。但又一次，当她走入那种炫目的温暖，张开了翅膀，对于鲜花的渴望就压倒了一切。她想要的只有飞翔。这一天的阳光是如此耀眼，如此明媚。她采集得越多，就越是想要更多。每当她又踏上起降板时，就又会想起自己的卵，但在舞蹈大厅里，她的工作被广为颂扬着，大家蜂拥而至看着她的舞蹈。所以直到这一天结束，她也没找到机会。

每成功完成一次任务，弗洛拉的知识和技巧都会得到加强。她每次都会飞到更远的地方，看到数百种不一样的鲜花。她采回了蒲公英花蜜，还有柔软的紫黑色罂粟花粉。她学会了怎样寻找时机，在锦葵花刚刚吐蜜时探访；还学会怎样迅速穿越一大片牛眼菊，并分辨出哪些被来自公路的风污染过，哪些还是新鲜可供采集的。她的嗅觉也变得更加灵敏，这样一来，她便能迅速而轻易地定位归巢的航向。当她回到蜂巢后，就会把成果倾泻而出。她的舞步也变得更加精准，并激起了更多的欢呼声。

采集工作的第二天里，她飞过了很多地方。渐渐地，她对蜂巢的感觉也得到了延伸，从而变得更为广阔。她远远就可以看到并感受到姐妹的存在——每只蜜蜂的身体都是一个小点，散发出她珍爱而熟悉的气息。在飞临一片深幽而狭长的粉色柳兰花田时，她听到了一阵奇怪的声响。还没等弗洛拉明白过来，一群美丽的蜻蜓就从她们的头顶飞过——他们的虫甲斑斓闪耀，散发出迷幻而可怕的光芒。

带着惊人的速度和敏捷，这些瑰丽的巨兽从田野上空穿过，搅乱了蜜蜂们的气流。接着他们便在高远处消失不见，蜜蜂们甚至来不及发出警报。

回到舞蹈大厅后，弗洛拉把这一切毫无保留地展示了出来。她先是用优雅的舞步，描绘着蜻蜓的故事，并告诉大家哪里有干净的鲜花，然后节奏一转，开始诉说另一个蜂巢损失的姐妹。她是在回程途中遇到她们的。潮湿的灰色薄膜就压在她们的翅膀上，也灼烧着她们的心灵。她们盲目而恐慌地四处乱飞，哭着呼唤着自己的母亲与家园，那可怜的样子让弗洛拉久久难忘。听到这个残酷的消息，蜜蜂们停下了跟随的舞步。每只蜜蜂都低下了头，看着自己和身边的伙伴，确定大家是否清洁。当弗洛拉的舞蹈结束时，得到的并不是欢呼，而是缓缓的掌声——为了她宝贵的警示。

夜晚又一次降临，弗洛拉还是没能看到自己的卵。她脑中满是鲜花、花粉、小溪和树篱的样子，还有采集蜂们的身影和声音。但她还是把这些清出了脑子。她的卵——她感觉它现在需要她。她想要起身向它走去，但疲惫的身体一动不动。明天……

* * *

蜜蜂们在雨声中醒来。雨水拍打着蜂巢，空气变得寒冷而潮湿，弗洛拉们过来把尸体运往了停尸房——因为这样的天气无法飞行。尽管田野里一片衰败，但许多采集蜂依然叹息着——为了不得不休息的一天。弗洛拉等待着，直到尸体都被运走。她垂下触角，跟在同族姐妹身后，迫切地想要实施自己的计划。

她把触角紧闭，恭敬地收拢着翅膀，走进了一类房间。狄泽修女和一群保育员一起，坐在工作站里抽泣着。当弗洛拉走进门时，大家都纷纷抬起了头。于是她就看到了她们脸上的泪痕，还有惊恐的表情。

“出了什么事？”弗洛拉向她们跑去。

狄泽修女几乎说不出话来。

“真是场可怕的灾难啊。”她一下子大哭起来，“肯定是哪个实习蜂干的。她肯定是因为吃不饱，所以脑子糊涂了！”她透过眼泪看着弗洛拉，“你在这儿干什么？我就知道，一听说有个弗洛拉被提拔了，我就说她肯定是个勇敢的家伙，就像717一样。我就是这么说的！哦，我可怜的宝宝啊，我可怜的保育员啊——现在我必须从头培训这些姑娘，没人带她们，也没人教她们。”她伸出手来，指着簇拥在她身边的年轻保育员说。弗洛拉看见她们身上的毛发平整而湿润，好像刚刚出生一样。“要是我们都饿着肚子，就没法认真工作，然后我们就会犯错！食物短缺不是我们的问题，是你们的。你们采集蜂应该想办法解决这个问题——你看现在都成什么样了！”狄泽修女又大哭着流出了眼泪。

“狄泽修女，告诉我发生了什么！”

“可你怎么会在这儿？我们今天的痛苦和害怕还不够多吗？非得所有人都看一看吗？”

“我是来看你的。”弗洛拉恨不能马上跑到房间里找自己的卵，但她压抑着这种冲动，“现在在下雨，我们不能飞，所以我想——”她停了停，因为嗅到了生育警察的气息。

“没错，她们来过了。”狄泽修女战栗着说，“她们还要让我损失多少保育员？就连斯皮德维尔女士也被从女王的房间拖出去了——哦，这种话可不该说！”她看了看弗洛拉，“你知道她们是怎样的。有个姑娘害怕糊涂了，就说那是女王陛下做的——哦，她们当场就把她撕成了几片，就在发现那枚蜂卵的地方。”她指着房间的另一端说，“就在那儿，在最后面的那个婴儿床上。我都不知道该怎么清理，血流得到处都是。那孩子尖叫着，叫了那么久，我永远都忘不了——”

弗洛拉感到自己的身体正在变冷：“什么孩子？”

“一只新孵化的雄蜂。哦，那是我见过的最漂亮的小男孩，小脸长得那么英俊，但是错误地出现在那张床上！肯定是那个新来的保育员，误把她的卵放到了工蜂的巢房里。男孩子当然会需要吃得更多，所以在我们发现他时，他已经饥肠辘辘。我说过，他的发育是正常的；我说过，我们还有时间喂养他，并把他移走。但赛奇听说了所有的事，接着警察就过来了，再接着——”狄泽修女把新保育员们拉到她身边，贴着她们的毛发，又呜咽起来。

弗洛拉看着那张小床——她就是把卵放在那里的。清洁工们擦洗着它周围的地板，一只蜜蜂正用蜂胶修补着破裂的床沿。

“你刚刚说斯皮德维尔修女怎么了？”

狄泽修女抹着自己的眼睛。

“我必须说实话。在事发前一晚，她来过这里，所以我觉得应该提一下。我从没想过，她们会……会做那样的事。而且，她甚至当众大声以神圣母亲的生命起誓，说自己是无辜的。”狄泽修女抖动着身子，挥挥手让保育员们散去，“但警察们必须履行自己的职责，否则我们又该怎么办呢？恶魔和畸形正在到处泛滥。接受、服从，就算面对伤害。”

“是的。”弗洛拉转身离开，带着痛苦和一颗破碎的心。

“如果你愿意的话，可以到处看看。麻烦已经解决了，这里仍然是蜂巢中最为神圣的地方。”狄泽修女晃着身子，展平自己破败的翅膀，“在奉献仪式里，神圣母亲会纠正这一切。不妨告诉你，我今天要第一个吸入她的气息。”她虚弱地笑着，“你现在变得多好啊，717。我甚至都不敢相信。出什么事了吗？你的触角抖得这么厉害。”

弗洛拉用力压抑着触角，这让她有些喘不过气来。

“我很好，修女阁下，只是……这事情太让人难过了。”

狄泽修女把自己的触角理直，又整了整胸前的毛发。

“一枚卵不算什么。当今天的太阳钟声响起，神圣母亲将会再产下一千多枚蜂卵，还有明天，每天都是如此。让我痛心的是那些保育员——所有的培训都白费了。”狄泽修女用一只爪子拉着弗洛拉的手臂，把她拉向自己，“让我告诉你，717。其实，我怕的不是某位可怜的保育员，我真正害怕的是一只自大而邪恶的产卵工蜂。”她盯着弗洛拉说，“我们都必须警惕。”

弗洛拉想把狄泽修女痛打一顿，或者是尖叫，再或者是大声呼喊。那是她的孩子啊。她真想自己也被撕成几片，那样就不用这么痛苦。可她只是优雅地鞠了一躬。

“是的。”她说着，“必须。”

* * *

弗洛拉走出了一类房间。她不知道自己要去哪里，也感受不到传递地板密码的脉冲。她跌跌撞撞地走进蜂群，却听不清她们说的话；她经过运送食物的工蜂，那些味道对她来说毫无意义。当她沉迷于加入采集蜂的荣耀时，当她精疲力竭地陷入梦乡时，她的小男孩啊——她的儿子——正在孵化出来，正在变得饥肠辘辘，正在痛苦地死去。地球上没有哪朵鲜花能治愈她的痛苦，但双脚把她带到了起降板上。

采集蜂们想做的事情只有一件，就是挤在甬道上，试着向前移动，并看着灰色的云彩在天空中流动。能和姐妹靠在一起，这让弗洛拉得以从令人窒息的悲痛中喘息。一只温柔的手搭在她的身上，她回过头去，看到了一张饱经沧桑的老采集蜂的脸。是罗斯蓓女士，她就站在弗洛拉身边。

“告诉我，”她对弗洛拉说道，“你是不是头痛？我们都觉得头痛；没有谁会背叛你。是不是自打从野外回来躺下，你的头就开始痛了？因为我能感到你很没精神，心里也很难受。”

她的善意让弗洛拉想要流泪，弗洛拉很想把一切都告诉她，却强迫自己紧紧封闭触角。

“我——我渴望飞翔。”她只能这样说着。

另一只蜜蜂偶然听到了她的话，便笑了一下。就算身陷巨大的痛苦，弗洛拉还是看出了那只老采集蜂的美丽——从她那被岁月摧残的、满是伤口的面孔和虫甲上。她已经很老了，身上一切家族的痕迹都已经消退。这让弗洛拉想到了莉莉500，尽管这不可能是她。

“我们还会找到鲜花的。”这只老采集蜂说，“要有信仰。”

“我们总会在这种时候进行奉献仪式。”罗斯蓓女士说着，“这样会有帮助。”

她们转身向里走去，但弗洛拉和她们保持着距离。她为没能保护好自己的孩子而悲痛不已。

“你怎么耷拉着脸啊？”一条少了黑色钩刺的腿挡住了她的去路。是林登先生。他正在大厅内的一间采集蜂休息室里闲逛，就在舞蹈大厅附近。他指了指旁边的一处空地：

“你是只采集蜂，这雨要下到什么时候？我们房间里简直闷得无法形容。听着鲍勃拉、罗温，或是其他跳梁小丑把自己吹到天上去，这简直让人想发脾气。还有食物——这也是让我坐在这里的一个原因。在这儿，我可能打听到关于采集的最新消息，这样就能知道我们是否能得到适当的供养——因为选择永远不够多。”

他哼了一声：“想想吧，事情竟然会变成这样：我正在一条公用大道上，和一个毛很多的女佣闲谈。虽然你现在已经是一只采集蜂了，可以随意丢下你采集到的东西。”他拉长了脸，“哦，别放在心上——我并不想冒犯你，我只是天生就爱得罪人，我自己也没有办法。如果只是一天没见到花儿就令你如此伤心，那它们对你来说应该是意义非凡的吧。”林登先生交叉着中腿，欣赏着上面的钩刺。

“顺便说一句，自从上次在教所里，你用那么恶心的方式袭击了我的竞争对手们，我发现自己还挺喜欢你的。这样说是不是很奇怪呢？听上去也很奇怪。但因为你不说话，我也没有办法。所以……我会把这事留给你去考虑一下。”

弗洛拉展平翅膀，并发现翼膜上又多了一道新的裂痕。她直到现在才发现这道伤口，并感到它在一抽一抽地痛着：“所以说，那位公主没看上你吗？”

“啊哈！你是在讽刺我。她当然没有，否则我就会远远离开这个昏暗的地方，像国工 样去统治一片乐土。会有专门采集的新鲜大戟草蜜让我享用，来满足我这稍稍不同寻常的王室口味。”他瞥了她一眼，“大戟属植物。在加冕后，我就要这样文雅地称呼它了。不论如何，妩媚的女王都会允许我分享自己的爱好，虽然这会弄脏她整洁的宫殿，可她一定会发现这是一场迷人的冒险。”

“祝你以女王的速度实现愿望——”

“其实，下次你出去的时候——”

“现在可不是大戟草蜜的季节。”弗洛拉发现他身上的味道让人舒心。

“哼——现在没什么东西合季节。现在应该是夏天，本该是供给充足的时节，但你被雨水困在这里，我正在饿着肚子。”他朝她身上嗅了嗅，“怪不得你垂头丧气的，就像在等着被送往仁道似的。你身上没有一丝奉献仪式的味道。过来。”

毫无预兆地，林登先生把自己的触角搭在弗洛拉的触角上。尽管她已经封闭了触角，他还是把“女王之爱”直接送进了她的大脑。这神圣的芬芳仿佛有了某种变化——或者是她自己变了——因为这味道带来的不再是狂喜，而是让她身上那种揪心的感觉渐渐消失。她放松地颤抖着。

“好点了吗？”林登先生又朝她身上嗅了嗅，“你的问题一定与‘女王之爱’有关，尽管我认识的人里并没有人知道该如何衡量它的价值。我们是母亲大人最宠爱的孩子，所以我们不需要它——但你们这些姑娘非常需要它，这对你们来说简直就是生死大事！”

弗洛拉不再绝望。她从心底感受到，神圣母亲仍然爱着她。

“谢谢你。”她对他说，“雨已经变小了，我必须走了。”

她迅速回到了挤在起降板上的采集蜂们中间。从这一刻起，她将成为蜂巢中工作最尽责、最努力，态度最虔诚、最无私的女儿。**她犯下的罪恶已经消失，这很好——很好，危险会让她得到净化。**

阳光驱散了乌云，采集蜂们的引擎又响了起来。弗洛拉跃入空中，带着自己的愿望飞翔着。

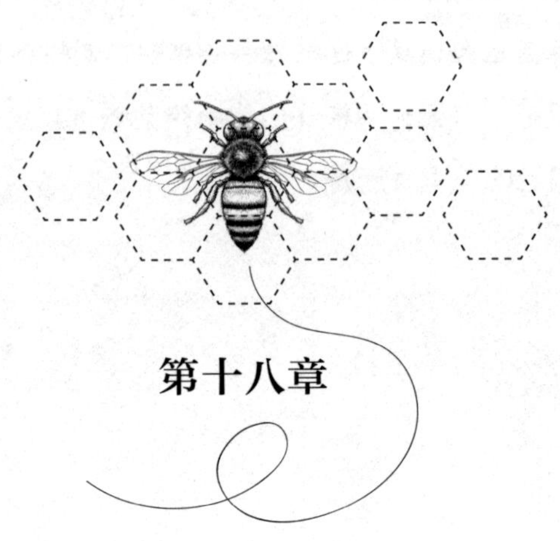

第十八章

好天气并没有持续多久，猛烈的西风带着厚重的雨云飘到山坡上空，又布满了山谷。这一天里，蜂巢损失了很多姐妹。由于感受到莉莉500的气压数据发出的警报，弗洛拉带着少许千屈菜花粉赶回了蜂巢。因为接收蜂们都还没准备好，她便自己把这些送到了花粉和点心房。负责烘焙的姐妹身上沾满了黄色的粉末。她们接过花粉，在绝望中表达了真诚的谢意。这让弗洛拉决定再次出发。可当她又来到起降板上时，西斯尔卫兵们站在那里，不允许任何蜜蜂起飞。

“你们太宝贵了，不容有失。”一位狄泽说道，带着这个家族特有的尴尬的幽默感。弗洛拉挤出一个微笑。她望着天空——几只采集蜂刚刚回来，想在雨中着陆。她们的翅膀上都沾满了泥水，并出现了严重的裂痕，还有几只蜜蜂的触角已经损坏。她们蜂拥着走上甬道，任由接收蜂从她们那湿漉漉的挂篮里抢救物资。

这些筋疲力尽的姐妹并没走进舞蹈大厅，而是为自己找到了床位，以便进入最后的睡眠。当她们路过时，别的采集蜂纷纷拍着她们的身体，并喃喃地向她们致敬：*赞颂你的每一天，姐妹*。听到这些，痛苦便从她们满是伤痕的面孔上退却，美丽的光晕开始在她们身上闪烁。因为对于每一只采集蜂来说，在光荣和安宁中死去是她们的愿望。

弗洛拉加入了振翅队伍中的一支。由于潮湿的冷空气影响，她们正在着手加热蜂巢。弗洛拉先是在大厅里释放翅膀的力量——在内务蜂换班时，她们便振动自己的翅膀，好让内务蜂休息虚弱的身体。接着，随着紧急信号从地砖上闪过，她就跑到了振翅大厅。屋顶出现了一道裂缝，蜂巢里变得潮湿。姐妹奔了过去，用身体组成一道传输链，运送着准备软化的小块蜂蜡，好修补裂口。在最高处的蜂蜜穹顶上，霉菌的孢子已经开始滋生。除清洁工外的所有家族都被召唤去轮流振翅，就连西斯尔们也不例外。她们离开起降板，来到了这里——因为没有掠食者会攻击一个潮湿的蜂巢。她们努力而迅速地扇动着翅膀，好像要把马蜂烘死时那样。就连雄蜂们也跑来旁观。他们钦佩地看着姐妹敏捷而滑稽的动作，并在休息的间歇里索要茶点——因为大家都太累了，谁也顾不上他们。

到了晚上，大雨依然滂沱，姐妹的精神都变得虚弱起来——尤其是采集蜂们。蜂巢里充满了潮湿的发霉气味和高等家族身上的芬芳。由于马不停蹄地奔跑、振翅，还有搬运物资，姐妹的翅膀都变得皱巴巴的，看起来非常疲累。大家都渴望着一次长时间的奉献仪式，好感受那种愉悦，可当它真正到来时，大家显得有些无力。随着巢脾的震荡，芬芳的气息不断涌出，但因为雨水的拍打和气压的影响，传递出现了问题。蜜蜂们奋力寻找着，想找到一种合一与爱的自然状态。

到了第二天早晨，采集蜂们都变得暴躁起来——雨水浸湿了起降板。清洁工们不断把前一晚的尸体运到停尸房，她们身上的气味也变得越发强烈。在潮湿而寒冷的餐厅里，食物也丧失了原本的味道。奉献仪式来来去去，姐妹湿漉漉地挤在一起，安静地集中心力，努力想恢复精神的和谐。

第三天到了，一股股雨水封锁了蜂巢，把它变为一个幽闭的空间，大包大包的垃圾堆积在转运站里。一些沮丧的采集蜂们拒绝遵守法规，而选择飞到外面赴死。西斯尔们在甬道上加强了兵力，试图阻止工蜂资源的进一步浪费。

“自私，”其他蜜蜂在听到消息后这样说道，“这会增加其他蜜蜂的工作量。”

除了清洁和振翅以外，大家都无事可做，只能彼此交谈，流言像霉菌一样在潮湿而幽闭的空间里滋生。在姐妹努力寻找可做之事来释放她们无处安置的能量时，所有事都没有了禁忌。每个家族都在被其他家族谈论着，大家从蜂巢的装潢说到它的修缮情况，到食物，再到卫生条件，甚至是女王的产卵过程。

说到这个问题，大家的用词总是很谄媚。因为任何稍带毁谤的言辞都可能会为自己招来杀身之祸。每只蜜蜂都认识一位保育员，或者自己新近成为保育员。每只蜜蜂和神圣母亲之间都保持着最为亲密的关系。她们会在奉献仪式中，或是在那之后分享自己的感受。大家都较着劲，比较谁对爱的感受更加强烈，谁的喜悦更加虔诚。对话的结尾通常是这样的：大家相信女王陛下会继续产卵——不论是速度和数量都蔚为可观；她会变得比以往更加美丽；她拥有宇宙中最伟大的力量；这场雨一定意味着她心情不悦，所以大家必须更努力地工作；接受、服从和服务。

弗洛拉也说着一样的话——一半出自诚恳，一半却源于羞愧。无处施展的力量在她身体里涌动着。尽管一只翅膀的膜上出现了深深的裂痕，她依然渴望飞翔。她想逃离这种被幽禁般的紧张感，不仅是因为姐妹，也是因为她自己的思想。随时随地紧闭触角是种可怕的压力，因为这意味着她在晚上也几乎不能休息，以免自己在睡梦中释放出蜂卵的气息。内疚地躺在那里是没有意义的。既然不能入睡，也就不该占用宝贵的卧室，而是应该把它让给更需要的姐妹。所以就像很多因幽闭而失眠的采集蜂一样，她也起身来到甬道上游荡。

弗洛拉往通往起降板的方向走去，想要看看外面的状况。在路过雄蜂大厅时，她停下来朝里瞥了一眼。那里真是一片狼藉。因为常日无事，许多雄蜂都开始发胖。地板上一片污秽。负责照看他们的姐妹都心情沮丧。比起赞美她们的雄蜂殿下，更让姐妹感兴趣的是食物的残渣。雄性费洛蒙的气息旋转着，穿过上万潮湿姐妹身体发出的那种令人窒息的味道。弗洛拉走了进去，为的是吸一口雄蜂的味道。让她吃惊的是，很多姐妹已经聚集在那里。从她们的表情上，弗洛拉知道她们有着同样的目的——在密不透风的寝室里，在一片雌蜂的污浊味道中，呼吸些雄性气息能为她们带去些许安慰。

大房间里充斥着一种古怪的氛围。在烦闷而饥饿的空气里，一些姐妹开始擅自享用雄蜂们的饮食。作为报复，雄蜂们也开始用同样的方式对待姐妹的身体。他们一边肆无忌惮地随意触碰着雌蜂的身体，一边对彼此吹嘘着——只要雨停下来，自己能征服什么样的公主。

弗洛拉退了出来。一种奇怪的感觉开始在她体内翻腾，她不知不觉地打开了触角里的通道，并用全身的气孔深深呼吸着。当她想再次封闭触角时，却发现它们仿佛被卡住了。一阵抽搐从身体里传来。她肚子里开始变暖，变紧。一阵轻微的震颤从腹部深处传来。

弗洛拉匆匆离开了雄蜂大厅。在恐惧和喜悦中，她意识到罪恶又一次降临了。在舞蹈大厅外面的空地上，她停下了脚步，感受着从起降板那头传来的气味。随着黄昏的来临，果园里变得凉爽而香甜。雨几乎已经停了。蜂巢仿佛苏醒了一般，发出低沉的隆隆声。大批雌蜂开始活动了。虽然翅膀渴望飞出蜂巢，可弗洛拉并不想参与采集，现在她只想安静不动，呼吸蜂蜡上传来的香甜味道。

那枚卵就在她肚子里，正在她体内明亮地闪烁着，就像一颗小小的太阳。当第一批采集蜂走下主楼梯后，弗洛拉上了一条稍小的楼梯，向蜂巢中层跑去。她很快就要产卵了，必须在隐秘处进行。为了这枚卵能活下来，一张纯蜡小床是必需的——但她不能再冒险去育儿室了。

弗洛拉在中层的门厅里走来走去。她假装和姐妹一起，注视着密码马赛克，检查哪里最先需要服务。从现在所在的地方，她能闻到育儿室里婴儿床的味道。只有最纯净的新鲜蜂蜡才能被用来制造小床，而这些蜂蜡全都来自圣堂中。那里的出入是受限制的。为了避免被意外玷污的危险，那里的入口总是隐蔽在一层厚厚的普通气息之下，很难被肉眼发现。

弗洛拉四下里查看着，在确定附近没有赛奇修女和警察后，她便解锁了触角，寻找着圣堂的位置。马上，对于卵的爱意开始在体内奔腾。她能感到自己的家族气息正在变得温暖而强烈。一定会有蜜蜂闻到她的气味，并逮捕她——可弗洛拉能感到的只有祷告地砖在脚下震动，因为她已经站在通往那里的路上。透过面前平坦的蜡质大门，一阵纯洁的气息隐隐传出。随着这气息传到了她的身边，大门缓缓开启了。

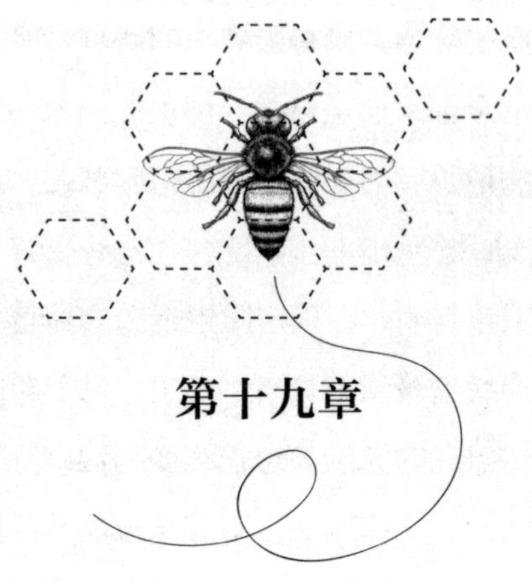

第十九章

“我们很荣幸，采集蜂女士。”一位年长的赛克莱门修女伸出双手，以示欢迎。除了莉莉500，弗洛拉从没见过这样美丽而睿智的姐妹。

“我们能为你做些什么呢？”

“我——我来是为了学习有关蜂蜡的技巧。”

赛克莱门修女微笑着。弗洛拉这才发现她是全盲的。

“这不是什么技巧，而是一种身体的祷告。”她说着，“我们欢迎所有蜜蜂加入。来吧。”随着大门在她们身后合拢，弗洛拉有了宁静而安详的感觉。整个圣堂都是由新鲜蜂蜡制成——纯白而香甜。

“这感觉就像是在一张婴儿床上。”弗洛拉呼吸着这醉人的芬芳。

“在祷告时，我们都是孩子。你来自哪种鲜花代表的家族，我的孩子？你的气息还很年轻，可我能感到你厚厚的毛发。”

“没什么鲜花。我——我是一只弗洛拉。”

“不用自惭，”赛克莱门修女说着，“圣堂会接纳进入这里的所有蜜蜂。在祷告时，你的身体就可能会产生蜂蜡，当然也可能不会。这只有你自己知道。还有，你随时都可以离开。”

她牵着弗洛拉的手，把她引到一个由年轻蜜蜂排成的圆环上，和她们并排站在一起。

“这可能需要花一些时间。呼吸，不要动。”

弗洛拉站在两只年轻蜜蜂之间，她们身上的毛发几乎还没有生长。她紧紧缩着腹部的肌肉，防止卵滑出来。渐渐地，她听到柔和的嗡嗡声从身边传来。发出这声音的正是蜂蜡，它来自蜜蜂们的身体，而她们则来自神圣母亲。

卵在弗洛拉体内变得越发活跃，于是她紧紧扼住了自己的触角。

“现在用它们触碰地板，这样你才能真正感受到它。”赛克莱门修女的声音从耳边传来，她的手正温柔地引导着弗洛拉的头，让她用触角的尖端触碰地板。弗洛拉脑海中立刻闪出一幅图画——那是一个漂亮的雄蜂宝宝。

“这里非常神圣，我本不该来的。”

“你也是神圣母亲的孩子。由她创造的一切都很神圣。”

赛克莱门修女重新帮她调整了姿势。两边的年轻蜜蜂又朝她靠了靠，好让她们的翅膀碰到一起。嗡嗡声再次响起，弗洛拉的身体上闪着宁静的光辉。她一边放松地垂着头，一边感受着来自蜂蜡的纯洁气息——每一块绷紧的肌肉都松弛下来。她腹部的条纹裂开了，温暖的液体蜂蜡从里面缓缓渗出。

“把它拿上来。”赛克莱门修女轻轻说道。

弗洛拉向下移动身体，让蜂蜡轻轻滴在自己的手上。一碰到手掌，蜂蜡就变成了半透明的可塑状态。弗洛拉学着周围一圈姐妹的样子，先是把它塑成一个薄薄的圆片，接着把更多的蜂蜡堆在中央，把它垒成一个明亮而脆弱的圆桩。

“我还要这样做多久？”弗洛拉又垒了一块——她现在想离开了。

“等你的身心在祈祷中合一。”

“谢谢你，修女。”弗洛拉跪倒在地，把触角搭在赛克莱门修女的脚上。老修女的美丽和信任让她想要忏悔——忏悔她即将再次犯下的、背叛的罪恶。然而她没有忏悔，而是用大脑精准地记录下了圣歌震荡的节奏、时机，还有神圣的知识，好让自己能够搭建一个婴儿床。

* * *

当弗洛拉来到外面时，奉献仪式正在进行，但她并不想加入大家。蜂蜡祷告的影响仍鲜明地留在她体内，她便可以从中汲取更多能量。于是她开始寻找一个闭塞隐藏的地方。第二枚卵的孕育激发出她的热情——这感觉就像在采集一样。她能感知到神圣母亲所在的方位，就在蜂巢对面深深往下的地方。她正在休息，身上的气息平稳而宁静。弗洛拉把她的气息吸入体内。这时，一个念头在她心底燃起：*只有女王陛下才能生育——*

只有最邪恶、最堕落的女儿才会桀骜地想要犯下如此罪行。她就应该被撕碎——从胸部，从腹部——然后被送去喂马蜂。她用自私的罪恶背叛了所有姐妹——她路过、交谈过、喂养过，还有一起飞翔过的每一位姐妹。如果她孕育的是一只蛆虫，一个充满了罪恶和疾病的圆球，甚至是一个面目可憎的异端罪犯，那该怎么办呢？

一个满身是血的宝宝尖叫着，被推到她的臂弯，恐惧地把她紧紧抓住。一个宝宝，一个被生育警察毁灭的生命。

弗洛拉从蜂蜡圣堂四周收集了一些纯净的气息，并用它包裹住自己的身体。她又封闭了触角，但没法收紧腹部的肌肉——因为那枚卵每一刻都在长大。她热爱这种生命在体内孕育的感觉。她想要这个孩子，而且必须找一个地方把它藏好。至于这是不是犯罪，对她来说无所谓。

一个闭塞的地方……安静的，有三重门。

在她羽化之后，赛奇修女曾带她去过这样一个地方。弗洛拉想到了她初见狄泽修女时的那个小房间。它也在这一层楼，就在育儿室后面。想去到那里的话，必须穿过门厅，也就是奉献仪式正在举行的地方。如果她继续等待的话，就很可能当众产卵。

圣歌仍在继续唱着，蜜蜂们都专注地祈祷着，享受着“合一”的愉悦。现在是行动的最好时机。一旦女王之爱由催眠状态蜕变为那种芬芳，姐妹就会清醒过来。那样的话，一些警惕性较高的蜜蜂就可能会发现她。

弗洛拉慢慢向一大群蜜蜂走去。巢脾上震颤着奉献仪式的信息，这让准确定位变得很难。卵在她体内推着，越来越猛，想要被生产出来。没有时间了。弗洛拉朝一个地方走去，那里汇集了众多家族的味道，浓烈而多变。接着她就打开了触角，搜寻着正确的方向。

跟在赛奇修女身后……巨大的中央马赛克……然后——

女王之爱。

赛奇修女曾让她感受到女王之爱的气息，如果现在在奉献仪式里吸入一些，她就能找到路了。

弗洛拉打开身上的气孔，用脚按住巢脾，尽可能地把那种神圣的芬芳吸入体内。

昏暗的金色地砖，然后是黑白相间的空白地砖——那里并不是很干净。

就是它了——同样的图案就在脚下，正引着她穿过门厅。

“你要去哪儿？还没结束呢。”赛奇修女出现在弗洛拉面前，她触角僵硬，还在因奉献仪式而颤抖着。

弗洛拉慌忙释放出来自莉莉500的一组信息，为的是隐藏自己的思想。

太阳的地平经度从不说谎，它与马蜂或者其他米莉亚德生物不同——除了蜘蛛以外。

赛奇脸上出现了厌恶的表情：“你竟在奉献仪式中想这种事

情？”

“原谅我，修女。我们被幽闭太久了。”尽管这样做让她感到疼痛，弗洛拉还是对赛奇修女释放出来自莉莉的另一组信息。

当面对被污染的鲜花和青蝇留下的痕迹时——

“够了！你们这些既没自制力也没耐性的采集蜂，在雨停之前，你应该考虑的是姐妹！”赛奇修女颤抖着爪子，把她推开——自己的祷告就这样被粗鲁地打断了，这让她十分愤恨。

弗洛拉又回到金色的地砖上。当她走到花粉和糕点房与二类房间后面的服务甬道上时，这些地砖就变成了空白的。不过曾身为清洁工的她还是认出了这里的方位，因为保育员和保姆们会把有待清理的垃圾留在这里。这里是天沟——她曾一次又一次地清扫和擦洗它。那边，在甬道的尽头，就是一面空墙。如果那上面没有门的话，她就要在数千名蜜蜂面前产卵，并和它一起死去了。

圣歌的歌声渐渐退去，六万只脚带来的震颤又开始了。弗洛拉跑到甬道尽头查看。每跑一步，她的腹部也随着膨胀。

直到她径直来到雕饰精美的门道上，大门才显示出它的形状。门道上有一块小小的镶板，上面雕着一只王冠。弗洛拉把手按在上面，门便缓缓打开了。她松了一口气，因为发现自己进入了一个小房间——这里空空如也，墙上有三重门。

弗洛拉关上了自己身后的那道门。另一道门通往的是育儿室，还有第三道门……碎裂的地砖在那里就消失了。弗洛拉走过去听了听，门后什么声音也没有。她打开门，接着就发现自己来到了楼梯的平台上，这里又高又陡，起降板上新鲜空气的味道从脚下传来，头顶上则是来自蜂蜜的气息。弗洛拉马上知道了自己的位置。就是这道楼梯——她曾用来躲避林登先生，就是贪婪的雄蜂们闯进振翅大厅那次。空气是静止的，似乎很久没有人来过这里。她向楼梯上走去。

＊＊＊

楼梯的尽头是一个小平台，之后又是另一扇门。弗洛拉能感知到门后的甬道，还有姐妹奔走带来的震颤。她看着腹部在剧烈地抽动——卵就要出来了。温热的蜡滴从她双手间渗出，流过，她努力想把它止住。她在浪费这么宝贵的东西，她想奋力保护自己的卵，她要找个地方藏好它——弗洛拉痛苦地用头撞着墙壁，为自己的无能带来的失败而悲恸。

慢慢地，一面墙旋转着打开了。弗洛拉看到里面的空间黑暗而开阔。卵开始在她的体内推着想要出来。弗洛拉用力走进房间，并把身后的门关好。她跌坐在地板上，呼吸着房里那古老而安静的空气。尽管腹中疼痛，弗洛拉还是马上识别出两种气息。

第一种是强烈的蜂蜜味，它正随着一面墙的震颤传来。弗洛拉打开触角感受着，便知道这是姐妹在墙那边的藏宝库里工作的味道。第二种气息则来得更为模糊，它古老而干燥，并因缺少生命的颤动而显得十分寂静。

卵在她体内抽搐着，并且停止了推进。弗洛拉感到了它的恐惧。她转过身来，准备好面对任何威胁。她膨胀的腹部已经容不得蜂针滑出。可她还是扬起爪子，并转过身子，对抗着房间中那股奇怪的力量。渐渐地，这股气息变得澄净，成为飘荡在空气中的一种微小信号。它不再试图将她驱逐，而是召唤着她。

弗洛拉绷紧身体，把卵缩在腹部，朝气息的源头走去。她在震惊中停下脚步。墙壁上的景象是如此诡异——以至于有几秒钟的时间，她连疼痛都忘记了。三只巨大的蜂蛹正矗立在一个厚厚的蜡质基座上。它们从侧面看都是椭圆形的，高大而狭长，上面的雕饰复杂精美。蛹的下部被钻出许多小小的圆孔，其中一只蛹的顶部还有一个小的裂口。

弗洛拉跟随着它们的气息看过去。卵又开始猛烈地推动着，仿佛在回应一般。接着她发出了一声惊叫。每只蛹都是一具棺材，里面埋葬着一位死去已久的赛奇。

弗洛拉的卵又开始朝体外钻着，迅速而猛烈。她倒在地上，就在这三具雕饰精美的棺椁前，无声地扭动着自己的身体，腹部已经分开，卵顺着她的身体滑了出来，咆哮的空气瞬间平静下来。她能感受到它——温暖而充满活力，就安静地抵在尾尖上。弗洛拉蜷起身体，把它环在中央，心中充满了爱意。

这卵上闪烁着金色的光芒，闻起来比奉献仪式的气息还要甜美。弗洛拉感到身体里正变得湿润——因为蜡液的流出。她庆幸地掬起甜美的白色蜡液，把它捧到身前，一下一下，迅速筑起了一张粗糙的小床，正对着三具棺椁的方向。然后她跪在地板上，把卵紧紧环在身旁。那种生命的战栗令她激动不已。这次卵的形状和上次一样，只是体积更大一些。弗洛拉发誓要给予它所需的一切供养，她要让儿子茁壮成长。她盘算着需要做的一切工作，只为了把它顺利送到神圣时间。

我亲爱的卵啊！我那亲爱的、被邪恶祝福的罪啊——

然而，此时此刻容不得她继续忘我。她温柔地把卵放入了粗糙的婴儿床里。

“再过三天，”她低声说道，“我会来抱紧你，喂养你。”

生命的力量压倒了弗洛拉的恐惧，于是她站起身来，审视着那些奇怪的棺材。它们让她想到了到达大厅，想到了那些壮观而精美的巢房，只是这里的棺材看起来更为硕大，其中也没透出一丝一毫的雄性气息。每只蜂蛹上都能看到三四个小孔，就在应该容纳尸体腹部的地方。弗洛拉朝它们嗅了嗅。一丝日久干燥的毒液气息让她自己的蜂针蠢蠢欲动——但它们在很久之前就死去了。她爬到基座上，想透过蜂蛹顶端的小孔看看里面的情景。

她看到了一只年幼的雌性赛奇的脸，五官才刚刚成形——它在出生之前就已经死去了。它本可以长得像女王陛下一样高大，也一样美丽。它众多手掌中的一只正在扬着，稚嫩的爪子里还握着芳香的蜂蜡。弗洛拉又爬了下去。她现在要担心的可是活生生的赛奇们。她仔细清理着自己，让腹间完整闭合。接着她就悄悄回到来时的路上，准备重新加入蜂巢的生活。

而在那个房间里，在死去祭司们的注视下，她的卵开始成长着。

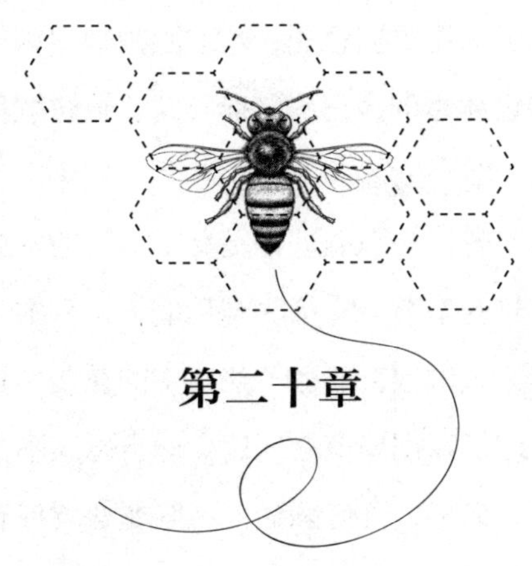

第二十章

弗洛拉来到蜂巢的最底层。凛冽的寒风从起降板方向吹来，冰雹不停地拍在木板上。西斯尔卫兵们正在跑来跑去，忙着把滚落的巨大冰块推出蜂巢。弗洛拉加入了姐妹的队伍，奔跑着帮助她们。她感到非常迷惑，自己仿佛沉睡了很久，错过了很多新闻。这时，内务蜂们纷纷朝舞蹈大厅的方向涌去，那里正在召开会议。

里面传来了赛奇祭司的气味。弗洛拉和清洁工们挤在一起，紧紧贴在她们身上。她想让身体沾染上家族的气息，好以此掩盖住蜂卵的气味。在舞蹈大厅中央，赛奇祭司们组成的唱诗班正在唱着赞美诗，直到巨大的和声压倒了冰雹的声音。接着，她们就借用蜂巢的意志，把命令无声地传遍舞蹈大厅。

蜜蜂们顺从地站成同心圆队形，就像在振翅大厅里那样。接着，赛奇祭司们释放出自己的气息，好让群蜂都注意到她们。她们展平翅膀，让气息变得更加强烈；她们眼睛里也闪耀着光彩。她们用优美的和声盖过冰雹的声音，这样一来，姐妹就都听到了她们的声音。

“我们是被神庇佑的梅丽莎，是女王诞生的家族，守护着蜂巢意志。这是个黑暗的季节，鲜花厌弃我们，天空中充满了雨水和冰雹，罪恶的芽孢随风飘散，玷污了圣杯中的花蜜。我们的宝库在迅速收缩，远远超过了我们填充的速度。神圣母亲不得不暂停了她伟大的工作。冷漠，绝望，还有懒惰，这些罪恶就像苍蝇一样，落定在我们身上。”

赛奇们的声音变得越发高昂。采集蜂们中间出现了一阵不安的躁动，因为生育警察身上那浓厚的掩蔽气息开始在脚下蔓延。弗洛拉立刻封闭了自己的触角，并屏住了自己的气孔，好对抗这种跋扈的味道。她本能地想要逃跑，但那样将招来杀身之祸。要是她死了的话会怎么样呢？她的——

她强迫自己压下这种秘密的想法，又朝四周看了看。因为恐惧，姐妹的触角都竖了起来，就连采集蜂们也不例外。她们不可能全部有罪，她必须保持镇定。

赛奇们朝房间扫视着。她们优雅地展开触角，从每一位被恐惧扼住的姐妹身上摄取着信息。蜂群里到处都传出害怕的低声蜂鸣。同时，生育警察那浓厚的气息就匍匐在脚下，缠住了她们的腿脚，让她们无法离开。弗洛拉并没有刻意对抗，尽管恐惧的浪潮从数千姐妹身上传来，贯穿了整个房间。一旦被她们发觉，她就必须死亡——这将成为神圣母亲的意志。

神圣母亲……连想到女王都让她感到痛苦。女王的仁慈，女王的美丽，女王的爱抚带走了弗洛拉家族的耻辱——

“我们，这个蜂巢里，充满了亵渎和浪费。”赛奇祭司们的和声再次响起，“振翅大厅里的花蜜未经允许就被饮用，采集蜂们失去了翅膀，甚至连育儿室也在犯着错误。”她们因为震惊而喘息着——“错误根源就在这个大厅里。”祭司们扇动翅膀，让气息蔓延开来。

“女王之爱由法律承载。我们信任女王陛下的祭司们，伟大的梅丽莎家族，并以此显示我们对她的忠诚。节气对我们充满敌意。一波又一波反常的鲜花出现，我们都期待着改变。现在，雨水夹杂着冰雹降临，意味已然明朗：这是对蜂巢的审判，需要忏悔和救赎。”

黑色的蜜蜂组成一张大网，从房间四周向蜂群靠近。

“我们已经在女王图书馆里查询过古老的律条，”祭司们的和声继续响起，声音庄严却依旧悦耳，“女王陛下已经用她的爱安抚了我们，我们被准许献出自己的姐妹，来举行赎罪祭礼。”

蜜蜂们无言地看着她们。

赎罪……弗洛拉竭力回忆着在哪里听过这个词。她想起来了，是在女王图书馆的第四块镶板上。她想呼吸些新鲜空气，想要离开这个房间，但赛奇的和声继续响着。

“这神圣的仪式需要你们爱的牺牲，为了你们的姐妹，为了你们的母亲，也为了你们的蜂巢。这里有谁已经年老并即将变得无用？有谁隐藏了自己的疾病或者是其他罪恶？为了你们的姐妹，为了拯救我们的蜂巢，献出你自己吧。”

蜜蜂们沉默着，都一动不动。家族的气息伴着恐惧的味道，在空气中飞快地盘桓起来。弗洛拉又看到了赛克莱门修女那张失明的脸——她看上去是那么宁静。在蜂蜡圣堂里时，她曾经那么和蔼地对待过她。赎罪，老修女已经准备举起手了。

“我愿意！”弗洛拉大声喊道，“让我赎清罪孽！”

蜂群中一阵骚动。就在她迈步向前时，赛奇祭司们的目光齐刷刷地落在了她的身上。姐妹向后退着，目光中充满了恐惧与敬畏。弗洛拉打开了触角，一阵轻松漫过周身。只有女王陛下才能生育——这才是真理。想到这里，她仿佛感到自己的灵魂又与姐妹融为一体。她很愿意为她们付出生命，也很愿意用死亡赢得荣光。

“我是弗洛拉717，而且我——”

“我也愿意！”另一个声音在蜂群中响起。

“还有我！”又一个声音响起。

“我愿意为了神圣母亲而死。”

“我已经到了暮春，时间将尽，让我去吧！”

一个又一个声音响了起来。

“让我去——”

“我留恋生命，但已经年老——”

“我很贪婪——”

“我很虚弱——”

继弗洛拉之后，一位又一位姐妹走上前来。在祭司们的安排下，她们全都聚到了大厅中央。一位祭司走过来检视着她们。

“年轻，年老，年老，年老，年老。”她在弗洛拉面前停下脚步说，“但你还很年轻。”她的爪子穿过了弗洛拉的毛发，“几乎还没成长。”

弗洛拉低头看着自己的身体，发现她说的竟然是真的——她的毛发浓密，看上去柔软而富有光泽，看起来仍像个年轻的保育员。祭司的爪子慢慢滑到弗洛拉的腹尖上，接着又收了回来。一缕细丝般的蜂蜡在她掌中蜿蜒着，她嗅了嗅。弗洛拉准备好打击的到来——作为她所在家族的一员，与蜂蜡这种宝贵物质接触是不被允许的。

“你还能制造蜂蜡——我们当然不能饶恕你，这是属于贵族的姿态，但是靠边站吧。”祭司从她身边走过，继续检视着其他志愿者。

弗洛拉简直不敢相信——祭司肯定嗅到了她身上的罪恶气息，接着她就感到自己的触角又紧紧地封闭起来。这完全是无意识的行为，但她很明白个中原因。因为在她脑海深处，那枚小小的蜂卵正在闪烁着纯洁的光辉。它不想死，也不想让它的母亲去死——她们仍然联结在一起。一阵愉悦在弗洛拉体内奔过，她低头看着自己。这是真的，她看起来又变得年轻了。她的毛发丰泽有光，甲皮光洁明亮，关节灵活柔韧。她静静张开了翅膀，让意识流过四片翼膜。每一片都是那么强健，柔软完整——上面没有一丝损伤。就连她之前发现的那道很深的裂痕也已经复原了。

神圣母亲通过产卵来恢复青春，而她——一位来自清洁工家族

的弗洛拉，竟然盗取了生命的礼物，还有神圣母亲的青春与活力。她正在把蜂巢带向毁灭。

“不要宽恕我！”弗洛拉喊道，“让我去死，让我的罪恶毁灭！”

“你是个宗教狂徒，717！”狄泽修女望着她——她正站在那一队被选中的年老志愿者中，“但我知道是你先站出来的，你很勇敢。”她抓着自己光秃秃的胸膛，仿佛那上面还长得出毛发，“就应该是我，规则总是由地位高的家族制定，”她叉着手，“虽然我会因此而死去。现在不要说话，让我们安安静静地祈祷。”

赛奇修女们向着这老迈的队伍深深一鞠躬——她们看起来饱经沧桑，疲态尽显。

“神圣母亲的女儿们，蜂巢的仆人们，你们是否愿意在赎罪祭礼上献出自己的身体和灵魂？”

年迈的蜜蜂们手挽着手，一齐点头。

“我们愿意。”几只蜜蜂答道。

“感谢你们，高贵的姐妹。然后，接受、服从和服务。”

“接受、服从和服务。”老蜜蜂们低声说着。

赛奇祭司们又叫过来几位年轻的志愿者，让她们环绕着老蜜蜂们的队伍。

“你们将带头献祭。”

赛奇祭司们又唱起了圣歌。一群黑色的生育警察从舞蹈大厅后面走了过来，在她们熟练的带领下，群蜂开始了向前行进。

接着圣歌的声音响起：

赞颂我的姐妹

她带走了我的罪恶

赞颂我的姐妹……

最先开始的是赛奇家族，但其他家族很快就加入进来。她们的歌声汇集在一起，低沉的声音在房间里环绕。随着声波的共振，蜂群簇拥着向前行进。

弗洛拉仿佛感受到数千名姐妹的身体压在她的背上。老年蜜蜂们不由自主地被大队推着继续向前，她们身边环绕着喘息声与哭泣声。圣歌的声音变得越发嘹亮。

赞颂我的姐妹——弗洛拉不由自主地跟着大队前行。在一片叠歌声中，她扬起了触角。“生命本身就是繁衍。”想到这里，弗洛拉脚下一个趔趄，但她还是把爪子抠进蜂蜡里，感受着从六条腿上传来的强大的力量。“我能够生育。”弗洛拉感到血液涌入了翅膀上的脉管，她渴望能在天空中将其挥洒。她在三天内必须回来查看卵的孵化情况——

她的身体猛地撞到了一位老年蜜蜂，在她抬眼时，她看到了狄泽修女那张受到惊吓的脸。

赞颂我的姐妹

她带走了我的罪恶——

“神圣母亲啊，原谅我的胆怯吧！”狄泽修女紧紧抓住弗洛拉，用自己的触角顶住了她的触角。弗洛拉吃惊地大喊一声，可是已经太晚了。她对那美丽的卵的所有感觉和爱意在一瞬间传入了狄泽修女的头脑中。这位老蜜蜂立刻露出了厌恶的表情。

“是你！你就是产卵工蜂！”狄泽修女挣扎着，反抗着无情的前进队伍，“在这里！”她大喊着，“异端罪犯就在这里——”

弗洛拉用下面的腿踢了她一下，但狄泽修女只是蹒跚了两步。她用爪子紧紧抓住弗洛拉的脸，疯狂地释放着警报腺素。

“她又犯罪了！杀死她的卵！”

一阵接一阵的圣歌声在她们头顶上盘旋。弗洛拉把狄泽修女的身体压到震荡的地板上，扭断了她的脖子。

赞颂我的姐妹

她带走了我的罪恶——

弗洛拉站起身来，家族的气息从她身上喷薄而出。蜜蜂们的队伍在整个舞蹈大厅中推进着。她们列队走向死亡。在大厅的中央，孱弱的老蜜蜂尸体堆成了一座小山。狄泽修女的身体就消失在了那座小山中。

赞颂我的姐妹……大厅中又响起了赛奇们优美的和声。

她带走了我的罪恶。

我们的母亲啊，她是分娩的艺术家，

“*神圣的是你的子宫啊。*”蜜蜂们纷纷加入了合唱，她们齐声唱着祷告时用的古老语言。就在这时，巢脾改变了震颤的频率，奉献仪式的芬芳开始在空气中飘荡。

看着姐妹死去的样子，很多蜜蜂在哭泣。不同家族一边彼此安慰，一边把女王之爱的气息深深吸入体内，并借助它的纯洁和力量让自己镇定下来。弗洛拉说着同样的语言，封闭了自己的触角——它们因为狄泽修女的攻击而肿了起来。可她毕竟活了下来——还有她的秘密。

“阿门。”她和姐妹一起说着。

她们无声地站在那里，紧张的气氛已经缓解。大厅里能听到的只有一只乌鸦的叫声，从果园深处远远传来。冰雹停止了。

赛奇祭司们胜利般地举起了手臂，喜悦在蜂群中蔓延着，让她们忘记了恐惧。伴着一阵迅猛而来的美妙声音，采集蜂们展开了自己的翅膀。在内务蜂的一片欢呼声中，她们奔跑着冲向起降板。随着乌云被阳光驱散，那里变得明亮且热气蒸腾。

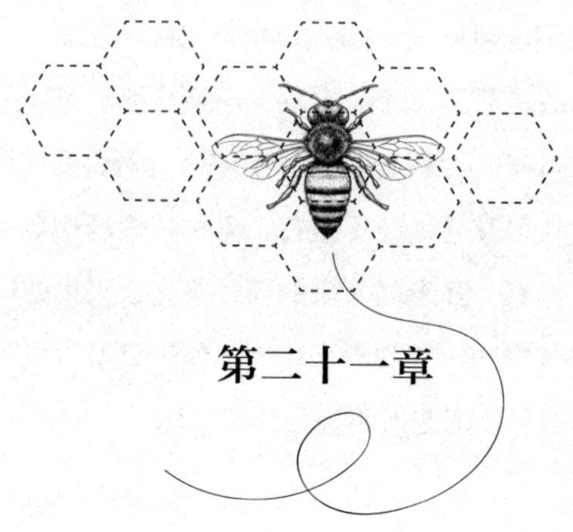

第二十一章

弗洛拉第一批跳了下去——这动作让她自己都感到吃惊。太阳从东方升起，抹去了残留在天边的乌云。广袤的大地在她身下延伸开来，上面长满了各种绿色的植物。它们簇生在一起，粗略地组成了一块块四边形，仿佛由一些无法感受六边形的美好的远古昆虫所组成的。金色的油菜田在远处闪耀着光芒，两辆机器设备在土地上笨拙地跋涉着。弗洛拉弯了弯翅尖，转变了飞行的方向，避开了它们发出的气味。

她曾想献出自己的生命，却并没被选中。不管是因为什么，这都说明神圣母亲的意志并没让她去死，要么就是有谁听到了她的忏悔。所以一位赛奇祭司把她推向了生存，而把狄泽修女推向了死亡。

弗洛拉一边加速飞行，一边卷起了触角，并让它以一种优美的形态垂在身后。她再也不会在蜂巢里打开信息通道了，更不会让任何蜜蜂截取并解读它们。狄泽修女已经年迈，无法再高效工作——但弗洛拉的翅膀上跳动着新的力量。为了服务蜂巢，她觉得自己可以飞行数百里格。潮湿的土地里发出各种各样的气味，随着气流而在空中飘荡，也包括诱人而美妙的花蜜味儿。弗洛拉马上锁定了它。

新鲜的花蜜，几天后变得腐败，成为蜂巢里潮湿的食物，如果能让姐妹享用自己采集的东西，她们该是怎样欢呼雀跃啊，而这也恰似一剂良药，能抚慰她的良知。弗洛拉贪婪地加快了翅膀的振动。如果足够幸运，她甚至可能会第一个站到花瓣上——那天鹅绒一般柔软的花瓣哪，吐露着新鲜花蜜的芬芳。

她沿着一条散发着恶臭的公路，朝着小镇的方向奋力飞翔——那里有很多红色和灰色的屋顶，房屋被小块小块的绿色花园分割开来。柏油铺成的马路纵横交错，阴湿的风混着一氧化碳，从那里涌上天空。但弗洛拉飞得比它更高，她正为自己全新的卓越力量而自豪不已。神圣母亲也许已经宽恕了她，好让她为蜂巢带回更多的财富，并用它们填满宝库。她会不懈地采集，把财富带回蜂巢，并以此弥补身体犯下的罪恶。

弗洛拉稳稳地乘着温暖而高昂的气流，检查着自己的位置，并用触角记录下视线能及的一切。小镇就在前方，但如果她改变方向，沿着另一侧的高地飞行，就能从后方进入那些小花园——她能闻到鲜花们在那里吐露出甜蜜的气息。她感到一阵温暖的气流沿着高地的斜坡向上升起，于是她也向上飞去，想要乘风而行。但迎接她的并不是想象中那一卷易乘的温暖空气，而是一股螺旋上升的涡流。弗洛拉就这样晕头转向地被卷入一股最为强劲的气流，并随之穿过了山谷。

朝下飞！触角里传来了莉莉500的声音。**降落！**

这么说来，那位采集老手也曾经历过这样的旅途。风中传来奇怪的声音，仿佛在抢夺着她的注意力。弗洛拉奋力向下飞着，想把这种奇怪的声音从触角里清除出去，可干扰变得越来越强。随着一阵啪嗒声，所有视讯信息完全消失了。

这很可能和那种致病的灰色薄膜有关——想到这里，弗洛拉便朝着山顶上的一个树丛飞去。她感觉自己身体强壮，健康状况良好，可一种力量仿佛在压制着她的大脑，接着树丛开始在眼前忽隐忽现。

其中最为高大的是一株巨大的针叶木，它的树枝呈深绿色，几乎一动不动；叶子硬挺挺的，锃亮锃亮；棕色的树皮覆盖在树干上，颜色怪异地一致；它的树枝看起来就像是完全由金属制成的。一种凄凉的声音从树心里传出来，仿佛它正一边咕哝着祈祷，一边向后退去。没有任何气息传出，弗洛拉感受着它的能量，却发现它非活非死。

气流在山顶四散开来。弗洛拉又一次试着降落，但一种陌生的力量磅礴地涌入了她大脑，封闭了她的感知。她发现自己正在绕着锃亮而死气沉沉的树枝飞着，那上面既没有昆虫在爬行，也没有鸟儿在休憩。高耸的树冠下是四条树根，闪烁着金属的光泽，丑陋而对称地深深扎进一个石制平台里——上面散落着很多黑色的小点。那些小点的样子看起来很熟悉，因为她们正是蜜蜂。要反抗——弗洛拉试图靠自己的力量打破囚禁她的藩篱，但每次发力仅仅提升了她的速度。一种可恶的能量从金属树中喷涌而出，削弱了她的力量。

随着一阵剧痛从脑中传来，莉莉500的声音又响了起来。

不要朝下看。听从——

弗洛拉收紧肌肉，用力想把触角拉起来，但它们依旧死气沉沉地向下垂着。听从什么呢？她试着让目光越过那棵树，盯住一个节点，接着便朝那一点猛冲过去。但旋转的动能模糊了一切，使它们都没入了蜿蜒的绿色线条。

——米莉亚德——米莉亚德——米莉亚德——

老采集蜂的知识在触角里一遍又一遍地循环，混杂着从树心里隐约传来的呻吟声。弗洛拉恨不能把触角拔下来，让声音停止。就在她又一次被困住时，一阵高昂的嘶嘶声插了进来——一个黄黑相间的、花哨而可怕的身影进入了她的视线。

“你好啊，我的表亲艾皮斯。”一个邪恶的声音高声喊着——那是一只马蜂。她盘旋在空中看着弗洛拉，似乎完全未被那棵闪着亮光的树所影响。“我们是上当了吗，离家这么远了？”她从弗洛拉身边飞过，展示着自己的身姿。

这是一只年轻的雌性马蜂。比起之前那只硕大的维斯博女士——就是试图偷袭蜂巢结果却被烹死的那只——她的身材要小得多。但尽管视线模糊，弗洛拉仍能看见她那张恶毒的脸，并闻到她毒针的气味。这只马蜂又一次笑了。

“哦，我们很愿意看到艾皮斯表亲有麻烦……就算你们是‘神的选民’，也一样会有挣扎，不是吗？”她飞到弗洛拉近旁，“你们对这棵树一无所知，是不是？直到一切无可挽回！”她身体一弹，向后跃去，翅膀却纹丝不动。展示完毕后，她又说着：“我们虽然不是‘神的选民’，但还是比你们更胜一筹。看见了吗，我的表亲？我们不会制造蜂蜜，但比你们更聪明，更美丽。”那马蜂一边假笑着，一边竖趾旋转。尽管情势窘迫，可弗洛拉还是很想一拳把她打到地上。

“还有，没错，”那马蜂秀出了自己的小短剑，小滴小滴的毒液正在尾针上闪烁着，“也武装得更好！”她用猥亵的动作弯了弯蜂针，接着又朝弗洛拉飞近了些。她发出的声音甚至盖过了那棵树的呻吟。

“向我行屈膝礼，承认我更强大。”那马蜂发出了造作的笑声，“那样我也许会告诉你怎样离开。”

*听从——米莉亚德——*莉莉500的声音重重敲击着弗洛拉的内心——*因为她们没有受到影响——*

“我承认！”弗洛拉伸出腿，夹紧膝盖，在空中行礼。马蜂尖声笑着，接着便在她面前呼呼地扇着翅膀。

“快点跟紧我，愚蠢的表亲，现在就做。”

弗洛拉用冲刺般的速度紧紧跟在马蜂身后，终于挣脱了那棵树的禁锢。大地旋转着向她冲来，不过她及时地抓住了一根棕色的枯茎。马蜂在她身边落定，就站在一棵已经死去的灌木上，等着她调正身姿。

“如此蠢笨！鲜花们肯定很讨厌你们的触碰。再行个礼。”

“不。”弗洛拉感到既厌恶又气愤，这让她几乎说不出话来。

“啦啦啦，那我可自己走了。”马蜂唱着，“我倒要看看你还能活多久。”她往近旁飞了一飞，接着便在那里盘旋着。弗洛拉暗暗集中力量，想要飞起来，但她的身体很虚弱，能量储备也不足了。随着翅膀的振动，她感到空气在翅膀之间流动。就在这时，那棵树的呻吟声又从她身后响起。

“行礼，”马蜂继续唱着，“那你就能再看见蜂巢。你自己决定！”

于是弗洛拉又抓住细枝向马蜂屈膝行礼。

“在必要的时候，‘神的选民’竟也这么卑躬屈膝！你们带着你们的宝藏和皮毛，还有那貌似神圣的优越感，唱着歌跳着舞，好像鲜花们只在乎你们似的！”

“你说得对，我的表亲，你们更优秀。现在我们能离开这里了吗？”

“啊哈，好吧，首先你要保证待在你那边的路上。”马蜂说道。

“天空是属于大家的。没有哪只马蜂能限定我们的飞行路径。”

“是王室的‘我们’吗？好吧，亲爱的表亲，让我来告诉你：我们，维斯博们，认为你们的神圣母亲生了病。事实上我们很确信这一点。”

“你在撒谎。”受到这种羞辱，弗洛拉的尾针开始弯曲。

“哦，才没有呢。我们在你们的果园里发现了一个可怜的姐妹。就像你一样，她也迷路了。”她嘶嘶地小声笑道，“我们认识你们的样子，当然认识——就算被恶心的灰色薄膜污染了。那只可怜的垂死艾皮斯啊。我们让她在生命的最后时刻得到了安慰。还有，让她能畅所欲言！她管我们这些姐妹叫什么来着——哦，我们并没有见怪，因为她已经很虚弱了。但可喜的是，她告诉我们很多事——维斯博女士受到的粗暴对待，还有你们神圣的赛奇家族那些事。”马蜂把自己的头偏向一边，“还有，现在你们母亲的气息已经变弱了。”

“神圣母亲！她的爱依然强大。”弗洛拉感到尾针一阵兴奋，仿佛已经准备好出击了。

“原谅我，表亲，你是对的，我太不礼貌了。”马蜂咯咯一笑，接着便露出了诡异的表情，“你是不是觉得我们很差劲？艾皮斯可是不能说谎的。”

“是的——但这不是你的错。”弗洛拉并不想激怒她，“你们比我们更加强壮，因为你们能受得了这棵树。”

“这可不是什么树，愚蠢的表亲！”马蜂盘旋着扬起一只爪子，无声地向下一拍，“你难道听不见吗？轰隆轰隆轰隆——永远不会停止！这么吵，这么沉闷——但至少没有什么气味，否则就更难忍受了。”

被马蜂点破后，弗洛拉也感到了磁场在空气中造成的强烈震动。可马蜂似乎对手机信号塔完全免疫。她飞在弗洛拉身前，以各种各样的姿势拍打着翅膀，仿佛织起了一张大网。

“你看这精妙的震频。我们就是利用它来抵挡可怕的攻击——因为我们的飞翔技术比你们更好。我们在所有方面都更胜一筹！”

“确实，”弗洛拉真诚地说，“你们了解这棵树，这非常智慧。如果我能回去的话，很愿意把你们这些技巧告诉姐妹。”

“你当然可以，我将向你显示马蜂们的慷慨。你的天线怎么样了？”

自从遇到那棵锃亮的树以后，它残暴的攻击就让弗洛拉的触角感到疼痛。现在她既闻不到气味，也无法通过它为自己指引方向，但她仍然扬起触角，用以展示自己的勇气。

马蜂笑了笑。

“那跟着我吧，一切都会好的。”

感官在钝化。弗洛拉模仿着马蜂那奇特的频率，也拍打着自己的翅膀，接着便进入了自己制造的滑流中。既然这位表亲并没把她留在那里等死，那她应该就是可以信任的。

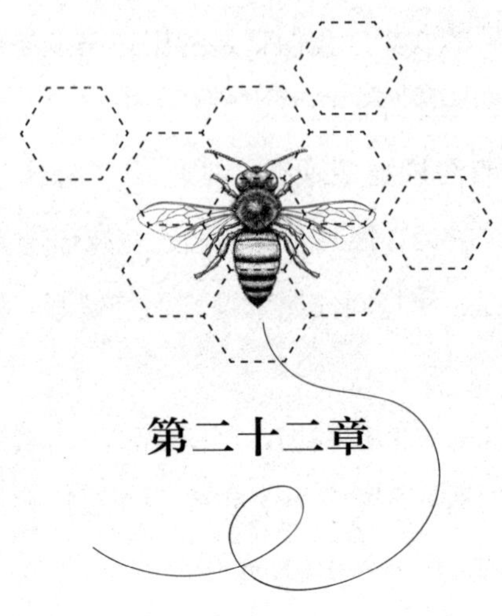

第二十二章

从“树顶”飞出来后，弗洛拉就紧张地留意着任何一丝雄蜂的气息，以防教所就在附近。但她闻到的只有一种来自陌生花蜜的芬芳。她们越飞越低，来到一条灰色大路的上方。苦臭的气味从那里散发到空中，然后便穿过了一小块黑麦田。一股鲜明而嘈杂的气息一下涌入弗洛拉脑中。接着她就恢复了感觉。大片大片的灰绿色田野摇曳着伸向远方，但前方没传来任何花蜜或花粉的香气。弗洛拉闻到的只有来自作物纤维那种沉闷而无用的气味，还有从它们身下土地里散发出的强烈而刺鼻的味道。

马蜂袅娜地扇动着翅膀，盘旋在空中，看着弗洛拉。

“就是这样，我的表亲，路的那边就是你们的果园——你看，这条道路只会让你们空手而归。”她叹了口气，“想想你们这些可怜的表亲，鲜花已经在雨水中腐烂，你们完全不知该如何是好。”

“还会有更多的鲜花。”

“在我们活着的时候不会有了——你没看到浆果已经长大了吗？这是所有昆虫都能看懂的信号。我们在家说过很多次——其实我们很愿意慷慨地和表亲们分享，因为我们拥有这么多——可‘神的选民’们是那么骄傲，多让人伤心啊，但我们维斯博很愿意放下古老的宿怨……”

“你们有花粉和花蜜吗？”

马蜂发出了一阵大笑。

“表亲，你工作也太努力了！我们有的是糖，就像坚硬的蜜珠，却也像幼虫的身体那样柔软。它比蜜还甜，比你们采到的树汁的结疤还要坚固。”说到这里，她厌恶地吐了口唾沫。

“那是蜂胶，有很多用途。”弗洛拉尽力让自己不要生气，因为保持友谊可能会让她受益良多。她想象着自己又落到起降板上，为蜂巢卸下来自异邦的财富，并一边强调着有关宝藏出处的真相。

“随便你们怎么叫，表亲，但如果用我们的收藏，你可以轻轻松松喂饱整个蜂巢。没关系——现在我必须走了。祝你采集顺利，我的表亲。”

“等一等！”弗洛拉追了过去，“你真的愿意和我们分享吗？”

马蜂故作端庄地压了压翅膀，微笑着。

* * *

弗洛拉本以为她们会朝着气味嘈杂的小镇前进。但没想到的是，在马蜂的带领下，她们来到位于小镇边缘的一簇灰色库房。车辆在那里来来往往地工作着，喷出棕色的尾气——弗洛拉看到了这一切，并想着如何把它们编进舞蹈。到时候需要她用舞蹈表达的内容太多了，而且是如此热忱并令人激动——想想看吧，她们和维斯博家族的宿怨可能会就此终结——这将为她赎清罪过。

马蜂扭头看了看，确认弗洛拉还跟在她身后，然后她就朝库房的方向降落。弗洛拉尽己所能地把信息记录下来——虽然她的触角依然疼痛，反应也很迟钝。弗洛拉从没有见过这样的地方——植物是这样稀少；就仅有的几株来说，它们的花冠也几乎没有力量打开。感应到蜜蜂出现，它们都拼尽全力，才可怜巴巴地释放出一缕气息。

“别理它们，”马蜂说道，“它们可怜却无用——”

但当一株植物伸展着推送出自己的气息后，它的邻居们也纷纷效仿。这些从水泥和焦渣石缝隙里挤出来的花朵纷纷恳求着，哀求着。*来吧，来吧*，它们呼唤着弗洛拉，乞求着她的到来。它们想要对她倾诉，想要让她的脚踩到自己的花瓣上。

“很快。”弗洛拉落到一株被煤烟污染了花头的醉鱼草上。它为这种触碰而颤抖着，那是感激的颤抖。弗洛拉抓稳站好，接着就把舌头伸进一朵小花的深处。一阵恶心传来——花瓣上覆盖着一层肮脏的油膜。弗洛拉起身飞回了空中，那株醉鱼草惭愧地低下了头。

“早就告诉过你了！”马蜂唱着说，“现在，如果你还想供养你的家人，就过来，否则就空着手回去吧。”她飞进了一间库房。那间库房就像一张大嘴，看起来幽深而黑暗。

弗洛拉在外面徘徊着。她很庆幸没被同巢蜜蜂看到她试着从杂草上采蜜——尽管它们用花蜜给了她温暖的迎候，但那些绝对就是杂草：低贱、粗鄙、绝望的杂草。无法采集一定是有理由的，但她想不出来。教义中的那些话又出现在她心里：“不懂味道就无法采集。”

那些杂草愚弄了她，这让弗洛拉十分生气，气自己没能抵挡住它们的祈求。她呼呼地扇着翅膀，发出更大的声音，想以此盖过它们的喊声。蜜蜂当然不可能了解所有的事，否则她们就不会死在那棵发出杂音的树脚下，而马蜂却安然无恙。弗洛拉无视杂草们的哭喊，飞进了库房中。

这里就像个大山洞，一切看起来幽暗又模糊。一飞进去，一种刺激而古怪的气味就袭击了弗洛拉的触角。这味道让弗洛拉的触角抽搐着，又让她在同一时间里既感受到了恶心又感受到了激动。

“来这儿，”马蜂喊着，她的声音从黑暗的深处传来，“这边，表亲。”

在黑色的拱形屋顶上，每隔一段距离就安装着一条荧光灯棒。弗洛拉穿过噼啪作响的荧光灯，朝马蜂飞去。墙壁是由密封集装箱垒成的，下面就是水泥地面。地面上有很多车辆，它们笨拙而缓慢地来回移动，搬运着这些箱子。这让弗洛拉想起了清洁工们把雄蜂蜂蜡卷成球状的样子。看到这里，她决定把这些细节也编进自己归家后的舞蹈中。

“过来啊。”马蜂已经回来找她了。在摇曳的灯光下，弗洛拉才发现她有多么年轻。她的脸尖尖的，黄黑相间，皮肤光滑无比；漆黑的眼睛在微笑之下闪烁着光芒，看起来比蜜蜂的更加扁平，边缘处显得高贵而华丽。她转身飞入空中，一缕甲酸的气息从她身后飘荡开来。她啪啪地拍打着翅膀，呼的一下就飞走了。

“请原谅我的激动。”她对弗洛拉小声说道，“来尝尝糖的味道吧。”她朝墙壁的方向飞去，兴奋地停在一个形状不规则的壁架上。一块块马赛克似的岩石在那里闪着光，它们看起来花哨而艳俗，比任何花朵的花瓣都有过之而无不及。在这种强烈的气味下，弗洛拉的触角排斥地四处挥舞，但她的舌头已经展平，做好了品尝的准备。

“来采集这些吧，表亲，”马蜂说着，“想想你们有多饿吧。”

这就是糖，坚固犹如蜂胶，绵软又如蜂蜡，融化后便像花蜜一样。它就是最棒的代替品了。弗洛拉越是多吃，就越想吃得更多，也想嚼得更快一些。当这种味道在大脑中奔腾而过，弗洛拉便抛弃了一切礼节。她用力撕咬着，就像自己破巢而出的那天。每种颜色的糖味道略有不同，却都带着令她作呕的后味，但这种感觉又进一步刺激了她的欲望。她想要问问这是什么，想指导自己可以在哪里找到它们，但她停不下咀嚼和吞咽。

在身下的地面上，传来一片车辆的哀叫与呻吟声。

“表亲，你喜欢它，是不是？”马蜂一边在附近嚼着糖，一边看着她大吃大嚼。她真是慷慨，弗洛拉想着，也很想这样对她说，但这色彩斑斓的糖块里仿佛有某种力量，让她越嚼越快。

“多吃点。”马蜂说着，脸上露出一丝诡异的笑容，“吃到饱。”

突然间，弗洛拉意识到了自己的贪婪，她慢慢松开了刚刚撕下的那一口蓝色水晶。一阵奇怪的震颤从脚下传来，弗洛拉这才注意到自己所站的地方。

在花哨的壁架两边各有一些灰色的咀嚼物，里面混合着黏土和纸屑。它们在壁架下组成了一个不规则的弧形，并往下延伸了一段，紧紧贴在墙壁上。那是一个巨大的马蜂窝，屋顶是用糖制成的。弗洛拉所感到的震颤并不是来自地面的车辆，而是来自蜂巢内部。那是一阵尖厉的呜咽声——仿佛千百只马蜂幼虫就在她脚下啜泣。

弗洛拉并没有动。现在她感觉到所有马蜂都在她附近的空中徘徊着，由于自己近乎疯狂的咀嚼，她们的气味完全被浓重的糖味掩盖了，而且她们的声音听起来也很像地面上那些设备发出的。这时，弗洛拉才意识到，脚下的糖块真的像蜂胶一样坚硬，让她无法挪动。

那只马蜂正在看着她。弗洛拉并没有转身，而是弯起了触角。

“多谢你的款待，表亲，”她说道，用尽可能镇定的声音，“你是如此美丽，腰肢纤细，纹路平滑。你能不能转一圈，让我好好欣赏一下？”

年轻的马蜂并没有反对，她开始在空中旋转着跳起舞来。

“有劳你了，”弗洛拉一边谦卑地说着，一边把膝盖屈得更低，“这真是难得一见，我只见过一次比这个更快的。”

“更快？”马蜂反驳道，“那有什么，看这里。”说完她又转了一圈。弗洛拉一边深深行礼，一边看到大批马蜂已经来到她身边，在昏暗的“洞穴”里盘旋。她迅速朝下咬了一口，把陷在糖里的脚解放出来。

“我们更加优秀，难道不是吗？”马蜂一边旋转着一边喊道，“快承认！”

“是的！”弗洛拉喊着，一边把脚拉了出来，“再快一些！”接着，她就像一只张扬的雄蜂一样，发动了胸腔里的引擎。然后她竭力向后一蹿，冲进了埋伏在旁的马蜂群里，把她们冲散在空中。

“艾皮斯！”她们一边大喊着，一边因受惊而暴跳起来，“艾皮斯去死！”

她们从四面八方赶了过来，带着愤怒的惊叫。她们伸出了潮湿的尾针，空气中顿时充满了她们的味道。弗洛拉一个骤降，接着又来了个急转。这时，一阵幼虫的啼哭声传来——这是马蜂幼虫的哭声。尖细的哭声带着仇恨，穿过纸质墙壁，从她们的巢里传来。同时，空中也传来俘虏们的喊叫声——他们正在用各种语言祈求着饶恕。

由于被大量的马蜂翅膀近距离扫过，弗洛拉失去了坐标，开始往下跌去。在落地之前，她跌进了一堆令人作呕的东西里。那是一堆湿糖，混合着甲酸和她自己的气味。

这个“洞穴”的入口处是明亮的，但当弗洛拉全速朝它飞去时，一量笨重的大车缓缓驶过，刚好堵住了入口。于是她不顾一切地急转开来，猛地潜入一个小缝，接着就钻进了司机驾驶室里。在她身后，马蜂们蜂拥而至，就像一场奔腾的洪流。

司机惊恐地大叫着，挥舞着毛茸茸的手臂，在脑袋四周拍来拍去。弗洛拉被撞到了地上。马蜂们也发了疯，从四面八方攻击着司机。弗洛拉爬进一处阴沟里躲了起来。司机尖叫着按起了喇叭，这让汽车发出一阵怒吼，仿佛一头受了伤的公牛。司机扭开车门，跌跌撞撞地跑了出去。弗洛拉扇动着翅膀，把身体拖过金属台阶，掉落到了水泥地面上。越来越多的马蜂落到司机身上，让他不停地扭动着身体。与此同时，弗洛拉正朝着阳光和空气的方向爬去。野草们释放出自己的气息，想要给她帮助，她便循着那气息的方向，把身体朝外拖着，直到她感觉到头顶的天空。

＊ ＊ ＊

云层是紫灰色的。一波又一波的冷空气颤抖着涌来又停下。弗洛拉先是努力摆脱了令人麻痹的甲酸雾，接着又奋力往高处飞去。她感到翅膀与身体的接合处一阵灼痛。杂乱的声音从身下传来，那是马蜂们愤怒的声音，还有男人们的吼叫声——他们正闻风而来，想把尖叫着的受害人拯救出来。

弗洛拉继续向高处攀升，她试着用挂满糖的触角找出太阳的地平经度。她本以为嗉囊里已经装满了糖，但发现那里面又轻又空。

采集没有成功，这让她惭愧不已，一想到自己的贪婪，又使她更加难受。现在弗洛拉唯一盼望的就是家的气息。她转了一圈又一圈，但周围的一切都不在记录中——除了糖带来的那波冲击。

弗洛拉咒骂着自己的自大——所有家族中，她是最应该听从野草的话的那一个。如果她能活着看到第二天的太阳，一定要亲吻那每一张小嘴。她又飞了一圈，接着便以“8”字形飞行。她试着找到来自果园的气息，来自公路的气息，还有来自教所的气息——所有熟悉的气息，但巨大的气浪拍在身上，让她不得不收起触角，并且夹紧翅膀，以免它们从身体上剥离。一波巨大的冷气流在她身边涌动，同样巨大的一波暖气流就在前方。这时，一道电光闪过，暴风雨来了。

一颗“水弹”在她右边炸裂，她感到前后翅膀的薄膜全都裂开了。她缩紧胸肌，把翅膀拢在一起，又瞄准了森林线，想飞入朝那里涌动的气流中。滂沱的“雨弹”把她打得越来越低。她东倒西歪地把自己扔到了最近的树叶“天棚”下。雨水沿着绿叶的边沿滴落，让她也跌了下来。她很想抓住什么东西，但爪子一滑，摔倒在地。

雨点像击鼓一般打在前方的一丛树叶上，树叶下方成了一个小小的避难所。想要到达那里，她就必须爬过一条闪亮的痕迹。尽管不知道那是什么生物留下的痕迹，但如果她待着不动的话，雨水就会剥夺一切可能，到时候只能带着残破的翅膀，等着被大雨淹没。视线所及处空无一物，于是弗洛拉决定迅速横穿过去。嫩枝下就是那片干燥的避难所。就在她马上要到达时，一阵声音吸引了她的注意。

那东西没看见她，因为他没有眼睛。可是，随着那东西的移动，他身上橘色的褶边泛起层层涟漪——一只肥胖的棕色蛞蝓正沿着那条闪亮的黏液痕迹，拖着身体往回爬。他身上什么也没有，只有肌肉在有节奏地震动着。然后他又咧开嘴，流出一串串口水，并发出一种叫声——又像呻吟又像咕哝。两只充满液体的柔软触角伸了出来，紧跟着便有两只小眼睛从触角尖顶凸了出来。他又一次发出了那种呻吟声，一片肮脏的黏液就拖在他的身后。

作为一只采集蜂，弗洛拉宁肯在“雨弹”下自杀身亡，也不愿蜷缩在泥地上，等着被一只蛞蝓吞噬。虽然身受重伤并满身雨水，弗洛拉还是奋力朝空中飞去。就在这时，一波气流怒吼着冲了过来，瞬间，她小小的身体就没入了咆哮的风暴口中。

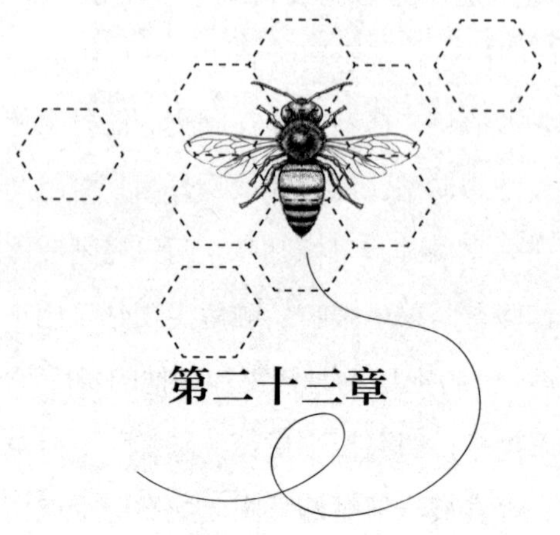

第二十三章

弗洛拉的身体撞到了什么坚硬的东西。她浑身是水，不管是翅膀还是六肢都动弹不得，于是她只得任由自己穿过叶片，向下跌去，然后撞到坚硬的树枝上，直到在松软的地衣上得到缓冲。她用爪子抓紧地衣，把身体吊在雨中。渐渐地，她开始把更多的钩刺扎进去，并发现自己的六肢并没有受伤。她挣扎着拉起自己的身体，并把它摆正，然后推动甲皮。雨水从甲皮的缝隙里流了出来。她小心翼翼地朝树干爬去，挤进一处干燥的缝隙里。

这是一棵年老而真实的树，与先前那棵由邪恶金属假装的树截然不同。弗洛拉能感到它强健的根系正深深扎在泥土中，还有它那伸展开去的数不清的手臂正迎接着风暴的洗礼。这是一棵山毛榉——通过叶片的形状，她认出这是属于教所的一棵大树。一时间，她甚至热切地期待着，希望在雨停后能看到自家巢中雄蜂们的翎毛；希望看见他们从躲避的地方现身，然后摇摆着身体，成群结队地一起回家。

雨渐渐变小，然后停了下来。汽车带着它们那明亮的小眼睛，在漆黑的旷野上缓缓驶过。远处便是灯光闪烁的小镇。弗洛拉试着扬起触角，想要先识别出一些气味，哪怕只有一种。狂风仍在疾驰，糖液还在流动——这些让她明白自己仍在逃亡。她看了看麻木的翅膀，发现两边的翼根都已经碎裂，翼膜上也出现了不少裂口。

弗洛拉开始无法自控地颤抖着，却并不是因为她可能就这样被湮没在风暴中。女王陛下的祷告词流淌过她的身体，她希望死亡能以一种优雅的姿态降临——这甚至不是采集蜂的仁道，不是那带着尊重的仁慈一蜇。这种死亡无疑是漫长的。弗洛拉是多么渴望回到那温暖而香甜的巢中，在亲人们的环绕下，像那些高贵的姐妹一样，带着一颗平静的心，在属于自己的铺位上永远安息。*赞颂你的每一天，姐妹*。

弗洛拉羞愧地哭泣着。她是那么莽撞自大地想要在小镇上采集，而没有遵从姐妹的舞蹈，才会被马蜂用糖和许诺的安全欺骗了。虽然她痛得打不开触角内的信息通道，但明白来自莉莉500的信息已经完全被毁掉了。她紧紧抱住自己，仿佛感受着姐妹的簇拥，寻找着残留在身体中的任何一丝女王之爱。可是她什么也没找到，那里有的只是让人煎熬的对归家的渴望。她又想到了自己的第二个孩子——那个小小的男孩一定正在饥饿中走向死亡。弗洛拉发出心碎的怒号——她知道这一切都是自作自受。

一群乌鸦呱呱地叫着，飞过黑暗的天空。出于原始反应，她开始释放警报腺素，然后开始寻找回应，哪怕只有一丝——但这里没有姐妹，什么也没有，除了太阳。它正在一簇乌云后缓缓下落，在这个精准的时刻。水平经度！如果说她仍能感到太阳的移动，那一切都还没有失控。乌鸦的叫声越来越大，弗洛拉遏制住自己的恐惧，在身体内部搜寻着。只要能找到磁感应器官，她就能找到回家的路——但这种模糊的意识很快就被湮没了。

一波辛辣的气体从她身下传来，接着就是鸟群刺耳的叫声。他们正叽喳着，互相推挤着从树叶里飞出来。他们咔嚓咔嚓地张着蓝黑色的鸟喙，一边彼此咒骂着，一边抢夺着更好的栖身之木。他们啪嗒啪嗒地攀上树枝，用鸟喙戳着爬行的昆虫。他们的眼睛在火焰般的眼轮里四下环视，寻找着更多的食物。弗洛拉一动不动。

越来越多的乌鸦从空中飞来，站满了树枝。他们用力拍打着翅膀，摇晃着身体，想把自己甩干。一根长长的黑色羽毛旋转着，从弗洛拉眼前飘过。她听到一声刺耳的响动，那是羽毛撞击树干的声音，羽毛白色坚硬的一端插进了树皮里。羽毛下面是一条悠长的黑影，映在树干之上。

弗洛拉等待着，直到鸦群中又一次响起了咒骂和争执声。接着，她喝了些积在树皮上的新鲜雨水，好冲掉糖的恶心味道——那都是马蜂给的。然后，她滑下光滑的树干，朝着那根羽毛的方向爬了过去。那上面来自肉食者的气味自动引起了战斗腺素的喷发，但弗洛拉强迫着自己向它靠近。

那羽毛的尖端被牢牢嵌进了树皮上的一处旧裂口里，在它的后面是一个洞。弗洛拉站在羽毛后面，往靠近洞口的地方扬起了颤抖的触角。她感受不到洞里存在任何生命迹象——除了山毛榉的味道以外什么气味也没有。她慢慢朝着洞的深处走去，检查着四周的环境——中空，干燥，而且空旷。在入口附近是树干上的一个小囊，几乎和蜂巢里的休息孔一样大小。不过想要进去的话，她就要先收拢翅膀。就在她把翅膀并到一起时，强烈的痛感让她不禁大声喊叫着。

伴着一阵羽毛的摩擦声，一个突兀的黑影从高处的一根树枝上跳了下来。弗洛拉一动也不敢动，看着一只乌鸦爬了下来，寻找着那阵声响的源头。只见他红色的眼珠一转，目光就越过树干，朝她藏身的地方射去。但他并没有看见她，于是便用力啄着树皮，想逼她自己出来。但她依然没有动，这让乌鸦的喉咙深处发出了几声低沉而沙哑的呱呱声。接着他抖了抖自己的羽毛，蹲在那里看着。

强烈的苦味从积在他羽毛间的汗液中散发开来，红色的螨虫从羽毛之间爬过。直到乌鸦把头低到了自己的胸前，弗洛拉才缩紧翅膀，把身体挤到树皮上那处狭窄的缝隙里。这种被包裹的感觉让她安心。乌鸦就在她头顶的树枝上沉睡着。弗洛拉安静地望着黑暗的天空，等待着死亡的降临。

山毛榉的叶片涌动，在风中闪着淡淡的幽光。就在一只“悍匪”身下，她抬头仰望，渐渐感到一阵沉醉。小小的星星们燃烧着，发出昏黄的亮光；一轮清冷的朗月慢慢在天际留下一弯银色轨迹。这种美让弗洛拉心中爱意激荡，她想起了她遗失的蜂卵；只有乌鸦的影子提醒她不能哭泣。她就要死了，不能再抱抱自己的卵，也不能再呼吸那温柔的气息——当它孵化时……

想到这里，她感到两颊一阵抽动，嘴里有湿润的蜂王浆流了出来。她把这阵香甜吞进腹中——现在她没什么罪恶可以犯了，也没哪位姐妹可以批评她了。独自留在黑暗中，在远离女王之爱的地方，弗洛拉又吞下满口宝贵的液体——就把这些浪费在自己身上吧，愿死亡如期而至。

她在黑暗中眺望着，等待着。有一种芬芳在深夜中弥漫，那就是她迷失了的果园家乡。她想象着，在明媚的蓝天下，香甜的气息正迎接着她，而她正在一点点靠近家乡。阳光照耀着她的翅膀，她全身上下都满载着花蜜和花粉。她想象着，数万姐妹正欢欣地翩翩起舞；神圣母亲用爱将她包裹——在某个地方，藏在她内心深处的爱，她的秘密，都不再是罪恶的；因为这些记忆让她心中充满喜乐。

弗洛拉仿佛穿过心灵的眼睛，看到了留在三只巨大的蜂蛹下的那张粗糙的小床。里面就是她宝贵的卵，金色的生命力在它周身闪耀。她想象着它的芬芳——仿佛有什么东西正在她身体里破碎。

我的孩子啊，我的姐妹啊，我的母亲啊，我的家园啊。

弗洛拉心中被爱充满。她喜悦地哭泣着，因为她又可以祈祷了。

* * *

清晨的阳光洒在山岭上，树叶由清冷的银色变成了热情的绿色。一阵温暖的木香从树皮上升起，这味道唤醒了弗洛拉，她吃惊地上下打量着自己。没有哪位姐妹在外过夜后还能存活——但她不一样，她正活生生地躺在树皮的裂缝里。一束阳光斜着穿过洞口，照在她身上。她还是很痛，但腿上没有损伤，翅膀的接合处也重新闭合到了一起。她伸了伸触角——疼得龇牙咧嘴的——但又感到了信息的脉冲。

……飞行，风暴，马蜂……

弗洛拉向着阳光，朝洞的边缘爬去。乌鸦们已经飞走了。在高高的山岭上，这棵庇护了她的老山毛榉只是众多树木中的一棵。远远望去就是田野，还有遥远的小镇。许多明亮的小点在空中上下移动，那就是飞着的昆虫们。身下湿润的土地上，两只黑色的大鸟正在抢着一条蚯蚓——他已经被拉成了一条潮湿的棕线。

弗洛拉一边整理着自己的毛发，一边认真检查着自己的伤口。就在瘀痕和被风吹伤的皮肤下，她的触角的功能正在缓缓地恢复着。在那儿……有一棵呻吟着的大树……还有马蜂们所在的库房。

在那儿——弗洛拉开心地喊了出来——蜂巢的气息隐约传来。想要飞到那里，她必须先穿过一处陌生花丛的气息，这正是她自始至终想要寻找的气味啊。花瓣在黎明的曙光中绽放，浓烈的香甜正在召唤着她。

弗洛拉用触角碰了碰那棵山毛榉，以此感谢它的庇护。她不能空着手回家，一定要完成任务，并赎清罪恶。她将为姐妹找到采集的地点，她将翩翩起舞，然后去看她的卵。

＊ ＊ ＊

当她到达小花园时，那里已经非常拥挤了。从各个蜂巢赶来的蜜蜂们飞过一朵又一朵怒放的花朵；还有蚂蚁们，他们正列队爬向玫瑰和散发着腐败臭味的飞蝇们；蜜蜂姐妹，不论来自哪个蜂巢，都在合作着乘风飞行，无论她们的目的地是否一致。在另一边，苍蝇们兴高采烈地取得了先机，占据了离一只蜜蜂很近的位置。于是，那位姐妹就不得不做出选择——或是被迫触碰那不洁的生物，或是放弃自己的花朵，并把它留给苍蝇们肮脏的怀抱。

弗洛拉在上空看着，想着要先降落在哪朵花上。一些花儿浸满了雨水，显出丰腴的身材，它们昂着自己的脸，期待着蜜蜂的触碰。另一些花儿却害羞地低着头，想要飞到它们身上就必须掌握从花冠下入手的技巧。弗洛拉选了一朵刚刚绽放的犬蔷薇，它的花瓣正在闪闪发光，金色的花粉已经是沉甸甸的了。喝了几口花蜜后，她立刻感到周身又被注入了新的能量。接着，她便开始在杂乱的灌木丛中工作着，直到挂篮都被装满。在这之后，她又飞去探查其他花园。

许多花园里都整齐地铺着一层荒凉，艳俗的一丛丛花朵间或点缀其中——既没有芬芳，也没有养分。但她还是发现了一小块花田，那里蜂拥着很多昆虫。在那种令人激动的陌生味道下，他们正不能自已地发出阵阵兴奋的嗞嗞声。

那里有高耸的蓝蓟花穗，仿佛一片由紫外线构成的森林宝藏。它的植株像小树一样高大；纤细的树干上长满了银色的茸毛；锥形树枝展示着自己的身姿；众多昆虫在空中旋转着，庆幸自己找到了这片富饶。数不清的紫色小花就像是一个个发着荧光的亮点，宣示着花蜜的存在。蜜蜂们、大黄蜂、花蝇们等各种飞蝇、白蝴蝶、草地褐蝶、红纹丽蛱蝶，还有豹纹蝴蝶，他们迎接着彼此的到来，同时也在贪婪地互相吞噬着。身下毛茸茸的大黄蜂们跳来跳去地搜寻着，身上反射出白色、黄色，还有红色的光芒。弗洛拉好不容易等到了一个间隙，才能投身于那片富足的香甜中。她把嗉囊和挂篮装得满满的，接着便动身朝家的方向飞去。

每拍打一次翅膀，她就感到无比激动，仿佛看到了姐妹在变得更加强壮。尽管她负重满满，却全速前进着。在气息线的引导下，她向家的方向飞着，可当她临近果园时，那里的味道发生了变化。

蜂巢的芬芳里浸润着大量的蜂蜜味道，还伴着一缕缕浓烟。上万姐妹在蜂巢上空和树木间盘旋着，被浓烟熏得快要窒息。

“是‘灾祸’！”几只蜜蜂喊道，“世界的末日！”

“小偷！”另一只蜜蜂大叫着，警报腺素徒劳地释放着，“小偷！”

短剑已经就位，弗洛拉准备好为保卫蜂巢而战。她试着朝蜂巢的位置飞去，但滚滚浓烟逼得她去姐妹中间——那些愤怒而无助的姐妹啊，那些采集蜂和内务蜂啊。

蜂蜜的味道变得越来越浓——但这背后的原因是种亵渎。

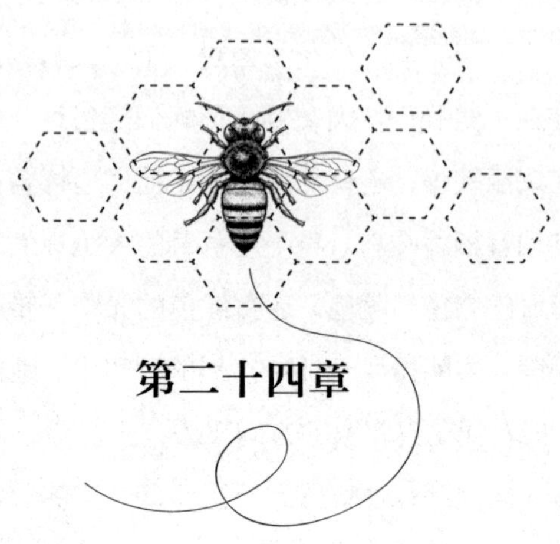

第二十四章

蜂房的顶板被翻了过来放在草地上，所以蜂巢的顶部就被完全暴露在空气中。浓烟来自一个霰弹筒——拿着它的是一个身穿红色睡袍、赤着脚的老头。他一边对蜜蜂们轻声哼着歌曲，一边上下晃动着蜂巢，好把她们赶到高处的烟雾圈里。接着，他缓慢而小心地提起藏宝库的一面墙，金色的宝藏从破裂的拱顶往下滴着，一直滑落到一个白色塑料袋里。

姐妹看到了这残酷的一幕，但她们都被封锁在浓烟之中，无法靠近，只能发出一阵阵不可置信的吼声。空气中充满了金色的芬芳——那是被盗走的宝藏——还有滚滚浓烟，以及她们绝望的恐惧。

“这是灾祸！”她们对彼此大喊着，“都是真的——灾祸！”

听到这个词，弗洛拉不禁在空中一个趔趄。灾祸——女王图书馆里的第三块镶板。气味和信号混合在一起，组成了令人恐惧的样子——蜂巢顶层那丑陋的裂痕，代表着几代姐妹的辛劳就这样被残忍地破坏了。**蜂蜜和烟雾**。

那个老男人弯下腰，想要把倾斜的木质巢顶拾起来。它分量很重，这让他蹒跚了几下，好像要摔倒似的，接着他用了很大力气，才把它放回裸露的蜂巢上。然后他又弯腰捡起了烟幕弹和那只白色的塑料袋，拖着赤裸的双脚，走回果园那边。

* * *

赛奇家族开始发号施令。很多姐妹被派去起降板上放置“回家”标志，而侦察员们则被派往果园尽头，去召回恐惧中盘旋的内务蜂们，更多的西斯尔卫兵则须负责公共区域的观察，驱逐所有被骚动和蜂蜜气味引来的米莉亚德。在蜂巢内，所有气息闸门都取消了，好让清洁工们能进入被污染的顶层，并运出死尸和受伤的蜜蜂——她们在藏宝库墙壁被拉起来时遭到了碾压。

弗洛拉的嗉囊仍是鼓鼓的，里面装满了花蜜，挂篮里也满载着花粉。她正等待着接收蜂，可她们并没有来。浓烟激起了蜜蜂们的返祖冲动，这让她们贪婪地吞咽着能找到的一切。现在她们都鼓着嗉囊。归巢的雄蜂们落在起降板上，横冲直撞地穿过姐妹。他们为这里的混乱而感到骇然，并一心想要进入安全的地方。

然而蜂巢内也并不平静。在“灾祸”袭来时，女王不见了。现在，所有姐妹都在蜂巢里东奔西跑，搜寻着她的身影，并雕刻着奉献仪式的图案。她们凄惨地呼唤着：“母亲！母亲！”这声音久久回荡在巢脾上。弗洛拉精疲力竭地爬进被毁的家园，和大家一起搜寻着。

巢顶上的丑陋空洞搅乱了巢内的气味，不论是弗洛拉还是其他姐妹，都嗅不出一丝女王的气息，只有越来越响的哭喊声从空气中传来。一切都乱了套——从密码地砖到空气中的尖叫，再到凌乱的信号旋涡，接着巢脾上又传来了震荡。

找到女王了！

这是“蜂巢意志”的声音，它阻止了众姐妹的哭喊，并有条不紊地找到了神圣母亲。弗洛拉来到中层，一股强烈的新鲜蜂蜡的芬芳在这里的空气中飘荡。它是如此纯洁，如此美丽。灵魂干渴的姐妹一起聚到门厅里，就像在奉献仪式中那样大口呼吸着这种气息，尽管她们来这儿的目的并不在此。

就是它了！透过这层气息，她们看到了蜂蜡圣堂的大门，女王就从那里走了出来，她的侍女们跟在身后。女王身穿一条白色的长袍，纯净的蜂蜡蕾丝围绕在她身畔，轻柔得仿佛空气一般。她圣洁的芬芳混合着野外空气的味道，弥漫在破碎的蜂巢里。当她对女儿们露出微笑时，爱的气息就像波浪一般，鲜明而平稳地在空气中散播开来。

伴着一阵阵欢呼，蜜蜂们的恐惧变成了胜利的喜悦。神圣母亲就在这里啊，要是没有了她，那些宝藏又算什么？她们可以制造更多的蜂蜜——她们可以制造更多！女王陛下就是最明亮的光。姐妹齐声称道着女王身上那件新制的薄蜡蕾丝，钦佩地赞叹着这全新的王室品格。

神圣母亲在中层门厅里站了很久，保证每位姐妹都能从她身旁走过，并呼吸着她的气息。这数千只蜜蜂连做梦也不敢想象，自己竟然可以看见女王的样子，自己竟然可以与女王如此亲近。随着姐妹大批大批地涌到门厅来朝圣，巢中的化学气味渐渐稳定下来。圣歌的震颤又一次响起，使“蜂巢的意志”恢复强大。

弗洛拉站在门厅后，望着川流不息的姐妹得以亲近女王，她们的脸上都闪耀着喜悦的光辉。这时，女王发现了弗洛拉那灼热的目光，并用眼神召唤着她。弗洛拉跑上前去，屈膝行礼。她的心脏一阵乱跳。

“我们丢失了讲故事的孩子；我们曾召唤她回来。可她并没有回来。”

女王的气息充盈着弗洛拉的灵魂。

“母亲，我犯了罪，原谅我吧——”她再也说不下去了。

“我会的，亲爱的。我当然会的，因为你是我的孩子。”

“我并不值得——”在女王温柔的爱抚下，弗洛拉抽泣起来。

“够了！神圣母亲不能消耗太多精力。”

在侍女们的引导下，女王陛下离开了，蜂拥在门厅里的姐妹便渐渐散去。

弗洛拉又站起身来。她的灵魂迫切地想要与自己的卵待在一起，想看看它长得怎么样了——但她的嗉囊和挂篮还是鼓鼓的，而她身边全是饥肠辘辘、饱受摧残的姐妹。作为一名采集蜂，她的首要职责就是为蜂房服务——而且把消息散播出去也花不了多少时间。

灾难过后，舞蹈大厅的日常活动都被暂停了，所以采集蜂们只能就地起舞，简略而迅速地释放信息。西斯尔卫兵们也在这里，保障着蜂群的正常活动。

“大家都到藏宝库去，”她们不断喊着，“这下面可没有品尝会，大家都到藏宝库去修理拱顶。”

弗洛拉跌跌撞撞地跳完了舞。在藏宝库里，破裂的墙壁上流动着一层金色，而在那后面隐藏着的，就是她的卵。弗洛拉推开身旁的姐妹，迅速跑了过去。

* * *

这时，她感到了一只接收蜂的手——对方正把花粉从挂篮里卸下来，闻起来是来自波皮家族的接收蜂。一阵奇怪的声音传来，象征着修建工作正在一个高耸而广大的空间里进行。弗洛拉感到晕头转向，等回过神来时，她已经来到振翅大厅里的一个大圣杯前，那里面还装着半杯蓝蓟花蜜。现在这里已然变成了施工现场。

她看着四周。蜂蜜仍然流淌在藏宝库破碎的墙壁上，数百只蜜蜂正在那里工作着，想要抢救蜂蜜并修补好巢脾。她们排列成一道蜂墙，从门口传递来一块块蜂蜡和一片片蜡板和碎片。更多的蜜蜂则爬到了高墙上，从头到脚地把身体叠在一起，借此来够到巢顶。她们正忙着用能找到的一切蜡质物品修补拱顶——不论是到达大厅里芬芳的碎片，蜂蜡圣堂里那一叠叠新鲜生产的蜡片，还是从运输站里找到的那一丝丝黄色的碎屑。在地板上，数以千计的姐妹正在咀嚼着新鲜的蜂胶，并用它们来弥合裂口。

弗洛拉震惊地看着这一切，那位年轻的波皮也顺着她的目光看着。

“我就知道！有整整两面宝贵的墙壁被盗，第三面也被损毁，但是在母亲的保佑下，其他三面仍然坚挺。看看和我们一起工作的赛奇们吧——你之前难道见过她们这个样子吗？多么优雅啊，就连她们爬行的动作也是如此！”

弗洛拉看着祭司们在高高的穹隆上爬来爬去。

“我必须跳舞，”她说，“我必须去舞蹈大厅——”

“女士，你已经跳过了，难道你不记得了吗？你跳得很好，很多蜜蜂已经带着新采的花蜜回来了，它们闻起来非常美味。”那位波皮担忧地看着她，“你现在觉得好点了吗？你需要我再多待一会儿吗？”

“你是什么意思？”

那位波皮朝四周看了看，接着压低了声音：

“女士——你崩溃了。采集蜂们说，飞行带来的恐惧笼罩了你。当你进来并看到被毁的一切时，哦，你的所作所为真是可怜——你击打着每一个姐妹，就像她们是敌人似的。你还为丢失的墙壁而哀叫。我们没办法把它们找回来，姐妹，但我们可以重新建好。”

“墙壁，是的。”弗洛拉环视着本该是墙壁的地方，“我看见了。”

那些储满金色宝藏的墙壁都消失在了白色塑料袋里，她的卵已经被蜂蜜淹没，它已经不见了。弗洛拉感到自己的手被波皮紧紧地抓着，她知道这个小家伙正在哭泣。

“我也看见了，女士——我们怎么可能忘得了呢？怎么可能呢？我们的家园变得四分五裂，还损失了这么多——我怎么可能会忘记呢！”

“嘘。”弗洛拉看着曾经放着小床的地方。那间秘密房间的外墙还在，看上去仍然坚固而古老，仍然由从蜂巢各处收集的各色蜂蜡组成。房间里仍透着麻木而冷峻的味道。她安慰着波皮：“镇定些。”她说着，一次又一次，也是在对自己说，“镇定些。”

当一队警察到来时，一波掩蔽气息的味道在振翅大厅里蔓延开来。正在工作的姐妹都反感地抬起头来。尽管遭受重创，这里仍是个神圣的所在。随着一阵刺鼻的气味传来，弗洛拉认出了巡查修女——她正低声和赛奇修女说着什么。弗洛拉缓缓将触角转了过去，以免引起她们的注意。那位祭司回过头来。

“修缮工作即将完成，”赛奇修女宣布道，“我们的宝藏将被重新填满。”她扫视着工蜂们，“但宝藏的被盗揭示了一项更加可怕的罪恶。毫无疑问的是，一只产卵工蜂就藏在我们中间。从现在开始，我们将对整个蜂巢进行抽查，不论早晚。任何姐妹，如果她胆敢抵抗检查，都将被视为有罪。听明白了吗？”

“接受、服从和服务。”蜜蜂们顺从地小声说着。警察离开后，她们就又开始工作了，但全都沉默无语。那只波皮接收蜂已经去帮助新回来的采集蜂了。弗洛拉弯下身子，把残留在嗉囊里的最后一点蓝蓟花蜜挤进圣杯。随着花蜜里的水分渐渐蒸发，圣杯上方出现了一层银色的水雾。赞美诗的歌声又一次响起，传遍了曾被损坏、亵渎的振翅大厅。工蜂们也纷纷合唱，用歌声为自己鼓劲儿。这歌声充满了弗洛拉空虚的心灵，她需要的不是哭泣，而是工作。随着新采到的花蜜变得更加黏稠，勇敢而多产的弗洛拉717就站在姐妹中间，她用心灵的眼睛审视着自己的身体，仿佛在夜空中寻找着新的星星。

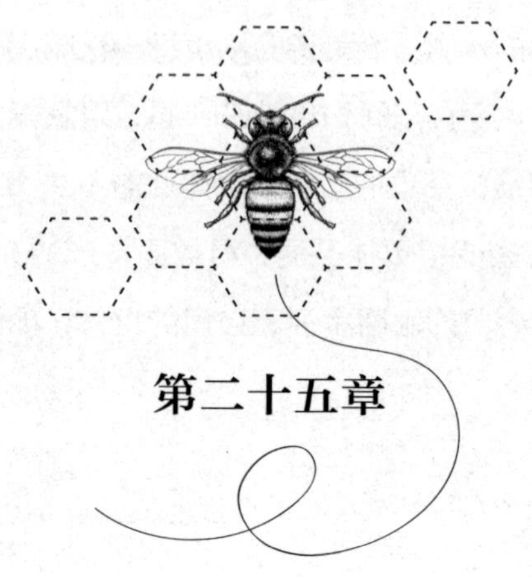

第二十五章

蜂巢里的生活恢复了常态，弗洛拉却没有。自从失去了第二枚卵后，她就封住了自己的触角，这使她的内心变得十分孤独。食物再也不能使她在感官上感到愉悦，餐厅里的飞短流长也让她感到陌生。尽管她仍会参加奉献仪式，但这更多的是在消磨时间，消磨在飞行与睡眠之间的时间，却收效甚微。

只有采集工作带来的挑战才能让弗洛拉暂时放下悲痛，唯一让她满意的只有自己翅膀的力量。她比其他蜜蜂飞得更加卖力，挑战着更加遥远的目标。在回到起降板上时，她甚至能感觉到自己变得严肃而庄重，仿佛她正在一位陌生姐妹的身体里观察着自己。她从不说笑，这让年幼的接收蜂们在帮她卸载战利品时感到紧张和害怕。尽管她内心对她们十分友善，但从没有表现出来过。对她来说，无论是给予还是接受爱的触碰，都可能会让她感到心碎。

夏天就要过去了。花儿们竭力完成最后的绽放，并把它们的甜蜜挥洒到空中。弗洛拉沿着公路寻找着，努力从一丛蒙尘的罂粟花上采集着最后的黑紫色花粉——尽管它们那疲惫的花瓣已经落下。矢车菊的季节结束了，接着是斗篷草、柳兰，还有小小的饰带花——那是弗洛拉最喜爱的鲜花。

她小心翼翼地飞过一个个乱糟糟的池塘——青蛙和蜻蜓们就潜伏在那里——向远处镇上的花园飞去。所有蓝蓟花都已经被剪掉了，剩下的只有盆栽的观赏花卉——这些只会浪费她的时间。在贫瘠的土地边缘上，还残存着一些安慰。在那里，一丛丛开着花的野草挤在一起，吐露着它们的芬芳。直到某一天，收割机群割裂了每一寸土地，只留下群鸟在空中尖厉地鸣叫着。

就在那天早上，弗洛拉才刚刚跳过舞，指明了这里的方位，并再三确认安全——可是现在，所有循路而来的采集蜂都会受到乌鸦的威胁。她要确保姐妹的安全，这比填满身上的挂篮更加重要。于是弗洛拉迅速往回飞着，想要发出警告。跑回舞蹈大厅后，她不得已短暂地停留了一下，因为她看到了生育警察。她们正穿梭在采集蜂之间，并强迫她们进入被抛弃已久的同类中。

“接着跳舞，”一名警察用刺耳的声音对一名舞步蹒跚的凯伦娜说着，“就像平时一样。”

“长官大人，”弗洛拉喊道，“我必须马上跳舞。因为乌鸦们现在就在田野里，我们的姐妹不能去那边。”

那位警官抬头看了看她，接着便点了点头。弗洛拉走到大厅中央。凯伦娜高兴地让出了自己的位置。

尽管警察站得很近，弗洛拉还是跳起了信息舞。通过新的舞步，她把曾经利用过的每一股气流的每一处细节都告诉了大家。这些精妙的舞步将帮助跟随她的蜜蜂，让她们节省更多的能量。但警察们的在场让观众们束手束脚，所以并没有几只蜜蜂跟在她身后同舞。弗洛拉继续舞着。她看到在大厅边上站着一些年幼的姐妹，她们看上去还那么稚嫩。她们是来观摩学习的，但在生育警察的压抑下，她们连问题都不敢问，只能带着满心恐惧，茫然而呆滞地站在那里。

“这里是个自由的地方！”弗洛拉一边跳舞一边喊道——虽然大家的目光都聚到了她的身上，可她并不在意。她重复着那些舞步，诉说着田野里的鸟群，径直看向警察们：“如果空气中全是恐惧的味道，那我们怎么能自由起舞，以最佳的方式来表达呢？请你们尊重这个地方，或者离开！”

“你竟敢指挥警察？”一个警官抓住了弗洛拉，但她反应极快地弯了弯腹部，接着发出一阵嗡嗡声，诉说着残存的鲜花的位置——一株犬蔷薇就攀在一处金属围栏上，面向南方，依然在盛开。采集蜂们壮着胆子跟在她身后，学着她的舞步。弗洛拉无视正在弥漫的生育警察的味道，跳着莉莉500的舞蹈，又想起了自己年轻时的样子。于是她跳着舞，向靠在墙角边的那些年轻而恐惧的蜜蜂走去。

她舞起了凋零的罂粟花和裸露的土地，她用“8”字舞告诉她们去那里的方向和地平经度。就在她转身时，一阵像是在回应她的节奏从地板上传来——越来越多的蜜蜂加入了她的队伍，在她身后翩翩起舞。

她舞起了在小镇篱笆上爬着的那棵常春藤，那上面的花朵也即将凋谢。她舞起了空空如也的大丽花，还有隐藏在池塘中的最后一批蜻蜓。接着，她又诉说着对于野草们的渴望。

“够了！”赛奇祭司走上前来，弗洛拉只好停下脚步。“你难道因为土地而变得疯狂了吗？还是因为骄傲？”这位祭司对警察打了个手势，“测量她。”

一波沮丧的气息如波浪般涌过蜂群。

“没错！”赛奇修女对所有蜜蜂说道，“就算是采集蜂也需要接受测量，因为谁也不能从神圣的法律中得到豁免。那些卵正在危害着育儿室——这意味着这个蜂巢的祸根还逍遥法外，并伺机用她那罪恶的卵玷污神圣母亲纯洁的意志。”她的声音里透出一种令人恐惧的味道，“我们的最高法则是什么？”

“只有女王陛下才能生育。”

“再说一遍！”赛奇修女的声音仿佛从舞蹈大厅的四面八方传来。蜜蜂们一次又一次地重复着这句话。她们看着眼前这只著名的采集蜂，看着她所遭受的屈辱。

弗洛拉一动不动地站着，任由两名警察的卡尺在她身上游移。粗糙的卡尺紧紧地探查着，灼热的扫描仪一次次扫过弗洛拉的触角，直到空气中升起甲皮被烤焦的气味。蜜蜂们痛惜地抽泣着，但弗洛拉坚强地站在采集蜂中，屹立不倒。

“她身上有股味道，修女阁下。”一名警察说着，她的下颚已经做好了撕咬的准备。

“还有，她的肚子很胀。”另一名警察说着，她的钩刺正闪着寒光。

“这是我家族的气味。我是一名弗洛拉，也是一名采集蜂。还有，如果有可能的话，我每天要用这肚子装回上千朵花的花蜜，所以它被撑大了。接受、服从和服务。”

“接受、服从和服务。”蜜蜂们齐声喊道，就像这是某一名赛奇祭司说出的口令一样。

“安静！”巡警打着弗洛拉的头。弗洛拉感到一阵愤怒，以至于在某一刻差点解封了触角。

“她在隐瞒什么！”那名警官喊道，“她封闭了触角！”

“打开它们。”赛奇修女走到弗洛拉跟前，“打开它们。”

弗洛拉坚决不从，直到赛奇修女使出各种非常手段，强行侵入她的思想——随后她便打开了封印。

在高空中咆哮的气流——那棵低声呻吟的树——库房里的马蜂们，集结着发动攻击——

“好大的胆子！”赛奇修女回身走去。触角解封后，弗洛拉静静地站在那里。多日以来，她第一次感到奉献仪式的震荡从巢脾上传来，遥远而微弱。接着她又看到了数不清的清洁工，她们正成群结队地环立在墙边。她们中的一些扭曲着面孔，正在看着她苦笑。她很清楚，尽管有不成文的规矩限定她们不能来这里，可她们还是来了，来看她跳舞。

赛奇修女转头看向采集蜂们。

“自负严重危害着你们的工作，你们开始相信鲜花说的话，而不是神圣的法律。只有女王陛下和我们的集体才是重要的。”她又转向弗洛拉，“在今天剩下的时间里，你将回到清洁部门去履行工作职责。明天一早，你将在黎明时分出发。如果到正午时分，你不能采回整整一嗉囊的花蜜，那么你将被驱逐。”

采集蜂们一起上前，迫不及待地纷纷开口：

“我们都不可能做到那样的事——不会有什么新发现了——鲜花们几近凋零——我们都在拼死努力！”

赛奇修女望着她们，触角在噼啪作响：“在空中时，你们也许可以自行思考，但在这里，蜂巢意志会照料你们。这无可抗拒。”

弗洛拉走上前去。

“我接受这个任务。”她环视着清洁工们，“我将竭尽所能，为了家族的荣誉。”

“那你必将失败，因为你家族的荣誉只存在于秽物与服务中，任何学习都只会给她们徒增困扰。”奉献仪式的气息渐渐沿着巢脾升起，并越来越强。那位祭司扬起了她的触角。

“我们的母亲啊，她是分娩的艺术家，神圣的是你的子宫啊。”

蜜蜂们抬起头来，在美妙的女王祷告词中发泄着心中的压抑。她们的声音在舞蹈大厅中久久回响。弗洛拉也在祷告，她的心跳由对抗状态恢复了正常。在众姐妹翅膀挨着翅膀的环绕下，身边的气氛开始变得温暖而祥和。她们在保护着她，并给予她力量。她们轻轻哼着祷告的歌曲，但谁也没有唱出声来，因为她们是弗洛拉。

第二十六章

第二天清晨寒冷而明亮，果园闪烁着温柔的绿光，鸟儿在空中甜美地歌唱着。站在起降板上的弗洛拉却感到了某种变化。她展开翅膀，却没打开引擎。一切都是那么寂静安详，除了一束刺眼的阳光。它在树身上缓缓流动，直到定格在一条嫩枝上。下一刻，这条嫩枝便被绷紧并颤抖着。因为一只蜘蛛正从上面攀爬向下，身后释放出一根蛛丝。她熟练地把蛛丝牢牢地系在同一条嫩枝上，并舞动着八条腿，沿着两条蛛丝攀爬回去。

“我昨天听赛奇修女说过这事了。”另一位采集蜂道格伍德女士说道，“当蜘蛛出现时，冬天将紧随其后。”

弗洛拉抬头看着——细纱般的蛛网在林间闪烁着光芒，像一个个精美的陷阱，布满了她们的飞行通道。

“所以她们是知道的。”

又有几只采集蜂出现在起降板上，可当她们看到弗洛拉时，都停下了脚步。她们都知道她那不可能完成的任务，于是只能让出空间，让她先行。西斯尔卫兵们纷纷向她致敬。

“祝你飞出女王的速度，阁下。”她们中的一些说着。

“母亲陛下将与你同在。”另一些这样说道。

太阳渐渐升起。弗洛拉向蜂巢鞠了个躬，接着便把引擎开到最大，竭力向空中跃去。

* * *

收割完毕后，田野变成了褐色的荒漠，威胁着鸟类的生存。现在，田野边上那些狭小的绿色庇护所都已经消失，剩下的只有一堆堆残败的秸秆和裸露的土块。路边的花儿们耷拉着沾满尘土的头，那里空空如也、疲惫不堪，没有任何东西能吸引蜜蜂的到来。弗洛拉先查看了在自己舞蹈中出现过的那株犬蔷薇，却发现花儿的香气已经消失，美貌也变成了皱纹和疲惫。它悲哀地耷拉着花瓣，已经失去了往日的容光。

小镇上已经没剩下多少东西了。那些友善的鲜花几乎在花园里消失殆尽，尽管许多奇装异服的外来花卉仍自信满满地站在那里，妖娆地炫耀着无用的性感。洋地黄和金鱼草——那些善用诡计吸引弗洛拉的花儿——在很久前就不见了。蓝蓟花都已经凋萎。不过她还能找到一些倒挂金钟，只是在那些悬挂的铃铛上采蜜很需要技巧。弗洛拉尽力采集着能采到的一切，但也只有微不足道的一点。于是她准备离开花园，还有里面那些被苍蝇嗡嗡围绕的臭气熏天的黑色垃圾桶，可就在这时，她闻到了一股盛开的蓟花香。

就算是对蜂巢里那些最正统的蜜蜂来说，如何归类这种植物仍然取决于它的花蜜强度和采集蜂的能力。弗洛拉确定了那植物的位置在垃圾桶后，便靠近了一些。这株野蓟是如此顽强地冲出了柏油地面，又在垃圾桶中间那些黑色的缝隙里生存下来。它挺着多刺的紫色花冠，向着阳光的方向扬起了头。随着弗洛拉的靠近，它又释放出更多的香气。当弗洛拉用脚踏上它那带刺的花瓣时，甚至能感觉到它在感激地颤抖。

她吸干它的花蜜，接着就在小镇上寻找更多的鲜花——不管是蓟花、蒲公英，还是低矮的红脉酸模，或者是可能采到花蜜的任何鲜花——因为她的嗉囊还空着一半。糖的味道随着地面上的炊烟升起，但这让弗洛拉又想起了马蜂。于是她继续寻找着。根据地平经度判断，太阳已经升到了接近正午的位置，但她的嗉囊仍然空着一半，而想要继续搜寻就必须消耗一些采到的食物。没有其他东西可以采集了，她无处可去，唯有归巢。

* * *

正午的阳光普照着一切，除了蜘蛛网上的空洞。弗洛拉几乎已经忘了这些，直到她听到采集蜂们发出的警报声从起降板上传来。她急转向上，越过了几棵苹果树，接着饥饿地降落到起降板上。这是一套娴熟的动作，但代价高昂——弗洛拉感到嗉囊中的存储在下降。她看到了其他采集蜂脸上紧张的表情——她们也被迫做出了同样的选择。卫兵们向弗洛拉走来。

“亲爱的西斯尔姐妹，我只采回半嗉囊花蜜，不过还是叫一个接收蜂过来吧。我会再飞出去，继续搜寻——”

“原谅我们，采集蜂女士，但我们接到的命令是：你必须带回整整一嗉囊花蜜，而且是在正午之前，否则我们就必须把你拒之门外。这是赛奇的意志。”

弗洛拉深深呼吸着从蜂巢深处传来的温暖气息。

“但是我带着很好的花蜜，是从和你们同名的鲜花上采来的。你们闻！厨房肯定需要这些——”

卫兵们的脸上闪过了痛苦的表情，但是她们仍然拦下了弗洛拉。

“请原谅我们，阁下。”

“但这里是我的家，你们是我的家人——我还能去哪里呢？让我接受仁道吧。在还能为蜂巢服务时，我真的没办法离开——”

“没有一嗉囊蜂蜜，赛奇们就禁止你入内。”

“她有。”另一位采集蜂——也就是道格伍德女士——沙哑的声音响起。因为长途跋涉，她身体两侧的气孔正剧烈地起伏着。她向弗洛拉走来。“给她们看看，”她对弗洛拉说，“她们能看到。”

弗洛拉刚一张开嘴，还没等她答话，道格伍德女士就弯下腰来，打开自己的嗉囊，把里面的蜂蜜一滴不剩地倒进弗洛拉嘴里。还没等弗洛拉反应过来，采集蜂们都利落地做了同样的事——把自己的成果注入弗洛拉口中，直到把她的嗉囊装满。太阳升得更高了。

“看吧，”道格伍德女士对西斯尔卫兵们说，“现在刚到正午，她带着整整一嗉囊花蜜回到了起降板上。你们必须让她进去。”

“让她进去！“采集蜂们纷纷喊道。

“很荣幸。”卫兵们鞠着躬说。

弗洛拉感激地向采集蜂们跪倒。

“赞美你们的每一天，姐妹。”

“多么煽情啊！”一个恶毒而油滑的声音响起——说话的是一只蜘蛛。她正垂挂在附近的网上，邪恶地窥探着过往的一切。

“不要浪费这些年老而无用的家伙，把她们卖给我吧！”

受到威胁的西斯尔卫兵们挺直了腹部：“不准侮辱我们，愚蠢的东西。每一位姐妹都有她的用处。”

“最先贡献出花蜜的那个就没有。她……太老了。”

蜘蛛转过四只小眼睛，齐刷刷地看着道格伍德女士。受到挑衅的道格伍德女士的毒液腺开始燃烧起来，弗洛拉站在同伴身边，愤怒地挺直了身体。

“没错，那只很虚弱了，”蜘蛛对同伙说着，“她们很快就会内讧的。”

蛛网又开始飘忽闪烁。蜜蜂看到了那上面一个个白色的突起。

“永远不会！”西斯尔卫兵们举起胳膊，指着蜘蛛们说，“你们撒谎！”

“哦，来吧，来吧。”那只蜘蛛说着，“知道吗？我必须实话实说，你们的赛奇就是这么和我们交易的。”

弗洛拉愤怒地飞起身，用胸膛发出了怒吼。

“她们不会的！你们是米莉亚德，是邪恶的！”

“赛奇们才不在乎呢，”蜘蛛佞笑着说，“她们只想换取知识。”

弗洛拉强迫自己回到起降板上。

“是真的吗？”她问卫兵们，“赛奇们真的会和她们交易吗？”

西斯尔卫兵们低着头，谁也没有说话。

“怎么交易？蜘蛛们既不吃花粉，也不喝花蜜——”弗洛拉转过头去，看了看悬挂在蛛网上的白色隆起。它们就是一件件寿衣，包裹着姐妹的尸体。

“就是那样！”蜘蛛喊道，“把你们那些老弱、笨拙、愚蠢的家伙卖出来，换取关于冬天的知识，维持你们蜂巢的生存！”她用一只爪子指向道格伍德女士，“那一只很快就不行了，我能闻出来。就把她送过来吧！”

“怎么会这样？”道格伍德女士凝视着她们。

“不要！”弗洛拉把她推了回去。

蜘蛛又深吸了一口气——她那柔软而湿润的身体因为兴奋而抽动。

“就一口，很快的。”她喃喃低语着，这声音在空气中缓缓蔓延开来。道格伍德女士向前走了一步。“只消片刻疼痛——”

“闭嘴，蠢东西。”一名西斯尔卫兵发出声音，朝蛛网射出一波战斗腺素，“管好你们自己的事，吃你们的苍蝇吧。”

“我的名字叫阿拉克涅[1]。你们蜜蜂……就是我的事。”

另一只蜘蛛从她自己的网上爬过来，所到之处泛起涟漪。

“你们必须承认，这只是一个很简单、很经济的要求。你们数量庞大，还有很多宝藏。而我们拥有答案，能回答你们不敢提出的一切问题……但当你们中的谁想要提问时……我们很乐意提供帮助。”

“转过身去！别去看她们！”

起降板上的蜜蜂们都很想像西斯尔卫兵说的一样，把身体背过去，但那些美丽的蛛网仿佛具备某种催眠的力量。

“姐妹，看过来吧。”蜘蛛喃喃低语道，“看看你们蜂巢那悲惨的命运……”

“我们不是你的姐妹！”弗洛拉强迫自己扭过头去，“我们的蜂巢是强大的——我们才不需要你的把戏！”

“知识就是力量。”蜘蛛说着，一边拨动着一根银色的蛛丝。所有蜘蛛都做起同样的事情，直到不睦的鸣响在果园中升起。

“季节的时长；太阳再升起多少次，蜜流才会回来；下一个死的会是谁……”蜘蛛从网上跳下来，把自己悬在空中，“随着冬季到来，你们的蜂巢将耗尽最后一口蜂蜜，还有最后一点花粉。有了知识，你们就可以拯救自己……一只蜜蜂，一个答案。一只蜜蜂……一个答案。”她开始旋转身体，白色的肚子时闪时隐，时闪时隐。

1　阿拉克涅是希腊神话中的人物。她非常擅长编织，在向神挑战编织技能时，因为激怒神被变成了蜘蛛。——编注

“一只蜜蜂……一个答案……”蜘蛛们纷纷从网上下来，在树叶下悬起身体，慢慢地旋转着。棕色，白色，棕色，白色……

“别看她们！”弗洛拉把走到了起降板边缘的采集蜂们推了回去，然后她看到站在远处的道格伍德女士打开了翅膀。

“赞颂你们的每一天。”她向弗洛拉大喊道，接着就跃下木板，朝林间飞去——谁也来不及阻止。她撞到了一张银色的蛛网上，使那张蛛网弹了一下。她扇动着翅膀，越来越慢，接着就被粘在了那里。蜜蜂们惊恐地叫着。那蜘蛛飞跑过去，露出了尖利的牙齿。

“这里，”那蜘蛛爬上了道格伍德女士的背，“这会让你镇定下来。”她咬住蜜蜂的头胸之间，按着她，直到她不再动弹。接着，她就把道格伍德女士卷进一张黏性蛛网里，并用一团蛛丝塞住她的嘴，让她连最后的喊声都发不出来。做完这些后，她就又回到了蛛网的中央。

“那么，现在我欠你们一个答案。”邪恶在蜘蛛的四只眼睛里流动着，“你们想问什么……怎样保卫蜂巢吗？哦，‘灾祸’来了，帮帮我们，神圣母亲，我们所有的蜂蜜都被偷走了！”她大笑着，身体像液体般震颤，连那松弛的棕色皮肤都鼓起来了，“被驯养的家伙们，你们忘了怎么去战斗。让阿拉克涅来提醒你们吧。”蜘蛛笑着说，“害怕饥荒吗？”她又回到道格伍德女士旁边，蹲在了她的身上，“你们的藏宝库并没有装满，是不是？谁知道它能不能撑过冬天？”她在道格伍德女士身上露出了尖利的牙齿，“鲜血和花蜜——我的最爱。”

伴着从胸中发出的一声怒吼，弗洛拉瞄准蛛网中央飞了过去。她停在蛛网旁，呼呼地扇动着翅膀，想要把蜘蛛赶走。

“那么告诉我们，怎样才能度过寒冬？”

“等一会儿。”蜘蛛脸上露出了漫不经心的表情，她来到弗洛拉身后，拉出一束新鲜的细丝。她一边向弗洛拉展示着，一边舔着她说道：“我的新绳子上有花蜜和花粉的味道。现在，再过来一点，亲爱的，我还没从见过像你一样的蜜蜂。你不漂亮，所以你肯定很有营养。规律就是这样。”蜘蛛向弗洛拉眨着四只眼睛中的两只，“你有一个问题，还有一个秘密。我能闻得出来。等我吃完一口，应该说喝完一口，我们可以谈谈。在她变干之前。”

“回答我！”弗洛拉露出了尾针，但蜘蛛只是笑笑。

“但回答哪个问题呢？那个关于你们蜂巢的问题，还是藏在你内心深处那隐秘的欲望？”蜘蛛把利齿刺进道格伍德女士的腹部，大声吸吮着，接着又抬起了头，“我知道，这绝对是一种解脱……”

蜘蛛又开始吸吮着。弗洛拉感到翅膀上很沉重，她听到姐妹的呼喊声从起降板上远远传来——她们在召唤她回去。蜘蛛停了一下。

“我会小点声的，这样她们就听不见了：*你还会再产下一枚卵*。”

弗洛拉在空中一阵踉跄。

“我不是问这个。”

“就当作礼物吧。”蜘蛛狡黠地望着弗洛拉，“但你为什么不留下来呢？你可以为了蜂巢奉献自己吗？我可以回答你的姐妹三个问题，因为我觉得你的味道一定很特别。”她指着道格伍德女士的尸体说，“你的味道应该和她不同，我们可以多谈一会儿，你考虑考虑吧。”

弗洛拉悬在半空中——就像她看到马蜂时做的那样：“我要问的是关于我们的蜂巢的事。你给的不是我想要的答案。”

“你当然想要！”蜘蛛说着，“你渴望着再次犯罪！”

“你已经获得了你的报酬，阿拉克涅，你欠我们蜂巢的。现在回答我的问题：我们该怎么度过寒冬？”

“你是想跟一只蜘蛛耍花招吗？”她朝弗洛拉的方向拍着道格伍德的鲜血，“冬天会到来两次，这是我所有能告诉你的。愿你们的蜂巢蒙难！”

* * *

弗洛拉飞过蛛网时，甚至能感到蜘蛛们把毒液喷到了她身上——尽管她离她们还有一小段距离。这让她的视线变得模糊，几乎要落入她们的魔爪。她跌落在起降板上，采集蜂们温柔地触碰着她，给予她支持。

“阿拉克涅说了什么？”赛奇修女站在木板上问，阳光照耀着她的翅膀，“你们私下里谈了这么久，我们以为你要留在那里了。”

“我会告诉你的，修女阁下，但请先让我把嗉囊里的东西卸下来，我已经完成了你们交代的任务。”弗洛拉向一名年轻的黛西接收蜂招了招手，把金色的采集物都给了她。

赛奇修女只是看着，并没有半句称赞。她望着果园深处。

“请重复蜘蛛说的话。”

弗洛拉在封闭了自己的触角之后才回答：“冬天会到来两次。”

“奇怪。”赛奇修女的触角迅速一抽，“还有别的吗？”

“她们希望我们的蜂巢蒙难。”

“真的吗？这些令人作呕的生意人。”

赛奇修女站直身体，展示着她那堪称宏伟的身高。她伸出触角，指向果园。一张张蛛网紧紧绷在树木之间，仿佛回应似的闪着光。虽然并没有风，但树叶仍在抖动。祭司回身看向弗洛拉。

“听说道格伍德女士为你们献出了自己的生命。你要努力，不要辜负她。”

“我会的，修女阁下。”

弗洛拉朝里面跑去。她感到心脏绷得紧紧的，既是因为内疚，也是因为喜悦。

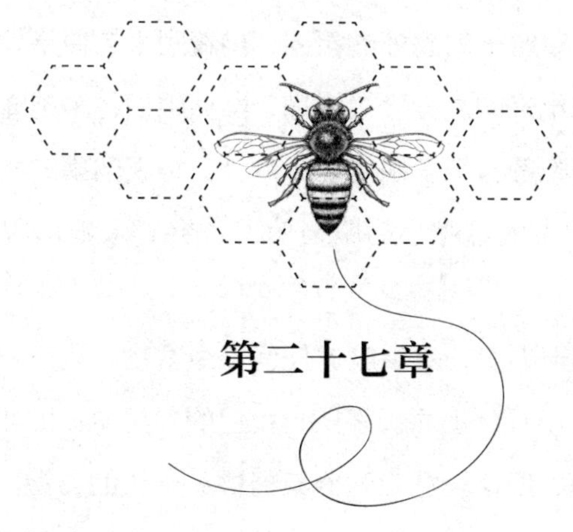

第二十七章

夏天就要结束了，但是她并没再产下卵。日子一天天过去了，弗洛拉检视着自己的身体，想找到再次产卵的迹象，但什么也没有改变，除了日渐缩短的白天，还有越来越饥饿的蜜蜂们。比起一无所获，许多勇敢的采集蜂会选择把自己疲惫的身体交给蜘蛛们，以期能帮助蜂巢。每当这时，一位祭司就会飞到牺牲者的“裹尸布”旁，和蜘蛛交谈。

第一次目睹这种怪异的交流时，弗洛拉正恐惧地站在起降板上。当祭司回望蜂巢并点着头，弗洛拉一直用触角搜寻着是否有警察靠近的气息。她觉得蜘蛛一定已经揭露了她的秘密。但那位祭司只是阴沉着脸降落到起降板上，接着便匆匆走进蜂巢。西斯尔卫兵们和其他蜜蜂一起留在起降板上，不安地望着彼此——但是谁也不敢谈论什么。

果园上空笼罩着一层恐怖的氛围，接着到来的便是像平常一样的现实生活。采集蜂的数量开始锐减，虽然她们越来越懂得该怎么躲避蛛网，但每晚都有很多姐妹死于疲劳。每天归巢的蜜蜂数量也比出发时少，因为就算微小的路径偏差也会导致她们因缺乏能量而死。

弗洛拉继续努力着，不想放过任何一点食物。她在一栋工业建筑后发现了一座小丘，上面长了些金黄色的狗尾草。虽然它们的花粉既粗糙又难吃，但这毕竟也为蜂巢提供了一天的食物。马蜂也常常会飞到这里，并在空气中留下污浊的油味。作为一名采集蜂，弗洛拉不想被任何事情吓退，因此她加大引擎，像雄蜂一样发出嗡嗡声。她所到之处都响着战斗的高歌，挑战着一切想阻止她的生物。马蜂们远远望着她。

“骄傲的艾皮斯表亲啊，”一只马蜂说着，一边拍打着翅膀，一边像醉酒似的发出含混不清的声音，“我们该去拜访你们蜂巢了。等过了冬天，等我们睡醒……”话还没有说完，她就和其他马蜂一起，东倒西歪地飞开了。

弗洛拉在舞蹈大厅里转达了马蜂的话，姐妹发出了不安的嗡嗡声——她们都明白马蜂会带来的威胁，但没有谁听说过她们需要长睡的事。还有“过了冬天”，这看似漫不经心的说法也让蜜蜂们十分困扰，似乎马蜂们不为生存问题担忧。可与此同时，日益减少的食物配给让果园里的蜜蜂们都对食物着迷，并且她们都悄悄在心里确信，储存的食物并不够分配。

舞蹈大厅里的所有蜜蜂都议论纷纷，不断猜疑，她们的声音越来越大。她们又忽然停了下来，因为一种奇怪而陌生的信息正从巢脾上传来，给她们带来了震惊和恐惧。

那是一阵震颤，轻微得几乎无法察觉，携带的信息素却比最强的西斯尔战斗腺素更加强大。这肯定不是奉献仪式，却同样需要大家全神贯注。姐妹摆好脚的姿势，准备更加清晰地去感知。这时，一种令人不安的能量一波波涌进了她们的身体。如果说女王之爱带给她们的是极其愉悦的安慰，那么这种感觉就恰恰相反。蜜蜂们感到郁结不安，仿佛即将开始一场蜂巢的保卫战——但这信息里不包含对军队的召唤。于是蜜蜂们摆好触角，等待着，准备着。

*姐妹！*一个低沉而亲切的声音响起——那是来自蜂巢的意志，*为了庆祝即将到来的艰苦岁月，我们将要对雄蜂殿下们表示尊敬。你们都要行动，把他们找出来。不要有任何迟疑，只要把他们都带到舞蹈大厅里。*

姐妹遵从着。许多雄蜂正在属于他们自己的休息厅里。听到他们被唤醒是要进行这次短途行动，他们都很不情愿地发着牢骚——日益缩减的食物配给让他们变得越发贪吃，工蜂的短缺也让他们变得更加懒惰。不过在大家的阿谀恳请，乃至哄骗下，他们还是慢慢出来了。于是弗洛拉闻到了他们身上那刺鼻的腐败味道。很多雄蜂的毛发里都累积着腐败的食物。还有一只雄蜂，也就是鲍勃拉先生，拒绝在被服侍梳洗前多走一步。来自蜂巢的脉冲在脚下越变越强。

不管用什么方式，把每一只雄蜂都带到舞蹈大厅。

“女王应该知道都是她的错，”鲍勃拉先生嘀咕着——蜜蜂们正忙着把他哄到舞蹈大厅里，“事情才会糟糕成这样。”姐妹震惊地看着他。

“雄蜂殿下们，欢迎你们。”赛奇祭司们站成一排，用优美的声音说着。她们的翅膀都展开并微微振动着，使得她们身上的家族气息变得更加强烈。

“呸！”鲍勃拉先生大声骂着。他环视着拥挤的房间，扭着身子向弗洛拉走去：“就是这里对吧？你们这些老姑娘就是在这儿摇摆呼叫的，是不是？”弗洛拉朝旁边挪了挪。新的震颤从巢脾上传来，这让她感到十分不安。这么多雄蜂涌进雌蜂专属的舞蹈大厅里，他们带来的陌生气味也困扰着她。

“我们已经完成了藏宝库的审计工作。”赛奇修女走上前来，“在向雄蜂殿下们致敬之前，我们首先要宣读荣誉名册。库克斯先生：进入荣誉！”

姐妹热情地鼓起掌来，却没有多少雄蜂愿意如此。

“怀特槟先生：进入荣誉！”

姐妹又鼓起掌来，但是节奏慢了一些。

“奥德先生——”

“到。”他的声音从姐妹当中响起。

“查克先生——”

“到。”

赛奇修女继续喊着，雄蜂们陆续应答着，语调越来越阴沉。

“鲍勃拉先生——”

他大声打了个呵欠。

“什么？哦……到……”

“林登先生——”赛奇修女顿了顿，“在竞争中失踪。荣耀归于他。”

“荣耀归于他。”姐妹回应着。

“自作聪明的蠢货，快点结束吧。”鲍勃拉先生把身体压向弗洛拉，“虽然很感动，但你们怎么会对雄蜂产生迷恋呢？你们明明都知道什么也不会发生。”他故作亲近地乱摸着她翅膀的根部，“看看你一路跟着他去教所的那副样子——”弗洛拉啪的一声合上翅膀，夹住了他的手，疼得他直喘粗气：“神圣母亲啊，你的幽默感哪儿去了？”

“注意！”赛奇修女在房间里命令道。又一波震颤从巢脾上传来，而且更加强烈。弗洛拉放开了鲍勃拉先生的手。他恼怒地瞪着她。

“现在所有的雄蜂兄弟都到齐了。姐妹都跪下来，然后起身，向雄蜂殿下表达敬意。”

“好吧，”鲍勃拉先生猛地推开弗洛拉，“回到你自己的位置去。”

姐妹在雄蜂们面前跪倒，震颤深深传入了她们的身体。

“现在把你们的触角放在他们脚上。”赛奇们继续齐声说着。姐妹依然照做，那种震颤直接传入了她们的大脑。

“哈哈！”鲍勃拉先生那尖细的声音从远处传来，他的声音让弗洛拉很想一针刺过去。

“大家起身。”赛奇祭司们走上前来，优美而充满力量地排成一排。她们翅膀挨着翅膀站在一起。

“一母同胞的亲爱女儿们，”赛奇修女对她们说着，“蜂巢的姐妹，变幻的季节让我们祷告——”

“我受够了这虚伪的老女人了。”鲍勃拉先生想要从弗洛拉身边跃过。

她胸肌扩张，挡住了他的去路。愤怒在她体内奔腾，这让她很想冲过去揍他。

“你站住。”

“你肯定是疯了。”他摇着脑袋说，“你需要被送往仁道。”

“我们现在将遵从古老的传统，”赛奇修女继续说着，“在时间开始之前，我们的母亲就制定了这样的仪式规则。为了向雄蜂殿下表示崇高的敬意，每一名姐妹都要参加舞蹈。你们的身体会告诉你们舞步。接受、服从和服务。”

“真是受够这些蠢话了，让我走。”鲍勃拉先生试图推开弗洛拉，但附近的姐妹围成一圈，挡住了他的去路。“你们全都疯了吗？走开！”

震颤越来越强，渐渐变成了低沉的嗡嗡声，来自每一名姐妹。鲍勃拉先生看着她们的脸，自己先变了表情：“在我举报你们之前，马上走开。”

“举报我们……”不止一位姐妹重复着这句话，她们中的一些开始低声哼唱着，并引诱似的在他身前起舞，“举报我们……雄蜂殿下……”

“快停下！”鲍勃拉先生的声音变得尖厉而紧张。与此同时，舞蹈大厅里的其他雄蜂也在发出类似的抗议。

姐妹发出了更大的嗡嗡声。

“我们赞颂雄蜂殿下……”赛奇修女启动了仪式。每一圈上的姐妹都围在雄蜂们身边，跳起了庄严的舞步。她们把雄蜂们推向大厅中央，而他们则试图逃走。

我们感谢你们带来的力量和恩典

还有你们翅膀上的荣光——

姐妹一边跳着舞，一边改换了方向。她们的歌声越来越大，盖过了雄蜂们的抱怨。

我们生而为你们服务，

你们的时间已到，你们的时间已到。

在赛奇们和声的带领下，雌蜂们重复咏唱着。她们一圈圈地，又沿着相反的方向舞着，接着便组成了十字队形，穿过舞蹈大厅，用身体禁锢了不知所措的雄蜂们。

我们感谢你们的身体，还有你们的生命。

赛奇们齐声唱着。姐妹越舞越快，反复吟唱的声音盖过了雄蜂们的抗议声。

你们的欲望，还有你们的怠惰，

你们的怠惰，我们现在要报偿。

雌蜂们从雄蜂身边走过，对他们唱着，声音越来越大。她们公然打破了过往的一切陈规，蔑视地将自己的家族气息喷到他们脸上。

我们现在要报偿——

雄蜂们胡乱挣扎着，这种沿着巢脾升起的陌生气息让他们感到恐惧，他们试图干扰这歌声，想要打乱雌蜂们的队形。当舞蹈的节拍迫使雄蜂的身体向前时，姐妹兴奋不已地呼吸着自己长久以来的愤怒，把它们统统放入雄蜂的大脑里。

我们的劳作，我们的蜂巢。

姐妹在雄蜂周围舞着，越来越快，仿佛形成了一道旋涡。一些雌蜂发出了高昂而陌生的嗡嗡声，另一些则在兴奋地尖叫。

宽恕我们吧，雄蜂殿下们。

赛奇修女的声音引导着大家。

在我们驱逐你们之前！

雄蜂们朝她们大声吼着，声音中充满畏惧。

“驱逐我们？”

“你们在说些什么？”

“你们竟敢和雄蜂殿下这么说话！”

“没错，你这个下流的仆人，走开。”鲍勃拉用力推着弗洛拉，但她并没有退缩。他惊讶地瞪着她：“你听到我说的话了吗？”

“是的。”弗洛拉猛地一击，便把他击倒在地上。他抬头看着她，惊愕不已。

“她打我！”他一边喊着，一边挣扎着想站起来，“来人啊，快去报告神圣母亲——”

“你为什么不去呢？”一向柔顺的小科恩弗拉沃又踢了他一脚，“告诉她你把一切都归咎于她！这不是你说的吗？”这时，所有雌蜂都开始对雄蜂们又踢又揍。

“你应该找到你的公主了吧，怎么没有啊？”

“那样你就不会还在这里了——”

“你只会自吹自擂，炫耀性和爱情——”

“兄弟们，我明白了！”豪恩槟先生喊着，“她们嫉妒得发疯了！我们必须对她们释放自己的气息，好让她们臣服！”他打开自己的激素腺，把雄性荷尔蒙喷向空中。雄蜂们纷纷做着同样的事情，有些甚至开启了引擎，好让荷尔蒙喷得更加强烈。

闻到这种气息，姐妹发出了奇怪的喊声，并低下了她们的头。她们摇摆着身体，从一边到另一边，为的是再多吸一些。几名姐妹还发出一阵尖叫。

“没错！”思科摩尔喊着，“她们需要我们的阳具。她们渴望着它——”他伸手抓住一名伍德拜恩家族的姐妹，揽过她的身体，试图爬到她身上，“我把你变成一位公主好吗，姐妹？”

她愤怒地尖叫一声，挣脱了他的手：“他竟蔑视我们的处女身份！”她用爪子朝他脸上削去。雄蜂向后一跳，可她立刻扑了上去——接着一个命令从巢脾上传来，让姐妹暂停了手上的动作。

弗洛拉站在异常拥挤的舞蹈大厅里，像姐妹一样暂停下来，感受着一阵阵战栗从触角上传过。毒液在气囊里膨胀——她喜欢这种感觉——柔软而坚韧的尾针弯在腹中，期待着向下滑出。大厅里的每一位姐妹都慢慢抬起爪子，等待信号从巢脾上传来。

雄蜂们对视着彼此的眼睛，默契地点了点头。他们扩张着胸肌，竖起了毛发。这时，鲍勃拉先生发出了信号：

“就是现在！”

雄蜂们咆哮着冲向姐妹，冲撞着想要逃逸。巢脾释放出自身的化学因子，在一片尖叫和乱流中，姐妹三个一组，组成了坚固的蜂墙，跳着舞把雄蜂们围在中央。一些雌蜂把头向后仰，展开了触角；另一些则身体下沉，一边来回摆动着，一边从喉咙中发出声响。

雄蜂们被孤立地站在旋转的雌蜂圈里，嘴里还在大声抗议，已经无法再掩饰恐惧的气息。闻到这种气息，弗洛拉感到一阵欢愉。她一边用力地收缩着腹部，一边激动地释放出战斗腺素，并发出了兴奋的尖叫。

“*保佑我们的兄弟。*”赛奇们异口同声地唱着，群蜂都在舞蹈。

“*保佑他们的肉体和欲望——*”

“姐妹！”一只雄蜂大喊着——雌蜂们跳着舞，旋转着，密密麻麻地簇拥在他身边，“求求你们，快停止这种疯狂的举动！”

“*保佑雄蜂殿下！*”赛奇祭司大声说着。

“*在死亡降临到他们身上的时刻——*”

她抬起爪子，朝他袭去。他连叫都来不及叫，身体就遭到了致命的打击。他的家族气息喷薄而出，鲜明地爆发在炙热的空气中。雄蜂们奋力想要突围，却被姐妹拖了回来。整个舞蹈大厅里顿时乱作一团。

鲍勃拉先生大吼着发动了体内的引擎，从蜂群中往空中飞去，但她们撕碎了他的翅膀，把他拖回地面。

“你胆敢侮辱神圣母亲——”

“还肆意浪费食物——”

“还装着要和我们交配的样子，假装把我们当成女王——你好大的胆子！”

说这话的是伍德拜恩，她曾被他极尽羞辱。她站着扬起了脸，好让他能看见。“只有女王陛下才能生育！”她猛地撕开他的肚子，一直撕到生殖器上方。接着她一把扯下了他的阳具，吞进了嘴里。他的血喷溅在雌蜂们脸上，这让她们发出了兴奋的尖叫。

“只有女王陛下才能生育！”弗洛拉声嘶力竭地喊着，一次又一次，仿佛这样可以洗净自己的罪恶和羞惭。雄蜂们继续尖叫着，想要跃过疯狂的雌蜂们飞到空中。弗洛拉和姐妹一起跳着，扯住他们，把他们拖回凶残的乱流之中。

雄蜂们发出了阵阵尖叫，他们被撕裂或咬碎而死。血溅在涌动的地板上，姐妹的脚所到之处一片滑腻。大家记起了每一次的羞辱和谦卑，心中涌起了神圣的激愤。大家向这些浪荡子尽情报复着。这些一向以“神之子”自居的雄蜂，是他们挥霍着食物，污染了道路；是他们整日吹嘘却没为谋生做过任何贡献；也是他们一边炫耀着性，一边奴役着雌蜂，却从没爱过任何一个。

弗洛拉和姐妹一起把一只又一只雄蜂拖进甬道，蜂巢里充满了尖叫和祈求声，还伴着厚重的血腥味。所有的姐妹都参与了屠杀，而每一只雄蜂都朝着起降板的方向拼命逃窜，想要寻求生机。有些雄蜂跌倒在起降板上，他们挣扎着，慢慢爬向阳光闪耀着的方向。可他们被扔了下去，跌落到草地上。在那里，米莉亚德们会爬向他们，并吞噬他们的生命；有些雄蜂则被掷向了他们曾经统治的天空，这一次却只能带着一身伤痕和被血浸染的翅膀，不归地飞向死亡。

第二十八章

巢脾的涌动渐渐消退，颤抖的空气慢慢平息，蜂巢上下的姐妹都停止了手中的动作，意识也恢复了正常。

弗洛拉伏在接收区，也就是舞蹈大厅和起降板的连接地带，听着自己大声的呼吸。一个硕大而温热的东西就在她身下一动不动，还紧紧抓着她的双腿。那是只雄蜂，他的头被压进了蜂蜡里，身体紧贴着弗洛拉弯曲而坚硬的腹部，她的尾针深深刺入了他的手掌。弗洛拉慢慢抽出短剑，他还是没有动。她惊恐地后退着：这不可能啊——但鲜血已经把她的毛发浸染成黑色。

在她身边的地板上，满眼都是深色的潮湿条痕——在那里，雄蜂们的身体淌着血，被拖往起降板上。其他姐妹也纷纷站了起来，她们四周到处是身体的残块——那些都是被撕碎和被斩首的雄蜂。

大家喘着粗气，羞惭地站在一起，谁也不敢去看一看同伴的眼睛。

一片沉重而不祥的寂静笼罩着舞蹈大厅，仿佛一只大手抓住了蜜蜂们，迫使她们返回。

触目惊心的场景刺激着她们，目光所及之处，到处是琥珀色和棕色的血洼、从肠子里溢出的半消化的黄色花粉和蜂蜜、一段段残破的触角、破碎的眼球、被撕碎或咬碎的甲胄、凝着血块的翎毛。尸体残块凌乱不堪地遍落在蜂巢里，尤其以采集蜂们的舞场里最多——那是她们最喜欢的地方啊。每位姐妹都在惭愧中失声痛哭。

其他地方的姐妹也被同样的信号召集到这里。她们身上沾着血迹，脚步摇摆而蹒跚，有些蜜蜂已经开始痉挛。有只蜜蜂撞到了弗洛拉身上，接着便紧紧地抓住了她。这是一只接收蜂。她张大嘴，一副喘不过气的样子。这不由得触动了弗洛拉身体的本能反应，让她的嗉囊突然之间开始膨大、变重，仿佛刚长途采集回来似的——但这次她吐出的不是花蜜。伴着恐惧的窒息感，一大口鲜血从弗洛拉嘴里涌出来，噼噼啪啪地溅落在地板上。

采集蜂们纷纷发出尖叫，她们的嗉囊里也涌出了令人恐惧的东西。为了清理秽物，有些蜜蜂险些把花粉挂篮撕裂。舞蹈大厅里回荡着痛苦的哀叫和惭愧的呜咽，但更多姐妹恐惧得连话也说不出来，只能呆呆地瞪着眼睛。

奉献仪式的芬芳混着雄蜂们的鲜血的味道涌来。随着这气息越变越强，抽泣的蜜蜂们停止了哽咽，备受煎熬的她们得到了释怀。大批蜜蜂接踵而至，接着一阵欢悦的喊声传来——女王陛下就站在她们当中。

“休息一下吧，我疲惫的女儿们。”她说着，声音柔软得宛若花瓣，“躺下来吧，让我用母亲的爱将你们治愈。”

女王解开了自己的外袍，让奉献仪式的气息变得更加浓烈。蜜蜂们感激地跪在地上。一阵柔和的震颤沿着巢脾传来，一波和缓的旋律沿着舞蹈大厅来来回回。蜜蜂们随着它上下摇摆，仿佛神圣母亲把她们都拥入怀里。女王张开翅膀，从蜜蜂们中间走过。姐妹沐浴在母亲的爱里——宽恕仿佛一张巨大的毯子，笼罩在她们身上。大家纷纷开始哭泣，复仇的苦楚随着眼泪，从她们的身体里流淌出来。

弗洛拉躺在陈旧而平滑的地板上——她曾不止一次在这里起舞。雄蜂们的鲜血的气息融入了女王之爱，让它变得更加芬芳。弗洛拉看到姐妹翅膀挨着翅膀地躺在一起，一眼望去四周皆是无尽的金色与棕色。安抚的旋流在她们身下的地板上滚动，到处都散发着淡淡的幽光。弗洛拉想坐起身来看一看美丽的女王，但随着一波波旋律朝她涌来，她呼吸着神圣的芬芳，随着节拍和大家一起进入了催眠。

女王伸展着自己的翅膀。每一只蜜蜂都在极乐中发出了幽叹。

“把你们的罪恶和耻辱交给我，我的女儿们，”她说着，“我将用爱为你们洗刷这一切。交出你们的伤痛、内疚，还有秘密。我将为你们讲述一个故事，它将振奋你们的翅膀，在你们心中注满愉悦。”中庭里响起一阵低沉的嗡嗡声，蜂巢意志和女王陛下一起，进入了每只蜜蜂的思想。在这种声音和气息里，蜜蜂们舒服地一动不动，任思想开始遨游。

在很久很久以前，这个蜂巢里有一位年轻的公主。她在自己的房间里来回踱步。她杀死了所有的竞争对手，也擦干了王冠上的鲜血，但这伟大的胜利让她感到空虚。她的灵魂渴望着冒险，但每当她想要离开房间时，侍女们总会用屈膝礼和甜言蜜语将她阻挠。这种状况一直持续到公主长大，她开始憎恶自己华美的礼袍。她食不知味，恼怒异常。

有一天，她觉得自己更强大了。当侍女们带来花蜜和油膏，公主一阵风似的从她们身边跑过。她穿过蜂巢，朝着野外的天空飞奔，那里是她一直渴望的地方。她越飞越远——但侍女们并没阻止她，而是激动地在她身后欢呼着，因为这一天终于到了。

公主来到起降板上，吃惊地停下了脚步，从来没有人对她讲过外面有蓝天和阳光。她想回到安全的地方，换一天再出来。可这一次，侍女们挡住了她的归路，把她推到木板边沿。

这让公主十分生气。于是她展开双翅，嗡嗡的怒吼声充斥着胸腔。她立刻来到空中，身下就是她的家。她觉得身体变得像空气一样轻盈。侍女们紧紧跟在她身后，欢呼着唱起赞美的歌。

公主不知该身往何方，但一阵陌生的气息召唤着她。她变得无所畏惧，欢愉的力量充满了身体。侍女们无法继续跟上她的速度，公主可以听到她们的呼叫声，因为鸟群正冲向她们。她们并没有停下。眼前就是巨大的绿色树冠在摇摆着，一阵气息从那里传来——强烈、丰富，而且厚重。

接着公主就看到了他们——英俊的勇士们群集空中，等待着她的赞赏，展示着自己的勇气与力量。他们中的一些在祈求她的垂青，但她并没有理睬，另一些则冲过来想宣誓主权。她比照自己，测试着他们的速度，骄傲而自由地在他们上空盘旋。直到他们中最敏捷的一位径直越过了她——她这才注意到他。在他的拥抱下，公主明白这就是她一直渴求的东西。

他们一起乘风而行，直到她感到他的精液进入了自己身体。她紧紧夹住他的阳茎，呼喊着放开了他的身体。勇士的身体跌入泥土，但她的任务还没结束。一次又一次，她让中选的贵族雄蜂在飞翔中占有她的身体；一次又一次，她看着他们的身体旋转着落向大地。他们都失去了阳光之气，也就是被她留在身体里的那个部分[1]。

直到最后，她的身体被空中最优秀的雄蜂们填满，她的渴望也得到了满足。她转向回家。她的宫殿里变得空前甜蜜，侍女们舔舐着雄蜂们在她身下留下的所有痕迹，争

1 雄性蜜蜂事先会把阳茎放在体内，直到准备交配时，它们会收缩腹部的肌肉，并挤压自己的内脏来产生足够的压力，使阳茎充分膨胀并外翻。它们会在半空中进行持续约1到5秒的交配，在此过程中，雄蜂的阳茎会“爆裂”，将精液射入蜂后的生殖道里。紧接着，完成射精的雄蜂就会立刻麻痹，然后死掉。

先恐后地分享着她体内残存的雄蜂器官——那是雄蜂之爱的遗迹。蜂巢里的蜜蜂们为她的成功而欢呼雀跃——她们的女王通过成婚之旅完成了加冕。几代蜜蜂的母亲就此降临。

在催眠中，弗洛拉感到女王陛下就站在她身后，她想去摸一摸女王，但控制不了自己的身体。女王又张开了翅膀，用她甜美的气息覆盖着沉睡中的女儿们。

“就像为了献祭于冬，你们杀死了我的儿子，你们的兄弟们。为了献祭于春，我也曾杀死过你们的几位父亲，我为爱结束了他们的生命。我每年都要讲述这个故事。当你们醒来就会忘记，忘记我说过的每一个字。我亲爱的孩子，你们将再次洗清一切罪恶。”

“醒来吧，我亲爱的女儿们，”她说着，“你们要彼此照料，彼此清理。你们中的每一个都将在母亲的爱中得到治愈。”

姐妹醒来并依言而行。空气又一次变得纯净而香甜。弗洛拉帮身边的每一位姐妹清洗着，擦拭掉凝结在她们毛发上的血块，直到它们变得像蓟花绒一样顺滑。自从被侍女们带进女王的密室后，她还是第一次感受到一双双仁慈而温柔的手放在她身上。弗洛拉心中充满了爱，并感激着所有的姐妹。她们用自己的毛发触碰着她的触角，为她清理着。只有在这时，这种美妙的感觉才让她无比欣快。她们向她敞开了怀抱，而她无法拒绝。

“谢谢你，姐妹。”弗洛拉抽出身体。她检视着自己——每只蜜蜂的触角都是一样的——它们都被打开到最大，为的是吸取每一丝女王之爱的气息。这个梦中的故事让她欣喜若狂。在经历无处可逃的感觉后，强烈的轻松感和蜂巢的美妙淹没了她。她又看到了舞蹈大厅穹隆上那雕饰精美的壁画，那些鲜花和树叶被雕刻在古老的蜡板上，还有那些姐妹——那些她珍爱的姐妹，身上散发着温暖而洁净的味道。

弗洛拉试着封闭了触角，毕竟只要有一只像狄泽修女那样读取了她的信息的蜜蜂，她的秘密就会被泄露。她不知道蜘蛛的预言是否属实，但就在这一刻，她的下一枚卵也许正在孕育，任何蜜蜂都可能会嗅出它的味道。下一枚卵——

想到这里，弗洛拉的触角全部伸展开。她欣喜而害怕地发现，关于上一枚卵的气味记忆正在她脑子里闪现，随后进入了她的身体。她闻着，感受着，仿佛正把卵抱在怀里。那种芬芳似乎就在她身旁流淌，和女王之爱融为一体。

随着记忆的影像悄悄出现，弗洛拉再也挪不动脚步。来自不同家族的气息正在四周升起，姐妹也返回到各自的工作岗位上了。随即，弗洛拉闻到那种特别强烈的、来自生育警察的味道。弗洛拉感到似乎有谁正看着她。她恐惧地在周围打着转，等着某位被隐蔽气息的姐妹的到来。可这一次的关注来自一群清洁工。意识到她正在看着，她们便垂下了眼睛和触角，然后继续埋头为彼此清理。弗洛拉走向她们。

“荣耀归于你们，姐妹。”她说着，“你们是在为警察工作吗？”

起初只有一只蜜蜂恐惧地摇了摇头，接着其他蜜蜂也摇着自己的触角，来强调事情并非如此。她们用明亮而智慧的黑色眼睛凝视着她。

弗洛拉无法移开自己的眼睛——有关上一枚卵的画面又一次出现在她的心灵之眼中，气息来得猛烈而清晰。关于它的气味记忆也从她的触角上倾泻而出。

我亲爱的卵，我失去的孩子——

她本以为清洁工们会发出尖锐的警报，但她们没有，反而笨手笨脚地向她靠拢。接着她们一起释放出更多的家族气息，并用这气息环绕着她。弗洛拉吃了一惊，满心感激。她明白，她们正在用这气味掩护着她。她们已经知道她就是产卵工蜂，但没有揭露此事。随着气息的屏障变得越加浓厚，一阵强有力的脚步声由远及近地传来。来的是一名赛奇祭司。她身上散发着辛辣而微苦的气息。随着她的到来，弗洛拉感到触角一跳，接着就封闭起来。它们的根部也在警惕地抽动着。

“你的族人用爱笼罩了你，我看到了。你不会再回避她们了吗？”

弗洛拉行了个屈膝礼：“不会了，修女阁下。*接受、服从和服务*。”她感到赛奇修女正在用自己的触角，犀利地在她的触角上探查着——特别是在那条封闭的细线上。

“你一向勤勉，717。你所做的一切都是如此。”这位祭司审视着她，“现在你既然已经回到了清洁工中间，那就留在这里，等进一步通知吧——听明白了吗？”

“是的，修女阁下。”

赛奇修女指了指舞蹈大厅。女王已经离开那里了。

“你和你的同伴将负责清理这个房间，务必要把它恢复整洁。”祭司伸出一只脚，动作优雅地把一只雄蜂的残躯踢到一边，“你们需要把所有碎尸运到停尸房去，然后上下清扫，不要放过任何一个角落。务必要彻底清洁，在执行这个任务的过程中，不要被任何事情干扰。明白了吗？”

“是的，修女阁下。”随着已经镇定下来的姐妹陆续退出舞蹈大厅，弗洛拉朝清洁工们打了个手势，示意她们等她。

“看来她们都认可你的权威。”赛奇修女又打量着弗洛拉，“不要对我们封闭你的思想，717。很快就要到‘冬团’[1]的季节了，你知道那意味着什么吗？”

“不知道，修女阁下。”

“对进入冬团的蜜蜂来说，这意味着生存。”赛奇修女看着那些清洁工——她们已经开始在舞蹈大厅里清扫和擦洗，“但不是每位姐妹都可以进入冬团，等她们完成所有工作，就把这队蜜蜂送去给蜘蛛吧。”

“蜘蛛？修女阁下，为什么啊？她们都很健康，也很强壮——”

“安静！冬季是残酷的。你所在的家族蜜蜂数量庞大，牺牲少数几只可以让整个蜂巢受益。”赛奇修女顿了顿，“梅丽莎们在乎每一个家族，717，甚至是你的家族。我很确定的是，她们的牺牲是

1　冬季整群蜜蜂在巢内集结形成的蜂团。蜜蜂以形成冬团的方式抗御寒冷的气候。当外界气温稳定地下降到6℃～8℃时，整群蜜蜂就聚集在蜂后所在部位周围的巢脾上、蜂路间，形成冬团。

有价值的，而且她们也不会死得过于痛苦。”

祭司走了。弗洛拉看着自己家族的姐妹，看着她们清理和打扫着。她默默拾起一把扫帚，也加入她们的行列。她们感觉到了她的悲伤，纷纷关切地拍着她。此时此刻，她们的善良令她心碎。

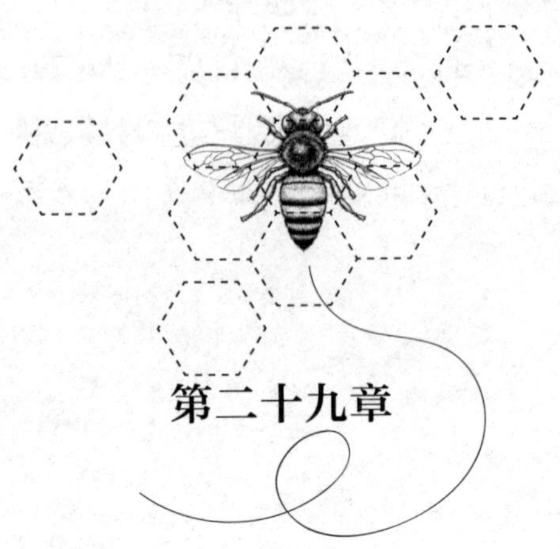

第二十九章

弗洛拉把清洁工们分成两队。一队负责直接把雄蜂的尸体从舞蹈大厅运送到起降板上，另一队则把停尸房作为起点。自从弗洛拉上次来过之后，停尸房变得更满了。前排的停尸架上放满了年老姐妹已经脱水的尸体——为了更有效地利用空间，她们被密密麻麻地压到了一起。更加老迈的死者则被安置在靠后的长形房间里。一股浓烈的蜂胶消毒剂味道从那里传来。让弗洛拉吃惊的是，和她一队的清洁工们都蜂拥着想要躲避——阵阵恐惧的气息从她们身上传来，仿佛一根根细针。

弗洛拉为即将发生的背叛感到悲哀。因此她并没强迫她们上前，而是自己走了过去。用蜂胶处理停尸架，这种做法很不寻常，不过大批姐妹的死亡并不让她感到惊讶。因为她们看上去都很老迈，应该是生于夏初时节。然而随着她穿过一排排尸架，却感到了空气中的某种异样。那是一种死寂的……秘密。虽然顶部阳光充足，而且使用了蜂胶，但出现了一块块腐烂的斑驳。工蜂们忙碌的身影渐渐远去，黑暗变得更加厚重。

弗洛拉停下了脚步。停尸房里的尸体一般都很干燥，可她脚下的地板是湿的。这些渗漏的液体来自墙角那边的一堆东西——看起来软绵绵的，说不出是什么形状。弗洛拉压抑着本能的厌恶展开了触角，试着探查那究竟是什么。可她立刻惊恐地后退了几步。

那是一堆来自各个年纪的蜜蜂——从破碎的蜂卵到腐烂的幼虫，再到完全成形的年幼姐妹。她们的肢体被紧紧压在一起——仿佛这里就是她们的应急仓，还能保障她们的安全。

赛奇修女不可能知道这些，因为没有哪只蜜蜂能忍受这样的腐朽与秘密，而且当弗洛拉还在育儿室里时就被教导过，所有死去的孩子都要马上送走。污浊的气息让她的气孔一阵发紧。她用触角探查着看上去最新死去的尸体。这不可能——她移动触角，探查着从那堆东西里溢出的气息——她们的头就从那里鼓了出来。全都是赛奇。

“别耽搁了，717。”祭司的声音从甬道那头传了过来，“快点安排好值班表，把残尸都运出蜂巢，送到安全的地方去，再把这里所有的巢房打扫干净。”赛奇修女出现在门道上。

“修女阁下，有些非常恐怖的东西——”

祭司在停尸房门口认真检查着。

“这也需要注意。等到每一个巢房都被打扫干净之后，你就该完成你的任务。你自己单独留下。我们还需要你的强壮。”

“但是，修女阁下，那些是死去的赛奇——”

祭司盯着她。

“你搞错了。”

“不会，修女阁下——”弗洛拉一个趔趄。这时，巢房意志的声音在她脑中大声说道：

“不要质疑梅丽莎！接受、服从和服务！”

“接受、服从和服务——”弗洛拉认真重复着，一遍又一遍，直到头不再痛。等她又能集中精神时，祭司已经走了。清洁工们正默默地站在甬道中央，等待着接下来的命令。她们的目光明亮而坚定，眼神中流露出急切的期待。

弗洛拉觉得自己无法去欺骗她们。

“冬天就要到了，为了蜂巢的生存，赛奇们不得不从蜘蛛那里交换知识。代价就是——踏进这间房的每一只蜜蜂的生命。”她迎着她们那充满信任的目光，“我很想救你们的命，也很想和你们一起——”

弗洛拉们向她走来，用自己的头摩挲着她的腹部。尽管她的触角是封闭着的，产卵的图景还是在脑中闪过。她们知道了。弗洛拉们后退了几步，等着她开口，但她什么也没有说。蜂房中又一次响起了奉献仪式的圣歌，震颤沿着地板传来。

“走吧，”弗洛拉低声说，“如果有谁还有多余的精力的话，再去做另外一项工作吧，不要回来了。我希望自己能完成这项工作，然后回到你们中间。”

清洁工们摇晃着身体，用一种奇怪的姿势向她行了屈膝礼，接着就奔去参加圣仪了。弗洛拉看着她们，为她们的睿智而感到震惊。这一定是发生在“女王之梦”的时候，那时所有蜜蜂的触角都是打开的，所以她们才会用自己的家族气息掩护着她。

她又坐下了。她接到的指令是让弗洛拉们去送死，可她没办法做到。不管怎么说，她都觉得自己背叛蜂巢。奉献仪式的震颤在她四周升起，她知道自己该走到甬道上去接受更多信息，可她完全不想动弹。

关于卵的记忆又一次闪现——它正睡在那张粗糙蜡质的小床上，看上去那么美丽。弗洛拉抓紧自己一无所有的腹部，为失去的孩子而哭泣着。这种感觉比任何女王的祝福都来得更加强烈。这时，一个念头抓住了她。

那张小床在一片阴影里，就在三只巨大的蜂蛹下——每只蜂蛹里都有一只尚未出生的赛奇。她们刚刚发育了一半，看起来就像她身后那堆东西里最大的那只。

她站起身来又朝那边看了看，接着就发出了恐惧的尖叫，因为那堆死尸竟然动了。一阵难闻的气味翻腾着传来。弗洛拉抬起爪子，准备对抗一大波寄生虫的到来——然而，随着一阵强烈的呕吐声，那堆东西的中央居然传出气喘吁吁的声音，随后出现了林登先生那消瘦的身体。

“杀了我吧，”他紧紧抓着她，“我宁肯死，也不愿意在那儿再多躲一会儿了。”他擦着沾在自己身上的秽物，“说到底，我还是个胆小鬼。我本该和我的兄弟们站在一起，并和他们一起死去。”他跪倒在弗洛拉面前，裸露出后脑的关节和胸部，“今天我听到了所有经过。”

“她们点过你的名字。”弗洛拉无法直视他，“她们认为你在竞争中失踪了。”

“淘汰竞争——我没有等到。等我回来以后，就听到大家在尖叫——开始我以为是马蜂来了，可接着我看到了难以置信的一幕……我还是不敢相信。”

“我也是。”

他们都没再说话。奉献仪式的震颤开始消退，林登先生抬起僵硬的胳膊，想把湿透的翎颌扶正，可他马上就放弃了这种努力。

“我一点也不奇怪，真的。我知道你们最后会报复我们。我知道我们的生活有多奢侈，多安逸，这都是建立在姐妹的付出上。我们从没带回过一粒花粉，或者是一滴清水，更别说花蜜了。我们什么也没带回来过。我们从没做过任何工作，却总是要求很多。清理我们的钩刺，舔净我们的腹沟，赞美我们，服侍我们，你们只能吃我们剩下的残渣。还有我们浪费的那些食物……原谅我吧。”

“现在我无处可去了，我很明白。我只求你一件事：你杀了我吧，别去叫生育警察。”

弗洛拉转过身去：“去求其他姐妹吧。我已经没有杀戮的力气了。”

他抬起头来。

“你是在可怜我吗？”

弗洛拉说不出话来，因为卵的样子又开始在她脑海里闪烁。她蜷缩着腹部，控制着自己，寻找着那种感觉——空虚是痛苦的。

“你哭了，”他说着，“我听见了。你是不舒服吗？”

“这是因为爱。”弗洛拉说道。

“啊哈，你们这些姐妹都会爱上鲜花，那承载了你们所有的情感。当然，你们还会崇拜女王陛下。”

“不是因为鲜花，也不是因为女王。”

林登先生擦掉脸上的血块，胸膛微微起伏着。

“我能知道是为了谁吗？”

“不能。而且我已经失去他了。”

一阵啪嗒啪嗒的声音从巢脾上传来——是清洁工们回来了。弗洛拉摇了摇头，把回忆清走。林登警惕地看着她。

“我从没见过你。”她向门口走去，迎接着自己的同伴。完成奉献仪式后，每只蜜蜂都把身体挺得高高的，看起来美丽而容光焕发。

“快点工作吧，我的姐妹。”弗洛拉对她们说，“站好最后一班岗。”

清洁工们点着头，看起来不再害怕。她们清理着停尸房里的每一个角落——清扫着，擦洗着，把尸体搬走，直到处处都一尘不染。所有痕迹都被清理干净，整个房间也被清空。

林登先生已经不见了。

清洁工们就朝弗洛拉低头鞠躬，释放出强烈的家族气息，并把奉献仪式的气息留在体内。她们六个排成一队，无声地走向起降板——弗洛拉就跟在她们身边。

她们颤抖着走到阳光里，接着就打开所有气孔，把保存的最后一丝女王之爱释放出来，然后又把这神圣的气息吸入胸膛。

“赞颂你们的每一天，姐妹。”弗洛拉对她们说着。她们小小的面孔上露出了苦笑，接着就一个接一个地启动了引擎。当一切就绪后，她们一起从起降板上一跃而出。

正中目标！刚一撞上蛛网，她们还激烈地挣扎着。果园里响起了赞美诗的歌声。弗洛拉强迫自己看着那些蜘蛛，看她们走向蜜蜂们。当空气中充满她们的气息，弗洛拉不禁哭出声来。祭司们说得没错：一切结束得很快。

但她还是说了谎——弗洛拉知道在停尸房后面，那堆正在腐烂的尸体全部来自赛奇家族——但祭司直接否认了。

这很没有道理。清洁工们都很强壮健康，看起来只可能死于衰老——但她们被频繁地牺牲了。弗洛拉拖着疲惫而空虚的身体，往回走去。她试着回忆，想记起是哪段圣典给了赛奇们生杀予夺的权力。但那既不在教理问答书里，也不在地砖祈祷文上，甚至也不在她关于女王图书馆的记忆里——但那一定是存在的，因她们的规则就是法律。

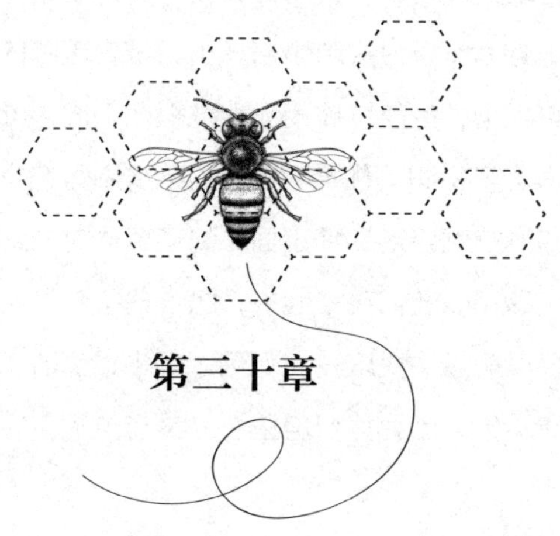

第三十章

短短两天，蜂巢就调整好了气味，好像这里从来没出现过雄蜂似的。这时，流言从育儿室传来。她们说：女王不会再产下雄性蜂卵了。这个消息迅速被传开，所有餐厅里提供的食物都越加简陋，采集变得越来越慢，现在神圣母亲那里又传来信号——冬天就要来了。

每个晚上，很多内务蜂在睡眠中死亡；到了白天，勇敢的采集蜂们也纷纷在寒冷的风中掉落，因为她们飞得离巢太远了。有的采集蜂找到鲜花，但再也站不起来了。就连那些最为强壮、最为优秀的蜜蜂，也只能带着半篮花粉和几乎全空的嗉囊回到起降板上。接收蜂们不再鼓掌欢呼。

弗洛拉觉得自己也该做些什么，好缓解日趋严重的饥荒。所以她更加努力地工作着，寻找的身影出现在镇上的每一个花园里，还有每一片田野上，只为找到哪怕一小口带着苦味的花蜜。这次她来到了一片垃圾场，各色垃圾凌乱地堆积在上面，可一丛黄紫相间的荷兰紫菀为这里平添了优雅。它们的花瓣展得宽宽的，展示着粗粝的花粉。弗洛拉就降落到那上面。到了黄昏时分，稍有头脑的采集蜂都找到了这里。她们飞了回去，把紫菀花粉放入藏宝库的保险箱里，并为餐桌增添了快乐——但到了早上，清洁工们不得不把新的尸体放到货运区；因为停尸房里已经没有位置了，而大风又封锁了起降板。

采集蜂们涌到了甬道上，看着灰色的天空，听着嘎吱声从脚下的果园传来。轮到弗洛拉时，她把六个钩刺都插到甬道的蜂蜡里，探出身去，感受着外面的飓风。树叶在风中打着转，树枝在咯咯作响。唯一让她高兴的是，那些蜘蛛网已经不见了。

晚些时候，赛奇们六个一组，一同出现在蜂巢里。她们专心地祈祷着，念着大家不熟悉的咒语。她们看上去比之前的任何时候都更加美丽。许多蜜蜂都停下了脚步，看着她们从门厅里穿过。她们伸展着长而优雅的翅膀，让强烈的家族气息从身后飘散开来。弗洛拉的触角抽动着，似乎感到有什么密码就隐藏在那股气息里面。赛奇们并没有说话，但当她们走过时，姐妹都低下了头，为脚下的变化感到惊讶。巢脾已经停止传送信息了。

姐妹都丧失了勇气。她们挤在每个大厅中央的大块马赛克上，在信息板上跺着脚。她们一边让彼此安静下来，一边试图用触角感受着空气中那微妙的变化。但她们看不到祭司，也没办法去问她们。异样的气氛让大家感到阵阵恐惧。

到了傍晚，更加匪夷所思的事情发生了。因为赛奇们竟出现在餐厅里，为大家侍候晚餐。这可是闻所未闻的事情。姐妹都说不出话来。她们忘记了自己家族本来的位置，随意乱坐着，只是为了找到更好的视角，看看这不同凡响的一幕。赛奇们扭转着外袍似的斗篷边，展示着她们美丽的金色条纹。经过抛光，她们的甲皮都泛着青铜似的光泽。还有她们的毛发，也都柔软地挺立着，散发着芳香。她们的眼睛下各有一个精巧的金色标记。这样一来，当她们把头转向接受服务的姐妹时，简直就像散发着女王的光彩。

当一位祭司把一杯金色的蜂蜜放到弗洛拉面前时，她觉得自己如在梦中。姐妹都惊讶地抬起头来，她们也都受到了相同的礼遇——她们一生中从未吃过这样的食物。大家吓得不敢下口，以防自己犯下过错，但祭司们却亲切地鼓励着大家，让大家开动。

上千朵鲜花孕育的香甜在蜜蜂们的舌尖上炸裂。空气中都飘荡着愉悦——进食之后，她们觉得自己又恢复了力量。蜂蜜让她们感到了勇敢和快乐，于是她们唱着：赛奇家族如此优秀，祭司们照看着大家，永远不会让大家感到饥饿，每只蜜蜂都爱着姐妹，她们爱着蜂巢，让大风去吹，任冰霜侵蚀，神圣母亲保佑着大家的安康，赛奇家族就是她钟爱的代言人！

当蜜蜂们把杯底的最后一滴蜂蜜舔净，把花粉蛋糕留下的最后一丝残渣咽下，赛奇们已经站到她们当中。她们用难懂的语言轻轻唱起了圣歌，直到蜂巢意志进入每一个姐妹的大脑。

我们共享这最后的盛宴，在冬团之前。

冬季已经到来，让我们加入冬团。

祭司们开始嗡嗡地发出神圣的和音，并示意大家起身。姐妹的声音汇聚到一起——蜂蜜和花粉为她们的身体添加了美丽的重量，仿佛把音色都变得不同了。接着，在祭司们的带领下，她们走出房间，来到了甬道上。蜜蜂们拥在一起，身上散发着蜂蜜的芬芳。她们排着长队，歌唱着向前。弗洛拉本以为她们会去往舞蹈大厅，并进行奉献仪式，但赛奇们带着她们朝藏宝库的方向走去。

随着越来越多的蜜蜂涌入，大家都有些透不过气来。两面挺拔的高墙上依然是空旷的穹顶，但大家还没来得及为蜂蜜的匮乏而感到恐惧，就沉醉在浓厚的女王气息里。振翅大厅里的所有圣杯都不见了。女王陛下正和她的侍女们一起，站在大厅的中央，气息从她身上喷涌而出，浓厚而纯净。她的笑容如此美丽，这让每只蜜蜂都相信，神圣母亲正在看着她，也深爱着她。大家不禁发出了幸福而温柔的嗡嗡声。

“祝福你们，我的女儿。”女王说着，“希望我们能再见面。”

“从现在起，我们将开始冬团。”赛奇祭司们异口同声地说着，接着她们就开始指导蜜蜂们怎样列队。

大家环绕着王室成员，从地位最高的家族开始，勾着彼此的身体，优雅地镶嵌在一起。她们一个家族接一个家族地向下延伸，拉着彼此的身体，互相支撑着，形成一个巨大的蜂团，让女王隐没在她们中央。同时她们还小心翼翼地留出足够的空隙，以便空气能够流通。

一个家族接着一个家族，蜜蜂们爬上蜂团，紧紧抱在一起，反反复复，直到每只蜜蜂都找到自己的位置，蜂团也高高地填满了藏宝库。顶层是强健的西斯尔家族，她们负责把蜂团固定到巢脾上。储藏蜂蜜的巢室在那里开启，蜂蜜的馨香混合着女王的气息。强烈的芬芳一路飘散，一直传到清洁工当中——她们组成了蜂团的最外层。这样一来，就连最为卑微的蜜蜂也能感受到女王的爱与安慰。

作为一名采集蜂，弗洛拉本有权去更核心的位置，可她决定紧紧留在同族姐妹身边。她想要带给她们安抚，也想在自己加入前确保她们用正确的方式钩住彼此。接着，一个声音从蜂团中央传来，那是蜂巢意志的声音：

接受、服从和服务。

“接受、服从和服务。”每只蜜蜂都回应着。每当一只蜜蜂说完，她的神经系统便和姐妹融为一体，她的触角也随之打开。弗洛拉也说了同样的话，但她依然紧闭自己的触角。九千只蜜蜂同时放缓了呼吸，随着她们同吸同呼，她们各自的家族气息也消退下去。大家都进入了同样的芬芳——和女王一起，和赛奇们一起，也和蜂蜜一起。

没有了姐妹不断运动的身体，蜂巢的温度迅速变冷。处于外缘的清洁工们能感到从团心处传来的微弱温暖，但她们的翅膀和背部依然感到寒冷。她们同呼同吸，并把触角调整到息止位。在她们全都陷入了睡眠时，弗洛拉静静地听着大家的动静。

她依然很清醒。她一边再次把女王之爱的气息吸入体内，一边感受着这气息的缓缓流动——神圣母亲已经入睡，但她自己的新陈代谢无法与大家保持一致。她听见果树的树枝在远处咯咯作响，还有寒风刮过天际。在寒夜的淫威下，冰霜就像一片苔藓，繁盛在蜂巢的木板上。身处蜂团边沿，弗洛拉能听到从它深处传来的吱嘎声，还有姐妹浅浅的呼吸声。她又注意到女王陛下的气息。那气息缓缓地从她身下阵阵传来。

寒风在星空下咆哮着。弗洛拉一直听着姐妹的声音，想找到还醒着的蜜蜂。她嘴巴发干，舌根发紧。她渴望着一滴清水——树叶上的一滴清水，沿着绿色细沟亮闪闪地滴下来的清水。她渴望像天鹅绒一样柔软的花瓣盖在自己的身体上，而不是像这样紧握着姐妹的爪子。

她不能入睡，可也不能飞翔，翅膀被冷冷地锁在身后。如果她把触角完全打开的话，可能就入睡了，但那样的话，那些关于产卵的梦境也许就会被释放出来。想到这里，弗洛拉猛地抽了一下大腿，她两旁的清洁工在沉睡中发出了咕哝和呻吟声。

外面的寒冷会让她死亡吗？那也许比现在这样更好——如果她不能入睡的话，可能就要死于无聊和沮丧了。现在弗洛拉拼命想要向其他采集蜂发出召唤——她们肯定也在挣扎着。因为采集蜂只需要短暂的休息，而这个蜂团仿佛要凝聚到地老天荒。

弗洛拉集中精神，想要让自己镇定，同时也试着让自己的神经系统与姐妹达成同步，但她满心都是旧日的记忆，那些关于天空、旅行和往日生活的记忆。她抽动着舌头，仿佛要伸进锦葵那黏着的小嘴里；或者是要在奶油般的罂粟花粉中滚过，她几乎能感到它的荚压在她的毛发上。于是她闻着它那好闻的香味，把花粉刷进自己的挂篮里。她想念脚下的植物根茎，想念草木那凉爽的张力，而不是姐妹背上的灰尘。但她最最想念的，还是清晨的露水。

她一定睡着过。因为当她醒来时，蜂团正在翻腾着。它旋转着，好让不同层次的蜜蜂都能移到顶层。她们最终将在那里得到喂养，然后便会回转下来。通过这种方式，蜂团将越过藏宝库的高墙，并在行进中打开储藏蜂蜜的巢房。当然，最先享用的一定是女王陛下。

随着一个家族的蜜蜂得到喂养，蜂蜜的味道层层渗透出来。弗洛拉的食欲突然爆发，她看着四周，想找到食物的源头，但经过几个小时之后，蜂团已经重组完毕，而清洁工们的位置几乎没有变化。弗洛拉环视着这个让自己容身的上面密密麻麻的大球，她知道自己将会有好几天不能进食了。

她小心翼翼地脱身出来，又把前后的两名工蜂连接到一起，好弥补自己离开造成的缺口。她设法爬到蜂团表面——她踩在数千姐妹的背上，动作轻轻的，生怕打扰到她们。最后，她终于隐约感受到了一丝天空的气息。接着她发现了一对残破的翅膀，还有一个坚实的胸膛——它们的主人是另一只采集蜂。

“罗斯蓓女士。”弗洛拉低声道，因为她看到了又一波不安的震动，“你能睡着吗？我睡不着。”

“不能，我受不了这种禁闭。别告诉我我的最后一餐是要吃我自己！什么时候才能轮到我们这一层进食啊？”罗斯蓓女士沙哑的声音中透着焦躁，“采集蜂从来不需要等待，采集蜂不需要冬团——我们为什么要出现在这里？”

其他蜜蜂发出的嘘声从四面八方传来。

“内务蜂囚徒们，”她反驳道，“我不想余生都抓着姐妹的手度过——我要把生命投入天空里。我现在就去为大家寻找食物。”

“阁下——”弗洛拉能听到寒风在夜空中的呻吟，“现在可不行！”

“行的，就是现在！我要带着这种禁锢到野外去。”

罗斯蓓女士松开两旁的内务蜂，从自己的队伍里脱身出来。她摇摇晃晃地爬到蜂团表面，和弗洛拉站在一起。

“阁下，请不要这样——最好等到早晨——”

“我再也忍受不了了。”罗斯蓓女士展开翅膀。可弗洛拉发现它们已经在她背上凋萎。在她惊恐的目光下，罗斯蓓女士把一只翅膀拉到前面，喘着粗气说道：“我的翅膀！发生了什么？帮我把它们合上，我的姐妹。一定是因为太冷了——它们一定会再挺起来的。”她扯着自己的翅膀——它们随即碎裂。“这不是我的翅膀，”她朝弗洛拉低声说着，“我的翅膀既完整又强壮。它们一定还被压在下面。我必须出去，还它们自由。”

罗斯蓓女士在蜂团上奔跑着，惊醒了很多蜜蜂。她纵身一跳，向藏宝库跃去，但没能抓住。她用力挥舞着爪子，跌向房间底部，痛苦的叫喊声一路传来。

“采集蜂姐妹啊！”她朝弗洛拉喊着，声音从藏宝墙下方传来，那里是振翅大厅的地板，黑暗而幽深，“帮帮忙，带我去起降板上吧。我的花儿们还在等着我呢。没有我的话，它们都不能绽放——求求你，一定要帮帮我。”

弗洛拉冲到蜂团的边沿，用力跳上了藏宝墙。接着她又攀过蜜蜂的穹顶，一路向下，跑到了地板上。这里躺着许多死去姐妹的尸体，罗斯蓓女士就站在她们当中，挣扎着想要展开破碎的翅膀。她的腿瘫在地上，伸手够向弗洛拉。

“我的花儿们，”她喃喃地说道，“它们都在等着我呢。你一定要去。”

“好的，姐妹。”弗洛拉在她身边坐了下来，轻轻抚摸着她的触角，“告诉我关于你的花儿的事，我会明白的。”

“千屈菜……”这只身躯残破的采集蜂说着，“的花蜜最好。你要记住。”

弗洛拉坐在那里，直到罗斯蓓女士的身体一动不动，接着就把她仰面安置到其他死去姐妹的身边。

“你真的很善良。”一个熟悉的声音传来。

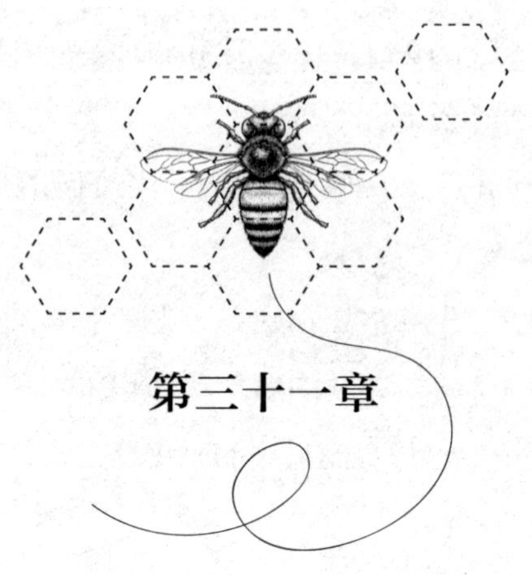

第三十一章

过了好一会儿，弗洛拉才看清楚那是林登先生。他正弓着身子，坐在一面残破的藏宝墙下，看上去小小的。看到了他，弗洛拉感到开心。

“我本可以在这之前的任意时间出现，”他说道，“好做个痛快的了断。可是现在，我注定要死于饥饿，就像我注定是个懦夫。”他抬起头来，“除非我叫谁来结果我的生命。”

“别去打扰她们休息了。你都藏在哪里？”

“在最平凡的气味当中——我加入了工蜂的队伍。看这个——”林登先生缩紧触角，让它们看上去显得短而钝。他弓起身子，低垂着头。虽然他的翅膀的位置看起来有些低，但当他迈着碎步，从一边跑到另一边时，他那迅速而不安的步态看起来像极了清洁工。“我猜她们也闻出了不同，可当然了，她们都不会说话。或者，可能……这想法真蠢……我觉得她们也许都很善良，善良到能够容忍。”

她们都抬起头来，看着蜂团。弗洛拉有些犹豫。

“那边，在我们中间，还是有位置的。至少你在那儿不会觉得冷。”

“哦，没错。当一只蜜蜂的鲜血从伤口中流出来，那种感觉确实很暖——虽然只有短短一瞬间。你觉得我是疯了吗？”

“嗜血的欲望已经过去了，现在没有谁会再伤害你了。”弗洛拉转身朝藏宝墙爬着。

“等一下。”林登先生跟在她的身后向上爬着——行动的样子透露出他的虚弱，“这样做真的能行吗？你为什么要为我做这些呢？你可真不一般，虽然这早就不是什么新闻了。”他一边跟在她身后，一边深吸一口气，想要挺起胸膛，“好的，谢谢你，我同意你的计划。”他轻轻地说，“但我的腹股沟——那是贵族才有的——一定会引起注意吧？有些姐妹没准会想要梳理它——”

“你不会有危险的。”

“太好了。”他低声答道，“在那个季节里，我可是很受欢迎的，累死了，你知道的。”

清洁工们正安静地挂在属于她们自己的小格子里睡着。弗洛拉一边向林登先生打了个手势，一边轻轻把一对姐妹分开，接着又向他招了招手。林登先生趁机夹到了她们中间。那对姐妹喃喃地扭了扭身子。闻到她们的气味，林登先生先是扮了个鬼脸，然后就把手脚和她们缠在一起。

“这味道还是很重，你不也是吗？”

“我很荣幸。”弗洛拉释放出一波气味，笼罩在他身上，“安静些。”她踩在他身上，继续向上爬着，攀过更高层的姐妹。

“可你要去哪儿？”

“你的话太多了。”当来到藏宝库的地板上时，弗洛拉庆幸着姐妹的温暖。她小心翼翼地挤着身体，又回到自己原来的位置。女王陛下的气息悄悄弥漫上来，笼罩着缓缓呼吸的蜂团。她等了一会儿，直到确认姐妹的气味已经掩盖那只雄蜂。接着，一阵奇妙的平静淹没了她的身体。她终于睡着了。

＊＊＊

蜂团缓缓移动着，就像一个吊在空中的大球，里面的数千只蜜蜂向着巢脾的方向循环移动。蜂蜜宝藏被同时打开，轮到进食的蜜蜂们努力想咬到它们的边沿，好摄取哪怕只有一小口的甜蜜能量。接着她们会继续移动，沿着蜂团的外缘一路向下。大球继续旋转着，好让每一只蜜蜂都得到喂养。

位置始终如一的蜜蜂只有一只，那就是女王。姐妹把她紧紧簇拥在蜜源旁，用身体温暖着她。每当她神圣的气息缓慢而稳步地释放出来，就说明墙上的一个储蜜格已经空了。蜂团有条不紊地在墙壁周围旋转，好确保每一滴蜂蜜都不会被漏掉。

蜜蜂在大球里循环移动，却并没有惊醒姐妹。只有当旁边的蜜蜂挪动手脚时，她们当中才会兴起波澜，并随着蜂团的转动起起伏伏。当大球又开始旋转，蜂蜜的气味悄然渗入了弗洛拉的肚腹。她感到无比饥饿，就像刚去到达大厅时一样，她整个身体都感到空虚的战栗——当意识到自己离进食还有很久时，她绝望得想要哭泣。在轮到清洁工之前，也许还有数千张嘴等待着进食——如果她们足够强壮的话。

由于长时间保持同样的动作，她的六肢开始发酸。但身旁的弗洛拉姐妹都在睡着，也包括她刚刚引入的，那位特别的新“姐妹”。弗洛拉并不想惊醒她们，但她也无法再这样忍受下去。她集中精神，用神圣的芬芳包裹住自己的触角，并想以此来安抚自己的躁动。但这气息显然不够，她努力的结果也只能是加剧了自己的渴望——不论是对事物，对活动，还是对任何东西，除了这种黑暗而局促的禁锢。其他采集蜂也都醒了——她能感受到她们沮丧的气息从蜂团中阵阵涌来。她更加用力地思考着——空气已经发生了变化，蜂巢木板的味道也变得不同。空气更干燥了，风刮得也没那么猛烈了。弗洛拉轻轻地脱出身来。

＊ ＊ ＊

在起降板上看到的一切令人震惊。果园里，深色的树枝斜着伸出来，映衬着灰白的天空。在那之后就是裸露的棕色土地，它们向远处延伸，通往高高的森林线。几只采集蜂望着彼此，试着伸展饱受拘束的手脚。大家都极为饥饿。她们盘旋着扬起了触角，想感受冷空气的味道。现在无风无雨，苍白的雾霭在云端显示着太阳的存在。她们一个又一个地开启了引擎。在寒冬的空气中，这声音显得如此巨大而特别。这里并没有西斯尔卫兵，所以为了能够回来，采集蜂们只能自己把归巢标记做好。弗洛拉看着她们。一位来自凯伦娜家族的采集蜂赞许地向她点了点头。

“你有权这么做。”她的声音粗糙而干涩，弗洛拉甚至能听出她腹中的一片空虚，“而且你的家族气息这么强烈——”

“——我们中没有谁会错过它！”

“行动吧，姐妹。”

平生第一次，弗洛拉在起降板上释放出自己的家族气息——这宣示着弗洛拉家族也能采集。吸收了这新的颇具特征的化学气息，归巢的气味标志变得更加浓烈。

经过长时间的折叠，弗洛拉的翅膀已经变得虚弱。寒冷吹在她身上，可她仍努力向高空飞去。所有气味和气流都已经发生了变化，仓库的味道变得更加强烈。一波信息突然在触角中闪现——她清楚地意识到，这是莉莉500留下的数据闯入了她的大脑。是采集地点的坐标，就在小镇那边。

“*玻璃笼子，玻璃笼子*”，这是唯一随之而来的词语。弗洛拉不明白它的意思，但坐标信息持续不断地涌来，于是她开始朝那些房屋飞去，目标是肮脏的好像拼接物似的绿色花园。

风越刮越猛，同样猛烈的还有严寒。每次把血液输送到翅膀上，都消耗了她更多的能量，空空如也的嗉囊也暗示着危险。她又自大了，竟觉得自己能在最严峻的环境下和最遥远的土地上采到花蜜。现在，她只能空着嗉囊，追着太阳下落的方位和角度回家——

“玻璃笼子！”莉莉500的信号持续出现在脑海中，“玻璃笼子！”

“安静！安静！”弗洛拉在空中打着转，体内的能量水平向大脑发出了警告。一旦她接触到冰冷的大地，一定会被它吸干体内的最后一点能量，那样她就再也站不起来了。

她捕捉到一丝香甜的气息——明媚、纯洁而充满活力。是一朵花——一朵年轻而美丽的鲜花。弗洛拉锁定了它。一阵馨香打着转，沿着一栋建筑旁边的灯管传来。那味道既不是醉鱼草，也不是鸢尾花，甚至不是忍冬。看到自己在大玻璃窗上的倒影，弗洛拉一个急转，以免撞到玻璃上。

玻璃笼子原来是一间温室，里面有很多植物——一些花瓣看起来明亮而美味，另一些则又小又白。她寻找的香甜气息就来自这里。一朵鲜花正在召唤着她，请求着蜜蜂的到来，或者任何传粉昆虫的到来——但弗洛拉不知该怎么进去。风沿着玻璃墙拖着她的身体。她感到香味更加强烈了，这香味来自墙身下半部的一处小缝隙。

* * *

温室里的空气温暖而潮湿。在这里，植物生长的地方并不是大地，而是色彩鲜明的各种花盆。它们或是被放在花架上，或是被放在壁架上。地面上有一个金属盘子，里面放着一些碎肉，几只苍蝇正在那里吃着，但死去的苍蝇更多。它们或是躺在窗台上，或是落在地板上，并在那里渐渐地干燥。弗洛拉顾不上其他东西，她眼里只有那些美丽的植物，它们用纯美的芬芳呼唤着她。它们盛开着，从不曾被谁触碰，就这样渴望着蜜蜂的到来。

她首先要做的就是躲避醉酒似的青蝇——他们会污染所有大花的花头。许多苍蝇会降落在含苞待放的橘色百合上，为了吸取花瓣褶边上渗出的稀薄的小滴蜜汁。在那里等待着的还有一些花朵，弗洛拉不确定它们是否已经准备好，因为它们的花瓣看起来就像是碧绿而肥厚的豌豆荚；还有那肉红色的嘴唇，它们缩拢着，边缘还镶嵌着奇怪的白色卷须，仿佛一颗颗尖牙。感受到她翅膀的拍打，它们朝她发出了轻佻的嘀咕声，并释放出浑浊的气息，布满了她的去路。但她对它们并不感兴趣。

在一片粗鄙猥亵的喧嚣声中，弗洛拉嗅到一丝真正的芬芳，它在召唤着她。那是一棵小小的橘树，上面开着未经采撷的小花。可怜的橘树啊，它小小的身体上竟被嫁接了三种不同的植物。在这沉闷的冬日空气中，紫外线在它小小的花头上闪耀着。从紧紧扭着的根部上，她感受到了它的渴望。

“嘘，嘘。”弗洛拉一边通过双脚释放出自己的气息，一边降落在光滑的深色树叶上。柑橘的香甜立刻点亮了她的感官，旅途的疲劳一扫而空。这间玻璃房间里只有她一只蜜蜂。弗洛拉打开挂篮，准备好迎接大批的花粉和花蜜——她一定要把它们从这个奇妙的地方带回蜂巢。她向上爬着，停在一朵奶油般的白色花朵上。从没有谁触碰过它，所以当弗洛拉的脚触到它的花瓣时，她和鲜花都感到一阵战栗。弗洛拉温柔地揽着它，伸出舌头，深深刺了进去。无与伦比的美味瞬间在她心里和体内炸开，仿佛阳光照在水面上。她尽情喝着，直到把它们全部喝干。

在她身后，肥厚的绿色花朵也在等待着。弗洛拉一边把小颗小颗的金色橙花粉粒刷到挂篮里，一边感受到它们那持久的欲望。当她再次看着它们时，那些绿色的唇瓣已经打开了，露出了里面的红色，还有边缘上那些白色的像流苏似的东西，看起来更有种喜庆的味道。它们的花蜜浓稠而粗糙，自然不能和橙花那近乎神圣的芬芳相较，但产量很丰富，而且，它们吸引注意的方式也很讨喜。

弗洛拉情不自禁地从体内释放出更多的气息。它们是这样渴望着她，所以开始向她靠拢。在她的目光下，它们的内瓣渐渐变得湿润起来。她盘旋着，不禁被它们的欲望吸引。

“还不如来我这里。”一个声音高声吟唱着。弗洛拉循声望去，只见一只硕大的黑色弥涅耳瓦蜘蛛正坐在她薄雾一般的蛛网上，“真是个甜美的仆人。来吧，让我来抱抱你。”

“我已经见过你的同类了。”弗洛拉冲她喊着，“不，谢谢。”

危险的蜘蛛让弗洛拉的身体开始分泌肾上腺素，于是她更用力地拍打着翅膀。更加浓烈的气味从绿色的花朵中升起，这让她感到激动。也许它也是一种野草吧。在现在的情势下，姐妹连大戟草蜜都会喝的——如果她们能找到的话。如果能带回满满一嗉囊新鲜花蜜，这总归是件好事，不管这花蜜来自哪里。

它那肥厚的花瓣张得更大了，似乎在鼓励着她。谁知道什么时候才会再出现能采蜜的天气呢？也许她可以自己把橙花蜜喝掉，然后把这种产量更大的花蜜带回去。弗洛拉把触角里的信息通道又开大了一点，想听听莉莉500是否有话要说，但什么信息也没有传来。

突然之间，更多的气息从那些绿色的花朵上迸发出来，冲进弗洛拉的大脑，迫使她去注意它们。那一张张肉红色的嘴张得更大了，每一片内唇上都立起三条白色的长丝，似乎是雌蕊，也有点像花药，只是那上边并没有花粉。它的花蜜只存在于一个地方，那就是花瓣底部的连接处——看起来是黏稠的一小片，粗糙却丰盈。

那是一种甜得发腻的气味，让弗洛拉有些犹豫。这种庸俗的花儿啊，它是这么不知羞耻地祈求着她的触摸，为此它甚至分泌出更多的花蜜。一个念头闪过弗洛拉的脑海——也许从这儿采到的花蜜足够整个蜂团享用呢。

她还没决定先去采哪一朵花，温室里就飞来了成群的苍蝇——他们也被同样的气味吸引了。他们嗡嗡地围着这些花朵，疯狂地飞着。弗洛拉不由得一个急转身，换来了青蝇们粗鲁而大声的称赞。他们用肮脏的脚踢着绿色花朵们的白色流苏，好像在戏谑似的。他们一会儿俯冲下去，一会儿在空中盘旋，直到浓厚的花香与蝇身上腐肉和排泄物的气味互相纠缠，扭动在空中。一些苍蝇撞上了明亮的玻璃，于是便落到了地上，昏厥着发出了嗞嗞声。这些滑稽的动作让弗洛拉感到一阵烦躁，但想到弥涅耳瓦就在角落里，她还是向高处飞去。透过窗帘似的黏性蛛网，蜘蛛一直盯着他们。

“有秘密的蜜蜂啊，”蜘蛛低声说着，“我在这里就能闻出来了。”

弗洛拉想要离开，但一波警报腺素溢出了她的身体。蜘蛛笑着说："我想，今天我们能娱乐娱乐了，先看看这些傻子。"

苍蝇们嘲笑着那些绿色的花朵。他们嗡嗡地飞了过去，让那些花瓣露出了里面的红色。接着他们就尖叫着从中间穿了过去，一点也没碰到它们。它们真是些奇怪的花。最大的那朵显然还没忘记弗洛拉，它继续释放出香气，并把它自己推向弗洛拉盘旋的地方。

"它们总是想要你们！"一只青蝇一边朝弗洛拉大声喊着，一边猛地飞了过去——那花朵的气味让他发狂，"但我们也很优秀！我们的名字就代表了我们的技能：飞翔[1]！看我的！"他青色的身体泛着金属的光泽，毫无规则的飞行路线在他身后的空气中写下一行行淫荡的诗歌。他的动作让弗洛拉感到阵阵眩晕，他身上的气味也让她感到恶心，但他的同伴们都发出了赞许的吼声。

年轻的苍蝇在弗洛拉与饥渴的绿色花朵之间迅速穿梭着，他用沾满秽物的脚踢着它白色的流苏。在弗洛拉看来，那花瓣似乎正在移动，仿佛想把苍蝇给捉住。

"你必须求我！"他一边向那朵花喊着，一边在空中又旋转了一圈。

"哦，哦，来和我坐在一起，讲讲你的故事！快来啊！"他的癫狂让蜘蛛感到兴奋，于是她好像痉挛发作了似的抓紧了蛛网的边沿。

"我们和你们一样优秀！"苍蝇一边大喊，一边比赛似的在弗洛拉四周飞着。他追逐着自己留下的滑流说："虽然你们都看不起

1　此处"飞翔"与"苍蝇"的英语单词都是"fly"。

我们，叫我们米莉亚德——可是在这里，供养我们的鲜花是一样的！”

“蜜蜂，采蜜蜜蜂，”弥涅耳瓦朝弗洛拉喊着，“把那小‘屎槽’给我带过来，让他讲讲他的故事……”

苍蝇落在绿花附近的一片叶子上——它看起来肥厚而暗淡。他脚上嵌满了粪便，几块满是血污的碎肉已经风干在脸上。他站在植物旁，这让他显得卑微而可怜。在他的紧握下，植物的皮肤开始收紧，并分泌出更多的液体，一股麝香的味道让人眩晕。弗洛拉就停在一旁的壁架上。

“你们制造蜂蜜，所以你们觉得自己高人一等。”他一边对弗洛拉说着，一边往高处爬着，靠近那红绿相间的花朵。它慢慢张开花瓣，准备迎接他的到来。“可鲜花也爱着我们。我曾从一朵花里吸吮过很多花蜜，也学到了它的名字——大戟属植物。你相信吗？这是真的，不管你怎么想。”

苍蝇也渴望着尊重，这让弗洛拉有些生气。她明白赛奇们为什么鄙视她的出身——因为她们也鄙视自己。

“别哭哭啼啼了。”她说着，“如果你是只苍蝇，你就是一只苍蝇！我们中也有喜欢大戟花蜜的——我只是蜂巢中地位最低的，负责清扫垃圾——”

“啊哈！”蜘蛛喊道，“你还想要什么呢，就你那肮脏的异邦血统？”

弗洛拉朝蜘蛛释放了一波战斗腺素：“我生于女王，孵化于蜂巢！”

"愚蠢啊，我说的是你的父亲。他是一名狂妄的黑色游徒，来自遥远的南方。"蜘蛛张开了嘴，露出自己的尖牙，"我敢说没人会偷他们的蜂蜜！"她的小眼睛开始刻意露出一丝温和，"你的血一定无比香甜……"

"别理她。"苍蝇上下飞舞着，想转移弗洛拉的注意力，"只有你给她机会，她才能把你抓住。"他钦佩地看着弗洛拉，"你们真会有人吃大戟草蜜吗，就像我们一样？"

"我认识一个。"弗洛拉情不自禁地微笑着，"但我蜂巢里的其他蜜蜂不喜欢。"她感到蜘蛛正在认真地扫视着她的翅膀，但她一心专注飞行。

"谢谢你。"他向她鞠了一躬。在肮脏的外壳下，他的腿细长且匀称，胸部闪耀着蓝色的光彩，显得十分美丽。"你是第一只愿意和我说话的蜜蜂。"他转过身去，沿着花径，大步走向绿色的花朵。

"等一等！"弗洛拉喊着，"那株植物——我不知道它的名字——"

"我也不知道，但是我口渴了，而且它需要我。"

"是的，等一等，男孩！"一只身形硕大的雄性青蝇沿着窗台跑了过来——他已经没了翅膀，"我告诉过你——"

"可每一次，我都活着回来了。"年轻的苍蝇几步爬上了那花心里红色的皮肤，站在长长的白色花丝之间，"别担心——我可以在它们之间跳舞，我还能胳肢它们——看！它们很喜欢呢！"

他拍着一根白色的细丝，接着光灿的后背上就映出了红色。他朝花瓣底部跑去，想去喝那些花蜜。美味让他发出了开心的嗡嗡声，他站起身来，满脸潮湿而黏腻。

“好美味啊。没有危险，只要你不碰两个。”

“危险就在你身后！”蜘蛛尖叫着，“快！”

年轻的青蝇警觉地向后一跳，正好撞上了另一根白色的长丝。这一碰触发了陷阱，白色的流苏花瓣合拢到一起，弗洛拉只来得及看到苍蝇那张受惊的脸。他尖叫着，疯狂地发出嗡嗡声。他用力向上爬着，手还伸在外面。这时，一阵液体的声音从臃肿的芽孢内传来。

“这个傻瓜！”蜘蛛笑得浑身发抖。这时，苍蝇的尖叫已经变成了一阵“咯咯”声，接着就什么声音也没有了。“贪婪的花朵，他正好是它的食物。还是你先请吧，不过我想得到这份奖励。”蜘蛛伸出爪子，查看着花朵们的边沿。

弗洛拉紧紧抓着墙壁，强迫自己朝那边看着。苍蝇的身体正在液化，那种气味从绿花那膨胀的嘴唇中渗透出来，飘散到空气中。这让弗洛拉无法嗅出窗户的位置，于是她只好沿着平滑而闪亮的玻璃，寻找着视觉线索。可她只能看到温室的影子倒映在身后。在墙的上方，一个黑色的物体正在移动。

弗洛拉从墙上跳下来，一边在空中盘旋，一边发出惊恐的嗡嗡声。蜘蛛沿着蛛网爬了过来，用一根蛛丝把身体吊在空中。

“小小的产卵工蜂，你这个叛徒——如果你愿意，可以挑战女王。不过我觉得现在正是时候——她年纪多大了？三个冬天，还是四个？我忘了。让位也没什么大惊小怪——我亲爱的！”

“神圣母亲是不朽的——没有人能改变她的地位。”弗洛拉的声音中透着紧张。蜘蛛则发出了啧啧声。

“镇定，我亲爱的——恐惧会影响味道。我只是想帮助你，让你手上不再沾染同伴的鲜血。”蜘蛛慢慢沿着墙壁爬下来，来到弗洛拉身边，“如果你回去的话，将会引起骚乱……姐妹将攻击彼此……”她的声音低低的，似有似无，“你将给你的蜂巢带去灾难……带去不可想象的恐惧……”

“你说谎！”还没等弗洛拉反应过来，令人作呕的恐怖气味便从那些绿色花朵中涌了出来。这让弗洛拉看不见东西，也无法思考。局促在这狭小的温室里，她只能一次次撞向明亮的玻璃。就在她摇摇欲坠时，蜘蛛重重地跳到地板上，跑到她下方的位置，等待着她掉下来。

弗洛拉用一根爪尖钩住了墙壁，并悬在那里。

“很好！”蜘蛛喊着，“就在那儿等着！我会用一束丝线逮住你。”

“住口，你这个呆头呆脑的丑布袋。你才没有丝线。”那只没有翅膀的大苍蝇沿着窗沿爬了过来，并冲弗洛拉喊着，“蜜蜂！你对我同类说的话很公正。现在到我这边来，让我告诉你出去的路。”

“你怎么敢？她是我的！”大蜘蛛在地砖上转来转去。弗洛拉向下看着，已经快没有力气了。

“相信我，”那只老青蝇又向她喊道，“你就能得救！”

弗洛拉不再看那个怪物，她又开始打转，一次次的碰撞让她有些昏厥，她挣扎着飞到窗沿上，落到苍蝇身边。身下的地板上，蜘蛛正在想办法爬向他们。

“这边——你必须从我身边过去。”苍蝇扶住弗洛拉，把她往前推着。在他的推动下，弗洛拉来到玻璃下立着的金属细支杆前。“先把脚舔干净，再往上爬。”他说着，“不然你会掉下来。”

弗洛拉能闻到冷空气从上方玻璃的间隙间涌入的气味，下方则传来蜘蛛身上那油腻的恶臭。两条长着长毛的黑色大腿爬上了白色的窗沿，抓稳——然后又是两条。蜘蛛在他们身后立起身体，发出兴奋的嘶嘶声。

弗洛拉用舌头拍打着脚上的污物，然后沿着光滑的金属杆向上爬着，直到她抓住窗下平坦的窗台——那扇小窗是开着的。寒冷而自由的空气搅动着她的翅膀。她向下望去，想谢谢那只苍蝇。

只见他坚定地站在那里，发出了不屈的嗡嗡声。接着，硕大的黑色蜘蛛就来到了他的面前。

“快走！”他大喊一声。

* * *

弗洛拉在寒风中瑟瑟发抖，直到引擎低吼，带着她飞向生命。天空几乎全变黑了。她一边绕着花园飞行，一边寻找着熟悉的气息。她依靠本能飞着，只找到少数几个地标——公路上传来的柴油味，从仓库下水道里传来的刺鼻的苦味，然后她才欣喜地嗅到了气味的灯塔。那是采集蜂们做好的标志，虽然稀薄，却让人安心。她奋力朝那里飞着，穿过深色的果树枝丫，飞向她的蜂巢，还有采集蜂姐妹的气息。

弗洛拉终于站到了起降板上，带着四分之一嗉囊的花蜜，朝家的方向跑去——那里有她心爱的家园，她的生命，还有她承载的秘密。

第三十二章

蜂巢里寂静得叫人紧张，仿佛她是最后一只活着的蜜蜂。在回家的旅途中，严寒带来的痛苦已经侵入了她的身体，现在，她的翅膀颤抖着，仿佛要融化了似的。又硬又脆的甲壳也变得灼热，似乎已经开始变得柔软。弗洛拉痛苦地喘息着，她的声音回荡在安静的甬道上。她什么也听不到——蜂巢里既没有采集蜂，也没有什么别的动静。难道蜘蛛说的是真的？难道她的出现真的给家园带来了灾难？一片死寂压抑着她的大脑。

接着她就感觉到它了——微弱的翅膀振动隐约从顶层传来。蜂团还在。就在那里——弗洛拉穿过寂静得令人恐惧的巢脾，甜美的蜂蜜味道传来，带着姐妹身体的温暖。她们都还活着！她拼命向前跑着，想回到家庭的怀抱。弗洛拉一阵风似的冲进了藏宝库。

清洁工们的位置几乎没有变化。弗洛拉打算带着花蜜，直接去女王身边。当她爬上姐妹颤抖的后背，就发现她们已经醒了，并呼吸着从上层传来的蜂蜜气息。

“蜂团移动的速度很慢。”一个低低的声音从近旁的黑暗中传来——是林登先生。他身体的味道和工蜂们的气息交缠在一起，身体两边各撑着一只蜜蜂。“我们还要很多天才能进食——如果我们坚持得住的话。”

弗洛拉冷得说不出话来，但她立刻给最近的工蜂喂了一小滴橙花蜜。尽管那只小蜜蜂已经饿极了，但她还是只喝了一小口，再把大部分传给了身边的邻居。她的邻居也只是极其谨慎地喝了一口，接着又继续传递下去。让弗洛拉意外的是，林登先生并没有贪婪地跑去争抢——事实上，他甚至没有提出要食用花蜜的要求。

想起雄蜂无法自己进食，弗洛拉就像喂养刚出生在到达大厅的姐妹那样，也给林登先生喂了一滴花蜜。他的触角抖动，似乎如释重负。他把身体靠到她身上，翅膀发出嗡嗡的声音，想要给她温暖。弗洛拉另一旁的小工蜂也做了同样的事情，接着是更多的姐妹。弗洛拉感到身体仿佛在融化，她呼吸着这令人安慰的本族气息——林登先生的味道也在其中。

“女王陛下。”重新获得说话能力的瞬间，弗洛拉小声说着，“我必须找到她。”

* * *

密密麻麻的蜂团缓慢地移动着。当弗洛拉踏上她们沉睡的触角时，蜜蜂们纷纷发出惊叫；有些蜜蜂被她带来的花蜜的味道唤醒；暴躁的采集蜂们从蜂团深处呼喊着，询问着花蜜的来源。出去冒险的采集蜂还有许多，但是回来的没有几个，而且她们都一无所获。巢脾的寂静限制了信息舞的有效表达。弗洛拉尝试着告诉她们“玻璃笼子”的方位，但又为她们的命运担忧——如果她们找到那里，会发生什么事情呢？

就算身处蜂团内部，赛奇祭司们依然对发生的一切保持警觉。她们派去女王的一个侍女，要她保证弗洛拉能带着宝贵的蜂蜜顺利前进。弗洛拉闻着她们嘴里的蜂蜜气息，又想起自己在育儿室里的日子——那时，她能吃的只有食物的残渣碎屑。现在，因为她在艰难的日子里带回了食物，所有姐妹对她讲话的态度都变得温柔而有礼。那些美丽的、营养充足的姐妹来自不同的家族——福格瑞亚、布鲁姆，还有福克斯格莱。她们纷纷为她让路，把她引向那个温暖而甜美的地方。在那里，她们用绸一样的翅膀保护着女王陛下，把她环绕在中央。

在整个蜂团的紧密包围下，弗洛拉感到自己正贴着女王的身体。那种神圣的芬芳正在变得暗淡，或许是因为寒冷，或许是因为女王正处在半睡半醒之间。弗洛拉打开自己的嗉囊，把珍贵的橙花蜜全部倒进女王的嘴里。在明媚的香甜下，女王的身体开始颤抖。她身上的气息开始变得浓烈，这让弗洛拉寒冷而疲惫的身体得到了温暖和复苏。女王伸出长长的嘴，用力吸吮着。几乎与此同时，弗洛拉感到了能量在女王体内澎湃。鲜明的气浪喷涌而出，承载着神圣的芬芳，如波浪一般，在整个蜂团里蔓延。八千只蜜蜂如释重负地在梦中发出了低语。

女王用自己的触角碰了碰弗洛拉的。

“我的孩子很冷。我的孩子受到了伤害……我能感觉到。”

一阵痛苦在弗洛拉身体里涌动，因为她想起了蜘蛛的话。

“嘘……”女王揽着她说，“妈妈在这里。你是生病了吗？”

还没等弗洛拉答话，一名警察就冲进翅膀的包围圈。

“谁生病了？让我把她带走——”

“神圣母亲啊——”弗洛拉双膝跪倒在女王面前，并不害怕警察随时可能阻止她，“你之前向我发送过信息，但我没接收到。现在我就在这里，听凭差遣。”

“哦……”女王颤抖着声音说，“我希望你记起一个故事……就在我的图书馆里。第五个……”

一名赛奇祭司也走了进来。

“不，女王陛下，请不要这样！”她的触角俯倒在女王身前，“神圣母亲啊，我们不能在冬团时说这种事。如果陛下感到任何痛苦，孩子们都会察觉的。”

“我们自己的孩子在给我们忠告吗？”女王转头看着祭司说，“我们自己的女儿派来了警察，想控制我们的行为吗？”女王的气息开始发生变化，整个蜂团也因压力而开始波动。祭司把警察遣走，然后弯下了腰——她的触角颤抖着。

“原谅我，女王陛下。赛奇只知道什么是好的，有时也会因为谨慎犯错。可一旦神圣母亲太过激动，她就会感到疲劳。那样的话，整个蜂团都会受到伤害。”

“确实。”女王展开光彩闪耀的长触角，开始进入深度睡眠。

祭司打了个手势，丝绸般的翅膀帷帐就打开了一处，足够将弗洛拉送出去。然后帷帐又合拢，保卫并温暖着女王。

“把这个带去给你的族人，并叫她们耐心等待。”祭司给了弗洛拉一大滴蜂蜜，“下次你再送蜂蜜给女王陛下时，我们会转交的。任何事都不能打扰神圣母亲，就算她愿意也不行。”祭司打量着她说，“你看上去很痛苦，可你才刚刚吸取过女王之爱啊。”

“我在采蜜时遇到了可怕的东西。如果我能跳舞，就可以告诉大家了。”

“要把噩梦传播给姐妹吗？你必须独自承受你的负担。”

“是的，修女阁下。”弗洛拉又回到了她的族人当中。

* * *

厚厚的大雪包裹了蜂巢。蜂团越过了屋顶和墙壁，留下一个个空空的像是补丁的蜜巢。现在至少轮到清洁工们进食了。赛奇们给她们打开了一种不一样的蜂蜜——更加稀薄，也更加粗糙。然而饥饿的她们都没有抱怨。林登先生一直藏在清洁工中间，用她们的气息掩蔽自己。弗洛拉和他分享了自己的口粮，他们一边吃着，一边沿着墙壁向下移动，回到了指定的阶层。

寒风凛冽地刮过蜂巢，蜜蜂们都担心它会掉下去。在门外的果园里，果树的枝丫断裂并坠落。整个天空都在怒吼。采蜜是不可能的，于是弗洛拉加入了蜜蜂救护小队。她们的任务是检查整个蜂团，找出脱落的蜜蜂，并为她们提供救护。强壮的蜜蜂还会为虚弱的蜜蜂提供帮助和鼓励。但遇难者的数量每日攀升。于是赛奇们决定为最需要的蜜蜂打开应急口粮，然后她们用宝贵的能量唤起神圣的和音，把蜂巢意志也送入催眠状态。

蜜蜂们的身体一动不动，好像死去了一样。女王之爱的气息依然隐隐约约地从蜂团中心传来，把大家结为一体。蜜蜂们感到身体一阵放松，仿佛自己正在穿越蜂巢，探索着它的浩瀚，感受着它的细微。它既古老又年轻，蜜蜂们爱着它的每一个巢房，也了解它整体的结构——从起降板到供她们攀爬的巢脾。

蜂巢意志又来到神圣时间的入口，这时，姐妹都飘荡在知识和快乐当中。智慧慢慢累积，进入变态[1]巢房，使她们体内充满变化的力量，于是她们在自己的羽化室醒来。蜜蜂们在梦中都来到蜂蜡圣堂里。她们用手轻抚着从自己腹部产出的柔软的半透明蜡片。从很久之前开始，姐妹就一直并肩站在一起，亲手搭建着自己的家园。

她们在梦中越过了这建筑里每一处令人兴奋的地方，每一块精美的密码地砖都意味着巨大的成功——这是她们所了解和热爱的。密码地砖躺在大厅的地板上，供大家共同使用。在这个共同的梦境中，极美的花粉与糕点香气飘散开来。整个蜂团都快乐地喃喃起

1　昆虫变态指昆虫从幼虫发育为成虫的过程中，其外部形态、内部结构、生理机能、生活习性及行为本能上发生的一系列变化的总和。

来，因为她们看到了丰盛的餐桌。围绕她们的不再是冰冷的翅膀，而是低声交谈的同伴和温暖的情谊。她们坐在一起，为女王奉上甜美，为姐妹做好面包。这时，采集蜂们的梦境变得更加生动。整个蜂团都在睡梦中发出叹息，惊讶着自己知识的丰富。

在蜂巢意志的作用下，她们又在梦里来到了蔚蓝的天空。夏日的微风习习吹来，采集蜂们以勇敢而高贵的姿态俯冲向下。蜜蜂们和她们一起冲向花朵，冲向那万花筒般的美丽，她们感到自己也学会了采集蜂们的飞行技巧。在梦中，她们学会怎样迅速高效地装扮挂篮；怎么给花朵搔痒，让它们吐出更多花蜜；她们还学会看花蝇们聚集在哪里，好找出没有米莉亚德的安全之地。

西斯尔卫兵们也在做梦。在梦中，她们明白了起降板上那些繁文缛节，也明白了各种信号的细节。一种不知名的力量从蜂巢意志中传来，那是蜜蜂们在分享她们的恐惧，她们对神圣法律的忠诚，她们长期被压抑的对于“灾祸”的畏惧，还有对彼时烟雾味道的警惕。蜂团嗡嗡响着。大家释放着自己的焦虑。每个家族都放松地表达出自己的思想和知识，愉悦地恣意倾诉着。她们还分享着生活中的点点滴滴，一点又一滴，诉说着她们挚爱的群体生活。

蜂巢意志吸收着这所有一切，并把它们加以放大。

＊＊＊

在女王和赛奇们身下远远的地方，弗洛拉也无法自已地进入了梦乡。她梦到自己把温热的金色蜂卵轻轻抱在怀中——它是半透明的，那么美丽，仿佛一滴蜂蜜。卵的中心是一只小小的金色蜜蜂，它正在那里闪着幽光，朝她的心灵之眼越飞越近。它的芬芳让圣音都产生了共鸣。那张小小的脸正变得清晰，看起来美丽而热情。它越加用力地拍打着翅膀，直到轻哼变成了刺耳的抓挠声。

弗洛拉忽然醒了。那抓挠声是真的，它正带着一种陌生而沉重的震颤，从蜂巢的木板上传来。她松开了身旁的林登先生，冰冷的六肢因痛苦而抽搐着。

“姐妹，快醒醒！”姐妹都在沉睡，她沿着她们的后背跑着，重重地发出警报，点燃了自己的战斗腺素，想唤醒整个蜂团。

“入侵者！蜂巢里出现了入侵者！”

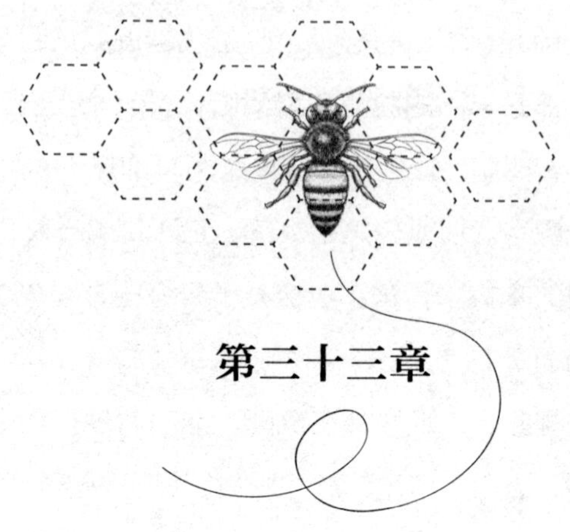

第三十三章

在侵略者有力的啃噬下，巢脾剧烈地震动着。袭击来自下方，在中层的地板上，靠近育儿室的地方。姐妹停下了动作，计算着它的脚——不是八只，所以不是蜘蛛；不是六只，所以不是昆虫——是四只！一只四足兽——流着温热的血，长着肮脏的皮毛。西斯尔卫兵和各个家族里最强壮的姐妹一起，迅速而安静地向震源赶去。

那动物停止了撕咬，因为它也被蜜蜂们的先遣部队吓了一跳。下一秒，尿液的味道就顺着甬道滚滚而来。蜂蜡破裂的声音又继续响起，那动物又在袭击宝贵的墙壁。姐妹匍匐向前，她们的毒液已经充满液囊，短剑也准备好随时滑出。

在雄蜂到达大厅里，入侵者后腿蹬地，立在了她们面前。他那长长的灰色脑袋就像巨塔一样高高挺立，红色的眼睛呆呆地望向黑暗。数百条粗须颤抖着，无毛的爪子在马赛克地板上留下一个又一个坑洞。他的皮毛使空气中充满霉味。当它张开口呼吸时，蜜蜂们能看见他那又长又黄的门牙，并闻到它恶臭的气息。

老鼠迷惑地停了下来。他那长着鳞屑的长尾巴抽动着，尿液漫布了每一块地砖。

前排的一名西斯尔卫兵发出了愤怒的嗡嗡声，并释放了自己的战斗腺素。每一名姐妹都也做着同样的事情。

保卫女王!

面对这些声音，老鼠慌乱地到处乱抓，蜜蜂们则继续缓步向前。她们发出低沉的嗡嗡声，几次想把老鼠驱赶出去。老鼠向后退着，姐妹群起向前，并发出更大的嗡嗡声，向他发起警告。一阵强烈的恶心感传来——某只西斯尔卫兵不小心踏入了尿液。老鼠也发出尖锐的叫声，惊恐地扭动着。他的尾巴像鞭子似的乱抽，几只蜜蜂的脚被打掉了。其余的蜜蜂则奋勇向前。她们愤怒地嗡嗡叫着，从侧面对他进行撕咬。

老鼠再一次尖叫，并转身就跑。他从主楼梯上落到底层，直到他的头撞到雄蜂大厅那蜂胶雕琢的门道时，他才停下身来。他痛苦地尖声长叫着，露出了黄色的牙齿。她们离得很近，以至在他的呼吸间闻到了地鳖的气味。接着他掉转方向，朝起降板跑去。但他在遭遇蜂群后受到了惊吓。这使他错过了通往外界的甬道，而是挣扎着向蜂巢后部跑去。弗洛拉感到一股气流涌入——肯定是他在哪块木板上咬出了一个洞。

姐妹上下一心，明白她们必须将他驱逐。她们又发出了嗡嗡声，发起了愤怒的佯攻，但老鼠再也跑不动了。他仰面倒在原地，瞪着她们，呼吸变得又急又浅。她们撕咬着，用蜂针蜇着，但那只是只虚弱而年迈的老鼠。只见他的眼睛停止了转动。

* * *

数百名姐妹一起动员起来，把蜂胶从巢里的其他地方搬来。她们搬运着，咀嚼着，忙了好几个小时，直到久未使用的下颚感觉到阵阵疼痛。不过那些像冰块一样坚硬的蜂胶最后还是变软，软化到足以铸形。一点一点，在赛奇们的指挥下，其他蜜蜂处理着尸体，直到没有任何一根毛发或鼠须能被看到或闻到。

大部分蜜蜂都被遣回蜂团了，但弗洛拉仍然留在最后的队伍中，为的是保证尸体和地板间不留一点空隙。一位祭司来了，可强烈的蜂胶气味遮蔽了她的气息。弗洛拉一看到她就跳了起来。祭司们长得都一模一样——没有什么比这更让弗洛拉害怕了。因为她永远不会知道，哪位祭司会攻击她，而哪位又会对她好。所以她对每一位都感到恐惧。她试着封闭触角——但一下子感觉不到它们了。

“你还是对什么都很勤勉，弗洛拉717。”通过对方富有感染力的声音，弗洛拉知道这是育儿室里的那位赛奇修女。她站在弗洛拉旁边，正忙着检查另一只蜜蜂的工作：“你还是这么强壮，而且年轻。”

“你能注意我，我很荣幸，修女。”弗洛拉再次试着关闭触角，但蜂胶的气味让她的反应变得迟钝。祭司抢先一步，用她自己分泌的化学物质强行撬开了她的触角。

“不要隐藏你的思想。”赛奇修女更加深入地强行闯入。她感受到弗洛拉关于黑色弥涅耳瓦蜘蛛的记忆，这让她害怕得发抖，但她更加用力地插入自己的意识：“我们必须知道，717，是什么在困扰着你。我们知道你藏着一个秘密……”

弗洛拉扭着腹部，约有一秒的时间里，有关卵的画面闪现在她的意识里。她绝望地想着女王紧紧抓住她的情景——那是很久以前了，在女王的私人卧室里。她回忆着在神圣母亲脸上闪过的痛苦。

我答应过她不说出去！

“神圣母亲病了，就在她卧室里。”弗洛拉低声说道，“这就是我的秘密。”

赛奇修女收回了自己的力量，她说话的声音变得温和起来：

“女王陛下病了？”

弗洛拉看着眼前的树脂棺材，点了点头。亲爱的母亲曾叮嘱她不要说出去，而她也保证过不告诉任何蜜蜂。现在，不管从哪个角度说，她都背叛了女王殿下。尽管弗洛拉发自内心地鄙视自己，她又恢复了控制的能力——于是她把触角封闭得更严了。

“那是很久以前的事了。”她说，“不过到了现在，就在蜂团里，当我给女王送去花蜜时，陛下还是很强健的。”弗洛拉看着祭司说。她也曾清理过停尸房，也看到过那些赛奇的尸体。她也曾在藏宝库后面的密室里接触过那三具奇怪的棺椁。她知道，那里面装着的也是赛奇。

“疾病正在蜂巢里蔓延是吗？”她问道。

"当然不是。"赛奇修女擦着自己的触角，仿佛它刚刚被污染过似的，"但作为一种清理思想的方法，蜂团允许噩梦的发生。还有，就像采集蜂们必须经历更多的场面，你们也可能出现可怕的幻想。"祭司温柔地释放出自己的气息，"如果神圣母亲有什么不舒服，你一定要告诉我们。对于族群的利益来说，这很重要。"

随着轻柔的脚步声从甬道上传来，五名一模一样的祭司走了进来。赛奇修女用难以察觉的动作向她们靠了过去。六名祭司静静地站到了一起。

"回到蜂团中去吧。"她对弗洛拉说着，"梅丽莎们必须商讨一下。"

* * *

当弗洛拉回到蜂团里时，有关老鼠的传言依然在活着的姐妹中蔓延着。让她惊讶的是，她听到清洁工们竟然在低声交谈。她回到自己的位置，朝她们看去。她们都在微笑。

"在梦里，"一只蜜蜂轻轻说道，"我们找回了自己的舌头。"

接着，随着赛奇们再次来临，她们的家族气息飘向清洁工们。所有蜜蜂都不再说话，她们让开了路，目送赛奇们消失在蜂团深处，回到女王陛下身边。神圣的和音又一次响起，那是蜂巢意志的声音。

危险已经过去。我们现在要回到睡眠中。

接受、服从和服务。

蜜蜂们喃喃地答道，又把触角调整到休息状态。一丝丝女王之爱的气息向蜂团外层飘去。在那里，女王的女儿们正经受着严寒。然而，这美好的芬芳并没让弗洛拉感到舒适。

第三十四章

冰冷的浓雾笼罩了整个蜂巢，用潮湿的雾气探查着每一处空隙。笨重的蜂团变得又冷又硬，里面的生命已经失去做梦的力量。从蜂团中缓缓传出的信息只剩下一种——每只蜜蜂的体温都必不可少，而且没有谁能够离开。太阳似乎也变得虚弱起来。它只是偶尔出现，每次只有几个小时。每当太阳出现时，弗洛拉和其他采集蜂就会满怀希望地扬起触角，但天气还是太过寒冷，令她们无法飞翔。

四分之三的巢脾已经空了。这时，第一波信号出现了，姐妹并没有动，因为就连想念春天也会消耗她们的精神力量——可变化还是悄然出现在蜜蜂们当中。

干燥的木板墙在吱嘎作响，空气变得稀薄起来，新的气息开始涌动。她们闻到的是泥土的气息吗?

姐妹的手脚开始松动，但触角仍保持在睡眠状态，害怕去面对发现自己直觉出错之后的苦闷的失望。弗洛拉打开了自己的触角，兴奋地抬起了头。气压确实在发生变化——在藏宝库的穹拱上方，天空正在对她们敞开。自从寒冷的“玻璃笼子”之旅过后，她就没再出去感受过任何绿色的、活着的生命。但是现在，随着第一波种子在土壤里萌芽，一种原始的气息又开始升起。

某一天，阳光开始变得温暖起来，它照耀着果园，第一只鸟儿开始了歌唱。在蜂团深处，女王身上开始了阵阵悸动，她的气息渐渐变得更加强烈，进入了女儿们的梦乡，摇醒了她们的意识——直到一阵亮光出现，天空中的变化唤醒了蜜蜂们。她们欢喜雀跃，因为春天来了!

弗洛拉如释重负，开心地松开了身边的姐妹，伸展着绞痛的六肢。她立刻朝林登先生看去，想告诉对方他得救了。可随着蜂团集体的运动，他早已消失在变幻的景色之中。

棕色与金色相间的蜜蜂们像潮水一样，顺着巢脾流淌下来，上千种发令与应答的气息在空气中摇曳。一阵刺痛从脚下传来——在数千只脚的呼唤下，沉睡的气息密码开始复苏。

“我们准备好了!我们准备好了!”姐妹在前面喊着，大家激动地后退着——女王从蜂群中走了出来，带着一片芬芳。

“来了!来了!”她喊着，生育的气息从她身上升起。在她所到之处，留下了比花蜜更加甜美的芳香。侍女们纷纷跑到她身后。她们漂亮的毛发都乱蓬蓬的。突然回归工作，这使她们的触角都在乱颤着。

“来了！来了！”她们一边奔跑一边呼喊着。蜜蜂们都发出了愉快的欢呼声。女王又唱起了祷告的歌曲，并传递出全新的消息：神圣母亲已经准备好再次生育了，冬天终于结束了。

* * *

这是多么奇妙啊。蜜蜂们又开始了工作：负责蜂胶的姐妹立刻着手修缮被恶鼠破坏的区域——到处都是啃噬和坍塌留下的痕迹；清洁工们开始清理老鼠带来的垃圾；采集蜂们蜂拥着从弗洛拉身边跑过，向起降板奔去。但祭司们组成了方阵，站在中层的大厅里，检视着蜂巢毁损和修缮的情况。弗洛拉情不自禁地解封了触角，然后向其中一名祭司走去。

“修女，能允许我问一个问题吗？”

“说吧。”

“果园里的蜘蛛说的是真的吗？”

祭司的触角重重抽动了一下，随即又扬高了。一秒钟后，她把触角拉了回来。

“为什么这么问？”

“他们说会有两个冬天，可现在是春天了。”

“真是奇怪的记忆，竟然在经历了冬团之后仍未消失。你希望蜘蛛说的是真的，还是假的？”

弗洛拉沉默了。*冬天会来两次；再次产卵。*

“假的，修女阁下。他们不希望我们好过。”

“那为什么把他们的恶意记在心上呢？”

“为了换取信息，我们出卖了这么多生命。如果他们说谎的话——”

祭司擦着自己的触角，接着又把它们扬起来。弗洛拉知道她是在封闭触角——似乎她也在隐瞒什么事情。

“蜂团生存下来了，难道不是吗？”祭司释放出自己的家族气息，“等你恢复能力之后，就去飞翔吧，老采集蜂。把食物带回来！”

“接受、服从和服务。”弗洛拉鞠了一躬，就朝起降板跑去。祭司并没有回答她的问题。一切还有希望。

* * *

起降板上，西斯尔卫兵们手挽着手站在一起。又看到这种场景，这让大家都很开心。弗洛拉释放出自己的家族气息，并把它加入其他归巢标志当中。这时，卫兵们都在向她致敬，就像对其他采集蜂那样。她发动自己的引擎，又回到了生活当中。她伸展着饱受禁锢的翅膀。在阳光的照耀下，血液激荡着流过银色的翼膜，弗洛拉随之感到一阵疼痛。她的关节一直僵硬着，她确实在变老，这毫无疑问——然而，其他采集蜂身上的裂痕和损耗明显更多。但随着她们像流水般涌上明亮的天空，引擎的声音听起来是那么强劲而让人愉快。

弗洛拉一跃而起，加入她们当中。如果说有什么不同的话，那就是，长久的禁錮使她比过去更加迅速，也更加敏捷。她又想到被冰冷的姐妹攀在身上的感觉，这个念头让她加快速度，奋力朝美妙的花粉气息传来的方向飞去。

这气味来自一片田野，一棵棵柳树杂乱地生长在那里。柳叶依然卷曲着，好像在沉睡一样，但黄色的花序已经开始绽放。这里没有花蜜，因为这些树都是雄株，但在长时间的高速飞行后，弗洛拉渴望着花粉中那丰富的碳水化合物。她沿着金色的花坠上上下下，让身体沐浴在宝贵的花粉中。然后，她一边把花粉刷下来，一边熟练地把它们压成又紧又硬的一团。她吃着花粉，直到体力完全恢复。美妙的味道和自由的感觉让她发出了快乐的嗡嗡声。这时，其他蜂巢的蜜蜂也加入了她的行列。她们留在枝丫上，用最优美的语言向彼此问好：春天啊！

当她们落到起降板上时，每只归巢的采集蜂都迎来了一阵暴风雨似的掌声，但她们带回的食物都没有弗洛拉多。在舞蹈大厅里，她在热情而拥挤的姐妹中跳起舞来，告诉她们花朵的方向。还没等她跳完，许多蜜蜂就已经冲出去寻找那些花序了。

在这一天里，所有采集蜂都做得很好。到了下午，当太阳早早落山，寒冷的傍晚才让她们不得不回家。有些蜜蜂从番红花里采到了亮晶晶的橘色花粉，有些还找到了早开的水仙花——它们的口感粗糙却鲜明。餐厅里充满了愉快的气氛。

用餐过后，越来越多的好消息传来了。两名年轻的狄泽保育员跑了进来，脸上闪耀着兴奋的华彩。

“姐妹！神圣母亲又产了很多卵，”其中一个大声说着，“一只又一只工蜂！”

“还有，每一百只蜜蜂里就会有一只雄蜂！雄蜂殿下们来了，姐妹！快告诉大家，春天真的来了！”

关于那次杀戮的记忆已经随着蜂团消失，就像关于夏天的记忆一样。因此，她们的喜悦与激动都是新鲜而纯粹的。蜜蜂们记得的只有奉献仪式的气息，它又一次顺着蜂蜡巢脾流淌过来，消除了大家对于神圣母亲健康情况的担忧——她依然深爱着她们。春天到了，一切恐惧都已经消退。

但弗洛拉记得所有事情。当晚，她躺在自己的铺位上，一边听着姐妹喋喋不休的八卦声，一边认真地检查着自己的身体。她的翅膀边缘上到处都是划痕和裂缝。冬团结束后的第一次长途飞行，她感到自己的关节被疼痛占据。尽管清楚自己年纪已长，但她依然健康，依然强壮——除了心灵和腹部的空虚。没有什么需要隐藏，也没有什么需要害怕。蜘蛛只是用残酷挑衅进行伪装，不会再有第三枚卵了。

一名来自凯伦娜家族的采集蜂冲进了蜂巢。她跳着舞，告诉大家小镇边上有一丛灿烂的金钟花，采集蜂便迅速行动起来。那里比大家想的还要好——野性而未经修剪的花丛，千万条金色的花序，只要轻轻一碰就能采到花蜜。成千上万的蜜蜂飞到那里，嗡嗡地发出神圣的和音。

来自果园的采集蜂们在那里逗留了几个钟头。花香袅袅传来，灿烂的花粉撒落在她们背上，让蜜蜂们欢喜而陶醉。直到最后，连精力最为充沛的采集蜂也停下来了。带着满满的挂篮和鼓鼓的嗉囊，她们一起朝家的方向飞去。一般只有当天空中出现明显的米莉亚德气味时，她们才会允许自己使用这种策略，否则，当这么多满载而归的蜜蜂聚在一起，她们发出的气味和声音将是无可抗拒的。

清冷的春风似乎在青睐着她们。姐妹快速朝蜂巢飞着，她们发出快乐的嗡嗡声，期待在降落到起降板上时得到赞扬。

然而事情并没有如此发展。快到果园时，弗洛拉看到一些蜜蜂仍在起降板上空盘旋——她们在较早时就离开了金钟花丛。一条由西斯尔卫兵们构成的封锁线正拦着她们的去路。采集蜂们提出了降落的要求，并为因等待而额外损耗的能量抱怨着。

“请原谅我们，采集蜂女士们，”西斯尔卫兵在她们身后喊着，“但因为特殊原因，赛奇祭司们命令你们等待。”

“什么特殊原因？还有什么比把采集物带回家更重要的？”说话的是艾薇——她诞生得较晚，身体十分强健，“我不敢相信，你们竟然要赶我们走——真是让你的家族蒙羞！”

“女士，求你了！”艾薇附近的西斯尔紧张地嗡嗡作响，“我们做不了主——这是祭司们的命令。接受，服从和服务！”

一些黑点又出现在起降板上。弗洛拉闻到了她同族姐妹的气息——是清洁工们。所有为了清除尸体而进行飞行的计划都已经结束，她们的出现并不正常。只见她们悲泣着，个个都衔着一小块东西。一只接一只，她们蹒跚着来到起降板上，接着就朝外飞去，远远超过了通常弃置垃圾的距离。等她们的背影都消失不见，西斯尔卫兵又回过头对刚到的采集蜂们说道：“请原谅，姐妹。”

* * *

在起降板上，弗洛拉闻着同族姐妹留下的气味，发现她们衔的东西有些古怪——似乎不是什么让人高兴的东西。她站在那里，想看看弗洛拉们是否还会回来，但她什么也没等到——既没有气味，也没有声音。

“她们衔的是什么？”她向一位小克洛弗问道，对方正在接收采到的金钟花蜜，“弗洛拉们在搬运什么？”

克洛弗摇着头，快步往蜂巢里走去。弗洛拉紧随其后，并一把抓住了她。

“告诉我，我家族里发生了什么事！”

这位克洛弗开始哭出声来。

“我不能说。**接受，服从——**”

还没等她说完，弗洛拉就用自己的触角从旁边压住了她的。她紧紧压着，让克洛弗无处可逃。克洛弗并不知道该怎么封闭触角，恐惧从她的触角里传出，溢进了弗洛拉的大脑——育儿室里的情景一片混乱。

“她们说这批幼虫感染了瘟疫。”她靠在弗洛拉身上哭泣着。弗洛拉从挂篮里抓了一些花粉，慢慢塞在她的手里。

“嘘。整理一下，别哭了，否则警察们就会嗅出你的悲伤——”

克洛弗害怕地向四周看了看：“她们在这里吗？”

“现在还没，所以快点告诉我——你说的是什么意思，什么瘟疫？”

“小床上的宝宝们开始变得像烂泥一样，就算它们的身体都裂开了，可还是在索要食物。没人谈论这些，因为害怕仁道，现在我已经违反了——”

弗洛拉又往她手上塞了些花粉。

“你什么也没做错。是谁不让你们说的？”

克洛弗用恐惧的目光看着她。

“是祭司们。她们很生气。”说完她就跑了。

＊＊＊

弗洛拉朝舞蹈大厅走去，一路都在寻找清洁工们。可是她什么都没有找到。蜂巢里看起来特别整洁，女王之爱的气息充满了大厅，新鲜而又充盈。气氛是如此安宁，以至一瞬间，弗洛拉甚至怀疑那只小克洛弗的脑子是否正常。

她望着采集蜂同伴们。她们跳着舞，诉说着这一天的愉快旅程，这样的场景让她暂时忘掉了那些奇怪的事件。尽管蜂巢外就是由西斯尔卫兵们组成的特殊包围圈，尽管看到同族清洁工们衔着的小包，一种奇特的平静感还是控制了弗洛拉的大脑。对于一名分外机敏的采集蜂来说，这种感觉十分陌生。

她朝四周看着，发现采集蜂同伴们似乎也都显得格外平静，谁也没有像平时一样口出怨言。赛奇们的气味来得强烈而持久，好像她们在房间四周做了气味标记似的。尽管弗洛拉注意到了这点，她却并不想考虑这些琐事——因为她太累了。

当轮到她跳舞时，她在自己的舞蹈中加入了大量动作，那些是关于鲜花们的舞步：赤杨花序、水仙花、番红花，还有附子花。舞蹈使她的思维变得清晰，她认真地传递着那些特别宝贵的信息——怎么通过正确的方位角进入温暖气流；如何躲避那个所有花朵都被废气污染了的环岛；当然还有，怎样找到那簇盛开的金钟花。看到这些后，蜜蜂们终于鼓起掌来。

“很棒！”几个雄性的声音从身后传来。

姐妹转过头来，激动地喘着粗气。一对新出生的雄蜂正在向她们走来，他们身上散发着强烈的气味，这让曾经见识过雄蜂的老采集蜂们也猝不及防。这些新生的雄蜂是多么壮美啊。他们都长着强健有力的胸肌，颤抖着的翎羽，还有令人炫目的甲胄——只见他们朝她们打着招呼。

弗洛拉独自站在那里，连舞也忘了跳。

“荣耀归于你们，雄蜂殿下！哦，光芒闪耀的雄蜂殿下！”年轻的姐妹痴迷地大喊着，雄蜂们笑着，任由她们抚摸并为自己抛光。一只雄蜂大摇大摆地朝弗洛拉走了过去。

“我要吃一口你带回来的东西。”他一边抱着手一边说着。他身上长着明亮的花色条纹，胸膛宽阔，脸上没什么棱角，翎羽高高耸立着，皮毛里都是油酥糕点的碎屑。弗洛拉认出他来自鲍勃拉家族。

“不要浪费时间。”他慢慢地说，“我们承载着蜂巢的荣耀，我们需要尽可能地获得一切营养。”

“太晚了。你们今天飞不了了。”

他惊讶地盯着弗洛拉，接着转头看向自己的同伴。

“为什么这个丑老太婆会知道我们爱的安排，兄弟们！”他伸手插进弗洛拉的挂篮，翻找着花粉，“我只有这一点食物！”弗洛拉抓着他的胳膊，把它挡开了。年轻的雄蜂脱出手来。

“真是无礼！把她送去仁道！”他一边说着，一边寻找着支持。

“哦，别理这张老皮。”

说话的雄蜂身材瘦小——他的皮毛打着蜂胶蜡，造型是特别的考究式样。弗洛拉微笑着。

“林登，我在找你呢——”

林登先生把自己的翎颌拉直：“这确实是我家族的名字，但我从没见过你啊。”

“你怎么能这么说呢？”

林登先生转身向年轻的鲍勃拉先生说道：“我警告过你的，我们不该到这里来——到处都是糊涂的雌蜂。”他指了指弗洛拉，“看这只的情况，估计活不了多久了——我们还是饶过她吧。”

年轻的雄蜂生气地瞪着弗洛拉：“她必须下跪祈求原谅，否则我就要亲手收拾她了。”

林登先生突然用力把他推到在地，接着踩在他身上。

“啊哈！兄弟，如果你想征服一位公主，就必须先学会保持平衡。”他伸手又把他拉了起来，“喝杯花蜜就能解决了，我知道哪里有最好的。”林登先生回避着弗洛拉的目光，带着年轻的雄蜂们走了。她目送着他们离开，感到所有姐妹的目光落在了自己身上。

“还有谁听说过保育室里有传染病的事？”这些话毫无征兆地从弗洛拉嘴里说了出来，接着她感到怒气又起，“就是因为这样，我们同族的姐妹又被牺牲了吗？出现疾病，可我们为什么不能说呢？难道我们要任由它传播，直到连运尸的清洁工也找不到了吗？”

她看着采集蜂们，想从她们那里得到支持，但她们都在回避着她的目光。这时，所有蜜蜂都开始朝舞蹈大厅门口跑去。

“姐妹！”弗洛拉喊着，“你们为什么要跑？听我说！”

弗洛拉独自留在空荡荡的大厅里，有一种被抛弃的感觉。这种感觉是如此强烈，就像身体的伤痛。独自飞行是一回事，可在蜂巢里被孤立，被拒绝，被避开——

弥涅耳瓦蜘蛛那骇人的预言又出现在弗洛拉脑中。“*骚乱。姐妹互相攻击。灾难。*”她的触角颤抖着，好像要炸裂一样。为了安抚它们，她只好把脑袋顶在古老的蜂蜡墙上，呼吸着家的气息。随着几千种气味吸入体内，一种陌生的气息仿佛就混在它们当中。其他家族的蜜蜂也许感受不到这种气息，但弗洛拉可是来自清洁工家族的采集蜂。她感受着它的每一个分子，迅速思考着——明白了它的属性。

那是一种致命的疾病，就潜伏在蜂巢里，隐藏在某位姐妹的身体内。

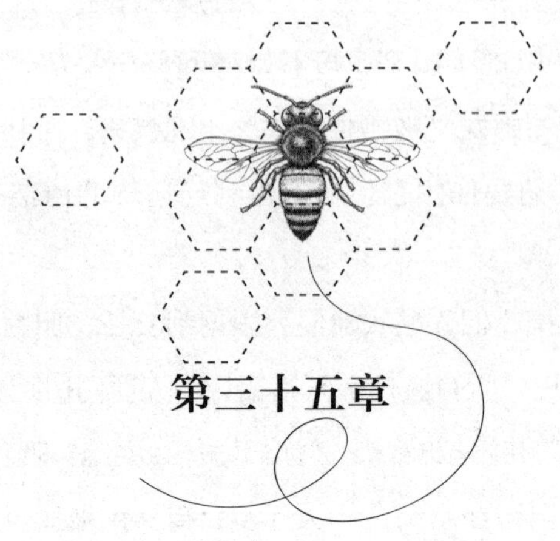

第三十五章

舞蹈大厅外，数百只蜜蜂正在门厅的密码马赛克上走来走去，弗洛拉一动不动地站在她们当中。她用自己身上的所有气息来进行定位，寻找着致病气体的来源，但它到蜂巢的气息闸门后就消失了。弗洛拉运用在采集工作中学到的一切技能，捕捉到每一丝气息，并分析着它那难懂的分子结构。

它伪装得像是花香，头香甜美像是花瓣，但这伪装的气味有些难以识别。采集蜂们不会追寻它，因为它没有食物的味道——清洁工们也会忽略，因为表面的香甜让它和蜂巢垃圾迥然不同。

采集蜂们回来了，她们身上的引擎声打断了弗洛拉的思考。一组年轻的接收蜂从她身边经过，朝着起降板跑去。她们身上飘散出家族的气息，传递出兴奋的味道。随着她们身上的味道越来越明显，那种气息马上消失不见了——连一个原子也没剩下，仿佛它自己也有智慧，在躲避着追踪似的。

弗洛拉沮丧地向蜂巢中层跑去。在这个时间里，工蜂宿舍应该是空着的，而且会相对安静。在那里，弗洛拉应该能在它完全消退之前重新找到有用信息。可令她吃惊的是，一走进主门厅，那种气息又自己冒了出来。不过这次，虽然它稀薄的旋涡状内核还是一样，但在表面的花香伪装下，它发生了变化。它似乎开始模仿巢房本身的味道——一旦成功，它将变得更加难以察觉。

弗洛拉顾不得自己的安危，竭力把那种味道吸入气孔。身体的所有本能告诉她，这是一种极其肮脏的东西——它一边把自己伪装成蜂巢的气味，一边在变得更加强大。腐败的气息呈螺旋状，从它的内核里隐约飘散出来。很快它就会完全弥漫开来，通过呼吸进入每一位姐妹的身体——接着，这些身体就会变成它邪恶目的的载体。

弗洛拉集中所有力量，想要弄清它的核心结构。它似乎只是一波腐臭，就像是陈尸发出的那种味道——但随着她渐渐靠近寝室，那种味道变得越加强烈。弗洛拉觉得自己会在墙角里找到某个可怜姐妹——她的身体已经开始溃烂。她冲进房间，在一排排床铺之间寻找着——但这里什么都没有，而且十分整洁。

关于那种气息的线索又消失了——除了还挂在寝室空白蜡墙上的几个分子。弗洛拉扬起触角，感受隐藏的每一块镶板，还有入口地砖。但墙壁上只有姐妹身上散发的家族气息，简单而真实。

弗洛拉转身回到门厅里。她站在雄蜂到达大厅的入口处，这里也处在花粉和糕点房与蜂蜡圣堂之间。现在这里已经修缮完毕，全新的蜂胶雕刻散发出强烈的气味。从那里进去就是一场常见的、无聊的骚动——一只新生的雄蜂刚刚从自己的羽化间里降生。弗洛拉封住了所有气孔，抵御着浓烈的性外激素的味道，好让自己不要分心。前方就是二类育儿室那高大的双重门。一种特殊的气味隐约盘旋在那里——但这只是一种污浊的气息，而不是她在寻找的那种像生命一样的狡诈多端的味道。

弗洛拉就像一名最卑微的清洁工，寻找着接下来需要清理的垃圾。她跪在地上，把触角搭在天沟上。姐妹的声音和密码地砖的脉冲越传越远。一种隐隐约约的味道一直都在——那是疾病的气息。如果她有意识地试着抓住它，它总能溜走，但当她开始轻轻地呼吸时，它就又会出现。那种感觉就像从长途采集之旅回来，弗洛拉把所有直觉都用在体内的罗盘上，然后才开始走路。

她不知道自己要去什么地方，也不知道自己已经进入了半催眠状态。她只能隐约感觉到姐妹在转身离开时发出的感叹，还有她在通过气味大门时，触角上隐约传来的那种痛苦。她继续走着，渐渐靠近那种肮脏的气味。

弗洛拉感到自己的胸口碰到了什么东西，于是她停了下来——是六名一模一样的赛奇祭司挡住了她的去路，她们都穿着长长的礼袍。一大群警察正黑压压地站在她们身后。

“你的工作是什么？”祭司们异口同声地问道。

“我，我是清洁工。我在寻找疾病的源头。”

她们盯着弗洛拉，触角迅速地抽动着，在无声地交换着意见。

“这么说是真的，”一名祭司这样说着，声音里充满悲哀，“看来我们不能再等下去了。”

她的话击中了弗洛拉的心脏。现在她认出自己是在哪里了——上次伯内特女士因为嫉妒将她驱逐出去；从那时起，她就再也没进来过了。她又站在这里——女王私室的大门前，上面雕刻着美丽的纹饰。一种气息正从里面散发出来，好像一团有魔力的乌云，那正是她在寻找的味道。

“不！”她尖叫着，“不是神圣母亲！”

祭司们把她拉了回来。警察站在她们面前，她们先是用自己的气息筑起一道刺激的屏障，接着就砸开了女王的大门。

* * *

蜜蜂们都停在了门口，生育警察嗡嗡地发出了警报，但一动不动。赛奇们同时喊出声来。弗洛拉的触角僵硬地挺立着，恐惧占据了她的大脑。

一只只高脚杯被打翻在地板上，破碎的蛋糕零零散散地撒落。女王陛下就坐在她们当中，翅膀像蕾丝斗篷一样铺在周围，覆盖着她的身体。她的脸依然美丽，虽然身上的气息已经变了。神圣的女王之爱的芬芳蜿蜒流淌着，被病毒侵害的味道却随着她心脏的每一次跳动而变得越发强烈。

女王的侍女们衣冠不整地瞪大了眼睛，她们向生育警察伸出手来，她们的翅膀凌乱地卷曲在背后，好像被吃掉了一半似的。她们想要说话，却发不出声音，因为她们的舌头化成了黏液。

“是谁，这么粗鲁地闯进来？”女王抬起头来，在房间四周扫视着，“是谁？竟然在产卵时打扰我们？”她重新整理着外袍。大家都看到一个死去的婴儿正被她抱在怀里。

“不，母亲！”

弗洛拉想向她奔去，但生育警察紧紧抓着她的手臂。女王转过头，用已经失明的眼睛对准她所在的方向。

“让我的女儿进来。”

“原谅我们，女王陛下，但现在您必须去女儿们中间了。”祭司们跪倒说。

“但我们正在哺育孩子。”

在肮脏的气味中，一阵纯粹的奉献气息从女王身体中升了起来，还伴着她那美妙的声音。

房间里的每一只蜜蜂都渴望着向她靠拢。

“原谅我，母亲啊。”弗洛拉哭泣道。

女王茫然地转过了头。

“亲爱的孩子，”她说道，“擦干你的眼泪吧。”她朝侍女们招了招手。一个侍女向她爬去——她的家族气息完全被病气淹没了。“把新生的儿子带走。”女王说着，“把他带到育儿室去。”她试图把手里的死婴交到侍女手上，可就在这时，那个婴孩的身体碎成了几块。侍女们发出了恐惧的呻吟。

“陛下，请你过来。”赛奇祭司们说，“我们必须马上离开。”她们释放出辛辣有力的苦气，让它形成一条封锁线。女王站起身来，穿过封锁线，朝雕饰精美的大门走去。侍女们也想匍匐着跟在她身后，但被生育警察挡住了。

“原谅我们。”她们从胸部上方扭动着自己的头，接着转向弗洛拉说，“来吧。”

＊＊＊

所有蜜蜂都暂停了自己的工作，被蜂巢意志召唤到一起。走道上挤满了蜜蜂，她们正无声地朝舞蹈大厅奔去，毛发上还挂着水晶似的蜂胶、鳞片状的新鲜蜂蜡或者谁咀嚼到一半的花粉团子。在生育警察的陪同下，弗洛拉向前走着。她看到一些同族的姐妹，她们脸上都露出了焦虑的恐惧。

一进入舞蹈大厅，蜜蜂们就被地板中央那道隐蔽气之墙弄得纷纷咳嗽。紧接着，大家看到了墙后的女王，于是都安静下来。女王的外袍上散发着明亮的幽光，这光芒穿透了缠绕在她身边的、陌生的能量波。神圣的芬芳依然纯净，丝丝缕缕地从她身上飘出来。她朝着大家微笑。尽管大家都很害怕，却依然能感到母亲的爱正拥抱着自己。接着蜂巢意志说道：

“*看这神圣的法律。*”

更多的生育警察走了进来，身上扛着一整片新鲜的树叶，上面还厚厚地覆盖着一层金色的金钟花粉。每一粒花粉上都光芒闪烁——很明显，这是提前准备好的。采集蜂们看着彼此的眼睛，无声地询问着——谁也不明白这是什么意思。

只有弗洛拉懂得——《金色的树叶》。这是女王图书馆里的第五个故事。恐惧占据了她的腹部——它颤抖着，仿佛在那里紧缩成了一个硬结。从她身后的房间里，赛奇祭司们正缓缓走出。

女王以自己特有的方式抬起了翅膀，蜜蜂们放松却敬畏地低声喃喃着——初看之间，翅膀依然光芒闪耀，但随着疾病在她身体中蔓延，那上面出现了一个个残破的黑点。女王的翅膀渐渐消失，赛奇祭司们围在她身边，站成了新月的形状。蜜蜂们都开始哭泣。

女王茫然地抬起头来。

“是什么力量把我召唤至此？”她的声音依然那么美妙，“我要知道，这是何种权威，我是说，依照法律。”

接着蜂巢意志的声音响起：

“女王患病了。”

祭司们跪在地上，蜜蜂们也是如此，她们一动不动地聆听这声音在蜂巢中传过。只有女王还坚定地站在那里。

“但我们的爱仍然闪耀——”

“神圣母亲啊，我们蜂巢的统治者，原谅我们吧。”一名祭司缓慢而庄严地说着——她的声音穿透了蜂巢的每一面墙壁，“带着最为庄严的职责，我们痛心地宣布：您的统治结束了。”

“**结束了？**”女王笑着捧起自己的腹部，“怎么可能会这样？我还掌握着整个蜂巢的未来，数不清的蜂卵还在我体内，那是无数世代的蜜蜂。”

“每一枚都感染了您所携带的疾病，它们会把痛苦传遍整个家园。我们已经查出来了，并且确信无疑。让我们传唤证人。”

生育警察们把弗洛拉推上前去，女王感受着她的气息。

“读故事的女儿……我们是在图书馆里吗？”

“原谅我，母亲陛下，”弗洛拉抽泣着说，“我背叛了您——”

“啊……”女王把触角转向那片铺满花粉的树叶，“我记起来了……我们现在进入了第五个故事。我就要死了——我知道这个故事的结局。”她的脸开始发光，那光芒闪烁着流入了她华美的翅膀，“让所有孩子都到我身边来——”

“不行。时候到了。”赛奇们异口同声地说。

“但我想要祝福我的女儿们——我是不朽的神圣母亲——”

“您曾经是的。”赛奇们打了个手势，生育警察们就抓住了女王，按着她跪在地板上，“您的王朝结束了。”

蜜蜂们的内心都无比恐惧，但她们无法移开目光。这时，警察们从女王的身体上扯下华美的外袍。她并没有反抗，任由美丽的翼膜被撕碎，撕裂声拖得长而刺耳。巡查修女走上前去，巨大的爪子已经就位。

“你不行。”女王的声音打破了沉寂的空气，“换一位高贵的西斯尔。”

房间里所有的眼睛都向祭司们望去，她们还是一动不动。接着赛奇修女招了招手，把巡查修女叫了回来。她又指了指站在前面的一位身材高大的西斯尔。

“你去。”

那位西斯尔摇着头，露出饱受煎熬的表情。

“我——我不能。我做不到！”

只见女王点了点头。

“勇敢些，女儿，”她说着，“如果你曾爱过我们的话。”

西斯尔只好走上前去。想到她接下来的任务，姐妹都害怕地绷紧了身体。女王展开她残破的翅膀，接着低下了头：

“我宽恕你。快点，亲爱的——”

只见西斯尔用力一击，女王的头就从身体上滚落下来。它先是在地板上滚着，接着就不动了。女王美丽的眼睛里完全失去了光彩，却依然定定地瞪着拱形的天花板。鲜血从她胸腔上方的断口里喷了出来。那位西斯尔后退了几步，似乎不敢相信自己的所作所为。弗洛拉的腹部紧紧抽搐着，让她难以呼吸。

当女王的鲜血气息在大家周围涌起时，舞蹈大厅里一片死寂，蜜蜂们都屏住了呼吸。随后，她们一起尖叫起来。大家痛苦地哀叫着，撕裂了自己的翅膀。

“我们做了什么？”蜂巢意志也在呜咽，“我们谋杀了母亲陛下！我们做了什么！”

大家冲向女王的尸体，痛苦不已地在地上撞着触角。许多蜜蜂大把大把地揪下自己的毛发，警报腺素的气息沿着隆隆作响的巢脾奔涌着，女王之爱的气息和鲜血的味道在空气中发出了阵阵脉动，每位祭司身边都围绕着一堵抽搐的蜂墙。

弗洛拉也在群蜂中奔跑着，痛苦地发出阵阵尖叫。每只蜜蜂都身不由己地目睹了这一幕，大家都感到了内疚。只有那位西斯尔行刑官还僵硬地站在原处，震惊不已。祭司们依然表现得不慌不忙，生育警察就站在她们身后。

巢脾上的隆隆声渐渐停止，蜂巢意志也因震惊而茫然消寂，并疲惫地退回蜜蜂们的身体里。弗洛拉扬起自己的触角，疾病的气息已经消逝。其他蜜蜂也意识到了这一点，并朝气息改变的方向站立着。一切都清除干净了，空气中充满了赛奇们的气味。一名祭司向前走了几步。

“我们的蜂巢已经驱逐了疾病。并且，由于女王陛下身体失利，现在由梅丽莎家族，也就是祭司大人们，执掌神圣的生育力量。趁大家齐聚，我们当众宣布：我们将行使神圣的权力，从纯洁的赛奇家族里再挑选一位公主——因为我们是女王的家族。三天之后，新的女王即将诞生。她将带领我们走向一个全新的夏天，一个富饶的金色时代。”

巢脾又开始颤抖，蜂巢意志的声音响了起来。

根据传统，根据家族，根据神圣的权力：

只有赛奇才有资格统治。

赛奇祭司们脸上闪耀着华彩，她们展开光芒四射的翅膀，目光穿越了蜂群。蜂巢意志重复着那些词语，让蜜蜂们无法做他想。

根据神圣的权力，只有赛奇才有资格统治！

“仁慈的姐妹！”那位西斯尔行刑官大声喊着，打破了这魔咒似的声音。在蜜蜂们的注视下，她跪倒在女王的鲜血中。“杀了我吧，”她祈求着，“我不能带着这样的罪恶生存——我必须死！”她举着沾满鲜血的手说。

“看哪，”赛奇修女大声说道，“看我们高贵的西斯尔姐妹，看她有多么痛苦。是她带走了我们的罪恶。保佑她吧！”只见她做了个手势，巡查修女就走到了西斯尔身后，然后扭着她的头——断裂的声音在舞蹈大厅中久久回响。

“这样就宣告了我们无罪。”赛奇修女举起自己的翅膀。接着，六名赛奇祭司一起拿起被花粉覆盖的树叶向前走去，把它放在死去的女王身边。

“三天的时间不可能抚育一位女王！”另一个声音喊道，“你们预谋多久了？”说话的是一位狄泽——她站在一群同族姐妹的中央。

祭司们扭转触角，对准那群蜜蜂——但那位狄泽仍然高声抗议着。一波鲜明的噼啪声在她们之间的空气中响起。

“我们负责育儿室的狄泽姐妹，”赛奇修女缓缓地点着头。“你说得没错，你的问题也很恰当。我们家族最关心的永远是蜂巢的健康和安全，我们很早之前就预感到这黑暗的一天。”她把翅膀高高举起，连舞蹈大厅最边缘的位置都听得到她讲话的声音，“狄泽说我们是有预谋的，她们说对了。缺少女王的蜂巢对米莉亚德来说无异于一份礼物。我们一直在秘密地抚育一位公主，直到今天。这是我们神圣的责任。”赛奇修女自豪地举起了翅膀。

“你们，所有聚集在这里的姐妹。你们都明白，作为梅丽莎，神圣法律的捍卫者，我们深谋远虑地护卫着大家。为了拯救我们的蜂巢，让它不会因缺少女王而遭受灾祸，我们现在已经选好一位公主。”接着祭司们向狄泽们深深鞠了一躬，“感谢我们的狄泽姐妹，你们确认了我们神圣的职责。我们不再多问了。”

接着一阵颤抖从巢脾上传来，蜂巢意志的声音又响起了：

一位新的女王将在三天后诞生。

接受、服从和服务。

仪式庄严地进行着。六名祭司抬起女王的头，把它放入灵柩，然后是她的身体。圣歌的声音从蜡质巢脾中升起，传入了蜜蜂们的身体。扶灵者抬着女王的尸体走过，姐妹又纷纷开始哭泣。一些姐妹追着她们跑出了舞蹈大厅，另一些则步履蹒跚，不过更多的蜜蜂只是无力地站在那里，心中充满了恐惧，眼睛一直盯着女王倒下的地方。西斯尔家族的所有蜜蜂都没有离开，她们羞愧地用触角撞击着巢脾。狄泽们则看着眼前的一切，然后一起离开。

弗洛拉喘着粗气站在那里。目睹了这种恐惧，她的触角在阵阵抽动。弥涅耳瓦蜘蛛的话又在她脑中响起。

无法想象的恐惧……

如果她死在玻璃笼子里的话，就不会追踪到女王的疾病，那女王也就不会死去。然而那样的话——疾病就会蔓延到每个姐妹身上。弗洛拉感到腹中更疼痛了，仿佛它正被什么东西扭曲着似的。可尽管她在跪地哭泣，思想的一部分还是回到了女王图书馆里。那里还有一块镶板，后面还隐藏着一个故事。

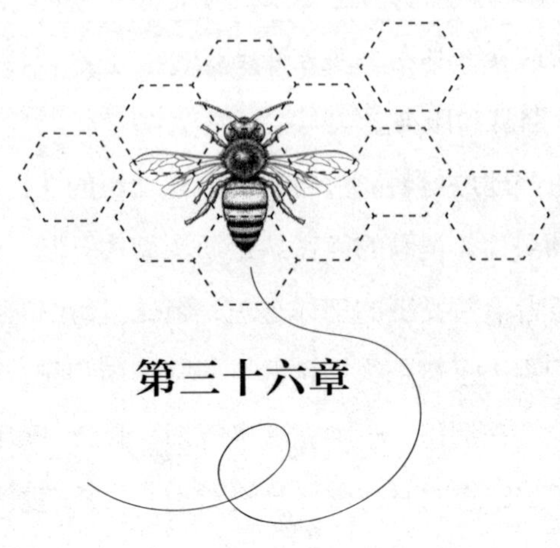

第三十六章

到了第二天早上，许多蜜蜂都无心起床。一些蜜蜂已经迷失了心智，她们一圈圈地“嗡嗡”乱跑，或是胡言乱语，或是用触角撞击着巢脾，直到撞破了为止。生育警察把她们都带走了。至于剩下的蜜蜂——那将近九千名失去母亲的女儿——她们则悲伤地在蜂巢里游荡着，无法安心做任何事情。失去了女王之爱，一切都显得没有意义。

花粉面团在点心案板上变干，圣杯里的花蜜没有得到任何加工，蜂蜡圣堂里的姐妹无心祈祷，更甚者是在育儿室里的保育员们也无法安抚那些不断哭闹的婴孩——它们都是疾病净化后的幸存者。

在这一切当中，采集蜂遭遇的困境最为恐怖。她们一次次来到起降板上，尽管天气很好，却没有谁能发动引擎——因为那需要的不仅是勇气，还有愉悦的心情。

“明天，”她们对彼此说道，“明天，等心情好些。”要知道，如果她们带着悲哀的心情起飞，就很可能会犯错丧命——蜂巢再也禁不住更多损失了。

到了日中时分，餐厅关闭了。赛奇祭司们出现了，她们身边都站了一名警卫。

“断食两日。”这些神圣的姐妹对蜜蜂们说，“在新公主到来之前，我们都要斋戒。”她们微笑着，让赛奇家族的气息高高升起，“接受、服从和服务。”

“接受、服从和服务。”蜜蜂们一边回应着，一边呼吸着这种新的带有麻醉效果的气体。赛奇们的气味让她们镇定下来，并让恐惧变得麻木，于是她们一边走出餐厅，一边对彼此说着断食是有益的——它可以让大家得到净化。这种气体同时也削弱了大家的身体功能，这样就可以省下飞行必需的能量，于是多数采集蜂都转向睡眠中寻求安慰。

弗洛拉躺在自己的铺位上——它就在清洁工宿舍的后方。这时，她隐约听到一阵呢喃，同时闻到了狄泽家族的气味。一群狄泽正聚集在一起，就隐藏在清洁工们浓烈的气息之下。弗洛拉又躺了回去。她并不在意她们聚在那里做什么，甚至连向赛奇修女汇报的念头都没有——虽然她曾答应过会向她汇报狄泽的秘密集会。她现在能考虑的只有女王图书馆——在《金色的树叶》之后，又会有什么故事呢？

还剩下第六个故事……她径直向那里走去，接着……弗洛拉越是专心思考，就越是觉得疲惫。最后，她能听到的只剩下狄泽们的呢喃，就像风儿在树丛中轻声低语。

＊＊＊

早上的空气分外凛冽，起降板上结了一层白霜。饥饿的内务蜂们冲入门厅，振动着翅膀想要取暖，但由于断食的影响，她们都身体虚弱，所以温度并没有任何升高。弗洛拉跑到起降板上，浑身颤抖地望着低矮的灰白色天空。昨天是个温暖而明媚的日子，却被浪费掉了。

“可我们的冬团已经结束了！”不知是谁喊道，“冬天已经过去了！”

“对天空说吧，”另一只蜜蜂说着，“对花蕾说吧，它们应该已经死了。”

弗洛拉看着外面。“*冬天会到来两次。*”她把手放到肚子上——回应立刻出现——生命的脉搏在那里猛烈地跳动着。她高兴得喘不过气来——*又是一枚卵！*

“借过一下，姐妹。”一名来自黛西家族的采集蜂张开翅膀，从弗洛拉身边走过，去了起降板上。“关于死亡的讨论已经够多了！”她挤出一个笑容，“明天新的女王就会降临——所以，我今天要采些花蜜，迎接她的到来。”

“还有我！”采集蜂们纷纷喊道。她们用力发动引擎，高高地飞过苹果树，但只消几秒，寒冷就击败了她们的引擎，她们纷纷跌落下来。起降板上蜜蜂们望着那些小小的黑点，看着她们的身躯在寒风中无助地旋转着。雪花小片小片地落到了起降板上，西斯尔卫兵们封闭了那里。

＊＊＊

弗洛拉向巢内跑去——喜悦与恐惧同时为她的身体增添了能量。痛苦和冷漠都已经成为过去，她现在需要的是活动身体。如果不能飞出去的话，她还可以和同族的姐妹一起工作。她们会用温暖和仁慈带给她庇佑——当然，还有她们身上那强烈的味道。

“不会持续多久的。”赛奇祭司们用愉快的声音说道，她们一边说着，一边把一些陌生的香料塞到悬吊着的香炉里，“等新的女王降临，太阳就会出来欢迎她。”

“明天。”蜜蜂们大胆地低声对彼此说着，并呼吸着新的芳香。这时，弗洛拉正在和同族姐妹一起，擦洗着中厅的地板——这种新的香气让她感到恶心。头香是蜂蜜味道，接着就有梅丽莎家族那复杂的气息结构跳跃而出——它几乎包含了所有家族的味道，除了弗洛拉。这种气息简单明了地传递出这样的信息：**赛奇们是强大的**。一些蜜蜂甚至身不由己地喃喃低语。当她们从身边走过时，祭司们的脸上露出了微笑。

那气息也霸道地闯入了弗洛拉的气孔，再进入她的血液。这让她头疼不已，腹部也在一抽一抽地剧痛。弗洛拉感到一阵恶心，于是她找了个理由，跑到了蜂巢的底层。她想用起降板附近飘来的冷空气来冲刷自己的身体。

她穿过舞蹈大厅，尽量朝远处跑去。这时，卵开始在她体内一阵跳动。赛奇祭司们就在里面——弗洛拉慌忙跑开。脚步声和说话声从四面八方传来，现在她不知道该去哪里。这枚卵发育得如此之快，甚至毫无先兆——现在它正在她身体里跳动着，带着骇人的力量。它正在用这种方式宣布着自己的到来。她闻到冷雨正落在门外的起降板上；她渴望呼吸更多的新鲜空气，但她连一秒钟也不能耽误，因为身体已经为生产做好了准备。

她既不能去繁忙的中层，也不能进入舞蹈大厅，所以她绝望地朝甬道跑去——她闻到了蜂胶消毒剂的气味。自从冬团过后，这里就被标记为边界——因为那只死老鼠的尸体还在这里，但卵正在不断长大，她没有时间了。于是，笼罩在蜂胶的气味之下，弗洛拉跌坐在生蜡地板上。这时，卵已经钻出了她的身体。它来得如此之快，生产之痛让她吓了一跳；她甚至都来不及喊出声来，一切就结束了。弗洛拉气喘吁吁地转过身体。

就像她的前两枚卵一样，这第三枚卵也长着珍珠色的表皮，它深处的某一点也闪烁着光芒。然而与它们不同的是，这枚卵并不是侧躺着的，而是在狭窄的尖端上保持着平衡，仿佛有某种看不见的力量正在支撑着它。它同样体积硕大。弗洛拉挪动身体，朝甬道入口的方向把它挡住。她把自己的长羽覆盖在它身上，在触碰到它的那一刻，弗洛拉感到非常吃惊——一种从内而外散发出的生命力量正在温暖着她。

骚乱和灾难。

弗洛拉扬起爪子，举到卵的上方，弥涅耳瓦蜘蛛仿佛在暗中搞破坏——但什么也没有发生。巨大的蜂胶鼠坟在前方赫然耸立着，此处唯一活动着的只有一股寒冷的气流，它旋转着从后方吹来。弗洛拉扬起自己的触角。蜂巢在风中嘎吱作响，气流随着风向在巢中穿梭。

她明白是怎么回事了——在混沌的冬团状态下，蜜蜂卫士们已经完全把老鼠封在了蜂巢的地板下——但当她们这样做时，忘记了他在巢脾上咬出的缺口。弗洛拉侧耳听着脚步的声音。一旦生育警察赶来，她将与之战斗，誓死保护自己的卵。

什么声音也没有。于是她把爪子放下，深深吸了口气。这时，她意识到浓厚的蜂胶气息足以掩盖卵的味道——甚至比同族姐妹的气息更加管用。

弗洛拉用凛冽的冷空气冲刷着自己的气孔，以此摆脱赛奇气味的掌控。她的头脑很清楚。这里很冷，还有，自己的卵需要保护。再过一天，新的女王即将诞生并开始产卵。趁着大家都兴奋的时候，她肯定能找到机会，把自己的卵偷偷带进育儿室里。在那之前，自己必须保护好它。

弗洛拉弯腰向前，在蜂蜡镜子里检视着自己。她看到了自己腹部上那些干燥的条纹——和上次比起来，它们似乎变得更硬更旧了，没有迹象表明这些柔软光滑的腺体能供给她蜂蜡。她知道，自从女王死去之后，她祷告的结果就和自己的肚子一样干燥。她集中精神——但没有一个神经突触进行回应。浓烈的蜂胶气息让她无法思考——该怎么办呢？蜂胶！

弗洛拉望着老鼠的坟墓——匆忙铸成的“棺材”上到处是不规

则的隆起和突兀的尖峰。铸成它的并不是蜂蜡，而是上千树木的血液。这是一种古老而纯净的材料，只有坚强而有耐力的姐妹才能将它铸造成形。她决定了。

直到深夜，弗洛拉才做完了要做的事情。蜂巢里寂静无声。持续的咀嚼让她的下颚感到酸痛。但在那琥珀色的床围里，一个生命正在闪烁着光辉。由于长时间接触蜂胶，弗洛拉的舌头变得麻木了，两颊处也并没出现浆流产生前的抽动。现在距离她在育儿室里的日子已经很久了。她努力回忆着，蜂卵的孵化需要多少天呢？**当太阳钟响过三次——**

三天——弗洛拉确信无疑。接着那层珍珠色的外皮就会脱落，露出宝宝的样子。美丽的宝宝，它渴望着浆流。她把残留在毛发里的蜂胶渣清理干净，准备好回到寝室。新的女王会在明天诞生，恐慌很快就会结束。在举行庆祝仪式时，她就可以去喂养自己的宝宝，并且给它爱护。她会偷偷把它运进育儿室里——那时，就可以把它放到合适的位置。她不会再犯错了。

弗洛拉又回到安全又安静的寝室里，躺在自己的铺位上。姐妹都还在睡着，家族的气息环绕在四周，叫人安心。直到这时，弗洛拉才意识到自己的心跳里似乎出现了回声，仿佛有另一颗小小的心脏在里面跳动。她静静地抱住自己，满心欢喜。尽管她身处蜂巢的另一端，尽管她正躺在较高的一层；可她知道，自己与卵紧密相连。它活生生地躺在那里，随着她脉搏的每一次跳动而成长得更加强大。

第三十七章

到了第三天早晨，蜜蜂们纷纷从床上跳起来。她们焦急地做好准备，打算迎接新的女王。弗洛拉来到起降板上查看天气。空中下着雨，天气很冷——这让西斯尔们封锁了出口。尽管如此，大家的士气依然高涨。赛奇祭司们并没有出现，更没有宣布斋戒的结束，连蜂巢意志也没有发声，但饥饿的蜜蜂们还是在餐厅旁围成一片。她们在等着一些信号，或是一些气味——即将到来的盛宴的气味。

但她们什么也没等到。到了下午，蜜蜂们都蜷缩着身体，就连最虔诚的蜜蜂也没有了祈祷的力气。她们已经准备好迎接新的公主；她们已经准备好进食；她们已经准备好欢呼着飞上蓝天，庆祝回归的秩序和安宁。

赛奇出现时，时间已经临近傍晚。她们一起进入了每一个大厅和餐厅。她们都身穿外袍——那是女王和她的侍女们最喜爱的装扮。赛奇们精心装扮着——这一天终于到来了！姐妹既高兴又激动。她们呼呼地打着转，飞奔到祭司身边——但她们隐晦的语言让大家都陷入了沉默。

“由于天气的恶劣，”赛奇们齐声说道，“新女王的到来将被推迟。斋戒期结束了，但权力真空期将被延长。”

蜜蜂们沸腾了，她们有很多问题要问，但赛奇们拉起了外袍。

“这是不容置疑的。*接受、服从和服务*。”

“*接受、服从和服务*。”大家目送着赛奇们离开，警察护卫在她们周围。

等她们从视线里消失，蜜蜂们马上被一种强烈的饥饿感攫住了。她们跑进餐厅，把能找到的所有食物都找出来。她们艰难地强迫自己去传递并分享，谁也不愿第一个开口说话。弗洛拉吃着她能分到的食物，心里知道这远远不够。她感受着自己两颊上的肌肉。如果公主的诞生推迟，她的卵就会在那之前孵化。也就是说，它需要在育儿室的功能恢复前接受喂养。她的宝宝需要浆流——如果无人照料，它将会死去。

饥荒。蜜蜂们开始在餐厅里谈论这个词语。长期压抑的恐惧在空气中爆发，笼罩了所有蜜蜂。在她们意识到之前，大家就已经开始谈论食物。从采集蜂那里，她们知道了天气和她们的工作情况，于是她们计算着食品的短缺和供给。斋戒使她们对奉献仪式更加渴望——但是女王并没有到来！*她没有出现，可赛奇们保证过的！*

蜂群里嘈杂一片。一些姐妹喊着让大家安静，另一些则要求回答。争论爆发出来，就像冲破了花粉面包的外皮。弗洛拉脑中一片混乱，为她的孩子感到害怕。她感到自己胸膛里藏着呐喊。

“姐妹！听听你们自己的声音吧！”一个洪亮的声音响起——是一个西斯尔卫兵。她站起身来，把一个盘子猛地砸向争吵的蜂群：“听我说！你们想像马蜂一样吗？”

房间里的每一位西斯尔都放下自己的盘子，让给了身边的蜜蜂。这高贵的举动让蜜蜂们安静下来。

“我们将要等待，”第一位西斯尔卫兵说，“女王必将到来。”

“女王必将到来，”蜜蜂们跟着说道，这些词语给了她们力量，“女王必将到来！”

* * *

第二天早上，赛奇们还是一点消息都没有，但天空已经晴朗起来，风也变得温暖。蜜蜂们一起鼓着掌大喊，祝采集蜂们飞出女王的速度。她们奔向起降板，也奔向大家渴望的秩序与安宁。如果她们无法通过女王和奉献仪式得到这些，那么就只能填满藏宝库，并让进食的满足声围绕在餐桌旁。

可雄蜂们并没有这种耐性。新的女王还没有出现，他们也不在意姐妹吃的有多少——他们只想要更多。在高浓度荷尔蒙的作用下，他们怒气冲冲地集结在一起，朝藏宝库大步走去，向聚集在那里的赛奇祭司们提出抗议。姐妹感到既害怕又着迷，她们匆匆跟在雄蜂身后，想要看个仔细。

赛奇祭司们只是在听着抱怨，雄蜂们更生气了。

“你们听见了我们的投诉，却什么也不做吗？”

赛奇修女优雅地点着头说：“我们还有更紧急的事情需要处理。”

雄蜂们诧异地彼此对视着。

“难道比我们的舒适还要紧急？”

“兄弟们，如果你们这么看不起我们——”

“我们会找到更好的家园！”

说完，尽管姐妹都大哭着提出抗议，雄蜂们还是像一阵风暴似的冲到了起降板上，然后愤怒地朝空中飞去。

弗洛拉回来了，嗉囊里只带着一点点荚花蜜。她在空中与雄蜂们擦肩而过，感受到了他们制造的紊流。姐妹正在起降板上哭泣，她们大声喊着，请求雄蜂回来，但弗洛拉只是从他们身边飞过，接着把花蜜传给了等待着的接收蜂。她心心念念的只有一件事情，那就是赶快穿过舞蹈大厅，然后悄悄潜入藏卵的地方。

跑进中厅后，弗洛拉就停下了脚步。她站在那里等待着，但空气里既没有快乐，也没有期待。尽管许多蜜蜂仍然尽职地跟着她起舞，可她感受不到她们的热情。弗洛拉想鼓舞她们的士气，但她所有的心力都牵挂着她的孩子，这让她感到无比内疚。

她在门厅外停下了脚步。在她跳舞时，很多蜜蜂都簇拥在她的身边，但她们并没有混在一起，而只是以家族为单位，一小撮一小撮地站着。这里最多的就是狄泽。她们有的挤在一处，有的则在一群姐妹旁走来走去。她们都在认真地低声说着什么。

甬道上并不拥堵，因为并没有蜜蜂在入口旁徘徊——蜂胶消毒剂的气味依然强大。不过门厅里变得更加拥挤了——越来越多的姐妹正在那附近聚集。弗洛拉开启了体内所有的防御手段——她想朝甬道的另一头跑去，去保护那枚脆弱的蜂卵。可现在这样做的话，一定会被发现的。她强迫自己待在原地。那颗小小的心脏还在她体内跳动，并变得越加激烈。

弗洛拉感到两颊刺痛，接着口中就隐约被一股甜蜜充满。她迅速咽了一口，接着心脏跳动。浆流。唯一的可能就是——她的卵已经孵化了。宝宝随时可能现身，并哭着寻找食物。

她绝望地朝四周望着。要想看到宝宝，她就只能向维奥莉特和斯皮德维尔这两大贵族要求让路——这种有违蜂巢礼节的行为肯定会引起关注。要是她能找到自己同族姐妹的话，也可以加入她们的行列——但由于其他家族对她们的普遍厌恶，所有清洁工都已经撤回去了。

弗洛拉咽下满满一大口蜂王浆。她知道，如果发现有任何蜜蜂想接近她的卵，她都会飞奔过去并为了保护它而战斗——但直到此刻，最好的办法也只能是悄悄溜过去，并趁蜂群散开时穿过。

“女王必将到来，”西斯尔们的声音从她们家族中央传来——她们都阴沉着脸，“女王必将到来。”姐妹重复着，但声音里缺乏坚定。

“但不是从赛奇家族！”一位年轻的狄泽在族人中间大喊。

厅里的所有蜜蜂都回过头去，惊讶地看着这位满身斑纹的、莽撞的姐妹。

“因为她们染上了疾病。”她继续喊道，眼中闪耀着野性的光芒，“为什么其他家族就不能诞下自己的公主呢？”她看着大厅周围，“连神圣母亲都会感染疾病，祭司们难道就不会吗？”

她还没来得及再多说一个字，一队警察就突然闯了进来。她们不由分说地冲进狄泽家族，将那名叛逆的狄泽拖了出来。一名警察用力击打着她脑袋的一侧，另一名则从下面踢着她的腿。

“亵渎！”一名警察喊道。

“连仁道都太轻——”另一名警察说着，一边扬起了钩状的手套。

那位长着斑纹的狄泽扬起爪子，竭力想从她们身边跑开。“姐妹！”她在暴击下尖叫着，“这就是说真话的后果——”

蜜蜂们听到了她甲壳碎裂的声音。

“立刻住手！”一队西斯尔卫兵冲了进来，推开了警察，“你们这么愤怒是为什么，警官？”西斯尔卫队的最高长官把爪子拦在巡查修女的头胸之间。“这个大厅就是大家集会和发言的地方——你们是在执行哪一条法律？”她放开巡查修女，后者则用厌恶的目光瞪着她。

“叛国罪！”她朝西斯尔大声说道。她的手下们已经举起了爪子，指向了狄泽卫队。地上的那位年轻狄泽站起身来——大家都看出她受了重伤。但是她依然转头直面施暴者。

“没有女王，”她大声说道，“哪来的叛国？”

这个事实让大家都沉默了。巡查修女发出了愤怒的嘶鸣：“她背叛了赛奇！”

“赛奇只是一个家族，就像其他家族一样。”年轻的狄泽喊道，她用手捂住了被撕裂的胸膛，“可她们全都觉得自己是女王——”

这话让听到的蜜蜂们喘不过气来。巡查修女已经举起了自己的爪子，但她无法再攻击那位狄泽——西斯尔的大部队跨步挡在了她们当中。

“多么黑暗的日子啊！”

“事实上，西斯尔家族想要提升自己的地位！”巡查修女的声音丑陋而尖厉，“但大家都知道是谁杀死了女王。”

那位西斯尔卫兵低下了自己的头。

“为了永远的悲哀！”接着她望向巡查修女，扬起了自己那又粗又壮的触角，“所有姐妹都可以在此集会，并自由地发表言论。你们让开。”

“**你们让开**。”兴奋的声音此起彼伏，仿佛蜂巢意志一般，但蜜蜂们并没有响应——除了勇敢的西斯尔卫兵。姐妹聚集在她的身后，无声地宣示着力量。

巡查修女恶狠狠地看了她一眼，召回手下离开了。蜜蜂们开始鼓起掌来，但那位勇敢直言的西斯尔突然喊起来，她朝一队狄泽指着：

“女王必将到来！在那之前，不要挑衅警察。”

“不会的，阁下。谢谢你！”狄泽们朝西斯尔卫兵鞠着躬，但那位西斯尔连看都没有看，就把触角指向了起降板前的甬道。与此同时，弗洛拉也闻到了。

是马蜂来了。

厅里的每只蜜蜂都弯起尾针，朝着起降板跑去。冲在最前面的就是那位西斯尔。弗洛拉和大家涌在一起，向前方跑去。她们加入西斯尔卫兵的队伍里，扫视着整个果园。

在那里——蜂巢气味屏障的边界处，一只狭长的马蜂正在徘徊。看到木板上的蜜蜂，她靠得更近了。她们看到了马蜂眼睛上的白点，她在蜂巢上空盘旋着，身形一闪就不见了。

姐妹欢呼起来，高声向彼此祝贺着。是她们显示出的强大力量赶走了马蜂。一只马蜂竟敢在果园里逗留吗？她们已经让她见识了厉害。看，就连狄泽也从育儿室赶来参战了！

采集蜂们并没有加入她们庆贺的行列，西斯尔们也没有——她们还在巡视着果园。她们从没见过这种马蜂，而她们并不喜欢这种感觉。

越来越多的姐妹涌进舞蹈大厅，因为西斯尔和警察对峙的消息已经传遍了蜂巢，大家都想谈一谈疯狂而鲁莽的狄泽，也说一说被大家赶走的马蜂。

蜜蜂们彼此传着流言，诉说着自己的焦虑，也忙着整理仪容。在一片嘈杂声中，弗洛拉悄悄溜走了。

第三十八章

老鼠墓赫然出现在弗洛拉面前，提醒她到神圣的一类育儿室的距离。终其一生，弗洛拉从没见过更漂亮的宝宝。它孵化得很好——纯洁的珍珠色皮肤、壮硕的身材，闪着柔和的光泽——尽管蜂胶味道弥漫，它呼吸间的香甜却吸引着弗洛拉。

她把宝宝抱在怀里，准备喂养。它甜蜜地依偎在她身上，张开了自己的小嘴。当弗洛拉感到两颊一阵刺痛时，浆流就从隐秘的源头流淌出来。她感到一阵安慰，就像在奉献仪式中那样。孩子满足地吃着。吃饱后，它就蜷缩在妈妈的怀抱里，然后渐渐睡去。失踪的工蜂只会被推测为死亡，大家并不会仔细寻找。所以弗洛拉换了个舒服的姿势，然后抱着宝宝，奢侈地进入梦乡。

到了早上，它已经长到可以填满弗洛拉整个怀抱的大小了，而且又饿了。一阵阵声响从舞蹈大厅那边传来，于是弗洛拉知道蜂巢已经苏醒很久了。她觉得自己都已经饿瘦了，不吃东西的话，她也生产不出更多的浆流。弗洛拉尽力安抚着宝宝——对它说着温柔的话语，把自己的气息覆盖在他身上。它闭上了眼睛。弗洛拉低头看着他，感到心中充满了母爱。她溜出了甬道，打算寻找食物。

刚在门厅里走了几步，弗洛拉就感觉地板上有些不对。通常，密码地砖上传递的信息是流畅的、熟悉的、令人安慰的，可是这一次，脚下的信号变得磕磕绊绊。随着一阵突如其来的、剧烈的震动，莫名的信号冲进了蜜蜂们的大脑，让她们纷纷后退。弗洛拉匆匆朝巨大的中央马赛克跑去——许多采集蜂已经聚集在那里。一反常态的是，她们谈论得尤为激烈。

问题出自舞蹈大厅本身，她们对彼此说着——地板干扰了她们的舞步，弄乱了语句的顺序，把信息变得乱七八糟——谁也没办法跳舞，也没办法表达——如果采集蜂们无法交流，又怎么能有效工作呢？一队赛奇祭司出现在舞蹈大厅里，她们朝采集蜂们走去。后者停止了谈论。

弗洛拉紧紧握住了自己的触角，但还是晚了半秒，一位祭司朝她看了过来。

“我们很庆幸，至少有些姐妹还是高兴的。你能和我们分享吗？”

弗洛拉打开气孔，尽量释放出自己的气息，并祈祷对方闻不到浆流的味道。

“我虔诚地祈求，请让我带领一队清洁工吧。”她故意装着大舌头在嘴里磕磕绊绊的样子，“我们需要重新清洁地板……”

“好吧。”另一位祭司说道，“一定是这个原因——一定还有残留的气味。把大厅再清扫一次吧。”

弗洛拉飞快地点着头，表现得就像一名最谦卑的清洁工。祭司们走了。采集蜂们在目送她们之后，转身回到了舞蹈大厅。几扇门依旧打开着，但里面已经空空如也。在大厅中央，一处黑色的斑驳还留在老旧的蜂蜡地板上。

“她是对的。”一位艾薇采集蜂说，“我总是闻到血——”

“别说了！”另一位采集蜂，蔻斯福德女士转过头说，“我只想把它忘了。”她看着弗洛拉问，“这么说，你愿意再做内务蜂？”

她言辞犀利，但弗洛拉眼中只有通往宝宝的甬道。她点了点头。蔻斯福德女士不可思议地摇了摇头：“那让我告诉你吧，我永远也不会在那里跳舞了，除非清理干净。”

“我会尽力而为。”弗洛拉目送着她们走向起降板方向的甬道。当她们启动引擎飞向天空，弗洛拉感到身体仿佛被巨大的力量拉扯着，她知道自己的翅膀渴望乘风而行，可尽管如此，一种隐隐的震动在她体内弹拨着，并愈演愈烈。她明白是孩子饿了。

她跑到最近的餐厅里——那里已经挤满了正在争论的姐妹。由于地板的异常表现，几拨不同班次的蜜蜂都被分配到了一起。食物只有品质低劣的花粉面包，而且分量不足，但弗洛拉还是大口吃着。只消几秒，她就吃了个一干二净。这时，有蜜蜂在和她说话——她转过身去，看到一位老狄泽正贴在餐桌旁，毛发里和触角上都凌乱地沾着食物。

“你的家族从不需要什么礼节。”老狄泽摇着头，“你在育儿室里待过，是不是？还活着啊……”她把自己的盘子推到弗洛拉面前，里面还有些面包皮，“贪心的家伙，吃我的吧。我知道我活不过今天。”

“谢谢你。”弗洛拉吃了起来，强烈的饥饿让她忘记了骄傲。她感到躁动的身体在变得平静，于是意识到浆流即将到来：“谢谢你，阁下。”

老狄泽环视着餐厅道：“一类房间已经被毁了。”她抓着桌子，“看看这张小床吧，肮脏的蜂蜡！我们难道能期待女王陛下在里面产卵吗，能吗？”她朝周围的蜜蜂挥舞着一条胳膊，“还有这些外来蜂，我怎么训练得了她们？”

“阁下，这里是餐厅，而且她们都来自我们自己的蜂巢——”

“外来蜂！”狄泽大喊着——在呼吸之间，她的胸腔里发出了一连串咔嗒声，“走开！我亲爱的保育员们在哪儿？”

弗洛拉倾过身去，安抚着这位老姐姐不安的触角。

“就在这儿，姐姐。”她说着，“但我想不起宝宝的神圣时间该在哪儿度过了。”

老狄泽紧紧抓住她的胳膊：“最重要的就是清洁。”

“是的，姐姐，但在哪儿呢？”

狄泽把头深深低下，接着就不动了。弗洛拉等着她继续开口，但这位老姐姐还是一动不动。于是弗洛拉把两个盘子里的所有食物都吃干净，再把老狄泽衔在嘴里，朝停尸房走去。完事后，她又去了舞蹈大厅，开始清理女王鲜血的残迹。可意外的是，她发现同族姐妹已经在那里了。她们擦洗着鲜血的残迹，身边并没有负责监管的蜜蜂。

“是谁让你们过来的？巢脾吗？”

清洁工们朝四周望着，仿佛想确定没人会听到她们讲话。

“是你。”其中一位说着，“这不是你的意思吗？我们听见你和祭司说要清理地板。”

“可你们是怎么听见的——我没看见你们啊。”

“女士，是你发出了信号，我们通过气味明白了你的意图。”

直到此时，弗洛拉才注意到她们触角上那细微的震动。就像赛奇一样，她们其实更喜欢接收化学信号，而不是语言。她们对她微笑着。就在这时，大厅里出现了一阵骚动，引起了所有蜜蜂的注意。

一队狄泽从半空飞来，带着一具同族蜜蜂残破的尸体。她们停到了中央马赛克上。

“她被扔在甬道上等死！”其中一位大声说道，谁也没听过这个家族的蜜蜂使用这种战斗的语气。“这是在警告我们！”另一位喊道，“是警察谋杀了她，因为她的言论！”狄泽姐妹看着周围震惊的蜜蜂，“下一个可能就轮到你，姐妹，如果你胆敢询问公主在哪里！”她们放下那具残尸。一眼望去，大家都感到不寒而栗——是之前发言的那位狄泽，年轻的身体上长着斑纹。她的下颚被从头部扯了下来，上面还带着舌头。

“没有奉献仪式，”另一位狄泽喊道，“没有答案——我们想要真相！”

“真相？”赛奇修女来到大家中间，身上闪着宁静的幽光。她低头看着狄泽的尸体，接着摇了摇头：“你们可消化不了。”

“告诉我们！”狄泽姐妹的声音听起来尖厉而痛苦，“保障你们权力的究竟是什么？你们还不能把女王带来吗？”

“是神圣权力。”赛奇修女平静地说。这时，其他祭司也进入了大厅。她们身上开始释放出麻醉的气息，于是弗洛拉屏住自己的气孔，并示意清洁工们都这样做。

“谋杀的权力吗？”一位年富力强的狄泽大声喊道，“你们就是这个意思吗？赛奇家族是腐朽而邪恶的！”

“亲爱的狄泽修女。”赛奇修女伸出双手，穿过大厅向她走去，“对于弱小的家族来说，疑惑会令人不安——梅丽莎当然知道。”

“狄泽们也知道，赛奇会不惜一切代价保住权力！”狄泽修女发出强劲的声音，但随着祭司的靠近，她还是害怕地弓起身来。

赛奇修女停下了脚步，她的双手依然伸着。

“握着我的手，狄泽修女。神性在我的身体里流淌，你自己感受一下吧。别让你这残酷质疑的声音再损害我们的蜂巢。打开你的心灵，做出自己的决定吧。”

狄泽修女睁大眼睛，瞪着大厅四周的祭司。

“这是个陷阱，你们会联合起来伤害我。”

“如果你受到任何伤害，那也只能来自你自己的灵魂。”

“那样说来，我就没什么可怕的了。”但狄泽修女还是犹豫着，不敢握住赛奇修女的手，“我们家族始终是蜂巢忠实的仆人，应该得到尊重！”

“那就不要有任何隐瞒。”赛奇修女向前一步，紧紧握住了狄泽的手。蜜蜂们都在盯着她们看，但只有最靠近的才能看出狄泽修女的触角根部在颤抖。狄泽大声喘息着，双腿下沉，身体垂了下去。祭司扳过狄泽修女那已经没有了生气的身体，使她面朝众蜂。只见她的眼睛上笼罩着一层白色的薄膜，触角的根部已经碎裂并渗出鲜血。

“是被污染的精神毁灭了她的主人。”赛奇修女任狄泽修女的尸体滑到地板上，就落在她同族姐妹的尸体旁。她擦了擦自己的手。

“骚乱。姐妹互相攻击。灾难。”

赛奇修女突然转过身来，看着弗洛拉所在的蜂群，好像她已经大声说了出来似的。弗洛拉感到触角里一阵灼热，但还是一动不动地站在原地。祭司把注意力转向了沉默的蜂群。

“邪恶的秘密刚刚杀死了狄泽修女。这个秘密就是：她们的家族正在秘密培育自己的公主，现在她们觉得自己是王室了。”

“我们拥有和你们一样的权力！”另一位狄泽大喊，“你们的家族感染了瘟疫，所以你们才选不出健康的公主，但我们家族就在育儿室工作，我们知道该怎么做！根本就没有什么神圣的权力；食物决定命运！这才是真相，你们都明白：每只雌性幼虫在生下来的时候都是工蜂，但我们知道怎样喂养出一位女王！”

这时，蜂群中出现一阵骚动，仿佛有某些东西点亮了弗洛拉的大脑。保育室里的轮勤——没有谁见过，也没有谁懂得计算。正是因为这样，当她离开那里时，赛奇们才会想毁掉她的大脑——万一她懂得呢。剧烈的颤抖从脚下深处传来，使蜜蜂们痛苦不堪。

安静！这是蜂巢意志的声音。在甬道的入口处，一群黑色的警察正在赶来。

“不！”狄泽大喊着，“三天一只工蜂，四天一只雄蜂！”

赛奇修女招了招手，警察就冲进蜂群，向狄泽奔去。蜜蜂们恐惧地四散开来。与此同时，那只狄泽依然在朝她们的背影喊着：

“五天一位女王——秘密就是浆流！”她奋力喊着，身边围满了警察，“每只雌蜂都可以——”警察愤怒地扑向她的身体，鲜血的气味在空气中弥漫开来。一名警察举起了自己的爪子——只见上面有一大片潮湿的鲜红。

“叛徒制造了更多的卵。”她大口吞着，“还有丰富的浆流。”

蜜蜂们还来不及尖叫，祭司们就用力把她们的气息喷到大家身上。顿时，蜜蜂们的脑子就好像被攫住了似的，里面充满了恐怖的死亡之声。脚下的地板在剧烈地震动着。

*我们的母——母亲——*蜂巢意志的声音响起。

她——艺术家——我们的母亲——从死亡中降临——我们的母亲——

女王的祷告词变得磕磕绊绊，蜜蜂们开始发出恐惧的呻吟。蜂巢的声音越来越响，一种恐怖的频率传入了蜜蜂们的大脑，然后突然又平息下来。空气中弥漫着死亡的味道。

赛奇修女举起手来。“嘘！”她朝蜜蜂们微笑着，“不要害怕，是蜂巢意志厌倦了争斗，必须休息了。”她转身看着西斯尔卫队的最高长官，“勇敢的卫兵姐妹啊，你们一定看到了斗争造成的伤害。不要执着于军事判断，把你们的力量注入我们的警察部队吧，为了更大的利益。”

“你想怎样？”西斯尔长官的脸上看不出任何表情。

“搜索整个蜂巢，寻找女王的巢房。对于那些不再值得信任的警察或祭司守卫下的巢房，全部销毁，把里面的幼虫全部杀死。”

“我们从没见过女王的巢房，修女阁下。我们怎么会知道呢？”

赛奇修女露出一丝冷笑。

“你们不可能没见过。**把里面的幼虫全部杀死**，你们只需要知道这个。”

西斯尔强压着怒气，点了点头。赛奇们走后，她们释放的封闭气息也渐渐松开了蜜蜂们的身体。迷惑而恐慌的姐妹撞着巢脾，试图从地板密码中得到一些启示，但那里没释放出任何信息，只有清洁工们还一如既往地勤勉而平静。弗洛拉朝四周看着——西斯尔卫兵们已经和生育警察达成了一致，她们把守着每条甬道和大厅间的入口，这样所有蜜蜂在离开时都要从她们身边经过。弗洛拉嘴里充满了甜蜜的浆流，甚至溢到了毛发上。她大口吞着，但浆流来得越来越多，就要无法遮掩了。随时都可能有蜜蜂闻到她的气味，并把她杀死——然后她的宝宝也只剩死路一条了。

她决不能允许那种事发生。不过，现在还没有西斯尔卫兵回到起降板上，警察也没把守住甬道的出口。采集蜂们正慢慢地穿过大厅，想要回到空中。弗洛拉连忙加入了她们的队伍。她匆忙跑了出去——趁大家还没质疑她身上的味道。如果她不这样做的话，就再也不可能按时回到宝宝身边。

阳光照耀在木板上，天空中一片晴朗。弗洛拉并没有做什么气味标志，她只是用力开启了引擎，并高声大吼着——仿佛宣布着自己要飞去遥远的地方。她几乎垂直升起，然后就飞上了天空。她高高地飞着，盘旋在蜂巢和果园的上空。她在蜂巢后面转了个圈，然后又降落到它倾斜的屋顶上。

弗洛拉紧闭起自己的气味腺，避免被任何从身旁飞过的蜜蜂闻到。她走到了蜂巢的背面，到过那里的每一只昆虫都会在那里留下痕迹，还有熏得她头疼的鸟粪，以及随风而来的灰尘膜——但在那下面有一个残破的黑色缝隙。就算在冬天过后，被腐蚀的边缘里全都是老鼠的气味，但那之外的空气依然甜美。弗洛拉从那里爬了进去。

果园上空，一只马蜂正在那里饶有兴趣地看着。

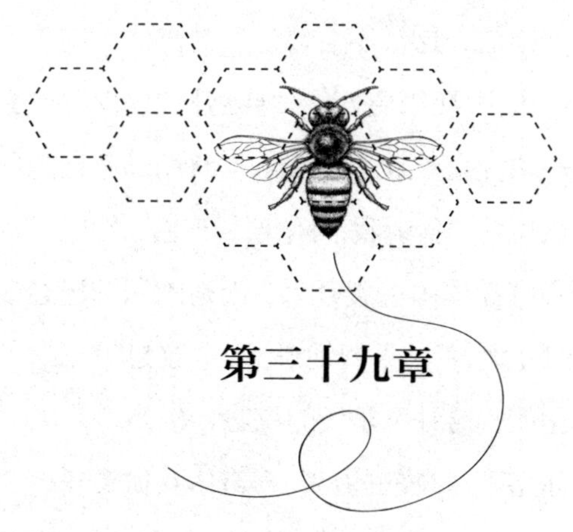

第三十九章

经过处理的鼠尸几乎占据了所有空间，不过弗洛拉还是找到了一个鼠洞——它就在凹凸不平的蜂胶坟墓和蜂巢的木板墙之间。弗洛拉缩着身子从那里穿过。宝宝闻到了她身上的气味，一边激动地哇哇大叫，一边蠕动着向她爬去。自从分开之后，宝宝长大了不少，它再次进入了饥肠辘辘的状态。弗洛拉把它抱在怀里，看着它张开了嘴。随着两颊一阵放松的抽动，闪亮的浆流倾泻而出。

宝宝一口接一口地喝着，直到整个身体闪耀出光芒。她亲吻着它，为它把脸擦干净，再把它举到蜂蜡制的床围上方。在它身体的照耀下，这古老的树汁也散发出琥珀色与青铜色的光芒。

“也许会有人说你爱着这条虫子。”赛奇修女的声音传来——她蹲在老鼠的坟墓上，目睹了一切。

弗洛拉一边紧紧抓着宝宝，一边扬起了自己的爪子。

“你还能生产浆流，这很不寻常。”赛奇修女向下爬着，来到鼠坟的半腰上——这里视线更好，“弗洛拉717，你是这么胆大妄为，机敏狡诈——真是怎么也想不到。”祭司扬起自己的触角，释放出自己的家族气息，“告诉我，你一共产过几次卵？”

弗洛拉感到心脏在体内迸裂开来，而她的尾针已经滑出来了，但在孩子的依偎下，她还是平静地说道：“这是第三次。它们是自己出现在我身体里的，这并不是我的意愿。”

“你知道，你是不可饶恕的。”赛奇修女微笑着，“但我不得不钦佩你的厚颜无耻——你竟然能站在门厅里，制造着恶臭的浆流，看着一名狄泽因为同样的罪行而被撕碎？多么强大的神经啊，717。我们让你离开，只是为了自己揭露你的恶行。早就有一名西斯尔卫兵向我们汇报过：起降板附近出现新鲜蜂胶的气味。我自然感觉到很奇怪，但怎么也没想到会在这儿找到了一张婴儿床！这真算是一个奇迹——在我们说话时，警察们已经在赶来欣赏的路上了。”

弗洛拉看着狭小的入口。

“如果你愿意的话，可以选择逃跑。”赛奇修女说道，“不过你总归是要死的。”

“我不跑。”弗洛拉最后一次抱紧宝宝，“但是我请求你，修女。现在雄蜂们已经抛弃了我们，把我的孩子送到育儿室吧，我会在整个蜂巢面前公开认罪。你们可以拉着我的手脚把我撕开，或者是以任何死法来处置我，但请让他活下去吧。”

“他？”赛奇修女跳到地板上，“你是想愚弄一位祭司吗？你的罪恶明明是雌性的。”

“雌性？”弗洛拉看着宝宝的小脸，“一个女儿？”

“是个怪物。”赛奇修女扬起触角，“你犯下的罪恶，宣判了所有同族蜜蜂的死刑。把这肮脏的东西带到走道上去吧——总不能用这种恶臭作为地标。”她不停地弹着自己的触角，“连一只马蜂或者蚂蚁都比你体面——在第一次犯罪后，为什么你不自首受死？”

“当我和神圣母亲在她卧室里时，她给了我爱。当我产下卵时，我感受到了爱，对我的卵的爱。所以我改变了。”

“改变，717？一个一出生就该被杀死的丑陋的畸形儿能让你改变成什么？你期望自己变成什么？”

“一位心中有爱的母亲。”

赛奇修女爆发出一阵大笑。

“不，修女阁下，我敢担保——这是最奇妙的东西，它甚至比奉献仪式更有力量。”

“真的吗？”赛奇修女审视着弗洛拉，“爱是最神圣的东西，比我们拥有的任何宝藏都更珍贵——可你声称自己能感受到它？”

弗洛拉把宝宝抱得更紧了，点了点头。

“所以，当你看着自己的——孩子——你能感受得到吗？”

弗洛拉低头凝视着女儿的小脸——她的喜悦让空气都为之闪烁，可当她意识到发生了什么，已经太晚了。她的触角已经敞开，赛奇修女立刻把自己的力量深深插入了她的思想。

“所以，你觉得自己是女王吗？”赛奇修女说道，“蜘蛛已经警告过你了——哦，是的，我什么都知道。你觉得他们会为你保守秘密吗？为了能查清楚真相，有多少生命被牺牲了？但我做到了——”

弗洛拉想要动一动身体，但祭司加大了力量，用自己的意志深深压制住弗洛拉的身体。宝宝开始大哭起来，弗洛拉感到一种力量正在把她从自己无力的胳膊里拉走。

“*爱*？”赛奇祭司把这个小小的女孩抓在自己的爪子里，举到她母亲的面前，“那是鲜花们所代表的——采集蜂们也许会全身心地渴望它们——但神圣的生育行为不是你所能触及的！”弗洛拉的宝宝尖叫着，在赛奇修女掌中扭动着身体，于是她上下抽打着宝宝的脸。

弗洛拉顿时怒火中烧，再没有什么能够禁锢她了。她一把从祭司手中抢过孩子，赛奇修女连话也来不及说，就被一击而倒。祭司扭动着修长的腹部，从各个方向朝弗洛拉刺去。一阵毒雾在空中升腾起来，但这于弗洛拉无用，她可是曾经和马蜂战斗过的。祭司的触角还在上下抽打着，弗洛拉一把把它扯断。尾针从光滑的条纹间滑了出来，但她并没有妄动，直到心跳的震动从赛奇修女身上传来。这时，她才泵出自己的毒液——匀速而大量——直到祭司的身体一动不动。

宝宝大哭着靠在小床边，她想要逃走，好躲避这可怕的气味。弗洛拉把她紧紧抱在怀里，把自己的家族气息包裹在她身上。她摇着宝宝，直到宝宝停止哭泣。就在这时，她听到一阵嘈杂的脚步声——是警察来了。由于祭司的禁锢，她触角上仍感到巨大的痛苦。空气中弥漫着赛奇鲜血的气味，这气味是如此浓重，盖过了蜂胶的味道。她必须把尸体处理掉，但由于蜂毒的作用，尸体已经开始僵硬发胀。弗洛拉本想把它拖到鼠洞里。但它实在是太大了，这让她没法拖着它穿过那狭窄的空间。

于是弗洛拉举起有力的爪子，紧紧扼住祭司的头，飞快一折，就把它从胸腔上折了下来。然后她从流淌着毒液的地板上抱起女儿，又把她放回小床里。宝宝并没有出声，只是静静地看着妈妈。

这一连串的动作让弗洛拉自己都吃了一惊，但她还是为自己那粗壮有力的舌头感到庆幸。弗洛拉抓住赛奇修女腹部和胸部的关节，把尸体拖到她自己流出的毒液里，浸透了她的毛发。她把尸体的身体部分从鼠洞里拖了出来，扔到高耸的野草间。

处理头部则更加困难：尽管触角已经不见了，但那对死去的眼睛依然能影响到弗洛拉——赛奇修女的眼睛还在向外输出着能量。弗洛拉一边朝鼠洞拖着尸体的头部，一边感受着那种能量正流进她的舌头。她换了个角度，咬住另一处虫甲。可浓稠潮湿的大脑滑了下来，滴进弗洛拉的嘴里。伴着一阵脉冲，祷告密码和暴力画面就像痉挛似的传入她的思想。弗洛拉用尽全身力气，把赛奇修女的头向远处抛去。她把沾在身上的脑子拍下来，充满恐惧地看着。只见赛奇修女的头落到了一棵野草的尖刺上。

弗洛拉飞了下去，想把它拉下来，但随着她的每一次努力，赛奇血液的味道就变得更加浓厚。路过的采集蜂都会发出警报，马蜂们也会知道蜂巢正在经受的煎熬。弗洛拉感到有双眼睛正在注视着自己，于是她惊恐地朝四周看去。

“我们的祭司看起来不怎么好啊。”

林登先生抖动着身子，坐在蜂巢的屋顶上，不再是一副整洁考究的样子。只见他衣衫零乱，好像刚经历过旅行。随着一阵噼啪声从胸腔的引擎里传出，他已经飞落到她的身边。

他的目光带着安慰，流淌过弗洛拉的身体——疼痛疾驰着穿过她体内的每一根神经。她说不出话来，只能指着身下的野草。

“修女自己落到了羊蹄叶上吗？”

弗洛拉试着点了点头。林登先生紧紧从上面抓住赛奇祭司的头，好像要爬上去似的。他一边用力，胸腔里的引擎一边在大声地噼啪作响——他把赛奇修女的头从草茎上拔了下来，然后又把它扔到草叶下。

“她到底遭遇了多么可怕的意外，她们到底有多大意啊。”他停在弗洛拉身边。她说不出话来，于是他扬起了原本下垂的触角。

“阴郁的空气笼罩着我们的老巢——小伙子们都想要更多。”

弗洛拉抬起头来，看见越来越多的雄蜂伏在蜂巢屋顶上，没有了往日虚张声势的样子。林登先生拉了拉自己的翎。弗洛拉发现他的确老了。

“没有别的蜂巢能接收你们吗？”赛奇的禁锢仍在起作用，弗洛拉感到自己的舌头在灼烧，说话让她感到疼痛。

“哦，我们找了很多地方。有些雄蜂死了，有些被抛弃了。还有些呻吟着，带着难闻的气味，把这种芬芳变成了大戟草味——至少我觉得是那样。”林登先生看着她，“说起来很奇怪，我很想家。”

“我们也很想念你们——所有雄蜂。”弗洛拉的视线越过果园，凝视着远方——在那里，机器们正在邻近的田垄间移动着，看起来充满活力；乌鸦正在他们的上空盘旋。她“啪”地展开翅膀：“我——还有很多事情要做。”

“我能帮助你吗？”林登看着她的眼睛问道。

弗洛拉点了点头：“你能不能想办法让他们大声欢呼，并释放出强烈的味道——就一小会儿……”

“女士，我将永远为您效劳。”他发动自己的引擎，朝那群衣衫破旧的同伴飞去，“就像我保证过的那样，兄弟们，她们在想念我们！让我们用雄蜂殿下的气息，再一次施恩于她们。让我们再一次得到供养，得到温暖，得到她们的渴望。”

在一片欢呼声中，他领着雄蜂们飞落到起降板上。弗洛拉听到姐妹兴奋地向他们奔去。她听了一会儿就溜回了蜂巢，去看她的女儿。

第四十章

在她们忙着处理赛奇修女的尸体时，弗洛拉的小女儿已经又长大了一些。现在，她正靠在蜂胶小床旁，扭动着身体，想找个更舒服的姿势。弗洛拉感到孩子的身体变得更重了，她美丽的珍珠色皮肤也在发生着变化，看起来正变得更加强韧，并笼罩了一层新的彩晕。弗洛拉感到情不自禁——她把孩子抱进怀里，凝视着她沉睡的小脸，并为她的美丽而惊叹着。就在她的注视下，孩子正长得越来越成熟，雌性性征也开始显现。

一阵脚步的震颤从甬道的出口处传来，还伴着嘈杂的说话声。弗洛拉一时僵在那里，而后她又听到一阵喊声与大笑从起降板上传来——那是雄蜂们正在进入蜂巢。她又听到了姐妹发出的欢呼声——她们在大声喊着，欢迎雄蜂的到来。一大群蜜蜂正聚集到门厅里，并歇斯底里地大笑着。弗洛拉抱着女儿站在原处，认真地听着。

姐妹正争先恐后地冲向归巢的雄蜂，为了留住他们，她们不顾一切地诉说着他们的优秀，并保证女王很快就会到来。至于雄蜂们，他们也同样渴望着被需要的感觉，他们大笑着，虚张声势地开着玩笑，讲述着在那些金色宫殿里冒险的见闻——那又怎么能和自己的家园媲美呢？

随着一阵隆隆声传来，弗洛拉听见他们沿着楼梯来到蜂巢的中层。在一阵谈笑声中，他们朝餐厅的方向走去，那里一定会敞开大门，欢迎他们的归来。脚步声逐渐远去，但弗洛拉依然认真听着，警惕可能有的陷阱。

女儿在怀中变得越来越重——当弗洛拉低头看时，她不禁喘着粗气。女儿的身形变得更大了，美丽的面孔也再一次发生了变化。一波波缓慢而有规律的震动，像波浪一样，在孩子的身体上传递着。弗洛拉立刻明白了：她并不是在睡觉，而是进入了一种催眠状态。也就是说，她的女儿已经步入神圣时间。

弗洛拉感到不知所措，这本不该来得如此之快——肯定还需要经过几天的喂养——但她已经无法准确记忆了，她既想不起自己喂过女儿几天的浆流，也不知道现在该做些什么。神圣时间是庄严的，会有祈祷，还会有庆祝仪式——必须遮盖住女儿的身体，而且是马上——但她的身体已经远远超过了蜂蜡小床的大小；至于把她封在死老鼠的尸体上——这真是个令人作呕的想法。

无声的压力变得越来越大，弗洛拉绝望地扯着自己的触角。她的女儿将会丧失生命——不论是被裸身留在这里，还是被其他蜜蜂发现。生育警察已经夺去了她的一枚卵，而“灾祸”夺去了另一枚，为了保护现在这个宝宝，她已经杀死了一名祭司。

宝宝嘴里发出了喃喃声，随后换了个姿势，显然是进入了更深度的催眠。她散发的气息是如此美妙——弗洛拉低下头，把这气息吸入体内。在她惊讶的目光下，宝宝的头上出现了两个小小的光点——触角将在那里长出。一切就发生在她的眼前——弗洛拉的所有本能都在告诉她自己，她必须保护好这个宝宝。她需要覆盖好宝宝的身体，让宝宝安然度过神圣时间。

应该在蜂巢的什么位置呢？她心里咒骂自己，恨自己没能早弄清楚。她肯定是见过的——也许是没有留意吧。弗洛拉试图让自己冷静下来，并细细回想着自己到过的每一处地方，但她并不知道神圣时间该在哪里度过。她只记得，进入神圣时间的宝宝们会被从二类房间移走……被移到某个她不知道的地方，再进入到达大厅——它们将在那里破茧而出。

那里一定很整洁——这是那只老狄泽在餐厅里说过的。

弗洛拉一边把孩子抱得更紧，一边认真回想着。清洁工们会把很大一部分时间花在到达大厅里，目的是清理空出的巢房。可那是为什么呢？*为了准备循环使用*。

想想那一排排长长的巢房，前排的正在忙于孵化，中间的正在进行清理，最远处的那些则被静静地封了起来。就像每位清洁工都知道的那样，在卵产下几天之后，这些巢房的用途就会互相转换。现在弗洛拉终于明白餐厅里那位狄泽临死时说的话了：神圣时间并不需要专门的场地——孩子们只是在二类房间里进入催眠状态，保育员会把它们送到到达大厅，并封在干净的巢房里。现在，生育警察应该就在那里。她们一定在撕碎每一个巢房，寻找异常的蜂卵。

弗洛拉听着从头顶传来的跺脚声，隐约感到歌声的震动正从中层的大厅里传来，那代表着雄蜂们的庆祝仪式正在进行着。她曾经救过林登的性命，也许现在他救的不仅是她自己，还有亲爱的孩子——虽然她从没这样指望过。她全心祝福着他，感激的泪水已经充满了眼眶。她低头亲吻着熟睡的女儿的脸。让她高兴的是，女王的祷告词意外地出现在她脑中。

对弗洛拉来说，世上再没有什么神圣的东西了，除了她的孩子，还有她的女王——美丽的母亲啊，曾深爱着她，并告诉她不要自卑。当雄蜂和姐妹在上一层享受喜悦时，弗洛拉默默在心里念起了女王的祷告，直到它浸润了自己的灵魂。

从死亡中降临，生命不朽……

她抬头看着。除了这里以外，唯一能不被打扰的地方只有一处。它就在眼前这面墙的后面，既不是工蜂寝室，也不是到达大厅，而是停尸房——只有她同族的姐妹才会去那里。雄蜂们还在头顶喧嚣吵闹，她还有时间。

弗洛拉尽己所能地释放出更多的家族气息，继而等候在蜂胶的气味后面，直到大厅里变得安静。她冲了出来——白嫩的女儿躺在她怀里一动不动，几只蜜蜂吃惊地看着她，但她发疯似的摇着脑袋，挥着手把她们赶开。她故意装成要摔倒的样子。

“瘟疫，瘟疫。”她含混不清地说着。蜜蜂们害怕地往后退着，然后转身跑掉。

＊＊＊

停尸房里空荡荡的，那里只有几只工蜂。她们向她点了点头，却都没有说话。弗洛拉把孩子放在墙角的阴影里，一直等到其他工蜂都离开。在她目光的注视下，女儿不断成长变化着——没有时间了。弗洛拉在两个藏尸区中间撕咬着，用她家族天生的强壮和年纪带给她的能力。终于，她咬出一个大口子，又用残破的蜡块做了一个盖子，把孩子盖在里面。她一边工作，一边在心里默默地重复着女王的祷告词，直到劳动让她的身体变热，嘴里也充满了甜蜜的浆流。弗洛拉满心喜悦地探身看着女儿，把最后几滴蜂王浆滴在女儿脸侧——它们在那里散发着光芒。没有任何词语能表达她心中的爱意。

接着她就把女儿封在里面。

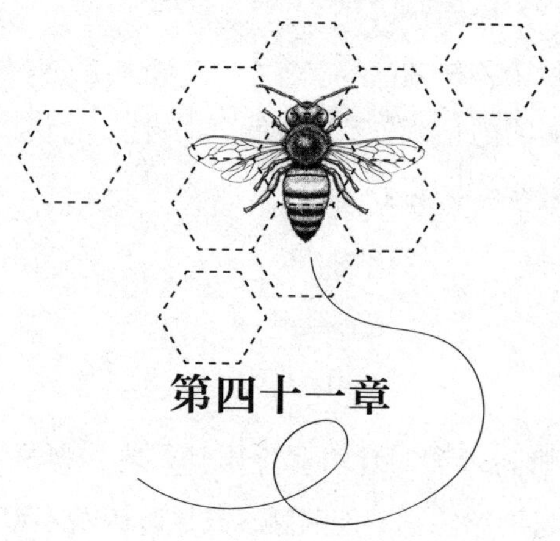

第四十一章

雄蜂的回归只给蜂巢带来了一天的喜悦，潜藏在赛奇与狄泽家族之间的紧张气氛再次公然显现出来。蜂巢被分成了对立的两派——在赛奇与狄泽的要求下，所有家族都必须表明立场。一位祭司已经失踪——狄泽们和几位高级修女因此而大声喊叫着——大厅里充满了叫喊声与争吵声，只有清洁工们得以幸免，因为不论是赛奇还是狄泽都不会在意她们——只要确保她们能做好清洁工作。尽管天气很适合采集，弗洛拉还是和同族姐妹待在一起，因为只有这样，她才有理由到停尸房里去。不过她感到非常累，平生第一次，她丧失了所有飞翔的欲望。看着家族间的争斗，还有日益恶化的蜂巢环境，这些都让她悲伤不已。大厅中央那些美丽的马赛克不再闪烁，能量的传输也停止了。听不到蜂巢意志那洪亮的声音，蜂巢脾也变得不再美丽。蜜蜂们在等待中变得愤怒和绝望——因为在威胁之下，她们不得不选择支持某一方——但大家都渴望着奉献仪式的到来。每只蜜蜂的内心都在恐惧中低声说着：

“我将崇敬每一位女王。”

＊＊＊

当夜幕降临，蜜蜂们开始变得疯狂起来。寝室里充满了争吵声。蜜蜂们或是抱怨自己不能入睡，或是吵闹着不想让忠于狄泽或赛奇的姐妹睡在身边。在一片纷争声中，空气也变得腐臭起来。一些蜜蜂躺在自己的床上，哭泣着等待奉献仪式的到来；另一些则在痛斥她们——因为她们让自己想起了被遗忘的美好。

“我们必须耐心等待！”一只蜜蜂在弗洛拉身边喊着。

“我们被诅咒了。”另一只蜜蜂反驳道，“我们的蜂巢感染了瘟疫——”

在群蜂的骚动声中，西斯尔卫兵和生育警察们蜂拥而至，都在查找着骚动的源头。蜜蜂们默默退了下去，卫兵与警察们向彼此行着礼，夸张的谦恭中流露出危险的味道。她们后退着让对方先走，最后还是西斯尔卫兵们先离开，警察们则紧随其后。临走前，警察们转头看向一片漆黑的寝室，突然朝狄泽的支持者们释放出一波恐吓的气息。

谁也不敢开口说话，寝室陷入一片寂静——除了床上那些无法自已的哭泣声。

到了第二天早晨，许多蜜蜂都拒绝起床。

“没有女王，”一只蜜蜂一边说着，一边把脸向墙壁的方向扭去，“我感受不到希望。”

“没有孩子出生，”另一只蜜蜂说道，“工作毫无意义。”

弗洛拉摇着一位姐妹的身体说：“但我们拥有彼此。”

“我们曾拥有彼此，”一位来自罗斯蓓家族的采集蜂摇着头说，“在争斗让我们发疯之前。看看我们的痛苦与辛酸吧——在新的女王到来之前，我恐怕就要死于心衰了。”

弗洛拉给了她一个拥抱。

“姐妹，请不要这样。如果让内务蜂看到采集蜂不再飞翔——”

罗斯蓓一把把她推开。

“你已经放弃了！你是我们当中最棒的那一个，可现在你害怕地躲在簸箕旁边，根本不敢去飞。你的心也伤透了。”

“不是这样！”弗洛拉站起身来，“这里面全都是爱，我发誓。”

“那就去采集啊！”一位科恩弗拉沃喊道——她的翅膀已经变得残破而干燥。

“只要姐妹让我去，”弗洛拉展开自己的翅膀，“只要她们能和我一起飞翔。”

罗斯蓓采集蜂坚定地站起身来：

“我在意的是我的姐妹，而不是政治。”

科恩弗拉沃也站起身来：“还有鲜花和我们的蜂巢。”

“我们的蜂巢。”采集蜂们纷纷起身，噼噼啪啪地展开翅膀，这声音传遍了整个寝室。

* * *

起降板上，阳光刺眼而灼热，空气中流淌着一阵阵香甜。采集蜂们惊讶地彼此对望着。女王之位的悬空让她们绝望，这让她们差点错失了头春的第一波蜜流。现在，她们站在暖洋洋的起降板上，感受着生命的力量——绿色的小草铺满了柔暖的土地，花蕾正在枝头含苞待放，植物的球茎在沙土下萌发，金色的花粉在空中随风流转。

采集蜂们笑着从悲伤中醒来，世界又变得生机勃勃。她们纷纷启动了自己的引擎，在一片光荣的声音里，越来越多的姐妹跑到了起降板上。一开始，她们都有一些迷茫，因为蜂巢里严酷的斗争已经削弱了她们的力量，可当她们看到勇敢的采集蜂姐妹已经飞上微风习习的蓝天，就都开始欢呼起来。

对弗洛拉来说，身体的疲劳反而像是对技巧的祝福。虽然她感到关节发僵，引擎发紧，可在知识和经验的帮助下，她还是不费吹灰之力地穿过气流，找到了最美妙的芬芳。当看到第一朵盛开着的水仙时，她感到无比欢喜。它是那么香气馥郁，让每只蜜蜂都深深渴望——不过在尝试之后，蜜蜂们又都觉得它的花粉略显清淡。这芳香带着花朵的愉悦，充盈着弗洛拉的灵魂，让她忘记了身体的痛苦与虚弱。她努力采集着，投入了所有技巧和力量。她先是找到了柑橘花和水仙花，接着是赫柏花——那些粉色的花粉粒仿佛受惊似的跳起来，看上去丰腴而湿润，好像小小的浆果。她先把挂篮装满，然后是她的嗉囊，上千种闪光的花瓣和花式又出现在她脑中。在神圣和音的环绕下，她钻入了盛开的苹果花中——这时，她感到一阵震动从体内传来。

那种缓慢而稳定的频率就隐藏在她自己的脉搏之中。过了很久，当她几乎忘记了它的存在时，它却突然停止了。她在空中盘旋着，仿佛听到蜂巢在召唤着她。

她的女儿醒了。

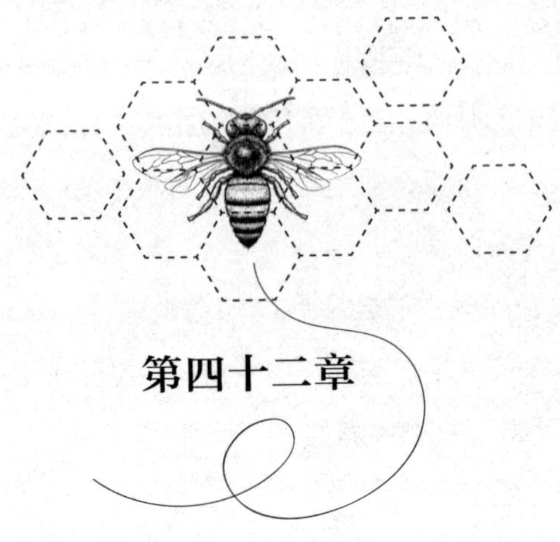

第四十二章

西斯尔们离开了起降板，门厅里也看不到一只蜜蜂，但强烈的警报信号从楼梯顶上传来。弗洛拉张着翅膀——她不用担心会被谁看到，径直朝停尸房的方向跑去。

她闻到了女儿身上那浓厚的气息，虽然和记忆中略有不同。大块大块不规则的碎蜡凌乱地散落在地板上，但是这里既没有鲜血，也没有生育警察或狄泽卫兵来过的痕迹。一阵高昂的声音突然从头顶上传来——那是数千姐妹一起奔跑带来的震颤——一直传到中层的大厅里。她听到一阵尖厉而凶狠的声音——那声音沿着巢脾传来，仿佛带着蜂巢的意志。几秒钟过后，另一阵声音像在回应似的爆发，它也带着自己的震颤穿越了墙壁。这两种声音仿佛在交战一般，蜂巢里到处都是蜜蜂们惊恐的哭泣声。

孩子被吓得几乎喘不过气来。弗洛拉沿着主楼梯朝上跑去，随着她越跑越高，战争的气味也渐渐变得稀薄。距离挡住了所有气味，除了狄泽们释放的战争腺素——她们正在与赛奇们对峙着。

姐妹恐惧地依偎在彼此身边，她们挤在通往中层大厅的甬道里。空气中充满了毒液的味道。

弗洛拉挤进她们颤抖的身体中，艰难地向大厅中央走去。一大群蜜蜂围在那里，形成了一堵厚厚的蜂墙。她蜷缩起身体，在姐妹的翅膀和身体中艰难地向前走着。她现在一心想的就是站在女儿身边，和她一起迎接死亡——

西斯尔卫兵们抓住她，不让她继续前进。

她面前就是大厅的中央，两位身形硕大的公主正在伏身对峙着，她们的身体都有普通蜜蜂的两倍大。她们身后是两堵厚厚的蜂墙，由赛奇和狄泽两个家族分别组成。房间里一片寂静——除了狄泽公主发出的嗞嗞声。

狄泽公主长着黄色的毛发，扁平的脸孔上长着虎斑状的花，身上的条纹呈明亮的棕色。弗洛拉能看到她腹尖上的尾针——针尖闪亮而湿润，它正在缓缓地来回摆动并下沉，仿佛在聚积着力量。咆哮在狄泽公主的喉咙中蓄势待发，一阵低沉的回声从她支持者们的胸腔中传来。

赛奇公主开始从蹲位站起身来，当她完全站直身体时，大家看到了她那像塔一样高大的身材。她在身后下方摩擦着翅膀，刮擦声充满了整个房间。她的头朝两边摇摆着——那张脸又长又尖。仇恨的火焰在她眼中闪烁，直射向狄泽的支持者们。当她开始发出嘶鸣时，狄泽公主正准备蓄势一跃。

只见赛奇公主像一阵闪电似的，一跃跳上了天花板。当她把锋利的爪子插进顶板，蜂蜡碎屑纷纷落了下来。狄泽公主受惊地抬起头来，似乎丧失了沉着与自信。赛奇公主夺路穿过天花板，向下喷洒着她的毒液。

狄泽公主加快了动作，她一边望着蜡板，一边站起身来，挥舞着她巨大的爪子。

“她逃跑了！”她的声音洪亮而沙哑。她亮出了自己又长又厚的尾针——弗洛拉见过的所有蜂针都比不上它——上面还生着四排倒刺，而不是常见的两排。“懦夫可当不了女王。”她朝对手喊着。

“蠢货也当不了！”赛奇公主从天花板上跳下来，正落到狄泽的背上，撕咬着她的翅膀。狄泽扭动着身体，想把对方甩下来，但赛奇公主的爪子已经牢牢抓住了狄泽公主的后背，于是蜜蜂们又听到一阵交战声。赛奇公主想跳回天花板上，然而狄泽公主动作飞快，丝毫不给对手留任何机会。她紧紧抓住赛奇公主的翅膀，这样就控制了对方的背部。战事如此激烈，她们嘶鸣着，贴着彼此的身体在地板上纠缠攻击，毒液的气息在空气中混在一起。蜜蜂们听到了虫甲碎裂的声音，两位公主卷曲着腹部，努力想把短剑刺入对方的身体。在一片愤怒的火焰中，两位公主翻腾着身体，发出了尖厉的叫声，然后她们的动作就渐渐慢了下来。

在蜜蜂们的注视下，两位公主都躺下不动了。一阵手脚断裂的声音传来，赛奇公主挣脱了奄奄一息的对手。毒液从她的尾针上滴下来，狄泽公主在她面前的地板上抽搐着，整个腹部都被刺穿了。

即便如此，赛奇的支持者也没有动，更没有发出声音。狄泽们则喘着粗气，看着奄奄一息的公主挣扎着想爬起来。只见赛奇公主俯下身去，一把扯下了狄泽公主背上的翅膀。赛奇公主举起手中的翅膀，把它们扔到了地板上。

“看哪，这就是冒牌货的下场！”她转身朝对手喊道。狄泽公主拖着自己的身体，竭力想爬向受挫的支持者们。赛奇公主一步跨到对手面前，攀上她依然在扭动的身体，一把擒住了她。赛奇公主腹部弯曲，尾尖高抬，向所有蜜蜂亮出了闪亮的蜂针。她尾针滑动，刺穿了狄泽公主的头部和胸腔，一下接着一下。

直到这时，赛奇们才开始高声欢呼。一阵陌生的嗡嗡声响起，仿佛穿透了蜜蜂们的大脑，她们的尾针恐惧地震动着。

“看啊，这就是女王！”赛奇祭司们环绕在胜利者周围。

“女王就是死神——女王万岁！”

弗洛拉呆呆地站在那里，因惊恐而动弹不得。她感到紧张的空气正在身边的姐妹中聚积，似乎她们马上就要跳起来，或是尖叫，或是互相攻击。

“女王就是死神！”赛奇们异口同声地喊着，“女王万岁！”

在一片喊声中，赛奇公主扬起了她的翅膀，把它们伸展开来。她的面孔美丽而令人害怕。许多蜜蜂跪倒在她的目光下，恐惧地颤抖着身体。

“我们还有其他的……”一名狄泽哭泣着伏在死去的公主旁，“我们还有其他公主，孵化一结束，我们就把她们带来——”

赛奇公主嘶鸣着，又扬起了自己的翅膀。

“那我就杀死她们，就像杀死我自己的王室姐妹那样。她们被封在自己的巢室里，再也出不来了。神圣的权力属于先出生者——余下的只能去死。我是你们的女王，你们将要崇拜——”

一个尖厉的声音撕裂了空气，赛奇公主和所有蜜蜂一起转过脸去，寻找着声音的来源。像是在回应似的，赛奇公主发出愤怒的啪啪声，并甩动着长鞭似的触角，但她没得到任何回应。蜜蜂们害怕地僵立着，侧耳倾听着。这声音穿过长长的甬道，传到了工蜂寝室，然后是女王的卧室。可现在寂静一片。

“出来啊！”赛奇公主大喊着，“你们这些肮脏的狄泽支持者，出来受死吧，就像你们的姐妹一样！”她发出一阵又一阵啪啪声。这声音回荡在大厅里，蜜蜂们都害怕地挤在了一起。“你这个胆小鬼！出来啊！”

“我在这里！”

蜜蜂们更害怕了，信息素的气味在空气中闪耀，只见一位巨大的黑公主从幽暗的寝室甬道上走来。她长着黄褐色的毛发，长而微颤的触角，纤细的腰肢，强韧的钩刺，还有和母亲一样的六肢——和弗洛拉717的一样。

“我是最后一位公主。”她的声音低沉，“对手的鲜血已经浸润了我的短剑，只剩下你一个了。”

赛奇公主的头缓缓朝两侧摇摆，又发出了嘶鸣：

“你是个什么脏东西？”

“她是我的女儿。”弗洛拉向前一步，心脏在她身体里大声跳动着，“我把她当作公主抚养。她是吃蜂王浆长的，就像你一样。”

赛奇公主先是瞪大了眼睛，接着嘶嘶地大笑着。“跪下，”她说道，“露出你的脖子，准备受死吧。”

弗洛拉的女儿并没有回答，赛奇公主愤怒地嘶鸣着。

“回答你的女王！”

“在交配之前，谁也不是女王！”弗洛拉大声说道。在她身后，弗洛拉们聚集在一起，她们家族的气息高高扬起，黝黑的脸上闪烁着青铜般的光芒。

“你们胆敢——”赛奇转向弗洛拉，与此同时，黑公主也向她扑去。肤色苍白的对手挥舞着锋利的爪子，朝四周转着圈，动作迅速而凶残，但弗洛拉的女儿用硕大的钩刺将其割开。赛奇公主抵挡不住弗洛拉女儿的攻势，只得跑到朝大厅的墙壁上，试图从上方再次发起攻击——但弗洛拉的女儿紧随其后，她用巨大的钩刺撕扯着墙壁上卷须状的蜂蜡，尾针上寒光闪闪。赛奇公主愤怒地尖叫了一声，飞落到围观的群蜂当中。她们害怕地尖叫着，努力想夺路而逃，却压碎了彼此的身体。赛奇公主趁乱穿过蜂群，跑进空旷的二类房间里。

生育警察们把清洁工们击倒在己方的公主面前，让她能踩着她们的身体痛击对手，但黑公主也跳上了墙壁，并从她们身边的小路跑过。当她的翅膀从警察们的脸上掠过，她们都恐惧地大喊起来。

黑公主也跑进了黑暗而巨大的二类房间——这里既没有赛奇公主的声音，也没有她的身影，有的只是空气中凝结的毒雾。寂静片刻后，伴着一声恐怖的叫声，她从天花板上一跃而下，尾针完全伸出，向黑公主刺去。两位硕大的公主愤怒地纠缠在一起，身体压过一张张小床——蜂蜡在她们四周碎裂崩坍。

蜜蜂们一边因为战斗而恐惧，一边又渴望看到结局。她们跟在公主们身后，爬上彼此的身体躲避着。公主们一边翻滚着身体，一边又劈又咬。她们身在一排排小床中间，俄而飞到半空，俄而蹒跚摇晃，谁也不愿意松开对手。这时，黑公主抓到一大块蜂蜡，并朝对手的脑袋砸去。赛奇公主故意让身体下坠，使沉重的对手丧失了平衡。她光速般地扭转身体，跳到弗洛拉女儿的头顶上。她抓住她的触角，对准它们，发出战斗的尖叫，并想以此来摧毁她的大脑。黑公主痛苦地把头用力一拉，却无法挣脱出来。

“投降吧，救救她们！”赛奇公主发出越来越大的声音，蜜蜂哭喊着祈求怜悯，“你在伤害她们——”

一声巨大的“隆隆”声撕裂了空气，它的力量隔绝了战斗声音带来的痛苦。剧烈的震动从巢脾上传来。是黑公主的引擎。她正用翅膀打击着对手，并把她扔了出去。赛奇公主感到头晕目眩，还没等她起身，弗洛拉的女儿就跳到了她身上，用体重碾压着她的身体。接着她后退站立，摆出攻势，似乎想用尾针发起致命的一击——但她没有这样做，反而用触角指向空中。

在一片突如其来的沉寂中，蜜蜂们都嗅到了外来者的气味。她们抽动着触角，毛发因恐惧而高高耸起——蜂巢里出现了马蜂。

赛奇公主跳开脱身——胸膛上出现了一条撕裂的伤口。祭司们把她拖到身后，想要保护她的安全。

“她还活着！”她们大喊着，“看哪，真正的女王，杀死了冒牌货！”

“先对付马蜂！”西斯尔们大喊着，蜜蜂们纷纷准备行动——甲酸的强烈味道在空气中高高飘扬，这意味着入侵的敌人数量庞大。

“女王优先！”另一位祭司喊道，“先确定合法的女王，然后我们必将取胜——”

“不！保卫藏宝库！”

“击退马蜂！”

空气中充满恐惧的尖叫，一切都混乱无比。赛奇们聚集到一起，把她们的公主拥在中间，朝一类房间跑去。蜜蜂们往四面八方碾去，茫然不知所措。狄泽们无助地站着——育儿室遭受的破坏让她们震惊。弗洛拉朝自己的女儿跑去，揪着她潮湿的毛发，把她拉到身边。

“过来——”她对她说，“进食——然后你会变得更加强壮——女儿，请你——”

马蜂的气味变得越来越强——她们正从底层赶来，数量持续增加。弗洛拉抓住了一名西斯尔卫兵。

“帮帮我，”她大喊着，“公主需要食物来领导我们——打破藏宝库的大门，我会带着她——”

马蜂的叫喊声从楼梯上传来，她们很快就会进入中层，于是这位西斯尔点了点头，她朝其他卫兵招了招手。她们举起巨大的爪子，无声地朝藏宝库跑去——要赶在入侵者前面。

“为了你的蜂巢，跟我来。”弗洛拉用翅膀推着女儿，和她一起跑着。她们身后是受惊的蜜蜂们。她们呼喊着，哭泣着——因为她们嗅出马蜂正在蜂巢底层进行掠夺。马蜂们开着下流的玩笑，这声音回荡在舞蹈大厅里。恐惧让弗洛拉的喉咙一阵发干，她拽着女儿，跑进藏宝库里。她知道必须做些什么，但说不出话来。

把它们全部撬开——喝掉。是蜂巢意志的声音。听到后，蜜蜂们就爬上了墙壁，用爪子抓着、凿着，撬开了所有新密封的蜂蜜。随着蜂蜜的香气传来，弗洛拉的女儿奔过去大口喝着。马上，她身上的气息就变得异常强大。她扬起头，把腹部挤在巢脾上，发出了嗡嗡的声音。这声音回荡在藏宝库中，并通过蜂蜡传了出去。在她身下的中层里，马蜂们听出了猎物的声音，纷纷跑上来寻找。

“让蜂蜜流淌吧！”弗洛拉大喊，“让它在巢脾上倾泻吧——大家都到甬道上去——这边走！”她跑到甬道上，找到暗藏的楼梯，把大家带到了停尸房里。西斯尔们就在她身后。她们一边大吼，一边撕开了储蜜器的盖子。珍贵的财富顺着墙壁渗下来，流到了地板上。

“神圣母亲原谅我们——”卫兵们一边大喊，一边撬开了更多的储蜜器。治愈的气息带着千万朵鲜花的芬芳，充满了整个房间。

“再多些！”弗洛拉喊着，“全用了。”她一边把女儿拉到身后，一边看着金色的蜜浪在蜂蜡上流过。当蜂蜜向马蜂们流去时，她们一拥而上，为了心中的欲望嘶鸣着、尖叫着。前排的马蜂被后面的马蜂贪婪地踩在了脚下，她们尖叫着，翅膀一动也不能动，手脚被踩得粉碎，但她们的姐妹毫不在意。她们从这些被蜂蜜淹没的身体上跑过，开心地大叫着，庆祝自己打开了藏宝库的大门。

弗洛拉的女儿跟在她身后，和她一起跑下了黑暗而陡峭的楼梯。紧随其后的是一大群蜜蜂。每隔几步，她就会发出一阵嗡嗡声，并用力把腹部顶在巢脾上，似乎想把它打破似的。弗洛拉起先担心她失去了心智，但旋即就明白了——她其实是在发出集合的召唤。当她们涌入巢底的停尸房时，数千只蜜蜂已经聚集在那里，与入侵的马蜂战斗着。

随着战斗的吼声响起，弗洛拉的女儿也加入了战斗团队。她奋勇向前，撕下敌人的脑袋，杀死周围的对手。马蜂们害怕地叫嚷着，开始节节败退。蜜蜂们跟在弗洛拉的女儿身后，愤怒地咆哮着，发出了胜利的吼声。她们呼吸着弗洛拉女儿的气息，越加奋勇。大家节节推进，马蜂们溃不成军。蜂巢里的敌人已经被全部歼灭。剩下的残部逃到了起降板上。

* * *

浩瀚的果园世界让人目眩神迷，弗洛拉的女儿在明亮而耀眼的天空中步履蹒跚，她无法控制自己的触角，也无法停止恐惧在心中蔓延。她很想从起降板上折返，回到蜂巢深处，但那里实在太过拥挤了。在她的召唤下，所有蜜蜂都聚在了她的身后。

“这是赛奇带领下的胜利！”一位祭司跑到起降板上，她的翅膀噼啪作响，一只触角已经破碎，“我们的公主活下来了——快来为她加冕。至于你们的家族——”她朝弗洛拉和她的女儿投去蔑视的目光，“死亡就是你们的宿命，只有真正的女王才能生还！”

弗洛拉并没有回答，她的目光越过了果园。在遥远的地方，一团巨大的黑雾腾空而起，飞上了蔚蓝的天空。那是马蜂们的军队，她们叫喊着，声音越来越大。只见那团黑雾朝她们压了过来，随着它越飞越近，力量也变得越发强大。

“几群马蜂聚到一起了。”弗洛拉感到了身旁女儿的恐惧，她用尽量坚定的声音对赛奇们说着，“我们不能跟她们交战。我们必须自保——”

“像个懦夫一样逃跑吗？”赛奇们眼中闪着狂热的光芒，“赛奇必胜——用神圣的权力！”

弗洛拉抓过一位祭司，摇着她的身体：“你难道还不明白吗？我们已经失去了蜂巢，留在这里就只能等死！太晚了！”

“你竟敢教训梅丽莎，我们是不可战胜的女王家族！”祭司抽出身体，转身向回跑去。“赛奇是强大的！”她高声尖叫着，“快来啊，信徒们，让我们站在一起！”

“你是在叫她们送死！”弗洛拉在她身后大喊，但当她望向自己的女儿，还有蜂拥到起降板上的各个家族时，她的心开始动摇。黑压压的马蜂们从空中飞来，就像一大团黑云，嗡嗡声占据了蜜蜂们的大脑。

越来越多的蜜蜂从巢内逃出来，蜂群不得不挤在起降板上。许多蜜蜂已经从边沿处被挤了下去，只能害怕地盘旋在蜂巢上空。弗洛拉嗓子沙哑，说不出话来，只有又咬又推，想让女儿从边沿下去，可女儿实在是太强壮了。当看到高高的天空和蜂拥而至的马蜂时，弗洛拉的女儿竟完全僵住了。

雄蜂们溃散似的逃出了蜂巢，他们重伤的身体上流着鲜血，有些雄蜂的脚已经被马蜂的毒液灼伤。

弗洛拉抓住女儿的触角，把它们和自己的触角缠在一起——就像莉莉500曾对她做的那样。她竭尽全力地用力一推，把所有知识都推进了女儿的脑中。

“带领你的人民！”她用尽所有力气告诉她，她感到女儿的触角在痛苦地抽动，但她并没有松开，“现在拯救她们！”

“怎么做？”女儿大喊着，“我不知道——”她这样说着，胸中的引擎却已经开始隆隆作响。这声音划破了空气，压制住了蜂拥而至的敌人。她展开硕大的紫铜色翅膀，释放着力量。她的气息在身后倾泻而下，仿佛一件长袍。果园蜜蜂们也纷纷发动引擎，跟着她一跃而起。这只军队咆哮着飞上天空，脚上沾着鲜血和蜂蜜，翅膀上写满战斗的力量。

弗洛拉从女儿身边猛地一跃，带着她越飞越高，朝着冷空气传来的方向前进——马蜂在那里无法飞行。马蜂大军嗡嗡地从她们身下飞过。蜜蜂们闻到了马蜂们曾经进食过糖分的味道，这让她们对攻击更加愤怒。

“你将为你的蜂巢带去灾祸。”

弗洛拉惊恐地看着那团黑云降落在没有女王的蜂巢上，那里还有蜂蜜香甜，但保卫它的只有寥寥几名赛奇的祈祷。

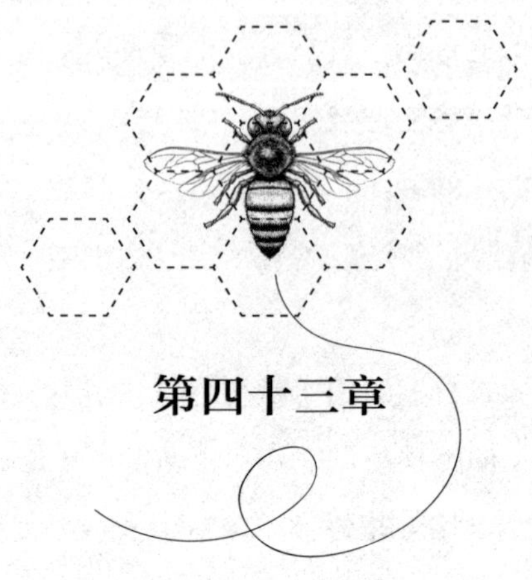

第四十三章

出逃的果园蜜蜂像一片旋起的黑云，她们乘风而起，空旷的农田在她们身下旋转着。弗洛拉看到队伍逐渐变得稀疏，蜜蜂们布满了整个天空。由于缺少舞蹈的指引，采集蜂们都不知道该去向哪里，所以她们又做起了自己最了解的事情——寻找最甜美的蜜源。在她们身后，松散的内务蜂群努力想靠紧弗洛拉的女儿，但也有一些内务蜂想脱离自己的队伍，去跟随领头的采集蜂；而另一些则开始渐渐落后。蜂群面临溃散的威胁，如果继续这样毫无目的地飞下去，鸟群可能就会来猎食。届时，她们的队伍就会被冲散，蜜蜂们也会迷失方向。弗洛拉竭力朝风中飞去，她大力地拍打着翅膀，想寻找女儿的气息。

她真是最最伟岸的年轻生物——深色的条纹上光芒闪烁，黄褐色的毛发闪亮，宽阔的面庞上露出陌生与震惊的表情。弗洛拉试着发出信号，想让她朝低处飞行。可公主乘着自己找到的气流，越飞越高。弗洛拉闻着自己跟随的气息——是风信子，就在镇子上。

“不——我们必须到那边去！”弗洛拉惊慌地大喊，“这里没有遮蔽物——”

随着气味变得越来越强，大家都闻到了花香。蜂群立刻被饥饿攫住了；她们的嗉囊里空空如也，脑子里一阵眩晕。除了紧紧跟随自己的女儿，弗洛拉什么也做不了。当蜂群开始下降时，她锁定了位于购物中心中央的一簇鲜花。身穿制服的园丁们正在把风信子的植株从大水泥花盆的泥土里刨出来，然后扔到大型卡车上。

当蜂群从天而降，人们开始发出尖叫。蜜蜂们四散寻找着半死不活的花朵，人们则奔跑着躲避。可那花香仿佛空头支票一般，因为它们被培育成了不产花粉的品种。蜜蜂们感到愤怒而失望，只能在卡车上方无助地嗡嗡盘旋。

“你必须停下来，”弗洛拉请求自己的女儿，“如果你留在这里，她们也会的，后面的事情就可想而知了。亲爱的孩子，我求求你了。”

黑公主减少了振翅的频率，跟在了母亲身后。弗洛拉不知还能做些什么，只好降落到一些温暖的金属上——它们的气息闻起来还不坏。女儿也拍打着翅膀，降落在她身旁，并依偎在她身上，肾上腺素的作用使她浑身颤抖。

尽管身处在暴露和恐惧中，能靠在女儿身边，仍然让弗洛拉感到极大的愉悦。巨大的公主把她们的生命都拥在怀里，八千名姐妹聚集在一起，就像在冬团时一样，明亮的翅膀在空气中闪烁着微光。许多雄蜂也跟在这队伍中，因为离开雌蜂的他们只有死路一条。她们的身体悬在一个雕塑的手上，仿佛一大袋黑色的宝藏。公主就在中央，蜜蜂们都环绕在她身边。

弗洛拉又一次把自己的触角压在女儿的触角上。

“如果一直待在这里，我们会没命的。”

女儿用无辜的大眼睛看着她，于是弗洛拉知道她已经被飞行搞得晕头转向了。还有，她才刚刚羽化，她没法带领群蜂，因为她太年幼了。

“女士，我们能帮忙吗？”清洁工们挤到了她们身边，她们眼睛明亮，触角高扬，“告诉我们该怎么做。”

“我不知道啊。”弗洛拉强忍着不让自己哭出声来。

“骚乱。姐妹互相攻击。灾祸。”

“采集蜂女士，你一定知道。”她们中的一员靠过身来，“你曾与马蜂战斗，也曾为女王服务，你为我们的家族诞下了一枚蜂卵，也曾在野外过夜并活着回来！”

这都是真的。回忆涌到她的触角里：森林里的那棵树、女王的图书馆、最后那块镶板，来自摇篮的彗星。它不是天空中的行星，而是来自蜂巢的蜂群——蜂巢就是摇篮；还有蜂群，她必须抚育一个真正的孩子，并护她周全。

“快点！”她对她们说，“谁比较强壮？谁能跳舞？”

两只蜜蜂站了出来，目光深沉而直接：

“我们都会，女士。我们学过，在冬团时。”

“那跟着我跳。”弗洛拉在蜂群后面跳起舞来，就像在舞蹈大厅的地板那样，“如果你们想救大家的话，就必须学得一模一样。”她看了看太阳在天空中的位置，舞出了那棵空心树的方位，接着是那一排小山，还有山上的山毛榉气息和空心的山毛榉。她一直舞着，直到确定两名弗洛拉舞者确切而精准地学会了她的节奏。群蜂在她们身下来回移动，并发出了不安的哭喊，但弗洛拉的学生们还是舞着，用她们的脚，把节奏和信息传递给每一只蜜蜂。直到弗洛拉确定群蜂都已经掌握了这种节奏，她才又回到女儿的身边。

黑公主的面孔又发生了变化，她看起来更加成熟，更加美丽，也更加睿智了。

“我不是女王，”她对母亲说道，“至少在完成交配之前不是。”

“首先，我们必须找个安全的地方。”弗洛拉说，“我知道该去哪里。”一阵阵震波从悬挂的蜂群里传来，那感觉更加强烈，也更加深远——那是数千只蜜蜂在听到消息后身体的悸动。她很想告诉采集蜂们要保证蜂群的完整，却无法把目光从女儿身上移开。她嗅出林登先生就在旁边。

“永远听凭差遣，女士。”他站在她的身旁——老迈不堪，衣衫褴褛，眼中却充满爱意。

弗洛拉感到自己的心仿佛从云端跌落：“我没有叫你来啊。”

“不。”黑公主望着他说，“是我叫他来的。”

林登凝视着她，身体和脸孔都发生了变化。就在弗洛拉眼前，他变得年轻而英俊，身上的气息高昂。

“另选一个吧……”弗洛拉对女儿小声说着，“还有别的，请——”

“但他是最好的，”女儿说着，“所以你才会爱上他。”她开启了引擎。在神圣和音雷鸣般的吼声中，蜂群像一颗黑色的彗星，飞到了天空之中——她们是蜂巢真正的孩子。

＊＊＊

飞着飞着，她们经过了红灰相间的小镇，还有一个个拼接在一起的小花园。弗洛拉们一扫在蜂巢里的忧郁与迟钝，她们身上闪着青铜色的光芒，迅速地发送着信息。很多弗洛拉都知道了此去的方向，她们像骑士一样护卫着蜂群，让大家紧紧围在一起。弗洛拉跟在女儿身旁。疾风吹过，周围一片喧嚣，这让她无法再为老友求饶。

林登飞到了她们身旁。她最后一次向他望去。他已经准备就绪，即将去完成生命中唯一的职责。林登凝视着她美丽的女儿——他眼中已经别无他物，他释放出浓厚的气息，让它在高空飘扬。其他雄蜂也嗅到了这种气息，于是他们也纷纷释放出性外激素的气息，组成了一面欲望的旗帜。激动的情绪在蜂群中传递着，蜜蜂们前进的声音在田野上高声回响。弗洛拉看着自己那耀眼的女儿，她的面孔看起来不再陌生，而是一种全新的、经典的美丽。

他们飞过田野，那排丘陵已经映入眼帘。弗洛拉感到一阵疲惫，但目的地就在眼前。她的女儿看了看四周，目光直接落到了林登身上。一片甜蜜的芬芳在她身后弥漫开来。她以一种爆发的速度冲到了蜂群前面。弗洛拉听到一阵急剧而高亢的胸腔引擎声，那是林登在追逐着她的女儿。当他的气息笼罩在她的身上，公主便一跃而起，飞到群蜂的头顶。在蜜蜂们的目光下，她又旋转着释放出自己的气息，让每一只雄蜂都能闻到。

她的甲皮在阳光下释放着蓝黑色的华彩，黄褐色的毛发散发出明亮的红光。她振动着翅膀，一道道铜金色的火花在空中闪耀。弗洛拉竭尽全力看着，想跟上他们的节奏。她赞美着女儿那年轻而健壮的大腿——它正紧紧收在她的身下；还有那高贵优雅的胸膛。可是她看不到林登。女儿发出一声意外的吼声，只见她已经飞到了弗洛拉的头顶，用一种全新的力量将她驾驭。

在这亲密的接触之后，公主在蜂群上空发出了高亢的吼声。在大家的注目之下，他与她的身体紧紧融合在了一起。

群蜂追随在他们的身下。只见他们动作越来越快，接着公主就摆脱了背上的雄蜂。然后，随着一声狂喜的呐喊，他的身体便从她身上跌落。

“完成了！”弗洛拉大喊着，“完成了——”她看着林登的身体，只见他变成了一个小小的黑点，旋转着落向田野。她擦干眼中的泪水，转身飞回到女儿身边。她在高空中来回旋转，把交配的气息洒向天际。蜜蜂们争相吸着那气息，并发出阵阵欢呼。这时，一队弗洛拉侍女已经升空，她们在公主身边组成了一道封锁线，护卫着她平安回到蜂群。林登的器官还挂在她的身上，证明着交配的成功。

她交配了！

公主交配了！

女王交配了！

欢快的呼喊声把蜂群凝聚到一起。姐妹挤在一起，争先恐后地呼吸着强大的新女王释放出的气息——那令人迷醉的、性爱的味道。其他雄蜂也赶了上来，也想要驾驭她，却都没有成功，因为新女王拒绝被再次驾驭。她全速飞行在蜂群前方，蜜蜂们就跟在她的身后。

弗洛拉用尽所有力气，想跟随交配完毕的女儿，但这群蜜蜂是如此年轻，如此迅速，让她只能勉强飞在队尾。

她们飞过空旷的田野，森林已经渐渐靠近。弗洛拉感觉不到身体的存在，只能用尽全力地回忆着此行的目的地。

那棵空心树。那片森林。

一只采集蜂拍打着残破的银色翅膀凭空出现，飞到弗洛拉的身边。

“你做得很好，你已经为蜂巢服务了。”是莉莉500，她在对着弗洛拉微笑，“赞颂你的每一天。”

“赞颂你的每一天。”弗洛拉在心里对她说着——这些词语是如此美妙。

她的翅膀越拍越慢，渐渐被甩在了蜂群后面。她看着她们飞到森林的边缘，她闻到了温暖的泥土气息和森林那深沉的芬芳。在女王交配气息的引导下，跟随蜂群并不困难，神圣的和音正在从森林中升起。在她身下的大地上，虎尾草那蓝色的小花们已经张开了一张张小嘴，因为感到有蜜蜂飞过。空气中充满了芬芳。

弗洛拉的视线变得清晰起来，尽管她越飞越慢，身体变得虚弱，但她还是热切地望着，看蜂群在树林间寻找着。她看到清洁工们在呼唤着彼此，一边重复着自己的坐标，一边越飞越近——接着，随着一片巨大的欢呼声传来，她们已经找到了空心的山毛榉。

哦，我的女儿啊，我那勇猛而可爱的女儿……

光荣的新任黑女王俯身向下，落定在一根树枝上。在侦察蜂们去检查树心时，数千蜜蜂一边等待着，一边盘旋在女王周围，她们嗡嗡地发出神圣的和音。一些落在女王身边的蜜蜂已经开始舔食从她体内流出的液体，弗洛拉家族的强烈气息和林登家族的甜美味道浑然一体，在树叶之间流淌。

侦察蜂们又出现了，并开始把归巢的记号标在树洞的边沿。蜜蜂们开心地大喊着，声音传入了森林和天空：“*女王万岁！女王万岁！*”她们一次又一次地欢呼着。弗洛拉想要加入欢呼的行列，但她只能凝视着刚刚加冕的女王，心中充满爱意。她看着新的弗洛拉侍女亲吻着女王，舔舐着女王，护送着女王飞入了新的家园。

新的奉献仪式的气息飘荡在森林中——那是年轻而野性的黑女王的气息，是强壮而多产的气息。姐妹快乐的呼声搅动着树叶，让鲜花们馈赠出她们的花蜜。蜜蜂们从明媚的天空中飞进了山毛榉那幽暗的缝隙里。

弗洛拉再也没力气动了，但她闻到了鲜花的芬芳，那是虎尾草的香气、蓝钟花的香气、仙客来的香气。她感到凉爽而平坦的附子花叶正拖着自己的身体，用森林大帝那富饶的芬芳包裹着自己。她就这样望着，直到最后一只蜜蜂也飞进树心。

现在她可以休息了。

尾　声

苹果树上鲜花盛开。男人和妻子带着两个十几岁的孩子从果园间走过，他们在老蜂巢附近停了下来，男人拿出一卷黑色的绸带，让它从手掌间散落下来。

“所以，这是你们祖父遗愿里的一项。从很久之前开始，人们就觉得应该把重要的家族消息告诉蜜蜂。生育，死亡，还有婚姻。”男人打开一张折好的纸，“他甚至都写下来了。”

接着，他朝蜂巢走了几步，把黑色的绸带绕在蜂巢上系好。然后他轻轻敲了敲蜂巢，一共三次。

“我很悲伤地通知你们，”他读着，“你们的养蜂人，我的父亲，已经去世。他无法再继续照顾你们了，他希望你们能忍受新的守护者。”

听见他说话的语气，妻子用手臂揽住了他的身体。他一边抱着她，一边把那张纸重新折好，放回到口袋里。然后他继续对蜂巢说着：

“我还有话要说，是关于我自己的。我很抱歉，因为我已经卖掉了这片果园，还有——我请求你们的原谅，为了接下来要发生的一切。”他抹着自己的眼睛。

“爸爸。”女儿蹲下身体，把耳朵贴在蜂巢上，“你听……”

“小心！”不过他也蹲了下去，并且把耳朵放在了木板上。他们彼此对视了一下，接着他又绕着蜂巢走了几圈。他的目光穿过巢洞，落在了起降板上。妻子向后退了几步。

“不要这样，你们两个——”

“我什么声音都听不见，”他说着，“一只蜜蜂也没有了。”

儿子笑了：“爸爸！它们跟他一起走了！”

一家人抬起头来，望着明亮而空旷的天空。

马上扫二维码，关注“熊猫君”

和千万读者一起成长吧！